华 章
传奇派

品味无限不循环的人生

龙铁

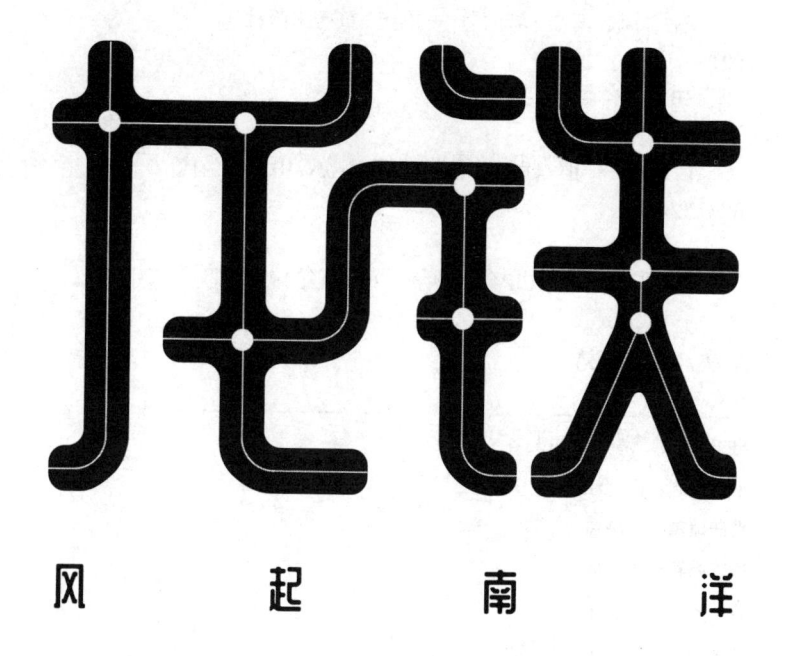

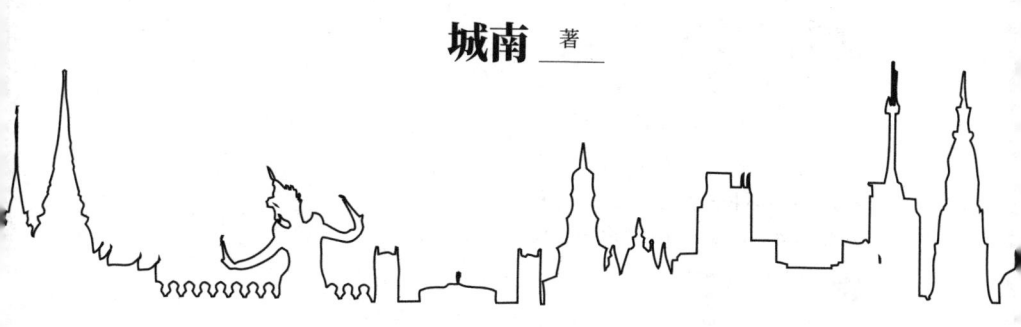

风起南洋

城南 著

重庆出版集团 重庆出版社

图书在版编目（CIP）数据

龙铁：风起南洋 / 城南著. —重庆：重庆出版社，2021.4

ISBN 978-7-229-15312-0

Ⅰ.①龙… Ⅱ.①城… Ⅲ.①长篇小说—中国—当代 Ⅳ.①I247.5

中国版本图书馆CIP数据核字（2020）第191498号

龙铁：风起南洋

城南 著

出　　品：	华章同人
出版监制：	徐宪江　秦琥
责任编辑：	王昌凤
特约编辑：	张铁成
责任印制：	杨　宁
营销编辑：	史青苗　刘晓艳
封面设计：	韦海峰

重庆出版集团
重庆出版社　出版

（重庆市南岸区南滨路162号1幢）

投稿邮箱：bjhztr@vip.163.com

北京温林源印刷有限公司　印刷

重庆出版集团图书发行有限公司　发行

邮购电话：010-85869375/76/78转810

重庆出版社天猫旗舰店
cqcbs.tmall.com

全国新华书店经销

开本：880mm×1230mm　1/32　印张：12.5　字数：287千
2021年5月第1版　2021年5月第1次印刷
定价：45.00元

如有印装质量问题，请致电023-61520678

版权所有，侵权必究

目 录

第 一 章　调令 /1

第 二 章　蓄势 /13

第 三 章　组队 /29

第 四 章　记者 /46

第 五 章　观察 /57

第 六 章　中间人 /67

第 七 章　故人，故事 /79

第 八 章　说服 /97

第 九 章　碰壁 /114

第 十 章　情报 /127

第 十 一 章　种子 /141

第 十 二 章　检查（上）/151

第 十 三 章　检查（下）/162

第 十 四 章　开标 /173

第 十 五 章　各施手段 /188

第 十 六 章　礼物与拉票 /203

第 十 七 章　破绽 /217

第 十 八 章　号角 /227

第 十 九 章　人海战术 /236

第 二 十 章　开工仪式（上）/252

第二十一章　开工仪式（下）/266

第二十二章　反目 /279

第二十三章　疯狂 /290

第二十四章　风起 /301

第二十五章　暗流 /317

第二十六章　暴乱 /332

第二十七章　争分夺秒 /342

第二十八章　错失 /352

第二十九章　不认输 /360

第 三 十 章　翻盘 /374

第一章
调令

7月,正是东南沿海台风肆虐的季节。狂风夹着暴雨,像鞭子一样甩在海面上,把停泊在港口的渔船抽打得上下起伏。海浪像巨人举起的铁锤,恶狠狠地砸在石堤上,溅起十多米高的水花。一波刚刚退去,另一波又迫不及待地涌了上来,似乎下定了决心要把拦阻在它面前的一切障碍统统打碎。街上早已没有了行人和车辆,小镇显得空空荡荡凄凄惶惶,即使是躲在条石砌成的坚固房屋里,听着雨水像子弹一样噼里啪啦打击在屋顶上的声音,也不禁为大自然的威力而胆战心惊。

"舒坦!"简国炜一把推开窗户,快活地大喊起来,任凭风像刀子一样从脸上刮过。仿佛这样才能平息他脸上的热度和内心的情绪,让他血管里奔涌的血液的温度,从沸腾的临界点上略微下降一点。

虽然密密的雨水和浓浓的海雾阻隔了他的视线,但他仿佛在雨幕中看到一座座桥墩竖起，无数头戴安全帽的工人像蚂蚁一样附着其上，电焊的火花像焰火一样在漆黑的夜空里绽放；他仿佛能够看到，一座全长11.5公里的公铁两用跨海大桥矗立海中，下层是双线铁路，时速200公里的动车组飞驰而过，上层是六车道的高速公路，密密麻麻的车辆往来交流。

现在，建造它的荣誉属于我了——简国炜对自己说。想到这里，他不禁浑身燥热起来，嗓子眼里像堵了什么东西，非三杯烈酒不能化解。

热烈的掌声在他身后响起，中间夹杂着几声低低的哽咽。简国炜转过身大笑着，目光一一扫过那些因激动而满脸通红的同事，接收着他们的喜悦。

"我们脚下站着的这片土地，叫作福州。自古以来，就被人称为有福之州！其实这世上哪有什么洞天福地，有的，只是一群不屈不挠，不服输不认命，即使拿着一把烂牌也要打出王炸的人！就像……"简国炜右手在半空中虚画一个圈，将所有人都包裹进来，"就像我们一样！"

"简头威武！"陈学灿大喊，食指放在口中吹起长长的口哨。几个小姑娘趁机尖叫起哄，在座即使是平日里最矜持最稳重的，也忍不住咧嘴大笑。

"我威武？没有大家陪我一起豁出命去拼，我一个人能顶什么用？"简国炜笑骂。

环顾自己团队里的每一名成员，简国炜微微有些内疚，18个人组成的竞标团队，65天超高强度，近乎不眠不休的努力，并且依靠公司各部门的全力支持，才终于拿下福潭高铁最重要、技术含量最高，同时利润也是最大的跨海大桥项目。他本应该在五星级酒店，用最奢华的方式来犒劳这帮兄弟姐妹，而不是像现在这样，在一个普普通通的排档里摆起庆功宴。但没办法，上下级间聚餐吃喝现在已经成了一条危险的高压线，谁也不晓得会在哪个饭局上被谁给曝光以致惹上麻烦；为了保险起见，他只能自掏腰包在这样一间简陋的小饭馆里为他们庆贺。虽然简国炜知道，这些兄弟并不在意，但他总是觉得亏欠了他们什么。

有股气憋在嗓子眼里、胸里，让他极不舒畅。他狠狠地吸了一口烟，把烟头在烟灰缸里拧熄，端起满满一杯白酒，环顾所有人："大家都知道，其实福潭跨海大桥这个标，项目方更属意我们的兄弟单位——铁建第六集团公司，我们刚参与竞标时，所有人都认为是陪太子读书，我知道大伙儿为了准备标书和资源，没少遭白眼、听风凉话，我们集团公司里那些支持部门也都说我们这是瞎子点灯白费蜡；但我就是不服这口气！不是我简国炜图什么利，我就是觉得凭什么我们建四像后娘养的，只能给建六陪标？凭什么我们这十多号人要白干活，陪着他们玩？要做我就要有个结果，就得对得起兄弟们的时间和努力！

"今天，我们来了个惊天大逆转，从建六那里把标给抢过来了！这虎口夺食的活我们干成了！在座的各位兄弟姐妹，从今往后我们所有人在建四二工（建四集团第二工程公司），不！哪怕在我们整个建四集团里都可以扬眉吐气了，任谁见了你们也得跷起大拇指夸你们一声'厉害'！这个大功劳，我简国炜独吞不了，这个功劳属于大家！"说罢，简国炜举起酒杯大声说，"来，这一杯我敬大家，兄弟们干了！"众人听着简国炜的话，想起那六十多个日日夜夜，眼睛里都有了湿意，齐生生地举起酒杯大喊

3

一声"干了",杯盏脆响,各自仰首饮尽,一时都是豪气勃发。

之后大伙又倒满了面前杯子,开始动手吃菜。小菜馆的菜色不多,但胜在足够新鲜乡野味足,外边风疾雨密,包厢里笑声不断,桌上布着小菜、热炒十来碟,热气从置于炉上的小汤锅里泛出,氤氲而上。酒香和菜香混杂在一起,让人比在大酒店中更加放松自在。

简国炜没有动筷,拍拍身侧人的肩膀,举杯碰了一下:"我三杯,你随意。"

邵剑南是去年才参加工作的助理工程师,虽然还有些青涩,但也知道在职场上的小规矩。他同简国炜碰了第一杯,慌忙又拿酒瓶将自己的杯子斟满,正想举起,却被简国炜用力压下。

"别动!剩下两杯酒,是我欠你的。为了拿下这个工程,大家伙虽然没流血,但流的汗流的泪我都看在眼里记在心里。你母亲住院的事情,我知道!"他顿了顿,声音有些低沉,"我一直等着你来向我请假。可是你为了我们能竞标成功,一直没有来向我开这个口。作为你的领导和大哥,我应该主动给你放假。可是开标的时间太紧了,我不能让我的团队出现缺口,就狠狠心当作不知道。所以今天无论如何,我简国炜都要向你说一声对不起。"

简国炜重重一仰头,转瞬间灌下两杯酒。小邵颤动着嘴唇,刚说声"头儿,我没事",眼圈就湿了。边上的王姐怕坏了气氛,急忙打岔:"小邵,听说你还没女朋友,今年人事科新来了一个大学生,是厦门大学毕业的,等回公司,要不要王姐给你介绍介绍?"这热心肠倒把小邵给弄得嫩脸一红,急忙敬酒,瞬间把刚才的情绪给缓和了许多。

简国炜一气喝完三杯，自己也觉得有些难受，夹了一口菜压了压酒。金针菇拌章鱼，地道福州小菜，就是那芥末呛得他鼻子有点儿酸。他仰了仰头，嘟囔了声"这味够重的"，又端着杯子看向了坐在右边的陈学灿。陈学灿看他举杯连忙嬉皮笑脸地说道："头儿，我就算了吧。我就一敲敲边鼓打打杂的，当不起您亲自给我敬酒。"

简国炜笑骂："这杯酒你是不想喝也得给我喝！你说说，这两个月里，你哪天睡觉超过5个小时？就凭着你这张厚脸皮，甲方上到总经理下到门卫的张大爷，家里底子都被你摸得一清二楚。谁家孩子要高考了，你就张罗着为他介绍家教；谁家老人生病了，你就帮他联系对口的医生。如果没有你这个小打杂，我们从一开始就没有向甲方总工程师当面解说新方案的机会。"

逼着陈学灿喝下一杯，简国炜接着又向王明洁拱手："王姐，我同样要敬您三杯。开标前两周，为了一锤定音，我们临时决定使用埋直式钢混海上平台、双孔连做接段拼装造桥技术等一系列新工艺、新设备、新技术。要不是您带着财务室全体同仁与技术室密切合作，没日没夜地计算成本，我们也没办法在开标之前确定工程造价。"

王明洁是这个小团队中年纪最大的一个，再过一年就要退休。平时她滴酒不沾，可今天她也忍不住举起了酒杯。可惜才呷一口，就被辣得挤眉弄眼，引得大家又是一阵哄笑。

包厢外，冒雨而来的建四二工经理郑明轩刚刚赶到，他有些急切地从大门口直奔包房，边走边拍打身上的雨珠，嘴里抱怨着这鬼天气。走到门口正要推门，又好像觉得这一身湿气和里面的热闹气氛有些格格不入，不自觉停下了手。司机想要帮他开门，被他一把拦住。

小饭馆的装修是20世纪90年代的风格,木黄色门框嵌上磨砂玻璃,看似有私密空间却隔不住里面的喧闹声。透过朦胧的玻璃,他看见简国炜已经有些摇晃的身影,听着里面传来"简头、简头"的叫喊,目光变得有些复杂。

8年前,三十刚出头的简国炜空降下来担任他的副手时,他开始是有些不满意的。一来简国炜年纪太轻,就算他有名校的硕士学历,在他们这种关系复杂的国企里,也容易"水土不服"——秀才他带过不少,总是喜欢纸上谈兵,少了世故人情;二来嘛,简国炜平日里说话行事也不算太稳重,那股子年少轻狂的劲头让老派的他多少觉得有些扎眼。本以为凭借两三件小任务就能把他压到服气,收起锐气,学会怎么安安稳稳地当好助手,可谁知道,简国炜不愧名校出身,精通工程项目技术,业务能力比从一线做起的老业务还强。特别是这几年,他就像柄开了刃的刀,几次在竞标中胜利而归,为建四二工斩回好几块大肥肉。而他的"不稳重",似乎也有一种奇怪的魅力,帮助他在公司内部赢得大批拥趸,一时之间大有长江后浪把前浪拍倒在沙滩上的凶猛势头。

作为一名在国企摸爬滚打了三十多年的管理者,郑明轩能轻易分辨出,下属们称呼"郑经理"或"简头"时,声音、语气甚至动作表情上的细微差异。那些细节像针一样时时扎着他,偶尔在夜深人静时,他也会生起将简国炜"礼送出境"的心思。只是这一天真的来了,此刻他心里又突然感到惋惜。

听到里面称呼"简头"声音不断,郑明轩无奈地摇了摇头。他有些后悔自己为什么要来这里。出于某种复杂的心态,在接到通知后,他决定亲自将这则消息告诉简国炜。可现在,他又后悔了。他带来的这则消息,从某种程度上说,可以视作对冠军的奖励,也可以视作对胜利者的羞辱,只看从什么角度理解而已。但不管怎么说,在现在这个欢乐的时刻宣布它,是极不合适的,他也不乐意让其他下属把他看成"驱逐"简国炜的恶人。

"回去吧!"他低声对司机说。老都老了,何苦那么气盛——郑明轩摇摇头,在心里做起自我批评。

"郑经理,您怎么来了?"出门准备上厕所的陈学灿与郑明轩撞了个正着,边说边推开包厢门,"大伙儿欢迎郑经理,领导冒雨赶来给我们庆功啦!"

得,现在回头也来不及了。郑明轩隐密而恼怒地瞪了陈学灿一眼,再转过头时已经是满面笑容,和蔼慈祥,颇具领导风范。

"大家好,恭喜大家拿下了福潭跨海大桥项目,我代表我们建四二工党政领导班子,向大家表示热烈的祝贺!在这里,我要重点表扬一下简经理,是他打造出了这么一个有战斗力的竞标团队,是他带领着这个团队披荆斩棘取得胜利。这次竞标成功,简经理当居首功!"

简国炜挑了挑眉毛。包括陈学灿在内的几个老油子,脸上微笑双手鼓掌的同时,心中都不禁一动。一直以来,郑明轩虽然没有表现出对简国炜有什么针对或压制的倾向,但平日里多少有点儿显摆自己的老资格。无论是正式会议上,还是道左相逢时,都小简来小简去叫得亲热。现在突然用起了"简经理"这么正式的称呼,还连续说了两次,估计里头有什么道道。

不过现在,不是追究这些的时候。简国炜适时举起酒杯,笑道:"郑经理的夸奖,我可愧不敢当。如果没有郑头在后方给我们前方将士撑腰打气,帮我们输送粮草弹药,我们怎么可能打赢这一仗?所以要我说啊,郑经理才是居功至伟。大家站起来,一块儿敬郑经理一杯好不好?"

这话一出口,哪有人会不凑趣,都举起杯,齐呼"郑经理英明",仰起脑袋将杯中酒一饮而尽。郑明轩笑着又和众人碰了几杯,好不容易找了个不引人注目的机会,低声叫住简国炜:"简经理,出来一下,我有话要跟你说。"

简国炜心里暗道"果然来了",随郑明轩走出包厢,在大堂找到一处僻静的卡座。先帮郑明轩点根烟,接着自己也点燃一根,简国炜嬉皮笑脸地问:"领导,有什么指示?"

"指示?我哪敢有什么指示。再说,马上我也不是你的领导了。"郑明轩摆手苦笑,接着又毫不掩饰地叹了口气。

简国炜的笑容慢慢收敛,猜测事情可能比他预想的更加严重。郑明轩也知道,这个时候再卖关子,说不准会引起更大的误会,赶紧接着说:"我刚刚接到集团公司陆总的电话,要求你尽快到集团公司向陆总报到。正式的调令,马上就会下来。"

沉吟了一小会儿,见简国炜低头不语一张脸暗沉得厉害,怕他误会是自己在后面做了什么手脚,郑明轩不得不又多解释几句:"别胡思乱想,具体工作职务虽然没有明确,但应该是好事。你可以带上一名助手一起到集团公司报到,而且陆总还说了,如果你日后还需要人手,我们二公司必须无条件放人。借调期结束,如果你愿意回来,副经理的位置我也还给你留着。不过,就怕你到时候看不上喽!"

简国炜听完这话,心里略略舒坦了一些。他也知道这不是讨价还价,或是生气失态的好时机,当务之急,是先弄清楚这个调令背后隐藏着什么。迅速调整了一下失落的情绪之后,简国炜立即打蛇随棒上,笑嘻嘻地与郑明轩套近乎:"郑头,我现在不还是您手下的兵嘛,集团公司这么急调我去到底有什么事,给我透露透露。"

郑明轩赞叹这小子心理素质够强,这么快就缓过来了,真是后生可畏,但嘴上却不肯再通融,板起脸:"小简,我和你说过很多次了。作为国企中层管理人员,无论公众场合还是私底下,你的一言一行都会被人放大观察,你要做不到慎独,就别怪别人曲解你的意图并且到处传播。陆总究竟为什么调你去集团公司,原因应该由他亲自告诉你。别说我不知道,就算我知道了什么,也不会对你说。"

简国炜听到这话,心里一抖,就像走在路上差点儿踏空,不由得一个踉跄。但又不能直接发作,这一口气憋在嗓子眼里,恨不得骂声老狐狸才能发泄出来。但当前这节骨眼上,绝不能再得罪人落下不尊重老领导的话柄,只能委屈委屈自己,将这口气生生咽下去。

郑明轩看他憋屈的模样心里暗自痛快,好像这几年心里的那些小刺一下子都被拔了出来,但也知道不能多说以免再刺激他,便站起身恢复了和蔼慈祥的神态,拍拍简国炜的肩:"我知道你们拿这个项目很不容易,你继续和同志们庆功,这个事情正式通知下来前,还是先不要让大家知道,以免影响士气。我先走了,你们继续,辛苦你和大家多喝几杯!"说完起身出门。开门时一阵大风夹着雨,把简国炜的衬衣打湿了半边,半边热的酒气夹着半边湿冷的雨,让他不禁打了个寒战。再回到包厢,心情已没有刚才的志得意满,虽说依然杯觥交错,但当初拿标时的得意和兴奋劲已被猜测和顾虑冲淡了许多。

人生就是这样,当你志得意满,觉得距离成功只有一步之遥时,一不留神就会发现又站在了需要做出选择的十字路口。十字路口并不可怕,不就是前后左右四个方向么,反正每条路看起来都那么繁花似锦前途无量。可怕的是,你没有指南针,不知道四个方向哪边是东哪边是西哪边是南哪边是北。乍眼一看,好像选择很多,往哪儿都能走,正所谓条条大路通罗马嘛;但实际上,四个方向中只有一个方向是真正通往罗马的康庄大道。要是选错了,您就八千里路云和月吧,唯有苦笑着安慰自己且行且珍惜。

这时候去哪儿找个贵人点拨点拨自己呢?简国炜边喝酒边在脑子里过了一遍自己能够说得上话的领导名单,又在间歇时间找出微信联系人翻了翻。有几位集团领导应该知道情况,但这时候找他们好像又都不太合适,万一没问到什么还生了猜忌,那更得不偿失。席间他琢磨了各种对策,最后决定先找个线人试着打听打听。

结束了庆功宴之后,回到宾馆,简国炜立即拨通了宁可的电话。宁可是简国炜的大学同学,毕业后一直在中铁建总的总工会工作。从大学时代起,热衷于在八卦江湖中厮混的宁可,就给自己赢得了一个极具时代特征的绰号——交大小灵通。自从到了总工会后,身处"大内"而又能联通"各藩",宁可更是如鱼得水,成了建总内部小道消息搜集与散布的专家级人才。遇事不决问宁可——这已成为老同学之间心照不宣的共识。

盛名之下无有虚士,宁可果然不负所望,立刻给予简国炜解答:"你还记得去年,建总在东南亚拿下了一条高铁建设权吗?"

"我知道,雅隆高铁,那又怎么了?"简国炜不耐烦。

"据我得到的消息,第二阶段工程也有影子了。他们有可能从苏尔曼省省会巴禄,再修建一条大约60公里的高铁线路,和雅隆高铁连接起来,而第三阶段可能将线路延伸到南部海港。"

"这怎么可能?"去年雅隆高铁的事情轰动一时,无论在建总内部还是在社会上,都引起广泛关注。对于这个高铁项目,简国炜也是做过功课的,当即就提出质疑:"我记得在竞标时,建总也曾经提议延长线路,但是该国的资金不足以支撑这么大的工程。所以这条线路计划被搁置了,至少也要十年之后才会启动。"

"听说这次不是他们国家出资,是苏尔曼省独立提出的项目。苏尔曼省的GDP,一直排在这个国家的前三位。所以虽然没有正式立项,但这个项目实施的可能性至少有六成以上。"

简国炜胸口一片火热,什么福潭铁路跨海大桥项目,早被他忘到了脑后。11.5公里的公铁两用跨海大桥虽然很吸引人,但这哪有远赴海外输出中国高铁标准带来的成就感更让人心满意足?他的呼吸不禁急促起来:"建总是不是像上次那样要成立联合竞标组?我也被抽中参加了?"

"不,这次有点儿不同。建总的意思,这次就不组织联合竞标组了。建总下属各集团公司,只要具备高速铁路建设资质的,都可以用集团公司的名义独立竞标。"

简国炜眼睛越发闪亮,几乎就要仰天长啸。不管是什么原因让建总做出这样的决定,对于简国炜来说,这都是个大大的好消息。参加建总牵头的联合竞标组,他只是一颗螺丝钉,话语权几乎没有。但如果加入建四集团自组的竞标团队,简国炜觉得,以他的资历和业务水平,有很大把握去竞争副组长的位置。套用军事术语来说，那就是副军长兼主力师师长，不但有发起和亲自指挥某场战斗的权力，还拥有影响整场战役战略意图的力量。不想当将军的士兵不是好士兵，简国炜当然也有宁为鸡头不为凤尾的野心。

"简兄，该不会你们建四，把你选入竞标组了吧？要我说，你最好还是慎重点儿，先忍一忍，别急着表态。啧，虽说这条线路不长，让建总下属的几个集团公司独立竞标也不是不可以，可是我总觉得哪里不对味。你也知道，按建总以往的惯例……"

宁可还在絮絮叨叨，但简国炜已经忍耐不住，又与宁可哼哼哈哈敷衍几句，就挂了电话。也不管现在已经是半夜三更，他又拨通了陈学灿的号码直接吩咐："给我订两张机票，要明天最早的航班，你和我一起回集团公司。"

第二章
蓄势

对于即将到来的海外竞标,简国炜已经蓄势待发。激动的情绪,压制了酒精带来的困意,他用了一整晚的时间,从网络上搜集有关苏尔曼省的一切资料。作为一名经验丰富的战士,他知道所谓的胜利,其实就是这样靠着一点一滴的小事积累而成。因为一块马蹄铁而输掉一场战役,在这种最后关头才能一锤定音的竞标中,并非什么不可思议的事情。

一直到早晨6点,简国炜才急匆匆地用冷水洗了把脸,跟陈学灿会合赶往机场。坐在候机厅里闭目养神的时候,简国炜的脑细胞仍然活跃到停不下来。可惜,现在掌握的情报太少,让他一时无法形成哪怕是最粗略的竞标方案。但正因如此,他才更要把方方面面的可能性都预想到,这样才能见招出招。

突然,简国炜的眉毛跳动几下,心有所感地睁开眼,正好捕捉住一道猝不及防不及逃离的视线。两个人都不约而同地愣了一下，对这场毫无心理准备的狭路相逢暗自骂娘。简国炜的反应要更快一些，两秒错愕之后，瞬间切换为热情洋溢模式，长笑声中起身张开双臂热烈拥抱对方。

"哟，这不是钟师兄吗？真是好久不见了！"

钟远成勉强维持住得体的微笑，慢条斯理道："简经理，你的记忆力可是越来越差了。你忘了，昨天我们才刚见过，就在开标会上。恭喜你，拿下福潭跨海大桥项目。"

简国炜脑子转得飞快，像全速前进的列车，轰隆轰隆地辗压着铁轨——这次竞标，建六集团从一开始就稳稳占据着优势。虽说他临时变更施工方案，打了建六集团一个措手不及，最终赢得甲方青睐，但实际上，这与建六集团的竞标组后期麻痹松懈、进度缓慢也有很大关系。

对于他的这位老同学，简国炜十分了解。钟远成从学生时代起，就以心思缜密著称，行事滴水不漏。原本，简国炜还以为这次是钟远成马失前蹄，但现在看来……

简国炜一边思考着，一边还不忘给钟远成戴高帽："师兄你说笑了，多谢高抬贵手这次让我一回。陈学灿，你过来，我给你介绍一位领导——建六集团的钟副总经理！钟副总，那可是了不得。我在我们二工当二把手，就有很多人酸溜溜说我什么少年得志。人家钟副总才比我大两岁，就已经是集团公司的副总了。这份钻营能力，才真是了不得呢！"

这样皮里阳秋的酸话陈学灿可不好接，只好一边咧嘴笑着一边摸后脑勺，努力表现出自己的憨厚与无辜——您二位神仙打架，可别殃及我这样的老实人。

钟远成嘴角抽抽，试图在保持风度的同时做出有效反击："过奖了，简经理。你要是平时嘴上多个把门的，少造些口业，进步肯定更快。"

"不行不行，这个我来不了。你知道，我就是个老实巴交一心钻研技术的书呆子，要我跟师兄你一样，放弃技术去耍嘴皮子，实在是难以胜任。"

简国炜话一出口，钟远成差点儿气歪了鼻子——就你这副怠懒模样，也好意思自称书呆子？钟远成总结出经验了，君子和痞子作口舌之争，吃亏的永远是君子。因为君子要脸，而痞子早把脸皮折巴折巴，揣进了裤兜里根本不拿出来。

正想要一把甩开简国炜的手，钟远成心中忽然也打了个突。这家伙昨天赢了标，晚上一定会带着他的团队好好庆贺甚至喝得烂醉。可现在他一大早就出现在了机场，这是什么情况？

"简经理这一大早的，是去哪儿？"钟远成试探道。

"嘁，还不是我妈，又给我介绍了个对象，着急让我回去相亲。我刚说声不去吧，她就对我晓之以理动之以情，眼泪都要出来了。没办法，只好抽空跑一趟。"简国炜撒谎从来都不用打草稿。

"也是，你离婚也好几年了，个人问题是该考虑考虑。"钟远成对简国炜嘴里说出的鬼话，半个字也不相信，干脆直接点破，"我还以为你是因为东南边那件事，才一大早起来赶飞机呢。"

"东南边？东南边有什么事？"简国炜的表演十分完美，把惊讶与疑问在脸上刻画得栩栩如生。

但这已经足够了。钟远成对简国炜的了解同样深刻，虽然还达不到简国炜撅起屁股就知道他会放出什么屁的地步，但也只是相差毫厘而已。钟远成深深地看了简国炜一眼，若有所指:"简经理,看来我们很快又会见面了。到时候,我们再好好比画比画。"

"什么很快又会见面了?不是吧,师兄,你是不是有什么内幕消息?给我也透露透露呗。我跟你说,虽然在竞标的时候,我们是竞争对手,但在私下里,还是打断骨头也连着筋的同门兄弟。有什么消息,要互通有无,这样才能共同进步嘛,你说对不对……"

简国炜仿佛金像影帝,七情上脸,可劲儿地忽悠钟远成。但钟远成这个时候哪里肯再上当?冷笑几声扬长而去。

"德性!"眼看人走远了,简国炜也再懒得演戏,翻翻白眼低低吹了声口哨。

陈学灿凑上前,好奇极了:"头儿,原来建六的钟总是您师兄?"

简国炜睨睥陈学灿,哼哼叽叽地道:"这家伙读硕士的时候,和我是同一个导师。"

这里面似乎有故事?陈学灿兴致勃勃,但简国炜又不肯再说了,不耐烦地挥挥手让陈学灿滚蛋。一直到登上飞机,简国炜还是那副表面轻松的模样,但熟悉他的陈学灿,却能感觉到他身上围绕着的低气压,让陈学灿自觉远离。

闭上眼睛,简国炜原本想按照计划,在飞机上好好补个觉,然后以最好的精神面貌去见陆总。然而钟远成的突然出现,却搅得他脑子乱糟糟的,回忆的碎片此起彼伏,按下葫芦又冒起瓢,令他不得安生。

简国炜觉得再这样下去可不行,于是坐直身体,先是绷紧了全身肌肉,再慢慢放松,然后双手自然垂在腿上,缓缓地吸气、吐气。如此反复几次，才把思绪抚平。但就算如此，睡也是睡不着了，干脆打开电脑，又开始研究起苏尔曼省的资料。

苏尔曼省面积不大，但矿业和农业都很发达，此外旅游资源也很丰富。从20世纪90年代以来，苏尔曼省一直就是本国在野党的大本营，与执政党经常针锋相对。这次苏尔曼省提出独立建设高铁项目，估计也是受了执政党去年正式启动雅隆高铁的刺激。竞争这条新线的建设权，既是一场经济战，也是一场政治战。如何在执政党与在野党两方之间走好钢丝，在取得高铁建设权的同时，避免成为两党政治斗争中的牺牲品，是一个值得慎重再慎重研究的课题。

简国炜觉得，凭自己的政治水准，恐怕很难做到左右逢源。不过，对这一点他也不是太担心，除非陆总魄力大到能翻天，不然怎么也不会让他这样一个中层干部担任竞标小组的组长，天塌下来自然有高个子的人顶着。他对自己的定位是专业负责人，用高水平的技术能力与精湛的建设工艺去征服甲方，正是他最擅长的手段。

看到简国炜至少表面上恢复了正常，陈学灿也松了口气。他厌恶极了与兄弟单位四平八稳，甚至"和气生财"的低水平竞争模式，所以才会对在竞标中不讲情面手段百出，经常打破与兄弟单位之间的潜规则，自称为"掠食性动物"的简国炜崇拜有加；能和简国炜一起，投入一场与国际同行真刀真枪的搏杀，他既期待又兴奋。

陈学灿憋了半天，还是没有忍住："头儿，您说我们这次竞标，谁会是我们最大的敌手？"

简国炜想了想："欧陆铁路公司技术雄厚，对我们的威胁很大。此外日本的西城株式会社,也是我们的劲敌。"

"跟我们中国高铁比起来,别管什么欧陆还是西城,那都是过气的老皇历了!"陈学灿豪情万丈。

"战略上可以藐视,战术上一定要重视。世界上第一条真正意义上的高速铁路是日本的新干线,建设方就是西城株式会社。他们从1959年就开始建造,1964年通车,全长515.4公里,运行时速达到210公里。之后,欧洲各国也纷纷开始修建高铁。这些老牌高铁建设国家,底蕴还是很深厚的。德国、法国,还有日本,他们掌握的高铁技术和我们中国高铁比起来,各有所长。尤其是日本,这几年日本政府为了提振国内经济,积极推行新干线技术输出。所以,如果西城株式会社加入竞争,他们能够得到日本政府的全力支持,享受很多优惠政策。"

"那上次的雅隆高铁,还不是我们中国拿到了?"陈学灿不服气。

"我们的确是拿下了雅隆高铁,但你不能就此认定日本、欧洲的高铁技术就没有竞争力了。和雅隆高铁相距不远的环海中速铁路项目,建设权最后也被西城株式会社抢走。在东南亚地区,日本和欧洲都经营了很长时间,于政商两界都有深厚人脉,而中国的影响力却是近年来才逐渐扩展到那里。以日、欧铁路建设公司的能量,如果我们稍不小心,就会栽进他们布置的陷阱里。只要失败一次,就再无还手之力。"

"那这场仗我们该怎么打?"陈学灿关心地问。

简国炜歪着头沉思,皱眉说:"如果不论政治光论技术,中日欧三家的高铁其实各有所长,毕竟人家半个多世纪的经验摆在那里。如果我担任竞标小组组长,一定会向上级申请更多的自主权限。要知道日本和欧洲的大型企业同样患有大企业病，官僚起来连更换一卷手纸都得打三张报告由八个人审批。我们一边使用成本和规模上的优势，抵消日、欧的技术优势，凸显我们的技术优点；一边用更灵活的手段不断主动出击，逼得他们自乱阵脚应接不暇。然后，我们就可以化被动为主动，找机会给他来一个绝杀！当然，这只是我设想中最理想的状态，实际上，国外的同行们，也不会乖乖地被动挨打而不还击，要知道防守反击才是最佳的应对手段。但另一方面，集团公司有多大魄力，会给我们多大的自主权，这一点也很值得期待。毕竟，这是一场王牌与王牌之间的殊死搏斗，是一场势必要刺刀见红的残酷对决。哪一方不下定不取楼兰誓不还的决心，畏首畏尾斤斤计较，就等于将胜利拱手奉给对方。拼到这种时候，坚持就会胜利，胜利还要努力，努力更要坚持。集团公司有没有这样的决心，敢不敢放权，又愿意拿出什么样的筹码支持我们在前方作战，这都是未知之数。"

陈学灿有没有被这一番话激励到，简国炜并不知道。他自己胸中倒是燃起熊熊战火。无论在国内竞标中胜利了多少次，也不过是属于"内战"范畴，没什么值得夸耀的。但如果能在苏尔曼高铁项目中横扫八方一举夺魁，那可是一桩班超扬威西域一般的泼天大功！他倒不图从这份功劳里为自己捞到什么好处，单单是这份荣耀，就足够让他吹上半辈子了。

说完一番见解，连着昨日的酒劲和一晚的疲乏也带了出来，简国炜靠在椅背上，不知不觉中一直紧绷的身体也慢慢松懈，细微的鼾声响起。可哪怕是在睡梦中，他依然时不时地发出几声轻笑。

早上7点50分,铁建第四集团公司总经理陆嘉林如往常那样,准点准时地推开自己位于机关大楼第20层的办公室大门。他打开窗户,长吸一口新鲜空气,双手叉腰居高临下地环视着整个机关大院。集团内部不喜欢他的人,把他的这个习惯称为"心态膨胀""一贯高高在上脱离群众",对于这样的说法,陆嘉林嗤之以鼻。

身为建四集团掌舵人,必须要站得高才能望得远,必须在看得远的同时还要看得全面、看得细致。因为他做出的每一个决策,都必须为集团公司22000余名干部职工负责,为整个建四集团负责,如果他因为看漏了、看错了,导致下错了棋走错了路,就会引发巨大的灾难。

陆嘉林的前任秘书,曾经建议他搬到最高层的22楼办公。陆嘉林微笑拒绝,然后没过几天就找了个借口,将这名秘书调离了岗位。总经理在20楼办公,董事长兼党委书记在21楼办公,22楼平时作为职工活动中心,开职工大会时也可以临时改为大礼堂来使用,这是陆嘉林亲自订下的规矩。他认为身为大型国有企业的高级干部必须有所敬畏,不能仅仅因为需要站得高看得远,就张狂到必须把所有人都踩在脚下。

秘书把茶泡好后,将需要陆嘉林批阅的文件整整齐齐地放在办公桌的左上角。接着又把手里的当天日程安排和预约的访客名单,先是轻声地念了一遍,然后摆在最中央的位置。做完这一切后,就垂手站在一边,等候陆嘉林的指示。

陆嘉林瞟了一眼日程表,微微有些吃惊:"二工的简国炜已经到了?这么快?"

"他从福州搭早上最早一班飞机过来,预计下午3点赶到集团公司。"

"鼻子很灵,动作也快。"陆嘉林以不带任何好恶的语气评价,食指和中指在日程表上敲击几下,思索着交代,"3点到4点之间,不要安排其他人了,时间全留给他。"

秘书犹豫:"但万一飞机晚点又或者遇上堵车……"

"那就让他晚上和我一起在食堂用餐。"

"明白。"

秘书轻声退出办公室,陆嘉林却没有马上开始工作,他把转椅掉了个头,双手交叉顶在下巴上,望着背后挂着的那张世界地图微微出神。

8年前他刚上任时,背后挂的是全国地图。黑白两色的细线,代表普速铁路,然后国内每建成一段高铁,他就让人用醒目的红线在地图上标注出来。那时候,红线只有寥寥数条,但后来随着他的两鬓渐渐变得花白,红线也越来越多,越来越密,越来越长。全国的每一个省份,每一个地级市,还有数之不尽的县级市都被红线像珍珠一样串了起来,红线的每一次延伸都意味着铁建人的一次重大胜利。

他在欣慰的同时,也滋生出莫名的焦虑。起初他也不知道是什么原因,后来他让人将全国地图摘下,换成世界地图,看着还有那么多空白的地域等待红线占据,他才终于松了口气。

平心而论,他对建总最近做出的那个决定,是不太理解的。近年来,高铁已经成为中国制造业最闪耀的一张名片。为了把名片推销出去,通常都是由建总牵头,从各集团公司抽调精兵强将,先把标拿下来,再根据各集团公司的贡献、技术水平、人员资金状况加以分配任务。这样可以在把各子集团拧成一股绳的同时，也压制住有可能发生的恶性竞争。但这次，建总却改弦更张，给予建总旗下各建设单位同样力度的支持，由各集团公司独立参加竞标。

这其中固然有这条高铁线路不长、利润有限、不值得集合各子集团发动大会战的原因，但如果细细深思，就会让人陷入疑惑——这么做究竟是建总浅尝辄止的试点实验，还是会在不久的将来全面铺开推广？又或者换句话说，建总内部现在的主流意见，到底是希望看到这个实验成功还是失败？将军只需埋头拼杀，努力赢得每一场战斗就好，而元帅要考虑的问题，则要复杂得多。

没有发生飞机晚点交通堵车等烦心事，简国炜这一天的行程出奇地顺利。他准点赶到集团公司，一进大门，看到旁边摆放着的仪容镜，不由就是一愣。

在外地竞标不太注重形象，再加上早晨出发得又比较匆忙，所以他只穿了一件款式老土的黑色夹克。因为在飞机上睡了一觉的缘故，夹克皱巴巴的，头发也显得凌乱，看上去一副精神不振的样子。

这副样子去见陆嘉林可不行！陆嘉林做事严谨，邋里邋遢地去见他，指不定就让他心里留下什么坏的印象。

眼珠子一转，看到陈学灿一身西装革履，简国炜笑了起来。

"走，跟我去趟洗手间。"

"干吗？"陈学灿被简国炜灼灼的目光逼视着，下意识捂着衣领后退了半步。

简国炜邪邪一笑:"脱衣服。"

几分钟后,披裹着黑色夹克的陈学灿,看着对镜整理西服的简国炜,无奈地哼哼了几声。这个模样的简国炜,与他印象中的简国炜相差可太大了。为了面见总经理,还特地换一身西装,是不是太有点儿"拍马屁"的嫌疑了?

许是感受到陈学灿目光中的鄙夷,简国炜笑了笑,然后毫不犹豫地冲着他的屁股就是一脚,让他好好地长长记性。

"尊重领导是一门必修课。人家成为你的领导,就一定有过人之处,要么是智商,要么是情商,要么就是工作能力。对一个比你强的人,谦虚一点儿怎么了?尊重一点儿又怎么了?就让你觉得委屈得不行了?"简国炜拎着陈学灿的耳朵教训道。

陈学灿只好赔笑:"我也不是不尊重领导,就是见了领导我就拘束、放不开。既然如此,索性就躲着他们一点儿好了。"

"领导怎么了?领导也是人!"简国炜哼哼,"和领导相处,无非是公事公办,私事酌情。你拘谨就是因为和领导接触少了,多接触、多交流,摸清秉性之后再区别对待也就是了。"

教训过陈学灿之后,简国炜赶到行政办公室报到,并被秘书第一时间带进了陆嘉林的办公室。

对于陆嘉林,简国炜并不熟悉,两人只在会议等公共场合见过面,并没有任何私交。集团公司内,对陆嘉林的评价亦是毁誉参半,各执一词。"倒陆派"讽刺他"保守顽固","挺陆派"却又赞他是"改革先锋",但没多久"倒陆派"又反驳说那是陆嘉林"揣摩上意"做出来的伪装……对于这些纷纷扰扰,简国炜无法做出判断。可他知道,单从陆嘉林在建四集团总经理的位置上一坐八年,而且越坐越稳这一点就可以看出,陆嘉林至少是一个城府、手腕以及心胸都不缺乏的合格的国有企业高管。

陆嘉林见简国炜进来后，就让简国炜到面前坐下，目光炯炯地看着他："你是从建总调过来的，消息渠道不会少。所以，让你来的目的，你应该知道了吧？"

一记单刀直入打得简国炜措手不及，他只能点点头："多少猜到一点儿。"

"经过集团公司领导班子研究，决定由马长空副总经理担任竞标小组组长，对于副组长的人选还有争议。一个方案是让你来挑这副担子，另一个方案是由人力资源部副部长袁建出任副组长。你自己觉得，你们俩谁比较合适？"陆嘉林依然那么犀利直接。

简国炜扭曲了——这道题可太难呐！这样直率的问话，无论谁都有些不太好接。

但他知道自己接下来的回答非常重要，关系到他在竞标小组中的定位，甚至关系到他能不能参与这项工作。袁建是集团公司里的老资格了，虽然没有参与过海外竞标，但他却参加过多次对外援建项目，外事经验丰富，承揽修筑工程的经验也比简国炜丰富得多。而且据说，袁建与陆嘉林关系紧密，陆嘉林曾多次当众为袁建撑腰打气。这样一想，也许陆嘉林青睐的本就是袁建。那么，要不要顺着陆嘉林的心思，先含糊其词一下再隐晦地表达出自己的态度呢？

想了想，简国炜还是决定直接表态，唰地一下站了起来。

"组织上将我和袁建同志共同确定为副组长候选人，想必是发现我和袁建同志各有所长。在这里，我愿意向组织立下军令状，如果组织让我挑起这副担子，我一定发挥我的优点，同时积极学习袁建同志的长处，尽全力辅佐马总拿下这个项目！"

陆嘉林不接简国炜话茬，又抛出一个棘手问题："你先坐下，不要激动。对于建总要求各集团公司独立竞标这件事，你是怎么看的？"

"我觉得……"简国炜犹豫一下，索性豁出去了，"我个人感觉，这是一件好事。建总下属各集团公司，都是由原铁道部各工程局、工程指挥部，经过几次建制改组演变而来。建总成立之初，为了能够统一调配资源，同时避免子集团相互之间的恶性竞争，要求下属各集团公司的发展方向各有侧重。比如我们建四，在技术方向上主要是钻研隧道掘进，而建六主要精研桥梁架设。不得不说，在初期，建总的策略收到了很好的效果，各集团公司迅速形成了一专多能、一精多能的格局，每一个集团公司都有自己的独门绝招。但随着时间的推移，这个模式的缺点也逐渐暴露。在国内项目方，甚至在我们各集团公司内部，都形成了固有的思维模式，似乎要架桥就必须找建六，要掘隧道就一定要找我们建四，大家不愿意去研究其他方向的新技术，遇到竞标时就开始分蛋糕，你一块我一块，保证人人都不落下。久而久之，懒、庸、散漫的作风，已现端倪。建总的举措，我认为是打破大锅饭的一个尝试，是在逼迫各集团公司走出舒适区，投入竞争激烈的红海。毕竟，国内的高铁里程已经突破3万公里，我们再要建设高铁，很可能就必须到海外去参与更加残酷的市场竞争。难道到了那个时候，我们还能够心安理得地坐在那里，等待别人把饭一口一口地喂到我们嘴里吗？"

陆嘉林的眼睛微微眯起，沉默地望着简国炜。直看得简国炜心中七上八下时，才突然微微一笑："你从建总打探到这条小道消息时，那人就没对你多说几句什么？"

简国炜坦然回应："有，他劝我缓一缓，别急着争取这项任务。"

"嚯，你倒是坦率。"陆嘉林不咸不淡地说。

坦率在国企中未必是个好评价，因为坦率与胸无城府是近义词，更能进一步引申出口无遮拦、缺乏经验等含义。有些稳重的领导会觉得这样的人不值得托付重任。

"古人曰：涉世浅，点染亦浅；历事深，机械亦深。故君子与其练达，不若朴鲁；与其曲谨，不若疏狂。"前半部分简国炜回答得正经，但紧接着后半部分马上就本性暴露，他涎着脸笑嘻嘻地说，"再说了，我跟谁隐瞒也不能跟陆总您隐瞒呐，您可是我的上级领导，对领导说谎是要犯政治错误的。"

陆嘉林只当没听见简国炜的下半句话——下级找他拉关系的多了，再无论如何也不至于被简国炜一句故作亲热的话给破了防线。至于上半句，他倒能辨出是源自《菜根谭》的《抱朴守拙，涉世之道》。

或许在别人看来，陆嘉林是个很难"亲近"的领导，因为除了极少数几个人外，他几乎不会与集团公司的干部职工在私人场合有任何超越上下级关系的交际。但这并不意味着，他对手下的干部就一无所知了。实际上，集团公司内所有中层以上干部的履历、性格、爱好乃至于优缺点，陆嘉林都了如指掌。

在召见简国炜之前，他心中其实已有了初步定论。原本陆嘉林还以为，需要一个小时左右时间，对简国炜作进一步考察，并解说自己的意图，让他听从自己的指挥行事。但现在看来，已经不需要了，这个年轻人就不是那种能够乖乖服从命令听从指挥的传统型干部，说了也是白说。但是这样也好，或许建总就希望看见这样一条鲇鱼，给那些习惯了循规蹈矩，衣来伸手饭来张口的干部一点儿刺激。

于是他毅然做出决定："明天的党政联席会上，我会提议由你担任竞标小组副组长，袁建任核心组员。马副总请了探亲假，要过几天才能回来，你和袁建辛苦一下，在马副总回来之前，把竞标小组的架子先搭起来。"

"啊？"简国炜一时蒙了。在事情没有尘埃落定之前，他心心念念想的只是如何争取这个位子，现在陆嘉林如此干脆利落地确定由他担任竞标小组副组长，他反倒蓦然发现肩头一下子沉了许多，患得患失的感觉开始占据上风。他开始担心，竞标失败了会怎样；又开始害怕，自己经验不足会不会挑不起这重的担子。不知不觉间，简国炜脸上就带了几分怯意。这种情况陆嘉林见得多了，他笑了笑，向简国炜讲述了一些绝密情报。

苏尔曼高铁项目，是苏尔曼省省长艾沙迪在一次非正式场合提出来的。但根据各方面汇总的情报来看，艾沙迪极可能会全力推进这个项目进入实施阶段。因为他是在野党领袖，有证据显示，他已开始筹备参与后年的总统大选。而这个高铁项目，就是他参选总统最大的政治资本。

苏尔曼省近年来经济发展势头十分良好。而艾沙迪省长，更是在该省具有崇高威望。如果他全力推行高铁项目，那么这个项目立项的希望就很大。

简国炜听完有些兴奋。苏尔曼高铁项目是雅隆高铁项目的延伸，而这也就意味着，中方在这场竞标中已经占有很大优势。因为雅隆高铁本来就是中方以中国标准修建的高铁项目，苏尔曼省要修筑与其连接的高铁线路，首选的建设方当然是中国公司。就算是欧洲、日本的铁路建设公司愿意承建中国标准的高铁线路，项目方还得考虑，他们有没有能力建设好呢！

陆嘉林没好气地哼了一声："不然你以为呢？虽然这条高铁里程不长，但怎么说也是属于海外业务，是中国高铁走出去的象征之一。否则，建总怎么也不能拿这么重要的工程给你们练手。简单来说，这次竞标要是赢了，是应该的，有奖励也不会太多。因为无论是前期的雅隆铁路，还是其他兄弟单位，已经为你们铺平了通往成功的道路。但反过来说，万一竞标失败，让其他兄弟集团，甚至外国公司把这个项目给抢走了，板子可是要打在你们竞标组的屁股上。作为竞标小组的副组长，你需要承担的责任仅次于组长。明白了吗？"

第三章
组队

　　距离陆嘉林抽出的一个小时时间还有很多空余,陆嘉林索性给人力资源部打了个电话。不多会儿工夫,门被叩响,还没等陆嘉林应声,袁建就推门径直走了进来。

　　简国炜瞟了他一眼,先是惊讶袁建的熟不拘礼,而后才意识到,也只有关系亲密到一定程度,才会这样不拘礼数。难怪有传言说袁建是陆嘉林的心腹。

　　"老袁,从今天开始,你和小简就是苏尔曼项目的搭档了。你们俩好好商量商量,该怎么开展下一步工作。"陆嘉林做开场白。

　　简国炜注意到,陆嘉林使用的是"搭档"这个词,来定位自己与袁建的关系,不禁怔了一怔。但他反应也是极快,立刻起身抢先伸出双手,热情地说:"袁部长,真是久仰大名了。我年轻没什么经验,又是第一次参加海外竞标,正需要您这样经验丰富的老同志扶上马再送一程。有您在,我这颗心终于可以落在肚子里了。"

扶上马，送一程——陆嘉林敏锐把握到这两个关键词，嘴角抽抽，默然无语。怪不得都说这小子面瘫心硬下手狠准，居然当着自己的面就敢光明正大地将自己的军。

袁建的反应稍慢了一些，但也很快明白过来，心下暗恼。本来这竞标组副组长的位子，稳稳是他的囊中之物，就算组长他也不是没有能力去争上一争。但不巧的是，他原本所在的第三工程公司去年底出了一起安全事故，影响比较恶劣，于是陆嘉林就免去他第三工程公司一把手的职务，降了半级将他调到集团公司的人力资源部担任副部长。这样既给上上下下做出交代，也强硬地表现出死保他的态度，这才把汹涌的舆论给压了下来。

级别虽说是只降半级，来自于陆嘉林的信任却是没有减少，集团公司里的人都知道这是陆总在力保他，对他至少在表面上还都是客气尊重的，但袁建的心气还是不免受到打击，看谁都有些不顺眼。现在得知，陆嘉林居然决定把副组长这位置交给简国炜这个资历、经验皆不如他的"小屁孩"，更是觉得受到莫大污辱。但当着陆总的面又不好发作，只能忍住气，伸出一只手来与简国炜相握，冷冷道："好说好说，只要简副组长不嫌我这人心直口快就好。"

仿佛没听出话中的冷意，简国炜笑得开心极了："瞧您说的，其实我就喜欢和心直口快的人打交道。我相信，以后和袁部长的合作一定会非常愉快。"

陆嘉林看出两人的小交锋，不耐烦地挥挥手："好了，客套话以后再说。对于竞标小组成员，你们有什么想法？"

简国炜刚要张口，袁建就把话头先抢到手："之前我已经和马总交流过了,他认为我们这次参加海外竞标,为节约经费,派出人数最好能够控制在10人之内。然后在集团公司内,再设置一个临时竞标办公室与竞标组进行沟通和对接。竞标组成员方面,马总推荐了4名同志,我这里也有两个初步人选,这是我们共同拟出来的名单,陆总请您过目。"

说罢,袁建也不理会简国炜,直接将名单递向陆嘉林。

一报还一报,这下马威来得好快!整个竞标小组不过10人,马总推荐4人,袁建推荐了2人,再加上正副组长与袁建本人,这就已经是9个人了。简国炜相信,如果不是袁建从某些渠道得到消息,他还带了一个陈学灿过来,估计连最后那一个名额也不会给自己留下。

但该争取的,简国炜还是要争取——副组长么,总得有副组长的排面!他尽量让自己脸上的笑容显得爽朗一些,口气也更委婉一点:"陆总,袁部长,其实我也有几个人选。我想我们是不是再议一议?"

"怎么?你是不信任我的眼光,还是不信任马总的眼光?"袁建不悦地反问。

简国炜双手连摆:"不不不,我不是那个意思。只不过,我和几名老部下长期合作,已经有了很深的默契……"

袁建提高了声音打断:"简国炜同志,我必须提醒你,我们现在讨论的是竞标小组成员名单,不是讨论怎么组建一支'简家军'!难道偌大一个集团公司,22000余名干部职工,就没有人的业务能力强过你那几个所谓的'老部下'吗?退一万步说,即使他们的能力真有这么强,放在集团公司的临时竞标办公室就算是委屈他们了?"

简国炜眨眨眼睛，看出来了，袁建摆出这副吃了火药的劲头，纯粹就是故意为之。要忍下这口气吧，那么他这个副组长，基本上就等于被架空；要不忍下这口气吧，和袁建当场吵起来，则更称了袁建的心思——反正他是陆嘉林的心腹，偶尔干点儿出格的事情没什么。自己就不同了，如果当场和袁建爆发冲突，让陆嘉林觉得自己不容他的人，那顶还没正式戴在头上的副组长的乌纱帽，说不准立马就会长了翅膀远遁万里。

不过，这样就能难到我吗——简国炜心中傲然冷笑。

"哎哟喂，我的袁大部长呀，您可误会我了。"简国炜神情夸张地叫起撞天屈，"我的意思是说，组建竞标组这么重大的决策事项，我们是不是应该先和马总商量商量，让马总拍板确认后再由他向陆总汇报？虽然马总在老家还没有赶回来，但是我们可以用电话或者微信和他沟通嘛。毕竟逐级汇报，是我们集团公司白纸黑字并且盖了大红公章的工作制度。您说是不是这个理？"

袁建气焰顿时为之一滞。他也是太心急想要给简国炜一记当头棒，才会犯下这种低级错误，以至于被简国炜抓住痛脚。制度是保护干部的盾牌，同时也是干部手中最好的武器，即使是一把手也没有办法去公然对抗制度。

"好了，不要再争了。今天你们商量出一个方案报马总审阅，如果不能取得共识，就把各自拟订的名单交给马总，由马总做出最终决定。就这样，散了吧。"看到两人刚一见面，就开始针锋相对，陆嘉林的脸上也不太好看，毫不掩饰地阴下脸来。

他不反对手下干部互相竞争，但前提是，所有的竞争或是斗争，必须维持在一个斗而不破的微妙平衡上。底线一旦突破，变成意气之争，急红了眼非要拼出个你死我活，那么集团公司内的稳定局面就可能会受到破坏。他瞪了瞪袁建，又瞪了瞪简国炜，确认简国炜和袁建都收到警告信号，这才重重一挥手，示意两人离开。

简国炜与袁建垂着头走出陆嘉林办公室，才到走廊上，简国炜就知机地首先道歉："对不起袁部长，刚才是我说话欠考虑了。如果我有什么地方做得不对，您尽管批评。"

对简国炜主动递来的台阶，袁建并不感冒。他眯着眼上下打量了简国炜几下，才皮笑肉不笑地说："你简大组长马上就要新官上任了，我不过是你手下的一个小兵，哪有批评你的胆量？不过相信，我们对小组成员名单，恐怕也达成不了共识了，不如就各自把自己的名单上报马总。至于谁赢谁输，那就各凭本事了！"

袁建说罢，哼哼几声，又狠狠剜了简国炜一眼，转身大步走向电梯。看着他的背影逐渐远去，简国炜烦恼地"咝"了一下，倒吸一口凉气。

正所谓万事开头难，接着中间难，然后结尾难。自从一开始动了参与竞标的心思，简国炜就没想过能够顺顺当当地拿下苏尔曼高铁项目。与同事们一见如故，说几句话就能使项目方纳头便拜接受方案，那是电影主角才能享受到的待遇。每一次项目竞标，每一个高铁工程，都是铁建人咬紧牙关栉风沐雨一步一个血脚印地干出来的，登山者从来不可能坐着缆车舒舒服服就攀上险峰。

但这次他遭遇的困难，还是严峻到超乎了想象。马总作为竞标组长，在这种即将出征的关键时刻，还优哉游哉地休着探亲假，没有半分赶回来的意思，甚至连电话也没有一个，这里面的含义就很值得琢磨。

简国炜这个副组长威信不足,老资历的核心组员一门心思想要抢班夺权,而其他组员除了陈学灿外,他一个也不熟悉。这样一个四分五裂的竞标小组,别说参与国际竞标了,就是想要参加国内竞标都有问题,如何在短时间内将分裂的竞标小组,捏合成一个具有战斗力的团队,是摆在他面前一个非常重要也非常具有挑战性的任务。

陈学灿一直在陆嘉林办公室外等着,看到了刚才简国炜和袁建冲突的那一幕,他快步走到简国炜身边皱起眉头说:"袁部长从去年到今年一直在走'背字',心里堵得慌,估计是更年期也提前了。如果他非要在小组里捣乱,我们倒不好处理。现在该怎么办?"

简国炜摸摸下巴,从牙缝里蹦出一个字:"等。"

"等什么?"

"不知道。"简国炜耸耸肩膀说,"我不知道会等来什么,但我知道如果我现在就这样放弃了,这一战不用打我就输了。"

从学生时代起,简国炜就知道自己从来不是天才。别人临考前随随便便看看书,就能够考到八九十分。可他不行,他只能头悬梁锥刺骨,用最笨的方法去啃下一道又一道难题。在这过程中,他不止一次地感受到疲惫、痛苦、后悔、愤怒,甚至产生自我怀疑。但幸运的是,在每次距离崩溃只有一线的时候,他总是能顽强地坚持下来并重振旗鼓。这也是他这几年从一线走到中层领导岗位的立命之本。坚持再坚持,用最笨的办法把最难的困境给磨平磨顺,这就是简国炜镌刻在骨头里的倔强。

简国炜想了想,当下最重要的是怎么让马总站在他这边,不求给他把路铺平坦，至少不要主动给他设置障碍，并关键时候能站到他这一边就更好了。想到这里便交代陈学灿再等他一下，随后独自走到僻静角落，掏出手机准备给马总先打一个电话。初步沟通要是不顺利，如果有必要的话，他也做好了飞赴马总老家和他面谈的准备。但他连续拨打了几次，电话中却总是传来占线的忙音。简国炜不由得焦躁起来，但还是深吸一口气，锲而不舍地每隔五分钟就继续拨打一次。

同一时间，陆嘉林也在办公室内举着手机和千里之外的人通话。

"……什么，这么严重……好好，我知道了……工作上的事情你就放一百个心好了。我知道你现在心里也很着急，但是请你相信其他同志，他们一定能把工作做好……你就安心养病好了，就这样吧。"

挂掉电话，笑容从脸上飞速褪去，陆嘉林胸膛起伏几下，终究没有忍住，重重一拍桌子大骂道："逃兵！这就是个临阵脱逃的逃兵！"

外间的秘书听到声音，走到门口探了探头，看见陆嘉林铁青着脸挥了挥手，知道他的习惯，便没敢进门，立刻识相地将大门从外面掩上，给陆嘉林独处的空间。

陆嘉林点燃一根烟，才吸了两口，又觉得烟气分外呛嗓子，烦躁地在烟灰缸里摁灭了。平心而论，将袁建硬塞进竞标组，陆嘉林是有私心的。只要竞标能出成绩，他就能让这个跟随他多年的老朋友渡过风波，官复原职。即使袁建对简国炜有不服气的瑜亮情结，但在陆嘉林看来也没有什么大不了的。反正组长是集团公司的副总经理，无论凭级别还是手腕都有能力压制住竞标组内部的不和。而且陆嘉林也相信，袁建在大是大非的问题上，还是具备大局观的，不至于把与简国炜的小别扭无限放大。但是现在，他精心布置好的人事格局，都随着马副总的撂挑子而被打乱了。

现在再把袁建给撤出来，且不说老朋友心里会有疙瘩，而且也等于向外界释放出了陆嘉林对袁建不满的错误信号。就袁建那臭脾气，这些年可是得罪了不少人，只要稍一显出"失宠"的窘迫，说不定就有人要跳出来搞风搞雨。但现在要免去简国炜副组长的职务就更不行了。在陆嘉林看来，竞标组可以没有袁建，甚至可以没有马长空，但就是不能没有简国炜这柄擅长剑走偏锋的"妖刀"！

要知道每一次国际竞标，都会遭遇重重困难，没有一颗能够承受压力的大心脏，不具备随机应变敢于做出临机决断的魄力，去竞标也只是浪费公款而已，根本就没有成功的希望。

思考一阵之后，陆嘉林从抽屉里翻出电话本，用二十分钟时间打了几个电话。从老朋友和上级老领导那里得到的信息，让他紧拧的眉头就一直没有松开过。接下来的时间里，陆嘉林都没有走出过办公室，所有会议推迟，电话全部拒接，预约的访客也被另外安排了时间。直到深夜，陆嘉林的办公室还一直亮着灯。

第二天一大早，简国炜接到了人力资源部给他送来的盖有鲜红公章的调动命令——

根据工作需要，即日起免去简国炜同志中国铁路建设第四集团公司第二工程公司副经理职务，兹任命简国炜同志为雅隆铁路项目指挥部第二标段项目部经理。本调动令自发布之日起,即刻生效。

简国炜是早上8点20分拿到调令的,项目部经理这五个大字让他愣了足足有五分钟,缓过神来掉头就往陆嘉林的办公室跑。身为建四集团的总经理,陆嘉林的工作总是非常繁忙,基本上每时每刻都在听取汇报、召开会议又或是处理公文。所以一大清早,就有集团公司内七八个中层干部,一边小声聊着天,一边坐在秘书室外面的接待室,等待陆总经理的召见。

不过简国炜一到,陆嘉林的秘书就站起来了,向等候的人抱歉地点点头:"各位领导不好意思,陆总说了,简经理一来就让他马上进去,还请各位领导再多等一会儿。"

"没关系没关系,我们的事不急,等领导空了再说。"其他还没到上班时间就来排队,着急上火到咽喉已经发炎的中层干部皮笑肉不笑地应道。简国炜这时感觉各种眼神、猜测像小刀一样飞了过来,他满脑门子官司,暂时也顾不上这些人怎么想怎么看,合掌向等候区方向拜了拜表示抱歉,就随着秘书一起进入陆嘉林的办公室。

"小简来了?快坐。"

今天陆嘉林的态度比昨天要和蔼多了,将简国炜引到沙发边坐下,甚至还亲手给他泡了一杯黄山毛峰。简国炜心里更是忐忑——这领导要是拿架子倒还好办了,可上来就这么高规格,还真不知道玩的是什么路数。要知道刘皇叔当年礼下于人,换来的可是诸葛亮为他卖了一辈子的命。

"小简,因为我工作的不严谨,信息沟通不到位,在这次项目安排上有欠妥的地方。昨天临时遇到些情况调整，恐怕会给你下一步的工作增添不少麻烦。在这里，我要先向你道歉。"陆嘉林诚恳地说。

简国炜努力让自己显得轻松，捂着心口做惊恐状："陆总，您这越客气，我心里怎么就越没底呢？到底出了什么事，您还是直接告诉我吧。要不然我这心里七上八下的，非得患上心脏病不可。"

陆嘉林摇头苦笑，索性把话摊开说透了。建总将竞标任务交由各集团公司，陆嘉林和简国炜当初都以为建总是要开展改革试点。但现在看来，这只是建总做出这决定的一部分原因，而更深层的原因则是：建总其实根本不想也不能亲自下场参与竞标。

苏尔曼高铁项目，表面上只是一个普通的高铁项目，实际却涉及东南亚某国两大党派的激烈政斗。作为地区范围内负责任的大国，中国一直坚持和平共处五项原则，不可能做出干涉他国内政、授人以柄的举动。然而该国两党为了壮大声势，却都希望中国做出表态。即使不能诱使中国表态站队，也要想办法拉虎皮做大旗，给自己增添更多筹码。

"建总是跻身世界500强，集基建建设、勘察设计与咨询服务、铁路和公路投资及运营等业务于一体的多功能、特大型国有企业集团。过于庞大的体量，很容易会被有心人宣扬为中国政府意志的曲折体现。参加竞标的话，有人会宣传说中国支持反对党；不参加竞标，又会被视作支持执政党。尤其是现在，在苏尔曼高铁项目又还没有正式立项的情况下，如果依照往例，贸然组建联合竞标组高调参与竞标，就等于一脚踏进别人的圈套里面。建总左右为难之下，才把这个任务交给各子集团公司完成。"陆嘉林解释。

简国炜若有所思地点点头。这样说来，马总的临阵逃脱，也就可以理解了。如果这个项目只是别人引你上钩抛出的诱饵，领头参加竞标，很可能辛苦了半天，还是竹篮打水一场空；而这期间只要一步行差踏错，被人抓住把柄借题发挥，个人前途就要付诸东流。这种事，像马总这样的"聪明人"，才不会去做呢！可为什么让自己这个二级经理参加呢？是让自己做炮灰？还是另有其他原因……

突然他脑子一个机灵，把事给连上了："陆总，我猜想您给我新的任命，是因为雅隆铁路没有正式开工，用项目经理这个身份为掩护，既可以近距离关注苏尔曼高铁项目的进展，不会引起关注，又可以在项目明朗或者其他有利时机出现时随时加入竞标？"

"是的，这就是我的想法。"陆嘉林承认，接着说，"当然，你也可以拒绝。毕竟这个项目，政治风险太大了。我保证，即使你现在拒绝，也不会对你前途有什么重大影响。最多是去雅隆高铁项目上工作几年，还能顺便积累资历。"

这是个非常有诱惑力又非常有危险性的事，做——能身败名裂也能斩获大功；不做——退回去估计这几年也前途渺茫。简国炜一时难以下定决心。闭上眼沉默一会儿，笑容又变痞了："陆总，我觉得我们有些人，是不是想得太多了。政治的归政治，经济的归经济。说破大天，我也就是建四集团里一个小小的经理，我到了苏尔曼就安安心心竞我的标，老老实实做我的工程，谁要是非要把我和什么政治资源扯在一起，那才是别有用心呢！您说是吧？"

陆嘉林听到这答案，有些诧异这小子如此快地搞清楚利害关系，又给自己准确地定了位，看事情一下就到点子上，有点儿意思！

事实上建总作为母公司，也不会下达让子公司的干部故意去"送死"的命令。参加竞标的人级别越低，越不可能被国外的政治旋涡所裹挟，也越不容易被定性为国家行为。商业行为就是趋利避害，子公司要营利要发展，看到项目就争取这到哪儿都是说得通的理由。

马总就是看不透这一点才做了逃兵，虽然他自认为"躲过一劫"，但实际上他的仕途也就止步于此了，谁也不会重用一个曾经当过"逃兵"的干部。

他满意地点点头说："不过鉴于马总'因病休养'，原先我们确定的方案可能就要有所改变，参与竞标工作的人数是越少越好。我和董事长商量过了，由你任竞标小组的组长，先派四名同志去打前站，然后根据情况变化和竞标需求，集团公司随时做好增加人手支援的准备。你出任第二标段项目部经理只是明面上的幌子，实际上工作主要盯着竞标这一块。袁建同志任副经理，第二标段项目的各项工作就交给他来主持。另外，陈学灿你也可以带去。我让行办替你们订了后天的机票，你抓紧休息一天，处理一下私人事务，然后立刻出发。"

对于陆嘉林的安排，简国炜还是比较满意的。虽然还是要同袁建一起工作，但两人却可以各管一摊，不会再起什么冲突。但他好奇的是，四名小组成员陆嘉林只说了三个，最后一位又是谁呢？

"陆总，还有一位是何方神圣？"

陆嘉林面上表情保持神秘，却又笑得有些得意："你马上就会知道了。"

果然,才走出陆嘉林的办公室,就有一个人走过来拦住简国炜:"简经理,我奉命向您报到。"

那是一个二十出头的女孩,个头很高,长发披肩,脸上还挂着初出茅庐的青涩,但目光却很坚定,透着股飒爽的范儿。

简国炜看着这个人有些眼熟,却一时记不起来在哪里见过,疑惑地问:"你是……"

"我是陆晓琪,奉命加入您的团队担任翻译工作。"

简国炜一拍脑门记起来她是谁了:"哦,你就是陆总的……"

"我是行政办公室助理政工师陆晓琪。"女孩强调,耳朵却已经微微发红,显然不太喜欢别人提起她的家庭。

干得漂亮——简国炜忍不住回头瞥一眼已经关上的陆嘉林办公室大门,再看看等候区那一帮装作若无其事,但却个个都把耳朵像兔子一样高高竖起的同僚,在心里给陆嘉林点了一个赞——果然姜还是老的辣!

马总"病休"的行为,让集团公司内部对此次竞标成功的信心几乎跌到谷底,原先大张旗鼓搞出的竞标小组,也不得不缩减人员低调出发。但现在陆嘉林把他的女儿塞进来,无疑是给大家吃下一颗定心丸。在国企里,以个人名义表现出的重视,有时候比正式下达的文件还顶用。而且竞标组有陆晓琪的加入,以后向集团公司讨要资源也会方便许多。

简国炜立刻感觉春风也和煦了,阳光也灿烂了。虽然他更希望自己的小团队里,全都是经验丰富的老手,但很明显,眼前这位生瓜蛋子如果用得好,比三个老手还管用。

"你是翻译?你在大学里专业学的是马来语?"

"不是。不过我的英语不错，曾经在全国大学生英语演讲比赛中获得过第三名。"

"那也不错。反正东南亚的商业用语是英语和……呃……"

简国炜没好意思说下去，但陆晓琪却直截了当："东南亚的商务标准用语是英语和汉语。汉语就不提了，相信简经理的英文水平也足以应付日常会话。所以我这个翻译，也就是给您充个数、撑个门面。"

自嘲里藏着个性，简国炜立刻判断出这不是一个愿意凭借家庭背景获得照顾的小女孩。既然她不想要私下照顾，那干脆就公事公办好了。

"你既然在行政办公室工作，那就先去帮我安排一间小会议室，我们竞标小组成员要开一个碰头会。"

这个任务对于陆晓琪来说非常简单。她向管理会议室的同事打个招呼拿了钥匙，又分别拨通袁建和陈学灿的电话，通知他们到二楼小会议室集中。二十分钟后，所有人到齐，会议开始。

袁建似乎受过陆嘉林的警告，变得老实不少，但也没有配合简国炜工作的意思，一进会议室就坐在边上闭上了眼一言不发。陈学灿看到会议室里多了一个年龄相仿的女同事，下意识地就想调笑几句。好在他及时记起陆晓琪父亲的姓名以及职务，立即收了心思一身正气地坐好，等待简国炜宣布会议议题。

"第一个议题，我们先讨论一下分工的问题。"简国炜拉长了声音，陈学灿和陆晓琪的目光就唰地一起扫向袁建。

袁建识相，闷声闷气地回答："第二标段项目部的筹备可以交给我全权负责，我保证按期完成各项工作任务。如果没什么其他的交代，竞标这块的工作我就不参与了。"

说完，袁建沉着脸站起身，径直推门走了出去。这举动看似削了简国炜的面子，却反而让简国炜暗自松了口气。他知道袁建这是在表态：他不会参与竞标工作，但也不会故意去扯后腿。要是袁建死皮赖脸地留下，却又不肯承担任何工作，那才是最令简国炜头疼的事情。

"第二个议题，情报。"简国炜看向陈学灿。

"因为时间紧迫，暂时没有查到国外有多少同行参加竞标。但在国内，也只有建六集团和我们建四集团派出竞标组，其他兄弟集团应该没有参与竞标的打算。建六集团的竞标小组由12个人组成，钟远成副总经理作为带队干部。成员分别是建六集团副总会计师陈丰，会计师刘诚，高级工程师林自健，高级工程师何有晴，工程师周鹭……"

简国炜习以为常，陆晓琪却越听越是奇怪。虽然说在国企里，保密问题一直是个令人挠头的大问题，谁要提拔重用，谁要调动改职，往往在正式命令下达的半年之前，小道消息就会传得沸沸扬扬，但是像陈学灿这般，能把兄弟集团竞标组名单全部搞到手中，甚至还能够对成员的技术水平和业务能力做出简短点评，就不能不让人怀疑，简国炜是否让陈学灿在建六集团里安插了间谍。难怪这次任命他一个工程公司的经理来担此重任，这个团队还真是有自己的打法，和之前的猜测有所不同，这些人还真是有那么两把刷子。想到这儿，陆晓琪觉得这次的任务可能会有不同的体验，越发期待听到简国炜后面的计划。

四平八稳，滴水不漏——这是简国炜对建六竞标组的评价。如果说简国炜是一柄天马行空的"妖刀"，那么钟远成就是一副厚实坚硬的"钢盾"。他擅长在枯燥无味的阵地战中，耐心地一点一滴取得优势，然后凭借着优势累积而成的胜势，将竞争者挤出擂台。

陈学灿看了简国炜一眼，有点儿心虚："有一个情况比较有意思，就是在今天早上，钟副总刚刚被任命为雅隆铁路项目指挥部的副指挥长。"

"什么？那他不成了我的顶头上司了？"简国炜惊得一下子跳了起来。还想要脱口骂上几句，简国炜的手机忽然嗡嗡地震动起来。简国炜拿起手机看了一眼，屏幕上显出"钟小人"三字标注。简国炜下意识地咂几下嘴，沉吟了一会儿索性打开免提。

"哟，钟师兄，今天刮的是哪阵风，居然把您的电话给刮来了。"

"听说你担任建四竞标组的组长了？"钟远成无意与他敷衍，不待他东拉西扯或矢口否认，立刻堵上他的嘴，"你有你的消息渠道，我也有我的情报来源。你也三十好几的人了，我希望你不要幼稚到对我睁眼说瞎话。"

简国炜啪地一个敬礼："卑职雅隆高铁第二标段项目部经理简国炜，有请副指挥长训示。"

钟远成一口气差点儿喘不上来，重重地呼吸几下，总算稳住情绪："懒得和你说废话。看在师兄弟一场的情分上，我给你透个底。苏尔曼高铁这个项目，背后水很深，如果你还像在国内一样胆大妄为胡搞瞎搞，谁都救不了你。反正我言尽于此，信不信由你！"

简国炜很诚恳："师兄，自从十年前那次事情之后，我就告诉过自己，以后要再信你，我就是个无可救药的大傻子。"

"你！……简国炜，我提醒你，只会埋头拉车，不会抬头看路的人，迟早会掉进沟里的。"

简国炜反唇相讥："师兄，我也给您提个醒。别只顾着抬头看路，忘记了该怎么拉车。毕竟，不是每次都有我这样的傻子，被你骗得让出自己的顺风车给你搭。"

啪！钟远成气呼呼地挂掉电话。陆晓琪听着，心里暗想，十年前发生了什么？这俩师兄弟说话这样剑拔弩张的，这里面有什么样的故事？听说钟远成以稳重著称，今日被气成这样，也是简国炜的本事。

电话里传来"嘟嘟"声，简国炜停了一下按掉屏幕。脸上有些讥笑又有些阴郁，说不清楚的表情，只那么三秒便又恢复了平日里的痞笑。他对着手机，又似对着陈学灿和陆晓琪嘲讽道："能把我这位钟师兄给急成这样实在是解气。平时装得四平八稳、老成持重的给外人看，对于知他根底的人他就连装也不装了。以为做了我的顶头上司打个电话我就怕了？哼，要是其他人我说不定也就信了，可从他手里硬抢了这么多次标，哪还能期待他真是好心提携我？这会儿既然面对面地对上，那我倒要看看，看看谁能做到狭路相逢勇者胜！"

看着简国炜那个样子，又听了这席话，陆晓琪觉出里面有些外人不知的酸涩和感慨，但又不好发问，便低下头来假意在笔记本上划拉着什么。

经过这段小插曲，之后三人就一阶段的工作制订了计划，现在当务之急是先到苏尔曼现场调研了解情况。待将一些需求上报陆嘉林获得审批之后，小组全员四人第一时间就动身前往苏尔曼省的首府巴禄。

第四章
记者

苏尔曼省首府巴禄市，是一座历史悠久的城市。早在15世纪初，就已成为该省的政治和经济中心。得天独厚的自然条件让这里热带植物密布，草木常青，咖啡、烟叶、橡胶等特产丰富。然而，它也是一座传统与现代、贫穷与富有对比强烈的城市。坐在飞机上鸟瞰，可以清晰地看到，整个巴禄被一条长河泾渭分明地分劈成两半。河的北面是由钢铁和水泥构成的高楼大厦，河的南面则是大片的低矮瓦屋，河岸两侧好似两个世界。

简国炜一行四人下了飞机，第一感觉就是潮湿和闷热，像在桑拿房内一般，所有的热空气带着水汽黏在身上衣服上，这种感受让刚从北方过来的他们实在感觉不适。接下来他们抓紧时间在机场换了一些当地货币，又买了电话卡，与项目部地接的人员联系上，就登上汽车前往落脚点。

无论简国炜还是袁建，因为工作关系都不止一次出过国，一坐上车就开始查看各种信息、回复微信。而陆晓琪更是从初中开始，每年暑假都会随家人出国旅游，此时无事就在车上和朋友有一下没一下地聊着天。陈学灿就不同了，这是他第一次踏出国门。尽管旅途疲惫，精神却依然亢奋，好奇地观察着车窗外与国内完全不同的建筑和风土人情。

没到巴禄之前，陈学灿做过功课。在他印象中，巴禄是一个经济相对落后的城市，物价低廉风景秀丽，有着典型的热带国家的特质。现在身处其间，与国内最大的不同就是这里的老百姓幸福感似乎很高，脸上总是挂着笑容，看到人行礼问好，行走做事都慢悠悠的，浑不似北上广深那些国内的大城市里，每个人都脚步匆匆，似乎身后有一双无形的手在推着赶着一样。

慢慢地，陈学灿眉头皱起，他发现汽车载着他们，从灯红酒绿车水马龙的北城驶过。他看到一座充满设计感和异国风情的五星酒店，以为这是他们入住的地方，没想到车向一拐，往大桥的方向开去。经过的好像就是从飞机上看到的那条河道，驶过大桥后，就眼睁睁地看着马路渐渐变得狭窄，两边的房屋也越来越残破，头顶上横七竖八的电线仿佛蛛网一样交缠在一起，环境变得脏乱潮湿，吵架声、叫卖声、婴儿啼哭声以及不知哪里传来的电钻钻击声，冲破车门的阻碍，传到乘客的耳朵里。

简国炜不安地挪了挪屁股，转头看向陈学灿："你上次说，建六的那帮人住在哪儿？"

"住在安纳塔拉酒店。"陈学灿舔舔嘴唇补充道，"五星级的。"

简国炜的目光又看向司机。来接他们的司机也是第二标段项目部的，比他们还早到了几个月，当下乐呵呵地道："那座酒店和建六集团没有关系，是雅隆高铁建设指挥部在安纳塔拉租了两层楼做临时办公用。建六的钟副总,现在是指挥部的副指挥长,当然有资格入住。"

陈学灿问:"那我们第二标段,就没租个酒店用作办公?"

司机从后视镜瞟了他一眼,那目光就像在看一个傻子:"第二标段的施工地点,距离巴禄大约130公里。如果你们非要住酒店的话,我可以送你们过去。"

简国炜牙疼似的发出一声"嗞",他突然发现自己陷入了一个很尴尬的境地。因为保密原因,他现在的职务是雅隆铁路建设指挥部第二标段项目经理,建四集团没有理由也不能直接给他拨款;而他要竞标苏尔曼高铁项目,雅隆铁路建设指挥部同样也不可能给予经费支持。再加上和钟远成的关系,他不在后面拆台就不错了,更别想得到什么优待。看来出师的第一关就是个考验。

"老袁……"简国炜搓搓手叫得亲热。

袁建斜眼:"你想让我犯错误?从项目部拿钱,审计的时候怎么过关?"

"瞧你说的,这怎么就犯错误了?我们来可不是来旅游的,是为了拿下苏尔曼高铁项目。将士们在前方打仗,你总不能让他们饿肚子吧?"

袁建知道简国炜说的是实话,其实出发前他是考虑过经费问题的,也和陆总通过气,每月开支不超过原来预算就没什么大问题。但简国炜没开口前,他就是一字不提,看看这项目经理怎么做这无米之炊。但这会儿他开口相问,要是自己再不说,陆总那边也不好交代,也算是让简国炜知道一下自己的重要性。他告诉简国炜,组织同意在巴禄设立一个第二标段的联络办公室,可以由简国炜坐镇。项目部每个月会划五千美元的办公经费给这个办公室，但必须实报实销，而且袁建还有随时查账的权力。如果账目管理混乱，袁建随时可以停掉这笔经费，这也是陆总和组织给他的监督权力。

"简经理，我可得提醒你。苏尔曼高铁项目，还是一个没影的事。等正式立项了，你再开始行动，谁也说不出你半句不是。可现在要投入太多精力，万一项目泡汤，你现在每花出去的一分钱，日后都可能成为你的一份罪状。"袁建难得地好心提醒简国炜。

可简国炜似乎不太领情："真要等到情况明朗了再动手，很可能就来不及了。竞标就是这样，一步领先就步步领先。我们要不抢个先手，到时候说不准就被人挤兑到没法下手了。"

"那我就祝你成功。"袁建懒得多说，继续闭目养神。到了地方他连车都没下，挥挥手让司机直接送他去项目部。

简国炜、陈学灿和陆晓琪三人，拎着大包小包，看着面前灰扑扑的三层小楼有些眼晕。小楼墙上的泥灰斑驳，挂着红红黄黄各种当地的祈福花环，显得有些怪异。路边还传来当地民众煮饭的特殊香料的气味，熏得人脑子一时都有些发晕。若是拍照发回集团给同事们看到，谁也不会相信这是未来要参加几十亿金额竞标的项目组办公地。

如果有一阵风刮过来，几片落叶再掉落身上，三个拎着行李呆滞的人影，就会成为日本动画中的经典场面。

简国炜咂咂嘴，猛然反应过来，现在可不是抱怨的时候。要是连他都开始抱怨，那团队的士气就甭再提了。

"好屋子！"简国炜戏精上身，满脸都是夸张的欣喜，"有天有地！有花园有天台！这就是一栋充满了异域风情的小别墅啊！咱们在国内就想着花钱找个有天有地的民宿，过过小农生活,现在这不就有了?不用花自己的钱,就能来个异国深度游,多好!"

"的确不错!这里要好好拾掇拾掇,一定很有味道。"无视已经快掉下来的吊扇,陈学灿昧着良心说道,成功领到陆晓琪白眼一枚。

简国炜进到楼里,看了看家具都是20世纪90年代的样式,有点儿像回到过去的中国老家,但好在屋内不脏,就是有些积灰。他二话不说将行李往椅上一放,主动开始打扫卫生。陈学灿与陆晓琪见了,也只得挽起袖子,拿起扫把抹布,随着简国炜一起进行大扫除。

陈学灿一边扫地一边发着牢骚:"好嘛,让我们住进这样的破民房,居然还想着要我们去竞标价值几十亿美元的高铁项目。真不知陆总是怎么想的……晓琪,我不是背地里说你爸坏话,就是有点儿想不通。"

他说的自有道理,毕竟竞标阶段,甲乙方要多次沟通交流,进行商务会谈。这种地方别说见苏尔曼省官员,就是见个一般的当地小老板,人家也会以为是中国来的骗子公司,实在没法和这个项目的量级匹配,让人有种说不出的憋屈和怪异。

陆晓琪听到这话也不回应,只是埋着头,一声不吭地擦拭茶几,脸上淡淡的也没露出委屈或是气愤的神色。简国炜倒也佩服陆嘉林的心真大,居然舍得让独生女儿来受这种苦。好在这姑娘也沉得住气,要是一般的大小姐,这会儿早哭哭啼啼地打电话投诉了。不过她这样的表现,倒真把自己的后路给堵得严严实实,想要打电话回去叫屈都理不直气不壮。

陆嘉林这老狐狸,一方面把女儿派来表示出对竞标的重视,另一方面又顺理成章地削减了竞标组的开支。可谓进能攻，退能守。这份手腕能耐，确实值得佩服！

项目部租的这栋民房并不大，上下三层加在一块儿，也就不到200平方米。一楼是客厅和厨房，二楼三楼各有两间卧室。简国炜把三楼的一间卧室改造成办公室，另一间让陆晓琪入住，自己和陈学灿则占据了二楼的两间卧房。不大会儿工夫，整栋房子就让他们打扫干净，虽然外观依然破旧，但至少整洁了许多，从上世纪90年代的农家院，进化到21世纪初城乡接合部风格——没办法，底子太差，又没有美颜滤镜瘦脸大眼功效，上演不了大变活人。

"来，我们一起拍个照，跟着我喊，茄子！"简国炜硬拉着陈学灿和陆晓琪乐呵呵地自拍一张，在新注册的Facebook（脸书）上发布出来，才心满意足地一挥手，"都辛苦了，你们先安顿休息吧，我也去睡上一觉。到了晚上，我请你们吃大餐。"

简国炜微笑地说着，拿着行李就回了自己房间，门砰的一声关上了。

陆晓琪总觉得简国炜那笑容有些不对，探究地看了陈学灿一眼。陈学灿会意，低声道："如果你吃了哑巴亏，又没办法发泄，你会怎么办？"

陆晓琪想了想回答："我会把自己关在房里，要么打布偶熊发泄，要么就吃零食。"

陈学灿默默点头。陆晓琪明白了他的意思，两人一起蹑手蹑脚地走到房门口把耳朵小心翼翼地贴在门上，隐约听见里面传来"唔唔"的声音，就好像有人用什么堵住自己嘴巴后压低了声音咆哮。再想继续听个仔细时，房门忽然被拉开，简国炜面无表情地看着他俩。陈学灿与陆晓琪对视一眼,异口同声道:"头儿,我们要去买日用品,要不要给你带点儿什么?"

"不用,我就想一个人安静地思考一下竞标方案。"

"没问题,您安静安静,好好补个觉。"

陈学灿和陆晓琪一起一边在嘴边做了个拉拉链的手势,一边哂笑着就往楼下走。

两人刚要出门,一辆越野车忽然飞快驶来,在大门口停下。紧接着,一个身材高挑的美女从驾驶室跳出来,来到他们面前,用悦耳的声音问:"我是联合社驻巴禄记者站的记者苏月,请问中国铁建第四集团的简国炜先生在吗?"

另一边,摄像师也从副座跳下,举着黑洞洞的镜头对准陈学灿和陆晓琪。

记者?还是外国通讯社的记者?虽然是个华人,但谁知道她怎么会这个节骨眼上出现,这又是个什么局面?陈学灿和陆晓琪都装傻充愣,和苏月大眼对小眼地看着不吭声。

"对不起,更正一下,我要找的是雅隆高铁建设指挥部第二标段经理——简国炜。"苏月捂嘴轻轻地笑了笑。白嫩的手指和红艳艳的唇交相辉映,看得陈学灿一下子热血澎湃。

人家已经把情报工作做到这个份上了,再装傻也没什么意思。陆晓琪看到陈学灿有点儿迷失的样子,心里有些恼——这个时候还被美女给迷惑了,这什么人呀!她带着女性的警惕反问:"你找我们简经理有什么事?"

"我是记者,当然是要对他进行采访。"

"请你稍等一下,我这就帮你去问一问。"陈学灿说着,屁颠屁颠就往二楼跑。

陆晓琪心下冷笑,并不说话,只堵在苏月面前,不让苏月往里走。然而苏月也不介意,左顾右盼的,似乎对这里的环境非常好奇。果然,没过多久,二楼就传来简国炜的怒吼:"安静!我说了要安静!你能让我安静一点儿吗……什么记者,不见!"

"没办法喽。"陆晓琪微笑着对苏月摊开双手。

苏月挑挑眉毛,忽然提高了声音:"简经理,我这里有一些有关苏尔曼高铁项目的情报,你有没有兴趣听一听?"

怒吼声瞬间消失,接着传来噔噔噔走楼梯的声音,简国炜穿着背心短裤趿拉着拖鞋从二楼走下来。看到苏月,很明显地愣了一下,显然有些意外,下意识地理了理自己的发型。

苏月是典型的东方女性长相,单眼皮,戴着一副金边眼镜。单论五官她的美丽其实并不具备太过强大的冲击性,但一颦一笑都透着含蓄的秀美。

看到简国炜下楼,她骄傲地挺起胸脯,感觉胜券在握。良好的教育、出色的工作能力还有较高的社会地位以及收入,赋予了本就美丽的她非同一般的自信。她见惯了男人在她面前失态,而她也总能利用自己的魅力取得她想要的新闻。

"苏记者你好。"简国炜伸手与她相握,"你刚才说苏尔曼高铁项目是什么意思?我只是雅隆高铁其中一个标段的项目经理而已,如果你要采访雅隆高铁我很欢迎,但其他的事我就不太清楚了。"

苏月笑笑:"我们明人不说暗话。我既然能找到你,自然是对简经理你此行的目的有一定了解。我希望你能接受我的采访。当然,作为回报,我也会告诉你一些我探听到的消息,相信它们对你是有所帮助的。"

简国炜目光闪了闪，沉默不语。眼见他可能要中"美人计"，陆晓琪急忙不引人注意地扯了扯他的衣角。苏尔曼高铁项目之所以让人觉得费力不讨好，最重要的就是可能牵扯到"政治风险"，而毫无疑问，记者特别是外媒记者正是其中最大的"风险源"。如果在采访时不慎说漏了嘴，或者干脆被记者断章取义乱写一通，只怕竞标还没有开始便会被勒令回国。

一时间简国炜脸色变幻不断，心里在快速评估得失。一方面他知道接受采访的风险，但另一方面初到巴禄的他人生地不熟，也不知道从哪里开始着手工作。如果能拿到苏月掌握的情报，至少也算是打开了局面。

"我想先看看采访提纲。"简国炜眼珠子转转说。

"没问题。"苏月爽快地从包里掏出一本小笔记本，翻过几页递到简国炜面前。中国的干部在面对外国媒体的采访时总是异常小心，生怕说错一字半句。肯接受采访还算是好的，怕就怕那种要求你到"有关部门"先取得采访许可才答应接受采访的。至于哪些部门能够算是具有采访决定权的"有关部门"，他们又支支吾吾地说不清楚，到最后就是采访不成还浪费时间。像简国炜这样，直接要提纲再决定接不接受采访的，倒也爽快。

简国炜一边翻看提纲一边随口聊天："苏记者，你们的消息够准的。我才刚下飞机不到三个小时，你就赶来了。"

"请不要低估我的专业敏锐度。事实上从上个星期起，我就开始关注外国铁路公司高管入境巴禄的记录……"苏月话才说出口就若有所觉，猛地抬起头。简国炜一看不好，拿着笔记本快速往后翻页浏览。

"你！"苏月看到急忙就要抢回笔记本，但陈学灿见状立刻挡住她，嘴里还叨叨："苏记者，天这么热我们先倒杯饮料给你，你要喝什么呀？咖啡、可乐，还是茶？"

就这么一耽搁，简国炜已经翻到了他想看的内容。如同他预想的一样，苏月的笔记本里还有对其他采访对象的采访提纲。通过翻阅采访名单，以及苏月对各个采访对象准备提出的问题，简国炜收获满满。

"苏记者，对不起，我突然身体不适，可能暂时没办法接受你的采访了。"简国炜心满意足把笔记本还给苏月。

苏月气得咬着牙笑："简经理，你这样可不太绅士吧？"

"如果我的行为给你造成困扰，我愿意向你道歉，但这份提纲上有些问题确实不适合进行采访。"简国炜认错态度极好，只是没有半分赔偿的意思。

君子遇见痞子尚且无可奈何，更何况受过高等教育抹不下脸撒泼的小女子。苏月要真来个一哭二闹三上吊，简国炜说不定还会觉得棘手，但偏偏苏月的自尊不允许她这么做。看着冲她露出八颗雪白牙齿，笑得憨厚而又无辜的简国炜，她只能恨恨地跺了跺脚，转身上车，撂下一句："简国炜，我记住你了！"

越野车"轰"的一下开走了，激起了一阵扬尘。简国炜眯了眯眼，毫不在意地撇撇嘴。

"您这也太……那个什么了吧。"陆晓琪头一次见到顶头上司这样耍无赖，目瞪口呆之下感觉世界观有点儿崩塌。

简国炜摆摆手，只当她是夸奖："只要对竞标有帮助，神马都是浮云。"

"噫！"陆晓琪嫌弃地皱起鼻子，"这也太老套了！"

"很老吗？我一向紧跟潮流的！"简国炜不忿，"像什么洪荒之力啊，小伙伴们都惊呆了啊，这些潮流语我都使用得得心应手。"

"简经理你果然很潮！"陆晓琪刚严肃地说完，就再也忍耐不住狂笑起来，"哈哈哈，这就是中年男人的幽默吗？"

简国炜气急败坏："喂，你再这样笑，我们友谊的小船可就要翻了啊！"

"好，不笑了……哈哈哈，求你不要再说这些老梗了！太尴了！"

第五章
观察

安纳塔拉，梵语的意思是"无穷无尽"。作为全球顶尖的精品度假酒店品牌，它一直都是一个独特的标记；它不像瑰丽那样现代时尚，也不像康莱德那样奢华绚丽，它的每一座酒店都会从当地的历史文化中汲取设计灵感，把酒店融入自然美景，成为其中一部分，让人觉得身在其中就自然而然地放松下来，又能感受到当地特有的氛围。也正因为它的独特和低调，当地政府部门在进行涉外交流时，通常会选择这家酒店，既有私密性又能向来访的宾客展示本地风情习俗。

位于巴禄北城中心的安纳塔拉酒店，占地面积尤其大。它有巴禄最有名的米其林三星餐厅、无边际泳池，甚至高尔夫球场。它的整体设计并不奢华，反而是沿用了热带国家特有的建筑风格，三角屋顶和木质架构，加上当地特色的花纹装饰，大堂中弥漫着热带特有的熏香，让人仿佛置身于另一个世界。简国炜坐在安纳塔拉酒店的咖啡吧里,一边翻着本旅游杂志,一边呷着咖啡。看似十分悠闲,但目光却不时瞥向不远处的宴会厅。

在那里,雅隆铁路项目指挥部正在举办一场冷餐会,邀请了苏尔曼省大部分高层官员、社会名流以及外国铁路公司的同行。钟远成将会在冷餐会中,介绍雅隆铁路项目的进展,可简国炜用脚趾头想也知道,他会在演讲中夹杂许多私货,以体现建六集团的技术实力。

"不愧是副总经理啊。"简国炜又羡又妒。到了钟远成这样级别的干部,手头上能够调动的资源,比简国炜这种中层干部要多得多。简国炜估计,在五星级酒店里举办这样一场冷餐会,没有五万美元是下不来的,这都顶得上简国炜十个月的活动经费了。

原本,简国炜打听到冷餐会的消息后,想要混进去浑水摸鱼。没承想钟远成也是精明,大老远看到他,也不站在门口迎宾了,转身就走。过了一会儿叫来两名酒店保安在大门口守着,专门查验来宾的请柬,让简国炜就是想要胡搅蛮缠打感情牌,也找不到正主。

"哟,这不是简先生吗?怎么,没有请柬进不了门了?"

耳边传来调笑的声音,简国炜抬头一看,正是昨天才见过的苏月。于是极有风度地站起身微微点头:"苏记者你好。"

苏月反而是愣了一下。昨天见简国炜,他蓬头垢面衣着邋遢,其后又当面耍起无赖,给苏月留下了一个中年油腻男的印象。但今天的简国炜西装革履举止有礼,一副十足商场精英风范,也不知到底哪一个才是真实的他。

刚想到这儿,苏月暗自又啐了一口。昨天才耍过无赖,今天见面就一副浑若无事模样,这人的脸皮真是厚比城墙。

这样想着,苏月悠悠地从手包里拿出请柬在简国炜面前一晃:"想和我一起进去吗?放心,我不会用这个条件逼你接受采访的。"

"想。"简国炜诚实,但很快又笑嘻嘻,"但天底下最贵的,就是免费的东西,我怕我买不起。"

"不,你买得起。简先生,你别走,先听我把话说完。"苏月拦住正欲离开的简国炜,"我知道,你们中国的干部出于谨慎不喜欢接受采访。但是,如果你有意要参加竞标,你就一定需要一个站在你这边,能为你说话、帮助你展示企业优点的媒体人。而我,正是这样一个人。我可以为你提供情报,而你也能在取得进展后第一时间给我新闻,我们完全能够互惠互利,这个要求也不违反你们的规章制度。"

简国炜摸着下巴打量苏月,狐疑道:"为什么选我,而不是别人?"

苏月很无奈:"我也不想选你,但我只是一个小记者。像欧陆铁路公司之类的庞大跨国企业,都有自己的长期媒体合作伙伴。我给他们的情报,他们自己有渠道可以获得,而他们给我的新闻,必然也不可能是独家。至于你的那位同胞,我承认,他曾是我合作的第一人选。但他实在太稳重了,不愿意冒一点儿风险,我只能遗憾放弃。所以简先生,你愿意冒险信任一名并不出名的小记者吗?"

说罢苏月伸出右手,坦然接受简国炜的目光。但简国炜却没有及时伸手握住,只慢慢地说:"信任这东西呢,是需要经过时间的洗礼才会慢慢积累起来的。"

苏月再把手往前伸:"我相信时间会证明,你的选择是正确的。"

简国炜摸摸下巴,飞快地伸出手与苏月相握。现在的情势很明了,要是不冒险,他就会被建六和钟远成抛在身后,所以无论如何,他都必须尝试着信任一次苏月。

再说,简国炜是什么人?出了名的臭不要脸!从来只有他占人便宜,还没有人能占到他便宜呢!

"我喜欢和你这样痛快的人打交道,不好意思,需要你配合一下喽。"说罢,苏月笑眯眯挽着简国炜的胳膊走向宴会厅,向门口的保安出示请柬后,二人顺利地走了进去。

他们进去时,宴会厅里已经人头涌动,至少有百余名宾客按照关系远近,各自聚拢成一个个小圈子,站在高脚台边拿着酒杯低声谈笑。没过一小会儿,又有人慢慢加入或是离开这个小圈子,去和其他需要交际的对象攀谈说笑,如果从上往下俯视,里面的人们像海里的游鱼一样,随着潮汐不断聚散。这就是社交酒会,每个人抱着不同的目的来,像猎人一样敏锐地寻找可能对自己有利的人物,迅速结识交换信息,又迅速地转向下一个猎物。

简国炜看到,钟远成正站在一群中外来宾中间,红光满面地说着什么。围拢着他的人,不时轻轻颔首。简国炜顺手从侍者的盘中拿了一杯香槟,趁着钟远成的目光转过来时,顽皮地举杯冲着他做了个鬼脸。正在喝香槟的钟远成立刻呛住,用餐巾捂住嘴不停咳嗽,差点儿把那一身阿玛尼的西服弄脏。

"你可真有意思。"苏月也忍俊不禁,饶有兴趣地问,"就为出一口气,给自己惹来麻烦,这样值得吗?"

苏月口中的麻烦,是指钟远成在止住咳嗽后,转头对身边的人轻声吩咐了几句。那人点点头,立刻走到距离他们两三米的位置,像监视嫌疑犯那样瞪圆了眼睛盯着简国炜和苏月不放。

简国炜耸肩:"反正他迟早会看到我,所以麻烦也迟早会来。早一点儿和晚一点儿没有多大区别。"

苏月忽然关注到了一个人,用眼神向简国炜示意的同时说道:"快看,那就是苏尔曼省的艾沙迪省长。"

简国炜顺着苏月目光的方向看去,终于看到了这个让他久闻其名的苏尔曼省官员。

艾沙迪大约五十岁出头,个子不高,宽鼻深眼肤色棕黑。他穿着当地名为"巴迪"的民族服饰,外表看起来似乎很和善,见了谁都笑眯眯地寒暄几句。这场宴会,显然他是最引人注目的核心。无论是官员还是商人,都要特地走过去和他攀谈几句,钟远成则是几乎寸步不离,从头到尾都一直跟随在他身边。见简国炜在关注艾沙迪,钟远成蓦然紧张起来,一边面上带笑地和众人打招呼,一边时不时看向简国炜这边,以防他冷不丁来个自报家门。

不过他的担心显然是多余的,简国炜并没有马上跟艾沙迪接触的意思。他像是看热闹一样,用手机拍了一张照,然后从侍者的托盘上拿了一杯香槟,痞笑着看着眼前的场景。

苏月也拿着一杯,环看四周,然后略靠近简国炜:"看你九点钟方向那个胖子,他是苏尔曼省的交通局长哈姆札。我曾经采访过他,也算是认识的熟人,可以带你过去和他聊几句。"

简国炜奇怪地看了一眼苏月:"怎么感觉你比我还着急?"

苏月白他一眼:"这有什么好奇怪的?第一,我是记者,当然希望大新闻来得越早越好;第二,虽然在外媒工作,但我是第三代华裔,我当然希望中国人能够中标。"

"多谢美意,但暂时不用,至少在近期,他对这个项目没有帮助。"

"没用？他可是交通局长！"

"交通局长现在未必清楚苏尔曼高铁项目的具体情况。"简国炜解释。高铁项目竞标开始之前，项目方通常会给有资质的合作伙伴发出一份标书，详述项目的起点和终点、技术、质量、工期，以及建设这个项目的预算，等等。标书就等于是一张门票，决定了谁有权参与。根据这份标书，参与竞标的各方在初步评估之后，做出各自的报价以及方案，交给项目方评定，以便他们选出最优秀的合作者。

为了保证对竞标各方的信息不对称优势，标书的各项信息，不到最后关头项目方绝不会泄漏。否则的话，竞标各方就能根据投资额度、执行工作成本和计划工作量，轻松生成挣得值模型，对造价和投标金额进行理性评估。如果所有人都感觉投资额太低，不足以完成项目，竞标各方还可以联合向项目方施压，要求提高预算或改进工艺。

项目方当然不希望各方那么快就完成理性评估。有可能的话，他们甚至会有意误导竞标者，使他们在投标时报出更低的价格。标书就相当于项目方手里准备打出的第一张牌，项目方在翻开这张牌之前，会借此在前置谈判中，先捞取到贷款、利率等诸多好处。

"这些资料不是迟早会公开的吗？而且所有人都大体知道这条高铁的走向。"

"对，问题的关键就是迟和早。一个高铁项目建设资金的计算量何其之大，迟了一步可能就无法计算出自己能承受的最大投标金额。项目方把所有资料都予以保密是不可能的，但是只要在某些关键点上做出隐瞒，比方说少建一座车站，又或多建一座大桥，就足以误导投标者做出相差亿计美元的错误判断。我不求比别的公司早知道这些信息，但至少要保证，不能比别人晚知道。"

"连交通局长都没有掌握的绝密，谁能有这么大的能量给你保证？"

"我现在也在寻找这个人，所以今天需要你帮忙的，就是让我知道参加嘉宾的身份。"简国炜回答说。

这个时候，就显出和苏月合作的好处了。身为记者，苏月不可能和苏尔曼所有政府官员攀上交情，但她至少看过这些人的照片，对他们的基础资料也有所了解。苏月和简国炜站在一个角落的高台，轻声介绍每一个人的姓名、职务，有时候简国炜也会着重点出几个人，要求苏月做详细介绍，远远看去二人倒像是一对情侣在闲聊。

但是看着看着，简国炜的眉头又皱了起来。在宴会厅里，他看到许多官员，也看到许多对手。德国欧陆铁路公司的托马斯副总裁来了，法国铁路工业联合会的主席朱利安也到了现场，但无论简国炜如何搜寻，都没有找到西城株式会社的任何一个中高层管理人员。难道，日本公司放弃了此次竞标？

苏月惊讶："你不知道？西城株式会社中标环海铁路项目之后就陷入麻烦，到现在为止连征地工作都没有完成。西城株式会社与当地政府一直在互相扯皮，很有可能会对簿公堂。别说他们没有这个精力，就算他们想参与竞标，苏尔曼省也不会接受。"

这可是个意料之外的好消息！简国炜松了一口气："非常感谢你的帮助，我来的目的已经达到，可以回去了。"

苏月奇怪地问："这样就可以了？你今晚甚至没有跟一名来宾进行交谈，那你为什么要想方设法地混进来？"

"我就算不相信官员的操守，也要相信他们的智商。大家都是来看看人，博个出镜率，别指望他们会和谁在这儿做内幕交易。非政府组织透明国际对这个国家政府官员去年的清廉指数打分是38分，在全球排名85。这至少证明，他们不会像一些战乱地区的官员那样，只要有钱就能从他们手中购买到任何东西。咦，那个和艾沙迪省长说话的华人是谁？"

苏月皱着眉头辨认了半天，才有些不确定地回答："这位好像是巴禄市同善医院的院长助理林良信医生。"

"他和艾沙迪省长很熟？"

"他好像是艾沙迪的家庭医生。怎么，他有什么特殊的吗？"

简国炜又观察了一会儿，才慎重点头："我想，他可能非常特殊。"

苏尔曼省长艾沙迪，是苏尔曼高铁项目中的关键人物。所有参加竞标的铁路建设公司，都想从他的身上打开缺口。这个人看似彬彬有礼，实则软硬不吃，善于十分礼貌地将人拒于千里之外。无论面对外商、同僚又或者本地名流，他总是戴着名为"微笑"的面具，与其保持着相当微妙的距离。

唯有对林良信是不同的。虽然他与林良信的交流时间并不比其他人更长，但是，在他们对话的时候，艾沙迪坐在沙发上很明显地有身体后仰跷起腿的动作，同时双肩自然下垂——这表明他处于一种很放松的状态。而一个人，只有在自己最信任的人身边，才会真正感到放松。简国炜忍不住嘴角轻扬，像一只好不容易找到猎物的狐狸。

或许是简国炜这名意外访客突然闯入的缘故,整个晚上钟远成都有些心神不宁,就像后背被蚊子叮了一口,不疼只痒,但偏偏把手臂怎么反折都挠不到,难受极了。在为艾沙迪省长和苏末尔议长介绍建六集团技术实力的时候,甚至说错了好几个数据,幸好他马上又圆了回来,没有给二人留下坏印象。

告个罪走到僻静角落,钟远成拉拉领带,舒了口长气。副总会计师陈丰也走过来,递给他一杯红酒:"老钟,今晚辛苦了。"

"再辛苦也没办法。"钟远成苦笑,"花了这么大一笔钱,总算买到一张进入苏尔曼省官员视线的门票。要是不努力把票价捞回来,这钱就白花了。对了,你那里的情况怎么样?"

陈丰兴奋地握拳:"效果不错。按你的吩咐,我们的人分成几拨,分别接触苏尔曼省政府官员、议会议员以及当地的政商名流。虽然还不能说交上了朋友,但至少混了个脸熟,也预留了进一步往来的余地。如果高铁项目正式立项,我们应该能顺利约到相关人士面谈。"

"很好。"钟远成一边听着一边点头,脸上却没有现出高兴的神态,反而频频向简国炜的方向张望。

"建四集团的简国炜?他怎么来了?"陈丰见钟远成脸色不豫,低声建议,"要不要我找人把他赶走?"

钟远成无奈地摇摇头:"算了吧,那就是一个痞子。你信不信,如果你敢赶他走,他就敢当众闹起来,到时候丢脸的还是我们这个主办方。"

陈丰急了:"为了办好这个冷餐会,我们花钱不说,还费了老大的劲请领事馆帮我们邀请当地名流,难道就这么让他蹭了好处?"

"他要真的蹭了好处就走也就罢了,可今天晚上他谁也没有接触,就一直站在那里东张西望的。可不知怎么的,他越是这样,我心底怎么就越不踏实?"钟远成叹了口气,再度无奈地摇了摇头,"这个家伙,肚子里到底憋着什么坏水呢?"

"钟先生,你好。"有人在身后这样唤他。

钟远成回过头,看到叫他的是一个六十多岁的欧洲人。头发已完全变白,但目光依然像剑一样锐利。举手投足间,带着典型英国贵族的作派。

"你好,托马斯先生。"钟远成有礼貌地与托马斯握手。

"很不错的宴会,可惜,办得太迟了一点儿。"托马斯神秘地笑笑。

钟远成也有礼貌地笑:"我的家乡有句俗话,叫好饭不怕晚,良缘不嫌迟。就像追求一位年轻漂亮的女士,先认识她的男士,未必就能赢得芳心。"

"但是你们缺乏赢得女士芳心的实力。说实话,如果这次参与竞标的是中铁建总,那么现在如临大敌的就该是我了。但很可惜,你们过于自大,居然以子集团的名义参与竞标。和欧陆铁路公司、法国铁路工业联合会这种庞然大物比起来,区区一个建总下属的子集团,显得太瘦弱了。"

托马斯说着,对钟远成举起酒杯示意一下,就慢悠悠地走开。钟远成脸色一下子变得铁青,陈丰担心地问:"你没事吧?"

"他太自信了,这不符合常理。我想,我们可能真的慢了一步。"钟远成望着托马斯的背景喃喃地说。

第六章
中间人

很多外国的城市里，都有唐人街。原本，唐人街是流落异乡的中国人抱团聚居的地方，只为满足那思乡的味蕾，日子久了就形成了独特的中国物产消费地。街道里保留着浓郁的中国特色，放眼望去不长的一条小街全是中文招牌，以中餐馆和杂物商店居多，路上走的都是中国面孔，就算不会外语，也能在这里与乡邻们正常交流，就仿佛置身于国内一样。

但也不知什么时候起，许多唐人街慢慢就变成了旅游景点，吸引着喜欢异域风情和追求美食的外国游客。商店和小摊档上，摆满了自义乌运来的，形状夸张价格低廉的"中国元素"商品。来自中国的游客，如果是带着探奇的心理来到唐人街，会失望地发觉逛唐人街与逛内地夜市并无多大区别。但如果有懂行的当地人带领，绕过大街来到巷子里的排档，却往往能够品尝到与当地口味深度结合，颇具特色的"中式餐点"。

简国炜带着苏月、陆晓琪，就坐在这样一个有着20世纪90年代装修风格的老字号店里，菱形的木制窗格遮挡着下午依然猛烈的阳光，屋顶上转动着的南洋老风扇，为客人驱走酷烈暑意。老板先端上来的是一壶茶和四套餐具，客人自己动手用功夫茶泡上，再将辣椒丝、酱油等调料倒入餐碟中调好。又过了不一会儿，热气腾腾的砂锅就端了上来。打开盖子，只见深褐色的汤中泡着一根带肉的腿骨，芬芳的药香中掺杂着淡淡的胡椒味道，喝一口下去，暖暖的汤汁滑过胃肠，真是说不尽的惬意，不愧是开了几十年的正宗老店。

只是简国炜他们并不是专程来品尝小吃的，所以吃的时候多少都有些心不在焉。每人都先后添了两三回免费的汤水，却还没有离开的意思，让小本生意的老板不时侧目打量。

不知为什么，陆晓琪看着苏月总有点儿不顺眼，又见等了快一小时，也未见等的人影，不觉有点儿不耐烦地责问："你不是说那个什么林医生会来这个老店吗，不会是假消息吧？"

"我只告诉你们，他喜欢这家排档的肉骨茶，并没有说他每天都会来吃，能不能碰到可不是我说了算的，守株待兔就是这样，有时候十天半个月等不到也说不定呢！"苏月才不肯承担这个责任，斜睨了陆晓琪一眼，然后转头眼睛亮晶晶地看着简国炜，"简经理，你确定这个林医生能影响艾沙迪省长？我真好奇就那么两分钟，你是怎么判断出来的，会不会看错了呢？"

简国炜耸耸肩不回答。他当然不能确定，但直觉告诉他不妨一试。就算不成功，他也还有其他备用人选。何况目前他也没有其他突破口，有的只是时间和运气！

无论官阶高低，人都有共同的情感需求，需要找个人缓解自己的压力、情绪甚至秘密;就像在国内,有些领导信任司机超过信任秘书,而国外有些高级官员,同样信任私人医生多过信任自己的幕僚。虽说,在国外没有"身体是革命的本钱"这种说法,但政治人物确实需要一名能够对他健康状况随时跟进,并且守口如瓶的私人医生,以应对波谲云诡的政坛。希拉里之所以在2016年的总统竞选中失败,除了窃听邮件门之外,她的私人医生泄露出她心脏瓣膜需要进行手术的消息,也是一个选民改变选择的重要原因。

这一天显然他们的好运气来了,又过了20分钟的尴尬等待,他们看到林良信从门外优哉地踱了进来。他熟悉地径直坐在角落的位置,和老板笑着打了个招呼,点了单,泡上茶打开一张当地报纸开始看了起来。

简国炜见空走到他旁边,半躬着身子对他轻声说:"林医生您好。"

林良信抬起头,目光警觉。巴禄市大约有5%的华裔居民,但普遍使用的语言通常是客家话、海南话又或者是潮州话,很少有人能说一口流利的普通话。

"你是谁?"

"我是中铁建总第四集团公司的简国炜。"

林良信一言不发地站起来准备走开。简国炜更确认了,林良信是艾沙迪的心腹。否则,他不会知道建四集团有意参与竞标的消息。

"我想,艾沙迪先生可能需要我的帮助。"简国炜提醒说。

林良信再打量简国炜一眼,觉得这个年轻人口气够狂妄的,真是好笑,于是又慢悠悠地坐了下来:"你代表中国政府?"

"不，我只代表我自己。如果正式开始竞标，在经过上级授权后，才可以代表建四集团。"

林良信气得笑了起来。原则上说，所有的甲方都不会反对各家参与竞标的公司在开标前接触自己，但前提是：第一，方式要正确，不能授人以柄；第二，要给他们带来好处，无论政治经济外交文化什么方面的都行。简国炜两者都不沾，自然也就不受人待见。

"这位简先生，你凭什么觉得你自己可以影响这边的政府要员，又凭什么觉得自己能参与呢？"林医生有些嘲讽地说道。

"艾沙迪省长虽然积极想要推动高铁项目，但苏尔曼省的经济基础，无法支撑起如此巨大的投入。所以我判断，这个项目势必要像雅隆高铁那样，要求中标方提供一定数额的贷款。我说得对吗？"

"这只是最基本的条件而已。我相信，为了拿到这个项目，每一个有意参与竞标的公司都能接受这个条件，你们能拿出来竞争的，也无非是贷款数量、年限和利息高低而已。"林良信冷冷地说。

"但贷款总是要还的，这是政府现在最大的挑战，但我们可以不要现金还贷，可以采取以货易货的方式进行贷款结算。苏尔曼可以用橡胶、椰子、茶叶、矿藏来还贷，我们来者不拒，只要经过双方认可的货物和矿产，都可以按当年物价折算成现金，让你们可以更方便地逐年偿还贷款，这对于省长来说绝对是解决两难的最佳办法。我没有别的要求，就请求您务必与艾沙迪省长转达一下我们的诚意！"简国炜打出临行前向陆嘉林申请来的杀手锏。

政治、军事、外交等牌面，都需要国家的力量支持才能打出，唯有经济牌是不需要行政力量就能动用的王牌之一。以土特产或矿藏折算现金的好处是，可以绕开美元体系。土特产换高铁，简单粗暴，没有任何中间商赚差价。看似以美元计价，却不需要一分钱的美金交割。对于缺乏外汇储备，又或者不愿意被美国政府利用美元体系进行收割的国家来说，是一个天大的好消息。

林良信果然眼睛一亮。苏尔曼省并不算富裕，但国家或地区所谓的"不富裕"，并不是指普通人那样家徒四壁的"穷困"，而是指他们缺乏坚挺的、具有国际信用的货币。他们空有广袤的土地、丰富的土特产和矿藏，却缺乏开发和变现的能力，唯有望而兴叹。而一旦高铁顺利修建完成连接中国——这个全世界最大的经济体之一，路通财通货物交易打开，紧接着国民温饱、教育素质、医疗养老等一系列问题都能得到解决。

当然，对于中国来说，这也并不意味着是"赔本赚吆喝"。从政治角度来讲，中国高铁走出去可以打破某些国家对我国的遏制及包围，扩大国际影响力；从经济的角度来说，钢铁水泥等国内过剩的产能也有了能够发挥的地方。而只要项目国接受了中国标准中国元素，国内的民营企业也可以接着顺利走出国门。国企建设电网，私企销售电器；国企建设基站，私企推销手机；国企建设港口，那么过不了多久，来自国内的物美价廉的轻工业产品，也会很快进入当地的生活必需品市场。当地也会有更多的人学习汉语，微信、支付宝、小米、华为也会接着走入当地寻常百姓家。最重要的是占到基础建设的先机，培养和改变当地百姓的生活习惯，之后所有的中国模式和产品就能轻松地被民众接受，而销售和市场成本就逐步降低，甚至可以与中国同步，这才是国家及企业看重的长久经营之道。

尽管欧洲媒体，经常对中国在国外的援建项目和基建项目，冠以所谓"新殖民主义"的蔑称，但通常只有文化和经济水平都比较低的底层人士才会被忽悠。像林良信、艾沙迪这种精英阶层，对中国对外援建项目都进行过深入研究，普通共识是中国人比欧美"更有良心"。

欧美垫资替你修建铁路，建好了能不能经营好就是另一回事。经营不善铁路公司倒闭了，欠下的钱可不能"人死债销"，依然还是要还。但中国人不一样，不但建设好了还对你转让技术，转让完了还手把手教你经营。退一万步说，就算经营不佳，铁路真的赚不到钱，项目方也能落下完整的基础设施和一批熟练工人，自己的矿藏与土特产也能打进中国市场。

"我会向艾沙迪省长转告你的建议。"林良信深深看了一眼简国炜，顿了一下又说，"竞标存在的意义，就是说明这是一项公平、公正、公开的竞争。在这一方面，我们没有办法帮助你什么。"

简国炜微笑："恰好，我需要的也只是公平、公正以及公开。感谢您！那我就不打扰您了，您慢用！"

说到"公平"两个字时，简国炜是加了重音的，然后欠了个身表示告辞，转身便招呼苏月和小陆离开了餐厅。林良信点了个头又拿起了报纸，喝了一口茶，像在看着报又像在想着什么。

回去的路上，苏月好奇地打听他和林说了什么。简国炜只是带了一句，说自己给了有吸引力的公平的合作模式，便不再多言，苏月见状也不再追问合作细节，只是好奇地又问："你为什么要强调公平?"

简国炜的话意味深长:"因为在这种牵一发而动全身的国际竞标中,公平这种玩意儿,从来就不存在。好了苏小姐,谢谢你的重要消息,下回有空一定请你吃饱。我们后会有期!"

说罢向苏月告了个罪,抬手叫了辆的士,在苏月"过河拆桥"的怒斥声中,拉着陆晓琪落荒而逃。

回到临时办公室,这里已经变了模样。四面墙都挂了白板,上面贴着一名名苏尔曼省政府官员的照片,并以复杂的线条,将他们连接在一起。哪些属于执政党,哪些属于在野党,哪些身在执政党却赞同修建高铁,哪些在在野党担任要职却反对高铁项目。密密麻麻的线条,组成曲折连接的人物谱系,让人一看就会眼晕。

陈学灿埋头在电脑前搜索苏尔曼省当地媒体发布的电子报和电视新闻。好在现在影响度高的当地主要媒体,都会发布英文版本的网页,倒也方便了陈学灿搜索资料。要是网页上都是当地文字,陈学灿当即就要变作睁眼瞎。

听见开门的声音,陈学灿回头看一眼,眼睛里满是血丝。简国炜拍拍他肩膀心疼地说:"累了就歇一会儿,不要心急。"

"不着急不行啊,我们已经落后于国外的同行们了。"陈学灿振作起精神,报告他的工作成果,"简头,按你的要求,我搜索了近三个月的本地报刊以及电视新闻。艾沙迪省长是今年4月首次提出高铁项目的,从4月底到7月上旬,有关高铁项目的新闻报道一共91篇,其中12篇赞同修建高铁,26篇中立,53篇强烈反对。从现在的情况来看,苏尔曼省的议长苏末尔是反高铁派的领袖人物,他主动接受了4次专访,每次都猛烈抨击艾沙迪的高铁政策好高骛远。但从上个星期开始,媒体的风向开始转变。

16篇报道中，有11篇支持，4篇中立，仅有1篇反对。同时，苏末尔也再没有接受任何媒体的采访。"

"看起来，国外的同行们都发力了呀。"简国炜感叹。

根据从领事馆得来的情报，议长苏末尔在执政党担任高层要职，与现任总统关系良好。他之所以阻挠苏尔曼高铁项目，也是为了给艾沙迪两年后参选总统使绊子。然而高铁项目的消息，还是吸引来了犹如寻找猎物的猎鹰一般的国外铁路公司。以他们在东南亚政商界、媒体界的能量，将舆论翻转过来并非什么难事。而苏末尔的蛰伏，也说明他抵抗的手段越来越软弱无力。也就是说，所有人等待着的，一锤定音的时机马上就会到来，苏尔曼高铁项目的立项近在眼前。

"你的意思是，我们的外国同行们已经先一步看到了标书的内容？"陆晓琪问。

"十有八九。"简国炜为难地叹了口气，"那些外国同行，一向不见兔子不撒鹰。如果不是和艾沙迪私下有了交易，他们也不会帮助艾沙迪为苏尔曼高铁项目造起声势来。"

三人你看看我，我看看你，都有些无奈。因为接下来，他们除了等待之外，竟没有能力再做些什么。如果林良信真的深得艾沙迪的信任，那么他们很快就能得到反馈；但如果不是，在林良信与艾沙迪之间，还需要两个或三个人作为信息中介传递情报，不知会耽误多少时间了。

幸好，这一次简国炜又赌对了。到了晚上7点左右，天刚擦黑，一个当地的男青年就骑着摩托车来到他们临时租用的民房。掏出怀里的照片与简国炜仔细对比了一番后，男青年一声不吭地打开手里皱巴巴的纸条，当着简国炜的面张开。

纸条上只写了几个英文单词，以及几个简单的阿拉伯数字。等简国炜看完之后，那个男人立即从口袋里掏出打火机，当着简国炜的面将纸条放在烟灰缸里烧毁，接着又把桌子上摆放的一瓶水倒进烟灰缸，并用手指伸进去搅了搅，接着转身出门骑着摩托车扬长而去。

前后不到一分钟，无论是那个男人还是简国炜，两人都没有说一句话。但等到那个男人走后，简国炜立即兴奋得涨红了脸。

"晓琪，陪我去一趟领事馆。我要借用那里的保密专线，给家里打个电话。"

早晨9点，钟远成从宿醉中醒来。睁开眼，他对着屋顶发了半天呆，酒店屋顶上繁复的花纹让人更加眼晕，也提醒他身在何处。他闭上眼适应了一下眩晕感，这会儿实在很想再睡上一会儿，但想着今天还有要事，又坚持着用手撑住床垫，摇摇晃晃地爬了起来。刚进卫生间，还没来得及洗脸，就趴在洗脸盆上使劲干呕。可胃里的东西，偏偏在昨天晚上已经吐得一干二净，呕出的酸涩胃液烧得他喉咙干涩，让他更加难受。看着镜子里苍白的人，早失去了平日的成熟稳重，像个失魂落魄的流浪者。

巴禄市85%以上的人口信仰伊斯兰教，对酒精类的饮品一向施行严格的专卖管理，而且大部分人也没有酗酒的习惯。但放眼全球，每个政府中都不乏特立独行的官员，可能是平日里的压力太大或为了显示权威，而烈酒才能让人暂时地放纵和彰显自我，苏尔曼省的交通局长哈姆札就非常喜欢豪饮烈酒。

昨天晚上钟远成宴请他时，没几下哈姆札就喝高了，端着威士忌非说自己有四分之一的中国血统,和中国人民是好朋友。寻根问祖这交情酒是要舍了命去陪的,本以为豁出去喝到位了能换点秘密消息,没想到这家伙的嘴却是极严,无论钟远成等人怎么旁敲侧击,都喝到两腿走不动道了,哈姆札依然没有透露半点儿有关苏尔曼高铁项目的情报。

也顾不得模样狼狈不狼狈,钟远成就这么倚着墙坐在马桶盖上,双手撑着头不住喘着粗气。浓浓的挫败感之后,是让他感到无能为力的沮丧。

昨天,集团公司那里传来消息,建四集团的陆嘉林,调集了十几员精兵强将,悄没声息地组建了一个临时竞标办公室,明着宣布由他兼任办公室主任,直接进行日常管理和指挥,暗地里简国炜带着他的几个兵,不知在南城区那破地方策划着什么。

陆嘉林一向是个不见兔子不撒鹰的主,他敢搞出这么大动静,说明建四得到了有关苏尔曼高铁项目至关重要的内幕消息,说不定他们早就拿到那张项目方一直秘而不宣的标书。这也就意味着掌握了简国炜十倍以上资源的自己,在第一程起跑时又输给了这个小师弟。

出师不利,腹背皆受敌。昨晚建六集团总经理在打来电话时,语气是温和的,仿佛只是告知他一则非常普通的消息而已。然而钟远成却知道,总经理这是在催促自己加大工作力度。这场竞标说是各兄弟单位公平竞争,但大家都心照不宣是两个老总在暗地里较劲儿,谁的兵胜了谁就多了述职报告上的黄金筹码。他也很想快速拿下这个标,但又冒出了简国炜捷足先登的情况,真让他有了既生瑜何生亮的感慨。他也没想到和这个小师弟的纠葛,这么多年还依然未止。

刚缓过一口气来，放在洗脸池边的手机忽然响了起来。没来由地，钟远成心里就是一阵烦躁。怪不得有人说，你想讨厌哪个歌手，就把他的歌声设置为手机铃声。不出一个月，你肯定就能如愿以偿地把他恨到咬牙切齿。

有心不接吧，但又怕耽误了正事。只能鼓起精神，扶着墙慢慢站起，拿起手机边走回卧室边看了看，原来是他妻子谭琳琳。

"昨晚喝多了吧？"电话一接通谭琳琳就问。

"嗯。是老陈跟你打的小报告？"钟远成闷闷地应了一声，并没有多解释的兴趣。

"是你昨晚喝醉了，打电话过来非说要和我谈谈心。我让你早点儿休息吧，你又偏不。一边说话还一边哇哇地吐，那声音听得我都犯恶心了。"谭琳琳嫌弃地说道，好像电话那头都能闻到那酒气。

钟远成尴尬了，还有点儿心虚，支吾了半天才问："我……我昨天给你说什么了？"

"也没说什么。开始一直在骂人，骂总经理给你资源不够，骂苏尔曼省的官员太狡猾，骂简国炜太不给你面子。然后……"

"然后怎么了？"

谭琳琳顿了顿："然后你就哭了，你一边哭一边不停地对我说，你对不起简国炜和丁飞。"

钟远成一下子沉默下来，嘴巴像出了水的鱼一样一张一合，但干涩的喉咙里，却吐不出任何声音。谭琳琳也沉默了很久才轻声说："远成，要不……你找他们谈谈？"

钟远成努力地使自己的声音听起来显得轻松一点："谈什么？有什么好谈的？当年他们自己搞错了研究方向，难道还不许

77

我纠正了？我昨天是喝多了，不记得还说了这些，你别多事，我这还忙着呢。就这样，挂了。"

"钟远成！"谭琳琳的声音提高了，带着点儿怒意，"同学一场，搞成这样有意思吗？他们俩不仅是你的同学，也是我的同学！"

"没意思，真的挺没意思的。"沉默很久后，钟远成声音低沉下来，视线没有焦点地看着墙壁，"但当年我要是不那样做，我就没办法留在北京，我们俩也成不了。"

电话那头，谭琳琳也沉默了。电话里只听到两人的呼吸声，好像多说一句都会无法负担；好半天，她才闷声叮嘱："一个人在外面注意身体，别再喝那么多酒了，我挂了。"

听着手机里传来的忙音，钟远成再度苦笑着把手机扔在床上，人向后仰倒，呈大字形就这么在床上躺着。

五分钟——他给自己限定了时间。每一个人都有软弱的时候，但他不允许自己软弱的时间超过五分钟。人就是这样，一旦软弱就会后悔，一旦后悔了就会千方百计地去弥补。但是弥补他带给老同学的伤害，花费的代价太大了，大到他承受不起。这条路当初选择了，就只能一路走到底，回头太远也太难；既然如此，那不如就罢了吧……

第七章
故人，故事

　　五分钟时间一到，钟远成立马到卫生间里先痛痛快快地冲了个热水澡，然后又换了身新衣服。把手拢在嘴前吹口气，嗅了嗅味道，虽然还残留着些许酒气，但在用了漱口水和BOSS古龙水之后，能够压下些许；再出房间门时，已然没有宿醉的样子，又是平日里内敛精明的领导作派。钟远成决定先到餐厅去吃点儿东西，然后再到办公室鼓舞一下士气。虽然这个竞标小组组长有实无名，但工作总是要做的，如果他都打不起精神，那不知道其他组员会是个什么颓废模样。再有，传到集团那边又不知会被曲解成什么故事。

　　酒店免费供应早餐的时间早已经过了。不过钟远成也不在乎，向服务员点了碗当地特色的鸡丝粥，在等待期间，就放松地靠在椅背上闭着眼睛养神。几分钟后，他感觉旁边多了一个人，以为是服务员把粥端过来了，于是懒懒地睁眼看去。但他才一睁开眼睛，立刻面色大变，整个人身子猛地向后一仰，椅子一阵响动，引得其他桌的客人纷纷观望。

"师兄，小心！"那人扶住倾斜的椅子，柔声对钟远成说道。

"丁、丁……"钟远成舌头打结，说不出完整的话来。

那人扶扶无框眼镜，很儒雅的模样微笑道："怎么，不认识了？师兄你不至于这么健忘吧？"

钟远成感觉凉意从肩一直蔓延到手。他不知道那具体是什么感受，仿佛你最害怕见的东西，突然出现在面前，那种惊惶、恐惧、愧疚百念杂陈。

丁飞笑了笑，拉开椅子在钟远成对面坐下："怎么，当年的事还记挂着呢？我都差不多忘干净了。都过了这么久，该向前看了。"

对了，他不知道当年那件事的前因后果——钟远成抓着领缘整了整西装恢复镇定，于是热情起来："师弟，你的变化真的很大，乍一眼确实有些认不出来了。你去日本以后，虽然我们没见过面，但你的名字我可听过不少次。每隔一段时间都能看到你的论文，现在你已经是国际上知名的高铁建设专家了。还真是应了那句老话，树挪死，人挪活……"

钟远成话没说完，就恨不得给自己一嘴巴——好端端的，提什么挪啊挪的，这不是在丁飞的伤口上撒盐吗？但要转换话题，又愈发笨嘴拙舌。

"怎么样，这些年在西城株式会社还好吧？"钟远成干巴巴地问。

"嗯，还行吧。"丁飞顿了顿回答道。

日本这个国家，既开放又保守。日本人很有礼貌也很守规矩,但绝不宽容。他们不会把排外的情绪表露在脸上,但却会比较明显地孤立外国人。当然,这也并不是说日本人本性不好,只是在日本的职场里,人际交往本身就是一件充满压力的事,"压抑"这个词是充斥在日本职场上的主旋律。一个外国人,既要融入他们的团体,又要在科研上有所成就,是一件非常困难的事情。一句"还行"之中,也不知道包含了多少心酸和努力。

打个比方吧,在日本公司里写文件要盖上个人印章,表示对这份文件负责。而在不成文的规矩中,印章必须左斜着盖,就好像向上司鞠躬那样。但这种印章盖法的恐怖之处在于,新进员工很容易因为不懂规则而被人在背后指点。因为一份报告往往是由新进员工起草后再依次上呈,当这份报告呈到社长手中时,新进员工所有的上司都遵循左斜盖法,而唯有他自己没有左斜,这就相当于上司们一起向社长鞠躬,而职位最低的那个却笔直站着,醒目无比。

在注重集体主义的日本,日常工作生活中,类似的"潜规则"也不知有多少。没人会告诉你应该怎么做,只能靠你自己猜,日本人称之为"读懂空气的能力"。如果没猜中,就会被视为"不合群""没有礼貌",而被掩盖、孤立。而要融入群体,你就必须这样每天提心吊胆谨小慎微地活着。

钟远成笑容变得干涩了:"那就好,那就好。真没想到,会在这里遇见你。"

丁飞苦笑着叹口气:"实际上,很对不起……师兄,这次是会社安排我来的。我现在在西城株式会社的科技发展部担任首席工程师,会社高层知道我和你是同窗,所以……让我来给你送点儿东西。"

钟远成心里一惊，但看到丁飞局促又无奈的样子，心不禁就有些软了。丁飞的性子他知道，外柔内刚，对自己的科研水准很自信，否则当年他也不至于因为一点儿挫折就远渡日本。西城株式会社安排他做这种信使说客的工作，还真是难为他这样内心极为骄傲、不愿无故低头的人了。

"他们让你带什么？"钟远成柔声问。

丁飞也不说话，从提包里拿出一本厚厚的书，封面是白色牛皮纸，一个字也没有写。他把书掉了个头，用手指推动到钟远成面前。

钟远成靠在椅背上，大拇指撑着下巴，食指不断摩擦着唇边，瞟了一眼暂不开口。虽然他很想帮丁飞一把，但在竞标期间与外国同行私下联系，本来就是一件很犯忌讳的事情。没弄清楚书里的内容，他连碰都不会碰它一下。

丁飞身体前倾压低了声音："这是西城株式会社搞到的，苏尔曼高铁项目的标书。"

钟远成身子一颤，手差一点儿就忍不住去拿那本书。好在最后关头，理智还是占据了上风。他强忍着激动，板着脸："他们要什么？"

"他们想和你建立起私下合作关系，最好让欧陆铁路公司，还有法国铁路工业联合会统统吃一个大亏。"

钟远成一愣："西城株式会社为什么要帮我对付那些欧美同行？"

"东南亚这一带的铁路建设项目，一直以来是中日两国在竞争。既然西城株式会社这次没办法插手苏尔曼铁路项目，那么这个项目他们宁愿让中国得到，也不愿意把它交到欧美的公司手上。西方企业政治影响力太强了,在东南亚一旦有了第一个立足点,就会像藤蔓一样快速攻城略地。到时候无论日方还是中方的业务都会遭到挤压,未来的日子大家都不好过。"

见钟远成陷入沉思,丁飞捂着嘴咳嗽两声,语气诚恳:"上面的话,是他们让我这样说的。但接下来,是我们同学一场,我想对你说的。师兄,当年你落井下石发表的那篇论文,相当于把已经陷进淤泥的我,又踩了一脚。如果是5年前,哪怕是3年前,我甚至都不会心平气和地与你坐在一张桌子上。不过现在年纪大了,对于那些怨恨也记得不太牢了,倒是经常回想当初我们同窗时发生的一些趣事。我给你个建议,大可以先吃下糖衣,如果发现里面有炮弹,就把炮弹再扔回来。"

钟远成心动了。或许丁飞没有说出全部实话,但那又如何?建六集团在这场交易中,什么也不用付出;即使西城株式会社反悔,他也损失不了什么。而现在的他实在也像是漂在汪洋中的落水者,急需抓到一个漂浮物搭搭手,丁飞这次等于是直接递了一个救生艇给他。

"拿着吧。"丁飞又把标书往钟远成的方向推了推,苦笑道,"西城株式会社暂时没有参加竞标的能力,只派我带来了一个观察小组加以关注。我虽然是组长,但有些事也不是我说了就能算的。西城株式会社做事的风格你也知道,不是朋友就是敌人。我不想和你拼来杀去,但你至少要让我有个借口,说服会社的同仁不针对你。"

钟远成的脑子里,理智和情感在激烈地交锋。常年职场积累的理智告诉他,十年没见,丁飞未必可信,但西城株式会社更不可信。而且利用外国公司的力量,终归是一件非常危险的事情,谁知道里面藏了什么炸弹？而急于获胜的情感又推着他，告诉他光明的背后总有阴影，涉及几十亿美元的项目后面，总有不那么光彩的部分。就算自己不做，别人也会这么做。现在拒绝了丁飞，就等于将丁飞推到了别人那一边，一旦他与其他公司展开合作，那么自己率领的建六竞标组也会成为他的打击对象之一，那么自己岂不是一点儿好处都捞不到？

"我想，我是在与虎谋皮。希望你说的是真的，咱们这是为国家的利益联盟了。"钟远成思前想后，终于苦笑着把标书拿起。

丁飞也摇着头苦笑，这种做说客的事情他确实不太擅长："如果你还不放心，可以把今天和我会面的事向上级汇报。至少这样，你不用背上太大责任。"

看着苦笑的丁飞，钟远成忽然有点儿恍惚起来。丁飞当年青涩而张扬的样子，与现在这个内敛又儒雅的科研精英重叠在一起。他一时分不清，哪个是真哪个是幻，他真的有些怀念当年那个总是笑得满脸阳光没心没肺的大男孩。

"简国炜也来了，他现在是建四竞标组的组长。你待会儿也会去见他吗？"

"这是会社交给我的任务。"提到简国炜，丁飞的脸就沉下来了，明显这个名字，还是他心中的一根刺，于是他的笑容也变得有些冷，"那可是我的小师弟呢，我像亲弟弟一样照料他那么多年，可是他呢，却给了我一个错误的参数。要不是他……对不起，我又陷在当年的事情里了，以后我尽量改。"

钟远成突然有种冲动，很想说出真相，或替简国炜做一些解释，但嘴巴张了张，还是闭上了，一股气堵在胸口，眼里竟有些涩涩的。

人呐，就是这样，大多数时候只相信自己眼睛看到的。但实际上，眼见的未必全部为真。有时候你想做个诚实的人，但太多理由又迫使你不能诚实。

"要不……你回来吧，我帮你！"钟远成犹豫了半晌，还是把话说出口，"你有技术，又有国外公司的工作经验，像你这样的人才国内也很缺乏。回来之后先到机关里过渡一年，然后我就推荐你到下面的工程公司里担任一把手。接着……"

丁飞不说话，只微笑着轻轻摇头，钟远成发现自己要说的话接不下去了。不提当年的恩恩怨怨，就算坐到钟远成现在的位置又怎么样？就算是做了国企的副总，他的年薪可能还不如丁飞一个月的收入。更别提，丁飞现在已经是西城株式会社科技发展部的首席工程师，眼见前途一片光明。依照日本的年功序列制度和排资论辈的潜规则，丁飞只要不犯下什么重大错误，就能一步步向上升，拿着丰厚的年薪过上非常不错的生活。

"好了，不提这个了，以后有事电话联络。"说罢丁飞把一张名片放在桌上，做了一个电话联系的手势，便转身离开，乘坐电梯下楼后，慢慢走出酒店大堂。

室外阳光酷烈，但丁飞从大楼里出来，却站在太阳底下晒了好一会儿。仿佛只有炙热的阳光，才可以驱走他越来越浓烈的负面情绪。有时候就是这样，明明你以为已经忘记了，看淡了一些事情，但真要重新面对时，却发现当年受的伤痛依然刻骨铭心。

一辆挂有日本领事馆牌照的汽车在丁飞面前停下，司机打开门后，丁飞坐进车里，关上车门，对车上等待已久的那个人点了点头。

"托马斯先生,已经把标书交给他了。"

英国绅士躬身致意:"辛苦你了,丁先生,欧陆铁路公司不会忘记西城株式会社的友谊。遏制中国标准、中国技术在东南亚地区影响力的扩张,一向是贵司与我们两家公司的核心政策。我们希望西城株式会社能永远和我们站在一边,共同应对来自中国的挑战。"

丁飞摇摇头:"我会遵从上谷社长的指令配合欧陆铁路公司竞标,但我也想提醒托马斯先生,阴谋诡计可能奏效一时,但要赢得最终胜利,还是要靠实力。"

托马斯的脸色瞬间变得有些难看起来,幸好前方副座一阵轻笑打破尴尬。

"丁桑,您是一名学者型的科研工作者,对于社会的阴暗面了解太少,这也是上谷社长派我来辅佐您的原因。"白领丽人自信地笑笑,"所以请放心,只要您与建四、建六竞标组的组长搭上线,以后的事情就交给我吧。"

"但愿如此。"丁飞疲惫地捏捏鼻梁,"那么就辛苦您了,藤井小姐。"

早晨,简国炜睁开眼睛,从床上晃晃悠悠地爬起来,趿拉着拖鞋来到洗手间。一照镜子,险些被镜子里的形象吓了一跳。那乱糟糟的头发、浮肿的眼袋、苍白的脸孔和松弛的皮肤,加上嘴唇上和下巴间错落生长的茂密胡茬,完美地显现出一个身心俱疲的中年男人模样。

我分明还那么年轻——简国炜悲愤到不行。赌气似的往脸上连泼几把冷水,用手当作梳子捋了捋头发,然后对着镜子,鼓起腮帮快速做几个鬼脸，再揉一揉脸蛋严肃下来。于是镜子里男人的目光也睥睨了，神态也桀骜了，表情也飞扬了，完全摆脱了昨晚工作到凌晨三点的疲态。至于依然唏嘘的胡碴儿……好吧，说显示出成熟男人的韵味也未尝不可，对不对？

简国炜打个响指，终于满意地点点头。自恋与自信一字之差，但自信的人往往自恋。就算明知自己可能没那么好，但绝不会因此而自卑、畏缩。

"头儿，有客人找你。"陆晓琪一边敲门一边喊道。

简国炜遗憾地看了一眼镜子里的形象——今天时间不允许了，找个有空闲的时候再仔细欣赏你的帅气。

"是谁？"

"一个是苏记者，另一个……嗯，看起来怪怪的，好像是日本人。"

"日本人？和苏记者一起来的？"简国炜突然警醒。

"不是，他们俩是一前一后到的，好像相互之间也不认识。"

眼珠子转了转，简国炜愈加警惕。日本人？现在为什么会有日本人来找他？难不成是西城株式会社的？他们不是放弃竞标了吗？为什么会突然找上门来？

想了想，从衣柜里挑了件中国风的T恤套上，简国炜慢悠悠往楼下客厅走。一下楼就看到，客厅里坐着两个人，一个是苏月，另一个则西装革履穿戴得整整齐齐。

这么大热的天气也不捂得慌——简国炜心中腹诽。单单是看这打扮，还有坐姿以及气质，这是个日本人没错了。也只有他们会在这亚热带国家里，穿着西服拜会客人。

可能是听到了他的脚步声，那个"日本人"转过头来。在看到他的第一眼,简国炜刻意装出来的沉稳立刻不见了,脚步一错,险些滑了一跤从楼梯上摔下来。

"好久不见了,简师弟。"丁飞笑着说道。

苏月坐在客厅里一边喝着茶,一边不时好奇地向后院张望。她今天本来是想找简国炜"算算账",顺便看看能不能从他嘴里掏点儿东西出来,然而她却看到了出乎意料的一场好戏。陆晓琪借着为她端茶的机会趁机坐到她的旁边,好奇心同样爆棚,两人的目光都被后院的那两个人给吸引了过去。

无论苏月还是陆晓琪,与简国炜认识的时间都不算长。但对于他这个人,却都有一定程度的了解。痞子的外表下,藏着一颗从不服输的大心脏,即使遭遇到天大的难题,他也会不在意地笑几声后,就毅然顶风逆水迎难而上。

她们俩从来没有看过,简国炜像今天一样失态!

当那个穿着黑色西装的男人和他打招呼的时候,他差点儿从楼梯上摔下来。而他的脸色,也变得极为苍白,身子更是摇晃得仿佛一阵风就能吹倒。

接着,他就把想瞧热闹的苏月和陆晓琪赶到客厅,自己领着那个男人走进后院。虽然他们俩说话声音都不大,让客厅里的二人听不到什么八卦,但透过玻璃窗苏月看到,和那个男人说话时,简国炜的腰杆居然显得有些佝偻,竟有些心虚讨好的意思。

"他到底是谁呢?"苏月拼命回忆。她觉得自己肯定在哪儿见过他,但又偏偏没有印象。于是她打开随身携带的电脑快速搜索,很快在一版社会新闻中,找到了那个人的照片以及名字。

"西城株式会社科技发展部首席工程师丁飞?"陆晓琪也把

脑袋凑过来,低声惊呼,"那个人是中国人?不会吧!他一举一动,都充满了日本味道,跟中国人一点儿也不像。"

"查一查就知道了。"苏月眨眨眼说。

托互联网发达的福,现在查找一个人的资料,不必再像以前那样麻烦。苏月在搜索栏中输入西城株式会社和丁飞,按一下回车键,五千多条搜索信息就跳了出来。

"先看他的脸书。"陆晓琪提醒。

"我知道。"苏月一边没好气地说着,一边打开Facebook。网页上跳出的第一张照片,就让两个女孩微微张开的嘴再也合拢不上。

那是一张三个人的合影,因为像素的原因,并不十分清晰。然而苏月和陆晓琪都能轻易认出,照片上搂抱在一起,冲着镜头傻笑的三个年轻人,正是简国炜、钟远成和丁飞。

另外一边,丁飞把手里拿着的白皮书重又收了起来,只留下一张名片,又对简国炜说了几句什么。

他似乎和简国炜谈得不太顺利,沉着脸走出后院。路过客厅时,丁飞礼貌地冲着苏月和陆晓琪微微鞠躬,然后才走出大门。

简国炜慢慢蹲下,点了根烟,却没吸,任烟灰越来越长也没掸掉,就这么叼着烟发呆。直到差点儿烫到嘴唇,简国炜才反应过来,一把将烟头丢了,大踏步走回客厅。

"我出去买点儿东西。"看到领导出丑可不是什么好事,陆晓琪知趣地想要远遁。

"回来!"简国炜瞪她一眼,"想问什么就问呗。我要是不说,估计你就要给你爸打电话告密了。"

陆晓琪只好哂笑:"刚才那个西城株式会社的丁飞……"

"丁飞……十年前，他和钟远成还有我，在同一位导师手下读硕，算得上是我的同门师兄。他这次来的目的，是因为西城株式会社想和我们建四竞标组结盟，说是能帮助我们把欧美同行和建六都踢出局。"

"这是好事啊，傻子才不答应呢！"陆晓琪的话脱口而出，却立即反应过来自己说错了话，犯了当面辱骂领导的错误。

"免费的东西，总是最贵的。而且，说实话我不信任他，因为……他一直都很恨我。你可以把我的话，向陆总进行汇报，就说我强烈反对与西城株式会社进行任何形式上的合作。"简国炜铁青着脸解释说。

其实还有一个原因他没有说出口，那就是他虽然不喜欢钟远成，觉得他私心太重，认为钟远成参加竞标的目的，一多半是为了自己的官帽子，但把话反过来讲，就算钟远成尽职履职地成功把标拿下，除了收获到"前途"之外，也不会拿取其他经济利益。任何一名干部能做到这一点，也足以称得上"清廉"二字了。

在感情上，他更偏向丁飞；但在大是大非面前，他只能站在钟远成那一方。借助外国公司的力量来赢得与兄弟企业之间的竞争，简国炜觉得心里有些膈应。

苏月的关注点却不在这里："看起来，你和丁飞、钟远成之间有故事？"

简国炜吧唧一下嘴，本不想说。但丁飞的突然出现，让他心乱如麻，生出一股想要倾诉的冲动。

"十年前，我们在同一个导师手下读硕，当时我们毕业论文的课题是，设计一种新型的预制箱梁……"

所谓预制箱梁，就是架在高铁桥墩上的桥梁箱体。箱梁分为现场浇筑和预制两种。在独立场地预制的箱梁可以在架桥机帮助下，在下部工程完成后直接架设在桥墩上，能加速工程进度、节约工期。

与体育界追求更快更高更强差不多的道理，箱梁在保持承重能力不变的情况下，追求的是更轻更窄更矮，以降低生产成本，提高工作效率。每一种能够大幅度提高各项数据的箱梁研制成功，就等于预定到当年的国家科技进步奖。

但在试验进行到一半时，因为设计思路的不同，钟远成与简国炜、丁飞爆发了严重分歧，钟远成退出课题组另起炉灶。而因为简国炜一时失误，在一项参数上计算错误，丁飞的试验最终还是失败了。钟远成更是在简国炜和丁飞失败后，专门撰写了一篇论文，驳斥简国炜和丁飞的错误之处，等于是踩着简国炜和丁飞的脑袋考取了博士研究生。

"后来我们大吵一架，三个人从此就散了伙。最可惜的就是丁飞，他一直坚信他的设计思路没有错，不肯改换课题，被导师要求重修。于是他一气之下，放弃了毕业证远走日本……"简国炜回忆说。

苏月发现了问题："等等！我查过你的履历，你当年很顺利地就拿到了硕士文凭。为什么同样研究一个失败的课题，你能过关而丁飞就不能呢？"

"第一，我研制新型箱梁虽然失败了，但错有错招，我为预制箱梁设计出的新型安装工艺，得到了导师的认可。"简国炜突然显得有些尴尬，捂嘴咳嗽几声，"第二，导师的女儿是我当时的女朋友。"

苏月与陆晓琪同时翻起白眼。怪不得简国炜面对丁飞时，理不直气也不壮，原来当年抱大腿走了后门。

简国炜生气了："不是，我和导师的女儿谈恋爱怎么了？难道法律规定不允许学生和导师女儿谈恋爱吗？再说了，当年我设计的新型安装工艺，到现在还在使用着，拿到毕业证我一点儿也不亏心。唉，我当时也不是没有劝过丁飞，只要他肯换一个课题，虽然考博是不可能了，但最多耽搁一年半载，拿到硕士文凭不成问题。是他自己非要倔……咦？"

刚才丁飞忽然出现时，简国炜心情激荡，难免考虑有些疏漏。但现在静下心回过头一想，就觉出问题来了。和丁飞六年同窗，丁飞是什么样的人简国炜一清二楚。往好了说，他有点儿倔强；但要往坏了说，丁飞这个人性格比较偏执、一根筋，遇事会钻牛角尖。

当年丁飞宁可放弃毕业证远走日本，也不肯承认自己设计思路有错。其后更是一别十年，连电话也不打来一个，显然是不想和从前的旧日同窗再有任何联系。现在他突然出现，好心奉上大礼。联系到他现在的身份，这不能不让简国炜怀疑，他送来的甜美蛋糕中，是不是藏有致命毒药。

"我要西城株式会社环海铁路项目的全部资料！越快越好！晓琪你立即打电话回家，让竞标办公室的人放下手头上所有的事务，全力搜集相关资料并用计算机建立西城株式会社的潜力值模型。并且我要他们在最短时间内做出判断，西城株式会社是否有参与竞标苏尔曼项目的能力！"简国炜对陆晓琪大声吼。

陆晓琪应声是，急急忙忙就往楼上跑，准备去打电话。苏月事不关己，显得镇定许多，想了想说："你怕西城株式会社也会参与竞标？从现有情况来看，可能性似乎不大。西城株式会社的资金、人员、机械全都陷在环海铁路项目中，短期内应该没有两线作战的实力。"

简国炜摸下巴做老谋深算状："不怕一万，就怕万一。"

"既然如此，你刚才为什么不先和丁飞虚与委蛇，搞清楚他的来意？"

"我也是刚刚才想到这些。"简国炜啧了一下，有些后悔，"不过现在说什么也晚了，刚才我拒绝了与丁飞的合作，以西城株式会社一向的行事风格，他们一定会想方设法打击我，最好将我第一个踢出局，这样才可以彰显西城株式会社的肌肉。"

来自西城株式会社的打击，比简国炜想象之中更早到达。傍晚时分，被简国炜派去与林良信医生会面的陈学灿回来了。他拿着几张请柬，一脸古怪。

"明天下午六点，西城株式会社要在双子火山的浮屠宫举办酒会，林医生给我们要来了三张邀请函，请我们明天务必参加。"陈学灿顿了顿，犹豫着说，"另外，林医生让我转告你，艾沙迪省长对你的仗义执言非常满意，希望你能一直保持住这种直言不讳的风格。哦，他还专门对我说，明天苏末尔议长也会参加这场酒会。"

"仗义执言？我怎么就仗义执言了？"简国炜一手叉腰一手挠头。

陈学灿也一头雾水地摊摊手。这个答案被还赖着不走的苏月找到了，她指指打开的电视机，语带调侃："简经理，我要采访你就千推万阻，别人要采访你就一口答应。你是对我有什么意见吗？"

电视上，正播放着当地收视率比较高的一个政治辩论节目。

其中一个主持人，此刻正对着电视镜头用马来语侃侃而谈，好在下方还有英文字幕，介绍他说话的内容。

"……就在今天，我和雅隆高铁项目的一名简姓高级管理人员谈起苏末尔议长对高铁项目的忧虑，但他对我说，苏末尔议长对高铁根本就一窍不通。议长的那些烦恼，就像忧虑天空会塌陷下来一样令人可笑。这位高级管理人员的理由有如下几点……"

陈学灿转头看简国炜："头儿，你接受记者采访了？"

简国炜瞪他："你觉得呢？"

陈学灿在心里盘算几下，终于还是选择相信自己的组长不会犯下如此幼稚的错误，于是恨恨拍着大腿骂："在电视上也可以信口雌黄？他这样乱说话，不怕我们告他吗？"

"你们告不赢的。"熟知这里面道道的苏月摇头，"他刚才说得很清楚，接受他采访的，是雅隆高铁项目简姓高级管理人员，而不是雅隆高铁项目第二标段项目部简国炜经理。而且……"

简国炜铁青着脸："而且林医生说了，要我明天务必保持直言不讳的风格。"

重重一拍自己脑门，陈学灿终于想通前因后果。一想到明天晚上简国炜要面对的困难选择，陈学灿也不禁替简国炜感到头疼起来。

苏末尔议长是艾沙迪省长的政敌，同时他也是苏尔曼高铁项目最大的反对者。帮助艾沙迪打击苏末尔，看似能够收获艾沙迪的友谊，实际上却会陷入政治斗争的旋涡之中。

就算因此促成高铁立项又如何？不管怎么说，苏末尔也是省议长，在竞标中话语权极大。如果把他逼成死对头，在竞标的最后关头他投下反对票，艾沙迪恐怕也不会冒着再次掀起政治斗争的风险,悍然为简国炜以及建四集团撑腰。

也不说话,简国炜噔噔噔闷着头走到三楼办公室。四面的白板上,粘着苏尔曼政府官员的人物图谱,下面标着他们的姓名、简历以及属于赞成、中立还是反对阵营。简国炜一个一个仔细地观察着这些官员履历,无数信息在他脑子里汇总、判断。

"学灿,今晚务必联系上林医生。"简国炜一边思考一边慢慢地说,"就说明天早上九点之前,我一定要见到他。"

"是!"

简国炜想着想着,突然烦躁起来,伸手到口袋里去摸烟。但手才一伸进去,指尖就感觉有异。连同烟盒掏出来的,是一张小小的纸条。上面写着一款最近比较流行的手游名字,以及一个账号,一串密码。

这是谁塞进他口袋里去的——这些天他见过不少人,有大使馆的工作人员,有林良信和他派出的联络员,当然还有丁飞。只是无论是谁,似乎都没有这么做的理由。

眼睛眨了眨,简国炜索性把自己关在房间里,拿出手机找到那款游戏试探性地输入账号和密码,再一打回车键,一个名字叫"毛线球"的卡通人物就创建成功。他摸了摸下巴等了几分钟,一名叫作"咖啡猫"的网友向他发来好友申请。

"你是谁?"接受好友申请的简国炜打出三个字。

"你不用管我是谁,只要知道我是一个能够帮助你的人。"对方回话很快。

简国炜咂咂嘴,开始有兴趣了。现代的黑客技术发展极快,就算是白宫和五角大楼都曾经被人入侵过,更何况防护能力低下的私人电脑及智能手机。无论你将秘密藏在哪里,只要被人盯上，无数种黑客软件都可以挖出你的秘密。而在游戏中通讯，保密性就高得多了。这样一来无论手机端还是服务器，都不会留下任何的通信记录。

  毛线球：我为什么要相信你？

  咖啡猫：你不需要相信谁，我只提供信息，真假你自行判断——不要与日本人合作，他们的目的不是帮助谁赢得竞标，而是把水搅浑。他们会与所有有实力赢得竞标的公司合作，让你们互相争斗。如果他们成功，竞标就会被无限期地拖延下去，直到他们从环海铁路中脱出手来参加竞标。

  毛线球：还有吗？

  咖啡猫：还有，小心一个名叫藤井伊织的女人。

发完这段话，咖啡猫就下线了。简国炜吹个口哨，笑了起来。他感觉这次竞标，变得越来越有意思了。

第八章
说服

"你真是疯了！你知道你在做什么吗？"林良信一边打着方向盘一边大声对副驾驶座上坐着的简国炜大喊。

"我当然知道自己在做什么，我在摆脱对我不利的局面。"简国炜泰然自若。

林良信脸色更沉了："好吧，那么就是我疯了，居然会陪你做这种事。"

简国炜得意地把身子往后一仰："你也没有疯，你只是不得不帮我而已。"

林良信深深地看了简国炜一眼，差点儿没被气歪了鼻子。他承认，在西城株式会社摆了简国炜一道以后，就顺势落井下石逼迫简国炜去为艾沙迪打头阵，是有那么点儿不太地道。但没想到，简国炜转过头就给他出了一个天大的难题。

"我想拜访苏末尔议长，想请你帮助引见。"一见面，简国炜就这么对他说道。

林良信愣了足足有五分钟,脑子也没转过弯来。

"你要见苏末尔?"

"对,越快越好,最好现在就能登门拜访。"

林良信指着自己鼻子:"然后你要我——艾沙迪省长的私人医生帮忙引见?"

"对呀。因为我的英语不是太好,我还希望你能在我们会谈时,帮我做一下翻译。"

简国炜笑过之后就把刀子亮出来——反正我一定要与苏末尔议长取得联系,你带我去,我就让你知道我们谈了些什么;你不带我去,我也会自己去,至于到时候会不会与苏末尔达成什么私下交易,又会不会损害艾沙迪一方的利益,那可就难说了。

林良信严肃了,加重语气:"艾沙迪省长一直把建四集团和你,当作可以信赖的好朋友。"

"我也是。"简国炜嬉皮笑脸地搂着林良信肩膀,"所以我才来找你帮忙的,不是吗?"

简国炜是真的需要林良信帮忙。一省的议长,行踪虽然经常出现在报纸、电视新闻上,但那都是在公共场合,不适合也没办法谈私密话题;而苏末尔又是坚定的"反高铁派",对于各国铁路公司的游说十分警惕,根本不给他们私下接触的机会。

听说托马斯有一次打听到苏末尔要去议会主持一项重要会议,就让司机装作汽车坏了,堵在苏末尔上班的必经之道上,企图创造接触的机会。苏末尔发现后,直接调了一辆直升飞机作为交通工具直飞议会大楼。

——欧美铁路公司财雄势大,而且一贯"节操满满",威逼利诱这一套把戏玩得贼溜。随手一扔，就能扔出好几副王炸，与其被他们"炸蒙"，还不如一开始就不要坐上他们安排的牌桌。

相比起来，中国企业在这一方面的声誉还算不错，又有艾沙迪的心腹做引荐，倒能争得一线机会。

"你想对苏末尔说些什么？"林良信警惕。

"我只想告诉他苏尔曼高铁项目对苏尔曼省和巴禄有什么好处。其他的，多一个字我都不会说。"

林良信哈的一声笑："建设高铁好不好，对苏尔曼省有没有利，对于苏末尔来说根本无关紧要，他只用知道这个项目不符合他所在党派的利益就行。用中国话来说，这叫屁股决定脑袋。你不会成功的。"

"但我想试一试。"

林良信狐疑地看着简国炜，暗自猜测他是不是因为太大的压力，导致病急乱投医。林良信有些惋惜，原本看简国炜应该是一个聪明人，所以他才帮助简国炜与艾沙迪牵上线。但现在看来，这次之后就要把线斩断了。毕竟猪队友破坏力的威力，比神对手的威力要大得多。

几个电话后，林良信臭着脸亲自开车，载着简国炜驶向海军俱乐部。这是一个隶属于军方的俱乐部，苏末尔选在这里见面也是煞费苦心。一到停车场刚停稳车，几个穿着黑西装的保镖就迎上前，拿着探测器对简国炜和林良信扫描一通，确认他们没有带武器之后，才又开来两辆高尔夫球车，接着他们驶往一座室内羽毛球馆。

球馆内，两名运动员挥着球拍你来我往。苏末尔孤零零坐在球场边观战，不时因为一个精彩的好球鼓掌。看到简国炜和林良信走过来，也只是抬抬眼皮。

苏末尔身材高瘦，眉毛稀疏，抬眼看人时有一种很凶狠的感觉。

"你们来找我是浪费时间。"苏末尔的英文很流利。

"你的意思是，你已经无法抵抗各铁路公司的压力，再没办法阻挡苏尔曼高铁立项，所以，对于各大铁路公司来说，你已经没有利用价值了是吗？"简国炜英文同样流利，"翻译"林良信只好坐在一旁不吭声。

"你在羞辱我？"苏末尔的眼珠子瞪了起来，就像一只要择人而噬的猛虎。

简国炜拍拍蓦然紧张起来的林良信肩膀示意他不要惊慌，笑着说："不，我在恭维您。苏末尔议长，我看过您写的自传。苏尔曼省是在野党的大本营，您曾经在这里竞选两次议员失败。换成其他人，可能会选择更换一个选区，但您的选择却是在这里深耕十年，终于带领您的党派取得省议会大多数席位，您也如愿以偿成为议长。我想知道，是什么支撑着您做出这个决定？"

苏末尔骄傲地抬起头："因为我从不接受失败。"

"所以这次，您也不会接受失败的，对吗？"

苏末尔不肯落下话柄："事实上，我只是觉得，高铁项目对于苏尔曼省来说太超前了。就算苏尔曼高铁贯通，全程也不过六十多公里，以苏尔曼人民的经济收入，他们也许宁愿乘坐普速列车，花一个小时在旅途上，也不会愿意购买价格高昂的高铁车票，用二十分钟抵达首都。既然如此，我们又为什么非要建设这条注定会赔钱的高铁呢？"

"说得没错，按照市场逻辑，掌握着资本的人，是不会把资本投入一个无法盈利的项目的，因为资本家的天性就是使资本增值，这也是近几年西方国家高铁线路发展缓慢的原因。"

"你该说'但是'了。"苏末尔提醒。

"是的，但是——作为政治家，站在国家的层面，只要高速铁路的亏损能够限制在一定范围内，哪怕只能给总体国民收入带来一丁点儿的增长，那么就应该放手建设高铁。衡量一条高速铁路是不是要修建，并不是只看它能够收多少车票，赚多少运费，而是要看它能给整个国家、整个社会带来什么好处。打个可能不是很适当的比喻，就像军队，一个一直保持和平的国家，依然要花费大量军费维持一支军队，难道这就算是做了一桩亏本生意吗？我想，不见得吧。"

"你是一个很好的说客，但是现在，还不是谈这个的时候。我喜欢的选手，已经丢掉了球权，我想看看他能不能把球权拿回来。"苏末尔微笑着说道。

简国炜也笑笑，果真也不再提到"高铁"两个字。他们坐在一起，兴致盎然地观看了一场高水平的羽毛球比赛。期间，还因为谈论到林丹和李宗伟的水平谁高谁低，爆发了一场小小的争执。看完比赛后，苏末尔又邀请简国炜与林良信一起，吃了一顿午饭，这才兴尽地放他们离开。

林良信有些莫名其妙。简国炜几乎是以威胁的方法，迫使自己带他来与苏末尔会面。然而除了最开始的五分钟之外，剩下的几个小时里，他们却再没有谈到任何与苏尔曼高铁相关的事情。然而简国炜以断绝艾沙迪的私下联络方式为代价，难道就是为了让自己听他与苏末尔聊羽毛球？这未免也太不合常理了吧！

"我终于知道，为什么你深得艾沙迪省长的信任，但他却不任命你成为他的幕僚了。"简国炜只能这样叹气。

他与苏末尔的谈话，第一个重点是苏末尔表示自己"绝不认输"，第二个则是简国炜说的"高铁建设关系国计民生"。

即使在外国铁路公司的压力下，苏末尔不得不妥协，改为支持高铁项目立项；但在这过程中，有西城株式会社支持，他大可以设置障碍不断杯葛，轻松地将这个项目拖延下去，直到两年后的总统大选开始。除非，他和他的党派也能从苏尔曼高铁项目中得到好处。

苏尔曼高铁项目计划初衷是由巴禄往北，连接雅隆高铁，以实现三地人民快速流动往来。而雅隆高铁，则是由执政党主持修建的高铁项目。苏末尔的意思很明显，他是想要把苏尔曼高铁项目，当成雅隆高铁的延伸线。也就是说，至少在宣传口径上，苏尔曼高铁项目的好处，执政党要拿走一半。

"这不可能！"林良信矢口回绝。

"老兄，给你说一个我在国有企业任职的经验吧。那就是作为下级，我们一般只给上级领导提供自己所掌握的情况和判断，但不会替上级做出决策。上级的视野和心胸，比你想象的更加宽广。"简国炜拍着林良信的胳膊说，"你也不用谢我，其实今天我也就是牵个线搭个桥，就算没有我，我想苏末尔议长过几天也会找人去和艾沙迪省长谈判。"

"你怎么知道？"

"看看政府网站就知道了。近一个月内，至少有20名倾向于议长所属党派的中、低级官员，被调到交通和宣传部门任职，可能由于级别比较低，没有引起艾沙迪省长的注意。这表示议长已经在为高铁项目立项后的事态发展做准备了。"

林良信反应过来心头火热，对于简国炜的感激又多了一层。不管艾沙迪与苏末尔的谈判会不会成功，但作为第一个给艾沙迪带回消息的信使，无疑能令艾沙迪对他更加信任。

"万一省长不肯接受议长的建议，你该怎么办？"林良信主动关心。

简国炜伸了个懒腰："我能怎么办？大不了安心去建我的雅隆高铁。至少，不用在这儿浪费时间和精力，也是一件好事。"

林良信不愿让人看到自己与简国炜有联络，把车开到距离二标段办公室还有一公里的小巷子里，就把简国炜赶下车，他则一溜烟地发动汽车向艾沙迪报信去了。

这也算是某种程度的过河拆桥了吧？简国炜又是一个路痴，看着百度地图顶着热辣的太阳，左摇右晃好容易才确定了方位，经过一条狭窄的巷子，又穿过一个菜市场，带着一身的咖喱味道，才终于回到目的地。

小楼里有一个意料之外的客人，是建六集团的副总会计师陈丰。看到简国炜满头大汗一身狼狈地回来，陈丰脸上神情一下子就精彩了。同情、庆幸以及激愤，一起浮现出来，各自占据了他脸上三分之一的地盘。

在他想来，遭遇了那么大挫折的简国炜，现在应该正徒劳地四处寻找援兵，以解开他遇到的窘境。然而在这异国他乡，谁又能帮得到他呢？简国炜灰头土脸的模样，已经说明一切了。虽说建四的出局，让建六竞标的成功率提高许多，但不管怎么讲，友军被外国铁路公司的一个小小计策，坑害得如此狼狈，也让他不由得起了同仇敌忾之心。

"简国炜同志，我来晚了。"陈丰主动向前一步握住简国炜的手，使劲摇了摇还拍了拍。

简国炜任他将手摇了又摇，茫然半晌，突然记起，去年他陪同集团公司工会主席看望重病的退休职工时，那工会主席似乎也是一样作派。

陈丰见简国炜呆呆地站在那儿，愈加坚信了自己的判断。感情丰富的陈丰，只觉得自己的眼眶也有些发红。回头看一下，陆晓琪和陈学灿都站得离他们有一段距离，陈丰压低了声音对简国炜又说："简国炜同志，我是代表建六集团来看望你的。"

"啊，谢谢。"简国炜只能这样回答。

陈丰不满意地皱起了眉。心想以前觉得这小子挺机灵的，怎么今天跟块木头似的，他都暗示得这么明显了，居然还没有反应过来。啧，年轻人心理素质果然还是差，才经历了一点儿小风雨，就乱了阵脚！

一边想着，陈丰一边连使眼色。简国炜这才反应过来，打发陆晓琪和陈学灿回去工作，自己陪着陈丰到客厅坐下，又为他奉上一杯茶。

"简国炜同志，我们认为你这次的失利，是外国同行们太狡猾，打了你一个措手不及，属于非战之罪。"陈丰说。按领导干部的话来讲，这就属于定调子了。在党政联席会议上，会议开始时一把手对犯了错误的干部，说出这么一个评价，处分一定会减轻很多。

"哦哦。"简国炜依旧发愣。

陈丰又啧了一声，只得稍微挑明那么一点："一时的挫败，不要放在心上。更不要觉得失败之后，组织就会把你放弃。"

"组织？"

陈丰恨铁不成钢了："虽然你的组织关系还在建四集团，但你现在依然是在雅隆高铁项目指挥部的领导下嘛！我们建六不像建四，没有什么门户之见。只要是人才，我们都乐于接收。"

简国炜终于知道陈丰是什么意思了，哭笑不得："陈总，您这次来，和你们钟总打过招呼没有？"

"我知道你和钟总有矛盾，不过没事，他怎么着也得卖我几分面子……"还想说些什么，忽然抬头看到陆晓琪端着几片西瓜走过来，陈丰立即直起身子，大声说，"好了简经理，不用送了，我就是来随便坐一坐认认门，看看你们的工作和学习情况。"

又和简国炜握了握手，压低了声音说："想通了就来找我，建六的大门一直为你敞开。"不待简国炜回答，陈丰装作若无其事的样子向陆晓琪点点头，随即出门扬长而去。

"陈总这是干吗呢？大老远地过来喝杯茶就走了？"陆晓琪咬着待客的西瓜大感不解。

简国炜半张着嘴眨眨眼，突然笑了起来："估计是最近没什么事闲着了，就出来松散松散筋骨。"

双子山是位于巴禄市西北方向的两座死火山，而浮屠宫则建于半山腰上，它是巴禄市政府仿造18世纪苏丹行宫的样式修建而成的。原本，它将作为一个旅游景点和酒店对游客开放，但因为资金缺乏，变成烂尾工程。一直到去年，日本政府提供了低息贷款，浮屠宫才得以修建完成。西城株式会社之所以会选择在这里举办酒会，无疑也有提醒当地官员"勿忘友谊"的含义在内。

简国炜等三人才一下车，就有穿着和服的美女热情地迎上前，将他带往浮屠宫后面的游泳池。此时，泳池四周已摆好了长条桌以及食物、香槟。宾客也来了不少,女宾的数量差不多是男宾的两倍,想来这也是西城株式会社的特意安排。简国炜甚至还看到,有国际级别的女影星在与人说笑。

简国炜不想惊动别人,和陈学灿与陆晓琪一人拿了一杯果汁,正想找个僻静角落坐下,忽然身后有人捅了捅他。

"小简,你怎么来了?"陈丰悄声问。

"是艾沙迪省长托人给我送的请柬,所以我就……"

"就什么就?你知不知道这场酒会是谁主办的?知不知道邀请了谁做主宾?你怎么连基本的警惕心都没有呢?"陈丰急得跺脚,恨铁不成钢,"听我的,赶紧走人。外国人在自己家的电视台上胡说八道没关系,你要是在这样的场合说错话被人抓住把柄,回国后一个处分都是轻的!"

就在陈丰与简国炜谈话的时候,不远处,藤井伊织也发现了他。她微笑着与丁飞私语:"这就是那个害得你去国离家的仇人?比起照片,他显得更有男人味呢。"

丁飞的目光淡淡地在简国炜身上一扫而过:"也说不上什么仇不仇的,不过如果你要对付他的话,我必须提醒你,他是一个非常聪明的人,而且信念也非常坚定。钟远成抵挡不了的诱惑,他却能弃如敝履。"

藤井伊织脸上显露出玩味的笑:"你这是吃醋了?亲爱的,现实可不是象牙塔,想要成功没有那么容易呢!"

"如果我保持着象牙塔里的清高,那么就不会与你交往了。"丁飞淡淡地说道。

藤井伊织和丁飞虽说对外宣称是恋人,但无论他们本人,还是西城株式会社的其他高层,都知道这不过是为了利益的结合。

丁飞虽说是西城株式会社科技发展部的首席工程师，但明眼人都可以看出，他在西城株式会社的前途也就仅止于此了。在排外的日本，不可能把部长这样重要的职位交给他一个中国人。而藤井伊织虽说是藤井副社长的女儿，可谓含着金钥匙出生的真命天女，但由于她的性别，在日本这样男性占据主导权的社会里，她同样面临着玻璃天花板的阻碍。

而他们两人结合在一起就不一样了。丁飞可以得到藤井家"婿养子"的身份——不同于中国的上门女婿，在日本的传统中，婿养子首先是养子，然后才是女婿。无论古代还是现代，日本都不乏婿养子继承家业的案例。而藤井伊织同样可以借助丁飞的手，实现她对藤井家资源的整合操纵。

也许是丁飞的回答太过平静，藤井伊织也不知为什么，一股无名火就蹿出来了。但表面上，多年的教养还是让她维持住了风度。

"走吧，亲爱的，让我们去会会你的小师弟。"藤井伊织笑靥如花地挽住丁飞的胳膊。丁飞轻轻皱眉，但还是抬步向简国炜的方向走去。

"二位好。"丁飞向简国炜打个招呼，"介绍你们认识一下，这是我的女朋友藤井伊织小姐。"

听到这个名字，简国炜心里打个突，反应过来赶紧冲着丁飞笑："师兄好福气，有这么美丽的女朋友。"

"刚才我听见，你们在说什么处分的事情，简先生为什么要受处分呢？"藤井伊织说着流利的中文，笑意吟吟，眼中却充满锋芒，"实在不行，不如让丁桑介绍简先生加入我们西城株式会社吧。我听说中国的官员思想非常僵化，左一条清规右一条戒律，捆得人呼吸都困难了，还能干成什么事业？"

简国炜不软不硬地顶回去："没有规矩，不成方圆。日本常常被人盛赞为最有秩序的国家，行事一板一眼规矩重重。相比起日本，国内的规矩更要宽松多了。"

藤井伊织不说话了，目光扫一扫陈丰。陈丰出国久了没有保持国内待在机关时的敏锐，初时没反应过来，明白之后就是勃然大怒——一个轻飘飘的眼神，就想让我走开，你以为你是建六集团的老总吗？就算是老总……呃，如果真是老总的话，你不用看我我也知道什么时候应该回避。转念又想到，昨天钟远成在会上说过，和西城株式会社有了默契，最好暂时不要和他们起冲突。他只得忍下这口恶气，一边走开一边恨恨地想：我才不是给你面子，我这是遵守外事纪律！

"简先生，我们其实可以不用成为对手的。"藤井伊织的语气很诚恳，目光很真挚，"和我合作，那个电视台的节目主持人我会让他当众道歉还你清白，今天的酒会上也不会有任何人针对你。你是丁桑的师弟，可以做我们的好朋友。"

"藤井小姐，你就别逗我啦，我们没有合作基础的。"简国炜用手里的果汁和藤井伊织的杯子碰碰，"所谓合作，是你我双方，为追求一个共同的目标而一起努力。可是你和我的目标不同，又怎么合作？你根本不想苏尔曼高铁项目被哪一家公司得到，就是想让我们几个参加竞标的公司，你斗我我斗你纠缠不休，这样你就能把这个项目一直拖延下去。"

丁飞皱眉："简国炜，毕竟相识一场，我不想你今晚陷入难堪。这样吧，你哪怕是口头上让我有个交代，今晚我会尽量保护你。"

藤井伊织在丁飞说话的时候,重重地捏了他一把,但丁飞没有理会,还是坚持把话说完。

简国炜心动了一下。只是口头上服个软,就可以避免和西城株式会社正面为敌,至少让他们的明枪暗箭不用再以自己为目标,也不失为一个明智的办法。但简国炜很快又想到,一个人的底线,不就是这样看似无伤大雅地步步退让之后,慢慢丧失掉的吗?

艰难地摇了摇头,简国炜说:"对不起师兄,我不想骗你。"

"你不想骗我?"丁飞下意识地重复一遍,接着再重复一遍,重复到第三遍时,他已经忍不住大笑出声。

"你小子,说得跟自己从来没骗过我似的。"丁飞抹着笑出来的眼泪慢慢踱开,向钟远成的方向走去。

"晚上的事我不会管了,按你的意思去做吧。"丁飞突然淡淡地说道。

藤井伊织轻轻点头,心中却翻了个白眼。作为特殊的"合作伙伴",丁飞无论外貌、气质还是学识,都是一等一的。就是有时候,太单纯太注重堂堂正正,缺了点儿"狠劲"。不过这样也好,当初也是因为这一点,藤井伊织才会最终选择了他。性格绵软的男人,才更好操纵,不是吗?

"头儿……"陈学灿和陆晓琪一左一右,都有点儿担心地看着简国炜。简国炜挥挥手:"不用管我。西城株式会社的压力全被我扛了,钟远成一定会趁机做点儿什么。你们俩盯牢他,他的一举一动我都要知道。"

两人点点头,像鱼一样钻进人群里,一下子不见了踪影。简国炜叹口气,暂时也没有与人交际的想法,找了张椅子坐下乘凉。

他微微闭上眼，深吸一口气——无论十年之前的事情谁对谁错，现在都不重要了。从今天开始，丁飞唯一的身份，就是简国炜的敌人！而不论是小觑对手，还是对敌人抱有负疚、同情的心态，都会使自己万劫不复。所以简国炜必须逼使自己的心态转变过来，正视现实。

虽然这样做很痛苦，但是简国炜别无选择。

又过了大约一刻钟，从门口处忽然响起掌声，人群像潮水一样分开，苏末尔带着他的保镖，以摩西分开红海的气势走在人们让出来的道路上，不时挥手向两边的宾客致意。

藤井伊织一溜小跑上前，先是九十度鞠了个躬，再弯着腰伸出双手与苏末尔相握。日本式的礼貌，很容易让人生出被尊重和敬仰的感觉，来自异国他乡的马屁，显然也比本土马屁更加稀有和珍贵。藤井伊织和苏末尔交流几句，苏末尔脸上的笑容便肉眼可见地增多了起来。

大型公司在进行跨国业务时，一向喜欢在当地举办各种酒会、派对。既可以展示人脉显现实力，也可以通过派对结识当地其他头面人物。每个酒会总有主角和配角之分，但作为主办者，丁飞和藤井伊织所有人都不能冷落。不时有人过来，和苏末尔打招呼，丁飞便在身边陪同着，一个一个介绍着苏末尔不熟悉的来宾。

其他人简国炜并不关注，他只关注国内外的同行们。先上去与苏末尔寒暄的是法国铁路工业联合会的副主席，然后是建六的钟远成，再接着是欧陆铁路公司的托马斯，好似大家都默契约定，按照所在公司实力从小到大的顺序与苏末尔见面。至于简国炜，他却被所有人有志一同地无视了，似乎在昨晚的电视节目播出之后,他已被排挤出竞争者行列。

有资格上前与苏末尔聊上几句的客人都和他交流过了,藤井伊织四下看看,找到角落里的简国炜,对他笑了一笑。然后,藤井伊织与苏末尔低低说了几句什么,就带着苏末尔向着简国炜的方向走了过来。作为酒会中最受关注的客人,几乎所有人的目光,都随着苏末尔的移动而聚焦简国炜待着的这个偏僻角落。

"请允许我为您介绍一下,苏末尔议长,这位就是来自雅隆高铁项目指挥部,第二标段项目部的简国炜简经理。我想,您可能听过他的名字。"藤井伊织用一种得意扬扬的语气介绍道。

"唔,我知道他。一个口才很好,也很勇敢的年轻人。"苏末尔用看似不带任何喜怒的语气说。但所有人都注意到,他没有与简国炜握手。

"谢谢您的夸奖。"

"但是我仍然不认为你的观点是正确的。"苏末尔忽然说,"巴禄有飞机场,有高速公路,再花费巨大资金建设高速铁路,对巴禄来说,无疑是一种浪费。同时,在很长一段时间内,可以想见,这条铁路会陷入持续亏损的情况。简先生,你可以逃避经济问题和我大谈什么暂时看起来虚无飘渺的社会效益,但要知道,一家长期高负债且没有利润点的企业是很难维持的——哪怕它是一家垄断类型的企业!十年,又或许是二十年之后,等苏尔曼人民的收入提高到一定水准,再考虑建设高速铁路,我想是一种更稳妥的做法。"

简国炜嘴巴张了张,刚想要说些什么,却看见陈丰躲在人群里,杀鸡抹脖子似的冲他做着鬼脸,示意他不要与苏末尔争辩。多说多错,少说少错,不说不错,这是许多国企干部抱定的行为准则。可简国炜比所有人更占优势的是，他心里有底。他知道苏末尔不是反对高铁项目，他只是为了反对而反对。如果只将讨论限于建设高铁的利弊这个范围里，他并不会把苏末尔给得罪死。

简国炜想了想说："苏末尔议长，我认为基础设施的修建具有双重属性。第一是要适应社会发展，第二它也要促进社会发展。因此，城市管理者在做规划的时候，需要在满足现有需求的同时，最好能够适当放宽，以满足未来需求的增长，避免短时间内重复投资。事实上，基础设施的建设，甚至还能够催生需求。如果您单纯从一家铁路公司的经济角度看高铁，它可能是亏损的，但如果您用更高层次的眼光去看呢？只要高铁建起来，整个巴禄的房地产都会升值，工商业、旅游业都会得到促进，税收将呈几何式的增长。一条高铁线，可以盘活一个区域的经济。仅靠飞机和高速公路，没办法做到区域经济一体化，但高铁可以！我想这一点，从中国高铁近年来不断发展壮大的过程中，您可以得到答案。"

周围一下子安静下来，没有人想到，简国炜会在大庭广众之下，这样不给苏末尔面子——好吧，虽然外国人可能没有所谓"面子"这一说法。但不管是中国还是外国，无论作为官员还是企业领导者，维护自己的权威都是他们自然而然的本能。

"简经理，你太失礼了，我认为你应该向苏末尔议长道歉！"藤井伊织义正词严地喝斥。

"哦？你是认为我失礼了，还是认为我的说法完全错误，苏尔曼省不应该建设高铁？"

"这……"藤井伊织一时词穷。

她还想再争辩,但苏末尔抬手示意她闭嘴:"简经理,你的说法很有意思,为我开拓了思路,我想我会认真考虑你的意见。"

低低的喧哗在来宾中扩散,所有人都想不到,会有这样戏剧性的转变。唯有简国炜在心里暗骂这只老狐狸——想来,他应该与艾沙迪把条件谈得差不多了,现在顺势找个台阶下,日后转为支持高铁的立场时也不显得那么突兀。只是这样一来,却等于将简国炜架在火上烤了。没人会相信他仅凭几句话就能说服一名老谋深算的政客,只会觉得简国炜与苏末尔已私下里达成了什么交易。参加竞标的所有同行,从今往后估计都会把简国炜和他所属的建四集团,当作最需要提防的竞争对手。

拄着手中拐杖,远远关注事态发展的托马斯挑了挑眉:"真有意思。看起来我们的日本小朋友,也很不安分呢。"

站在他旁边的助手也挑眉:"我还以为您已经习惯了呢。每一次竞标不都是这样?盟友和对手,身份不断转换。我们必须与项目方作战,我们必须与竞标的对手和盟友作战,有时候我们甚至还必须和自己公司里那些鼠目寸光的高层作战。每一次胜利,都来之不易。"

说完,两个人笑着举起酒杯,轻轻地碰了一下。

陈丰看着自苏末尔走后,就被一群人围在中间,收名片收到手软的简国炜,心情简直复杂极了。

我想要挟进碗里的咸鱼,突然自己就翻了身。怎么办?在线等。

挺急的……

第九章
碰壁

说起"官僚主义"这个词,大部分人会把它和低效、拖沓等负面形容词联系在一起。但实际上,官僚一向是高效的,低效的部分在于下级官员对责任的恐惧,以及对上级官员意图的揣测。当上级官员达成共识,并且决定大力推进某件事情的进度时,看似迁延疲软的政府,也会以令人目瞪口呆的速度高速运转。

不过一个月时间,苏尔曼高铁项目正式立项,并且在议会中以压倒性票数通过。拿着刚刚买来的标书,在仔细核对几个关键数字后,简国炜松了口气。

"等一会儿去领事馆,把标书传真给家里。"交代过陆晓琪后,简国炜又把目光转向陈学灿。陈学灿会意地打开投影仪,按动键盘,然后开始介绍。

"这个人是苏尔曼省交通局长哈姆札,他虽然没有加入执政党也没有加入在野党,但却是地方实力派,家族在苏尔曼省具有很大的影响力。有消息称,他将出任苏尔曼高铁项目招标办公室副主任,并拥有很大的影响力。最近一段时间,国内外同行都在努力争取他的好感。在这方面,建六已经比我们先行一步,钟副总似乎已经和他建立了不错的私人关系。仅仅是这个月,他们就见了七次面。而且我听说,他们今天还约了一起打高尔夫球。"

简国炜把双手交叉顶在下巴上,思索着问:"他是个什么样的人?"

陈学灿想了想:"这么说吧,他相当于官二代加上富二代,平时行事比较张扬。"

这样的表述其实就很清楚了——家族势力雄厚,不属于哪个党派,却能坐上交通局长这样关键又有油水的位置。这说明,他是艾沙迪和苏末尔都要全力拉拢的对象。换句话说,让他担任招标办公室的副主任,就是让他来分润其中好处的,目的是换取地方势力对高铁项目的支持。即使他在其中做什么手脚,只要不是太过,艾沙迪和苏末尔都会睁一只眼闭一只眼。

简国炜烦恼地挠了挠头。实际上,这是他最不喜欢的攻关对象。如果像外国同行那样,准备有专项的基金,哈姆札应该是最容易被攻克的堡垒,但现在的情况却变得恰恰相反。

"我要招标办公室所有成员的资料。"简国炜说。

一张张照片被投射在幕布上,下方以图表形式写有他们的姓名和简略资料,陈学灿也在旁边补充一些他打听到的,却暂时没法得到验证的消息。简国炜一个一个认真地看着,一边紧张地思索着,将脑子里的资料与照片上的人核对起来。

"等一下,这是谁!"

陈学灿顿住了动作,看看照片介绍说:"他叫瓦希德,是交通局的高级工程师。不过根据我的资料,他只是个技术人员,从来没有在政府中担任过任何政务职务。"

"没有政务职务就对了。"简国炜笑着一拍桌子。竞标办公室中,不缺乏像哈姆札这样来捞取政治或经济好处的人,但是同时,也少不了能够真正提供技术建议的专业人员。哈姆札的影响力的确不小,但涉及技术的问题,也许瓦希德的话语权更大。艾沙迪与苏末尔组成的联盟并不牢靠,他们都需要中立的、纯粹的技术人员,为他们提供专业意见。看了那么多竞标办公室成员的资料,瓦希德是最为符合标准的一个。

简国炜摸着下巴想:这样简单的道理,钟远成未必就猜不透。那他又为什么,一直和哈姆札这样的人套着近乎呢?

突然想到一个可能性,简国炜悚然一惊。对于哈姆札这样的权贵来说,苏尔曼高铁建不建,又或者这条高铁能给巴禄,给苏尔曼省带来什么好处,他们是不关心的。要紧的是,他们个人能从中捞取多少好处。也就是说,只要价格足够,他们根本不介意出卖掉公众利益。

打开手游,简国炜发现好友"咖啡猫"在线。他想了想,发送过去一条消息:哈姆札为什么那么特殊?

咖啡猫回讯很快:去年初,省交通局曾受命对苏尔曼项目进行过初次勘测。

简国炜蓦然睁大了眼。

经过初次勘测,也就是掌握了苏尔曼项目沿线的地质资料。在这个竞标即将开始的关头,地质资料的重要性,对于竞标方来说比黄金更要珍贵!

高铁并不像汽车那样,在普通的路面上就可以行驶,它对于列车运行的轨道有着非常高的要求。普通的路面和轨道，不能够满足高铁运行的需要，因此，就需要专门为高铁建设高架桥，让高铁在高架桥上行驶。

而要建设高架桥，就需要足够稳定的地基。为了能够使高架桥能在几十年、上百年的时间里保持稳定，桩基要打到岩石层，深度至少要达到60~70米，这样才能保证不会发生沉降。

因此对于参与竞标一方来说，在竞标前拿到施工点的地质资料就显得很重要了。如果在开始建设之前，就对建设地点的地形地貌、地层岩性、地质构造、水文地质条件等资料进行过详细研究，就能对工程造价做出更精准的判断。

"你刚刚说，他们今天在哪里打高尔夫球？"简国炜猛地抬起头问。

"在圆滩高尔夫球场。"

"钟远成住的安纳塔拉酒店里就有一座高尔夫球场，他们为什么要到圆滩打球？"

陈学灿无奈地耸耸肩——他哪能猜到钟远成为什么舍近求远。但下一刻，简国炜已经像被火烧到屁股那样一下子蹦了起来，打开门拿起外套就往楼下冲，一边走一边嘱咐："瓦希德就交给你和晓琪了。我不管你们用什么办法，一定要在他面前彰显出我们建四集团的技术实力，最好能让他对建四集团产生好感。"

"我对巴禄不熟啊！头儿，能不能把你们家苏月借我用一下？"陈学灿冲着简国炜的背影喊。

"拿去拿去。"简国炜先是不耐烦地挥挥手，走了两级台阶又停住步子高声骂，"什么叫我们家苏月？见了苏记者可别乱说话。万一她真的喜欢上我，你们谁能负得了这个责任？"

简国炜只是顺口和陈学灿开开玩笑贫贫嘴,岂知一转身,却看见苏月倚在一楼的楼梯口,双手抱在胸前,正似笑非笑地看着他。再一回头,又见陈学灿和陆晓琪的两颗小脑袋,也从三楼的楼梯口处探出来。陈学灿脸上写着"幸灾",陆晓琪眼里透出"乐祸",显然都等着看他的好戏。

往下瞧瞧,再向上看看,简国炜轻蔑一笑——孩子,你们还太年轻了。你们以为这样,就能看到我卑躬屈膝向苏月道歉的模样吗?你们太小瞧我了!

只见他扯扯衣领,冲着苏月温柔一笑。再下一刻,便已推开窗户从二楼直接跳下,转瞬间钻入人群没了踪影。苏月目瞪口呆,眨眨眼,又眨眨眼,使劲地憋着嘴角边快要溢出来的笑意,冲着三楼喊:"说吧,今天你们简大经理,又给我安排了什么活儿?"

"先生,实在不好意思,我们圆滩高尔夫球场,是一家会员制的球场。您不是会员,也没有预约,我们不能让您进去。"穿着燕尾服的经理用最彬彬有礼的态度充当最铁面无私的门神。

"那我要怎样才能成为会员呢?"简国炜无奈。

"第一种办法,您首先需要三名正式会员的推荐,再经过半年的考察期,如果75%以上会员投票认可就可以加入本会。"

"你直接说第二种吧。"

经理祭出雪亮屠刀:"第二种办法是,一次性缴纳12万美元会费,以及1万美元的年费,您立刻就能成为会员。"

简国炜云淡风轻。在大多数时候,屠刀只宰肥猪,如果猪不够肥,屠刀想要斩下来也无肉可斩。反正他一个月就5000美元的办公经费,就这样还要经过袁建审计。他要敢拿打高尔夫球的费用去找袁建报销,袁建就敢停掉他下个月的办公费。

"啪嗒",一卷用皮筋捆好的美钞掉到地下,差不多有500元右。简国炜把手插在裤兜左顾右盼就是不看经理:"我就是想进去找哈姆札局长谈点儿事。"

燕尾服经理面无表情刚正不阿:"先生,我的职责是保证球场的私密性,使里面每一位客人享受到宾至如归的接待。除非您现在转身走出大门,向南走500米钻过破损的栅栏,接着穿越障碍区和果岭,到达开球区去寻找他们,否则我绝不允许您打扰到我们尊贵的会员。"

简国炜对燕尾服经理的"职业道德"肃然起敬,立刻转身离开不再纠缠,而是按照他的指点,钻过栅栏混进球场里。只是他的运气不太好,才走到果岭,就引起了保安的注意。他不得不撒开脚丫子一路狂奔,径直冲向开球区。

开球区在中国一般叫作练习场,也就是专门练习挥杆的地方。简国炜一边跑一边摊开双手,向围拢过来的保安示意自己没有武器,终于在保安决定动用武器之前,冲到哈姆札与钟远成的面前。

"师兄,我可终于找到你了!"简国炜热烈拥抱钟远成,让追踪过来的保安放缓了脚步。

"简国炜,你搞什么名堂?"被迫拥抱的钟远成咬牙切齿。

"都是自己人,有好处别独吞嘛,算我一份怎么样?"简国炜在钟远成耳边轻声说。

"谁跟你自己人了?"

钟远成把像八爪鱼一样努力缠着自己的简国炜从身上扒拉下

来，转身就要招呼保安把他架走。但这个时候哈姆札把简国炜给认出来了，示意保安们退开，操着蹩脚的中文主动向简国炜伸出了手。

"中国建四集团的简先生？认识你很高兴。"

简国炜松了口气，暗叹自己的运气不错。苏末尔那只老狐狸，虽说把简国炜架到了火上烤，让他成为众矢之的，但这也变相地提高了他的知名度。哈姆札能认出他，就是很好的证明。

钟远成微皱眉头："哈姆札局长，我认为接下来我们要谈的事情，并不合适让其他人参加。"

"不不不，在我眼里，你和他都是我的客户。作为商人，客户当然越多越好。"

钟远成的脸色开始发青了："您想货卖多家？这似乎不太符合商业道德。"

"但这样可以提高我手里东西的商业价值。"哈姆札狡猾地摆摆手指，"这份资料我不但会卖给你，卖给他，也会卖给法国铁路工业联合会，卖给欧陆铁路公司。你想想，所有竞争者都有的东西，只有你没有，那会产生什么样的后果？"

钟远成握了握拳头，却没有再争辩。明显哈姆札已经下定了决心，再辩论也毫无意义。

简国炜心中松一口气：幸好赶上了。

看了一眼简国炜，钟远成心中骂娘。自己从一到巴禄，就处心积虑地与哈姆札打好关系，就是为了今天。可谁知道哈姆札的胃口竟这么大，要把所有竞标方都一网打尽。

可没办法，谁让人家做的是独门生意呢？钟远成深吸了一口气："我听说您的家族准备在巴禄修建一座酒店，这项工程中国建六集团会参加竞标。"

当着简国炜的面，钟远成不好说得太明白，但基本意思已经透露出来了。比如酒店造价一千万，施工方只拿九百万就帮你造出来，那么剩下的一百万就等于是你净赚的收入。

"我们建四也可以。"简国炜没有认真搜集过有关哈姆札的资料，只好根据钟远成的喊价顺着往下叫。

"另外，我们还可以在您的家乡，援建一所小学和一所中学。"

"我们建四可以援建两所小学和两所中学。"简国炜再度举手抢答。

钟远成气到脑壳冒青烟。作为一个搭顺风车的，如此理直气壮地抢司机方向盘，你到底还要不要脸？

"酒店是我的家族企业，我在里面占的股份不高。而且，我对学校之类，也毫无兴趣。"哈姆札走上发球台，将一颗高尔夫球用力打出，"我的要求很简单，100万美元，打到我指定的账户上。谁能给钱，谁就能拿到资料。"

简国炜和钟远成一下子都不吭声了。援建和行贿是两码事。以国企的财务制度，援建的款子算是公对公，只要账目清楚，任谁也说不出你什么。但是拿公款去给外国官员行贿，做出这种决定的人，就必须准备好面对政治和法律的双重风险了，是智者所不为之。

简国炜咬咬牙，忽然问："您能保证地质资料的准确性吗？"

"那么你能保证，你下属交给你的每一份文件、每一个数据都是完全正确的吗？如果你不能，那么我也不能。我保证的只能是，你给我100万，我可以把我能够看到、拿到的地质资料统统交给你。如果你们在竞标之后发现有错误，只能埋怨你们自己的运气不好。"哈姆札童叟无欺，但或者也可以说成是有恃无恐。

走过简国炜和钟远成的身边，分别拍拍两人的肩膀，示意给予他们时间考虑，哈姆札笑了笑就走开了。两人肩并肩看着哈姆札慢慢走远，简国炜眼光闪烁，似乎在考虑着什么。

"你最好别打什么歪主意。"钟远成斜睨着简国炜哼哼，"别到时候竞标成功了，你也进了班房。"

"别瞎担心了，师兄。你看我像是那种拿得出100万美元的人吗？"

"也是。"钟远成释然，"你没这个权力，陆嘉林也没那个胆。"

"那我们现在怎么办？"

"能怎么办？向上级汇报呗！"钟远成惋惜地摇了摇头。好容易建起来的一条线，又要断了。

简国炜想了想，拿起手机给"咖啡猫"又发了一条消息：你能不能搞到哈姆札手中的地质资料？

这回咖啡猫过了很久才回复一串省略号和一句话：我不是神仙。

毛线球：真的一点儿办法都没有？

又过了几分钟，咖啡猫回复：你可以到巴禄市图书馆看看，说不定能有意外的发现。

当简国炜陷入烦恼之中的时候，苏月也正陷入烦恼。

在巴禄，身为联合社记者的苏月，人脉还是比较广的。不是有那么个六度空间理论吗？最多通过五个陌生人，你就可以和你想认识的任何一个陌生人取得联系。于是她先打电话给她曾经采访过的，当地警察局的一位副局长，然后又通过这位副局长认识了瓦希德所在部门的主管，接着又在主管的引荐下，与瓦希德联系上，并确定了下午前往他的办公室拜访。

苏月的工作完成得非常顺利，但在陈学灿这里却掉了链子。眼见约定的时间就快到了，他还一直窝在办公室里不肯出来，对着电脑敲敲打打，一副重度网瘾患者的模样。

"陈工，时间快到了，我们该出发了。"陆晓琪忍不住催促。

"再等一会儿。"陈学灿一边对着电脑屏幕思考，一边头也不回地说，"实在不行，你帮我问问苏记者，能不能帮忙把拜访的时间往后推一个小时？"

听到陈学灿讲出这种话，苏月也不禁有些生气起来。这次约访，她拜托人帮忙也是费了不少人情的。好容易帮他约好了瓦希德，可陈学灿却一副不重视的样子，这让她觉得自己的心血白费了。

"我不是不重视，我是太重视这次拜访了。"陈学灿赶紧解释，"如果就这样去见瓦希德，我心里一点儿底都没有。苏记者帮了我们大忙，我就是不想浪费你为我们创造的大好机会，才想尽力做好万全准备。"

陆晓琪着恼，以为他在找借口推脱，有些不悦道："第一次见面，能谈成什么事？只要注意别给他留下个坏印象，方便第二次接触就好了。"

陈学灿苦笑："你听说过非洲部落卖鞋子的故事吗？"

"当然听说过，这故事可太老土了！"陆晓琪撇撇嘴回想那个并不复杂的故事。

鞋厂老板派出两个销售员到某个非洲部落寻找市场。去后不久，两个销售员都打来电话。甲说："这里没有穿鞋的，即使生产出鞋来，在这里也会卖不出去。"而另一个人却与甲的结论完全相反。乙十分兴奋地告诉老板："这里人人没有鞋穿，皮鞋市场很大，你快给我发一批鞋子过来吧。"

"传统说法，通常是贬低甲，赞美乙。但实际上，从营销的角度来说，这两个销售员都是不合格的。首先他们出发非洲之前，居然连部落里的人不穿鞋这最重要的事情都不知道就盲目出发，简直不可理喻。其次他们到了非洲之后，仅仅凭借着部落居民不穿鞋这一点，就轻易地做出'可以卖'和'不能卖'两个判断，更是应该开除。作为一名推销人员，他们至少应该先搞清楚，这个部落的人不穿鞋的原因是什么，这样才能够做出最终判断。因为气候？因为信仰？又或是因为某种生理疾病？针对每一个原因，销售员都必须首先想出对策，然后才可能为老板提供判断依据。而不是等皮鞋都发到非洲部落了，才开始去想怎么卖鞋。"

陈学灿是真的心虚。在国内的时候，他是简国炜手下一员大将。只要有他出马，项目方就算开始对陈学灿有什么偏见，也总是能在不久之后，就被他的诚意和热情所打动，和他成为好朋友。现在出国了，国内的经验到了国外是不是还顶用？陈学灿心里没底。

这情形，就像是一名指挥员，被迫在毫无情报支援的情况下进攻敌方坚固阵地。敌方的火力怎么布置的？不知道！敌军有多少兵力？不知道！敌人还有没有援军投入战场？还是不知道！任何一名有经验的军官，都会极力避免这样的战斗。但现在他避无可避，因为他的上级已经承担了更重要的战斗任务，他也只能接过这副重担。

想到这里，陈学灿也知道自己失态了，赶紧先向苏月道歉，然后拉着陆晓琪一起上了她的车。苏月一边开车，一边通过后视镜看见陈学灿微微闭着双眼，嘴唇不住蠕动，显然还在为待会儿见到瓦希德后，可能会遇到的各种状况打着腹案。

为了缓解他的紧张情绪，苏月故意逗他说话："你一早上查了那么多资料，对瓦希德了解得多吗？"

"太少了。"陈学灿摇摇头脸色凝重，"现在只知道他今年43岁，毕业于莫斯科国际铁路运输大学，曾经在国有铁路公司担任过桥工部门主管，后来因为性格内向不善言辞被人排挤，才来到苏尔曼省交通局任职。在此期间，他在国际期刊上发表过三篇论文，算得上是一名技术型官僚。也许是因为性格原因，一直没有得到提拔……"

"你这还叫了解得少？"

"当然太少了！"陈学灿理所应当地说，"他的家庭情况怎么样？有几个孩子？他本人有什么兴趣爱好？这都是在网络上很难查找到的资料。不是我吹牛，如果是国内的客户，给我一周时间，我连他家里有几只蟑螂都能查得出来。"

苏月瞠目结舌："别人家里的蟑螂你怎么查？"

"这有什么难的？如果周末去项目方的主管工程师家拜访，他又不待见我们，就会故意做出要清理房间的样子赶我们走。这个时候啊，简头就会和我一块挽起袖子，帮他一起搞卫生、除蟑螂。一场大扫除下来，主管工程师的心肠再硬也要软了，十有八九会留我们吃饭。然后我们就可以趁机在饭桌上，向他介绍我们的施工和技术组织方案。用一身臭汗，换来一个项目方主管工程师详细听你介绍方案的机会，可值了！"陈学灿手舞足蹈，得意扬扬地介绍自己的宝贵经验。

苏月和陆晓琪一时都有些发愣。她们都想不到，在一场场看似轻松的竞标后面，竞标小组成员竟要付出这么多心血，做出这么多的努力。国企毕竟不同于私企，在私企看来很多可以尝试的"小手段"，在国企里却是被严厉禁止的。那么靠什么来打动项目方？唯有靠中国铁建人的坚持和努力。

如果没有中国铁建人的坚持和努力，也许在"烟伤禾稼，震动寝陵"的压力下，中国人还要使用骡马作为牵引车厢的动力；如果没有中国铁建人的坚持和努力，火轮车或许只是"老佛爷"祭祖时出行的交通工具，普通人远远望见都要跪下叩头；如果没有中国铁建人的坚持和努力，中国人要修一条铁路，还得向外国银行借款向外国公司求助，并把铁路线旁两公里内的矿藏资源乃至国家主权一并双手奉上……

车厢里一时沉默起来，陈学灿不解地看看脸色逐渐严肃起来的两位姑娘，挠挠头不知自己说错了什么。

第十章
情报

走出高尔夫球场大门的时候，简国炜和钟远成的脸色都是又黑又沉，仿佛能滴出墨汁。在国内竞标，不管怎么说身后还站着建总，项目方就算提出什么让人难以接受的要求，也不过是围绕着工程本身又或者是工期之类的技术问题。但在外国，他们面对的各种情况，却比国内复杂了千倍万倍。

有限的授权，无数的意外，每天都令人疲于应付。而最可怕的是，你不知道付出的辛劳和汗水，会不会得到甘美的回报。毕竟每一场竞标，都只有一个胜利者，天知道你的对手会打通什么关系，又或者报出什么低价，在最后关头将你认为已经十拿九稳的胜利果实给一把抢走。

简国炜召了辆计程车，打开门正要上车，忽然眼珠一转对钟远成摆了摆头："我约了人喝下午茶，要不要一起？"

"我不像你那么闲，这种时候也没心情喝茶。"钟远成没好气地拒绝。

"真不去？"简国炜站在敞开的车门旁又问。

钟远成觉出什么，抬头仔细端详简国炜的脸。几秒钟后，他哼了一声，走过来用肩膀将简国炜顶开，当先坐上汽车。简国炜撇撇嘴，也随之上车。

坐在车上，钟远成闭目假寐，只当是身边没有简国炜这个人。他知道简国炜想和他说些什么，但他就是不先开口。这种时候，谁先开口谁的气势就弱了，而且钟远成也很想知道，简国炜求他的时候是个什么模样。

但简国炜居然也不与他说话，手指轻点着大腿，嘴里轻哼小曲煞是悠然自得。钟远成本来不想搭理他，但简国炜也不知哼的是什么曲子，走调十万八千里之余，却又带着股魔性，闹得人心烦意乱不得安生。

"聒噪！"忍了半天还是没忍住，钟远成忍不住喝斥出口。

可现在简国炜就没有刚才那么礼貌了，喷了一声："不愿听？不愿听你下车啊，好像刚才有谁求你上车似的！"

钟远成的火气腾地就涌了上来，一边叫司机停车，一边就要去开车门。简国炜却又一把将他搂住，涎着脸笑嘻嘻亲热无比。

"哎哟我的钟师兄喂，你这脾气怎么还是这么急？跟你开个小小的玩笑，你怎么就生气了呢？我的错我的错，您消消气好不好？"

气哼哼地挣扎几下，奈何力气比不过简国炜，而且计程车内也不是放得开手脚的地方。钟远成喘几口粗气，又瞪了简国炜一眼，这才消停下来。气息喘匀了，也想明白了，心里就是一惊——

糟糕!

又上了这小子的当了!

正所谓一鼓作气,再而衰,三而竭。钟远成从在高尔夫球场起就憋着一股闷气,如果简国炜刚才主动提起什么合作之类的事情,钟远成不免要先拿拿架子摆摆谱,说不得还会冷嘲热讽几句,直到刺得简国炜快要忍不住了,他才会见好就收,顺势将合作的事情敲定下来。

可经过刚才那一番打闹,这股气便泄了大半。从先前占据的制高点下来了,再爬上去可不是易事。就算再要摆出张冷脸,以简国炜那臭不要脸的劲头,顺杆子一爬,就能将他面具摘掉。

想到这里,钟远成也无心再摆什么架子了,忍着气说:"不管我们俩有什么恩怨,大家都是中国人,又都是建总下属的兄弟单位。现在这种情况,再闹起来就要让人看笑话了。"

简国炜认真听着,目光纯净,不时"嗯嗯"点头。

钟远成更气了,但还是不得不往下接着说:"我提议,我们先暂时联手,消息互通。等到开始制定投标文件的时候,我们再各显神通一决雌雄。"

简国炜真诚——至少表面上看起来还算真诚地连连点头:"说起来还是钟师兄您有觉悟,在这种艰难时期主动提出与我们建四集团进行战略合作。这胸怀!这气魄!我简国炜还真是甘拜下风佩服万分啊。"

我不要你佩服!我要你拿出干货啊浑蛋——钟远成恨不得抓住简国炜的领口对他吼道。

也不知这小子走了什么狗屎运,居然与最反对高铁项目立项的苏末尔议长扯上关系。既然哈姆札这条线已经断了,不妨让简国炜到苏末尔那条线上去试试。拿到资料固然是意外之喜，就算拿不到损害的也是简国炜与苏末尔的私人关系，他钟远成不但丝毫无损，还能让简、苏之间的关系出现裂痕——有句话不正是那样说的吗？如果你无法达到与对手一样的高度，那你就最好想办法把他拽下来，让他和你重新回到同一条起跑线。

"你说完了？"简国炜诧异。

"你还想我说什么？"钟远成更诧异。

简国炜搓着手嘿嘿地笑："师兄，你不是说消息互通吗？那个哈姆札怎么回事？我看他也不像是没见过钱的，吃相未免也太难看了吧。"

钟远成也知道，对简国炜这种死皮赖脸的人，不先拿出点儿干货不行。再加上哈姆札的事情，现在来说也未必再需要保密，于是就松了口："哈姆札的家族在苏尔曼省势力很大，但哈姆札并不是唯一的继承人。准确地说，他的继承顺位还比较靠后。最近几年他父亲的年龄大了，哈姆札也想给自己留一条后路，就在欧洲某个小国搞了间工厂，做点类似于我们出口转内销的事情，以欧洲品牌的名义，向苏尔曼省出口奢侈品。一边有工厂，一边有销路，本来他的生意还挺红火。不过今年开始，他的工厂被那边的一个参议员盯上了，说他环保不合格，要求他改进工艺并对机械设备进行升级。他现在到处筹钱，估计也是为了那座工厂的事情。"

简国炜还是"嗯嗯嗯"地只点头不吭声，钟远成被气得笑了，当着他的面给陈丰打了个电话，让他把所有资料发到简国炜邮箱里。简国炜确认收到之后，这才满意地笑了起来。

"现在你该告诉我，你今天到底请谁喝茶了吧？"

"稍等一会儿你就知道了。"简国炜依然保持神秘。

只见计程车在简国炜的指挥下驶过繁华的北城,向着老旧的南城驶去。又过了一小会儿,计程车在离简国炜住址不远的街区停下。放眼望去,拥挤狭窄的街道两边,全都是以棚布搭起的排档。才打开车门,一股混合着汗味和咖喱味的酸臭气息立刻直冲口鼻。

简国炜抢先下了车之后,钟远成才确认到了终点。他看向简国炜的目光,简直就是叹为观止:"你就请苏末尔议长,在这种地方喝下午茶?"

"谁告诉你我是请苏末尔议长喝下午茶?我请的是我的房东。"简国炜一脸无辜地说。

身体保持着一脚跨出车门外,一脚还在车内的姿势,钟远成不可置信地看着简国炜,足足快有半分钟后他终于确定,这次又被简国炜耍了。

"简国炜,以后你别落在我手里!"

撂下一句狠话,钟远成缩回计程车,啪的一下关上车门。看着一溜烟离开的计程车,简国炜心有余悸地拍拍胸口。巴禄的计程车价格可不便宜,在损失了500美元之后,这个月剩下的办公经费可就要精打细算了。幸亏有好心人帮他付了车费,让他少损失了一笔钱。

东南亚有许多独具特色的美食,香和辣基本是它们的标志。来到巴禄没有多久,一向嗜辣的简国炜已经喜欢上了本地菜肴。这里的菜大部分以油炸为主,并配上各种香料,如辣椒、咖喱、椰油和小橘叶等,特别是辣椒,几乎每道菜都少不了。

甩掉钟远成，在狭小的街上走了没多久，简国炜就熟门熟道地走进一间店里，选了一个靠窗的位置坐下，向老板点了一钵沙嗲和一碗鸡汤。所谓沙嗲就是当地的烤肉串，有一段时间国内的夜市里也很流行这种东南亚美食。当地的沙嗲多为鸡肉及羊肉，腌好的肉串放在烤台上烤到滋滋作响，再蘸上香浓的花生酱。还没有吃进嘴里，光闻见那股香气，唾液就不由自主地从口腔里分泌出来。

林良信带着点儿小嫌弃的神情走进小店里，看着垂涎欲滴的简国炜有些无奈地摇摇头，心中莫名又生起自豪。这感觉，大致像与你有大宗生意来往的欧美老板到了中国，不爱五星级饭店里精美的食物，却偏偏喜欢钻进沙县小吃里点一份扁肉拌面大快朵颐。让人不由在心里嘲笑老外没见过世面之余，也为祖国的美食能征服外国老板的味蕾而感到骄傲。而这，也是简国炜选择在这里与林良信见面的原因之一。

摆手拒绝了简国炜递来的肉串，林良信将一张卡片推到简国炜面前："这是你要的巴禄图书馆借阅卡。有了这个，你可以查到苏尔曼省除了绝密级别之外的各种资料。"

"非常感谢，你可帮了我大忙了。"简国炜擦擦手笑容满面地接过借阅卡，珍而重之地放进钱包里。

他这样的态度，倒让林良信好奇起来："这个借阅卡对你很重要吗？"

"当然重要。"简国炜回答说。竞标需要情报，而得到情报的途径，绝大多数不会是像电影里的007那样通过打打杀杀。事实上，很大一部分的情报都光明正大地印成铅字，你要做的仅仅只是搜索它、分析它，并且将它归纳整理。如此而已，非常简单。

林良信故意又问:"据我们的情报,欧陆铁路公司已经得到了苏尔曼省相关地质资料,你不需要我们帮忙吗?"

"反正你们也不会帮忙,说了也没用。"简国炜撇嘴。

哈姆札与艾沙迪不是一路人。哈姆札在招标的过程中乱来,艾沙迪睁一眼闭一眼当作没看到,根本别指望他会派人帮助简国炜和哈姆札牵线搭桥,平白把自己与简国炜的私下联络曝光给外人。至于找他拿到地质资料,更是想也别想,艾沙迪既然决定要参选总统,那就一丢丢污点也不会主动去沾。

林良信笑了起来——知进退,懂分寸,特别重要的是不会给自己和身后的人招惹麻烦,像简国炜这样的合作者让他感觉非常省心。就算逼着自己带他去见苏末尔议长,最后拿到最多好处的,也还是林良信。于是,他决定多透露点儿东西,作为对简国炜的奖励。

"第一轮竞标,将严格按照公平、公正、公开的原则进行。无论是艾沙迪省长还是苏末尔议长,他们都不会对参与竞标的各公司表现出任何倾向,一切凭你们的本事说话。两周之后,会召开第一轮招标会,各竞标公司将按照抽签顺序,向招标办公室陈述自己的建设方案、价格方案以及给予我们的援助方案,其中援助方案必须包括贷款、技术转让、建筑材料国产化等一系列援助计划。招标办公室将对此进行打分,从中选取三家公司进入第二轮竞标。其中建设方案占比为25%,价格方案占比为25%,援助方案占比为50%。当然,这只是第一场较量,招标办公室还会综合各家方案,与晋级到第二轮的竞标方分别进行谈判,之后再启动第二轮竞标。虽然第一轮竞标的结果并不能百分之百地决定第二轮竞标成败,但第一次就能拿出最优方案的公司,将得到省长和议长的大力支持。"

"口头支持而已,不过是用作向一同晋级的其他两家竞标方谈判施压的工具。"简国炜戳破。

"口头支持也是支持。在第一轮中就领先对手,那么在第二轮竞标中,你们就可以成为领跑者,占据优势地位。"

林良信说着,沾了点茶水在桌上写下一串数字,然后又立刻擦掉,凑近了头显得有些神秘:"这是价格底线,苏尔曼省不会同意建造费用高于这个数字的。"

说真的,如果林良信一开始就将这个数字拿出来,简国炜倒会真心感激。可现在,简国炜只是狐疑地看着他,接着冷笑:"我想,这个数字你们会想办法透露给所有的竞标者吧?这样既可以做出筛选,剔除掉缺乏实力的竞标公司,又可以牢牢把造价限定在你们想要的区间内。"

"我只是个信使,不要为难给你带来消息的人。我可以说的话,已经全部都说完了,祝你竞标成功。"林良信与简国炜握了握手之后告辞,但才走几步之后,他又转回身,"只有前三名才有参与第二轮竞标的资格。给你一个忠告,不要小瞧任何一名对手。或许,成功晋级的公司,会得到什么意外的惊喜呢。"

他在提醒我什么?难道还有什么我所不知道的变故——简国炜看似坐在原地慢条斯理地吃着烤肉串,脑子已经飞速运转。这次竞标各方中,以欧陆铁路公司实力最为雄厚,建六、建四集团次之。其余处于第二梯队的,诸如法国铁路工业联合会、意大利NT建工集团等六七家竞标公司,基本构不成什么威胁。

至于原因,想想法国工人每周35小时的工作制度,以及每年至少5个星期的年假就可以知道。他们无论是在成本又或是在劳动生产效率上,都是属于被第一梯队吊打的对象。难道,这里面会蹿出来一匹黑马吗?

但是从常理上讲,这又是不太可能的。砍头的买卖有人做,赔本的买卖无人做。铁路基建的圈子就这么大,对于各个竞争对手的家底、能力,大家相互间都很了解。就算有人报出个赔本赚吆喝的低价,项目方也会担心,这家公司是否真的具备承建项目的实力。

当然,这些实力也只是摆在明面上的实力,谁也说不清各集团公司暗藏了什么撒手锏。就像建四集团和建六集团,看似比欧陆铁路公司弱了一筹,但一旦他们中标,就可以得到整个建总的无私支援。难道,其他公司也有类似的"战略武器"?

吃完饭付过账,简国炜安步当车,慢慢走回租用的民居,恰好苏月带着陈学灿和陆晓琪也回来了。他们这次的拜访,可以说是大获成功。瓦希德是一名技术型官员,对于各种新技术和新工艺非常感兴趣。陈学灿拿出建四集团在国内修建的各条铁路资料,瓦希德就很感兴趣地和他聊了起来。等到会谈时间到了,瓦希德还有些恋恋不舍,主动邀约陈学灿下次见面。陈学灿也从他嘴里,旁敲侧击地打听到不少他的家庭情况,让陈学灿对下次再与瓦希德见面更有信心。

听他们介绍完情况之后,简国炜也很高兴,勉励了他们几句,又将钟远成刚刚给他的邮件复制到电脑中。

"晓琪,把这份资料发给你爸,让他无论发动何种关系,一定要查清这家工厂以及这个参议员。另外,这有一张巴禄图书馆的借阅卡,我要你尽量扫描一切有关苏尔曼省,而又没有电子化的书籍,然后传回家里。请你爸想办法把这些资料和我们前期得到的资料,传入建总的大数据中心进行分析。"

"是!"陆晓琪顽皮地敬了个军礼。

苏月瞥了一眼主动请缨:"我也可以请欧洲的同事帮忙查一查工厂的事。"

"那可太感谢了。"简国炜大喜。

哼哼一声,苏月却对简国炜廉价的口头感谢不感兴趣:"这么久以来,我也帮了你们不少忙了。你总是说感谢感谢,连顿饭也没请我吃过。"

要是换一个时间,简国炜肯定豪气大发地挥一挥手,当即就带着苏月去吃一顿五星级的大餐。但开标之前所有人都忙碌着,简国炜还想着待会儿苏月走后召集三人开个小会。不过要说下次再请吧,良心上又有点儿过意不去,于是笑容就这么尴尬地贴在脸上,取不下来也鲜活不上去。

苏月也知道他们忙,挥挥手道:"算了,等你竞标成功之后再请我吃饭吧。不过你答应给我的大新闻,什么时候能给我?"

这话本是想让简国炜避免尴尬,同时也提醒简国炜不要忘记约定,苏月并没想有什么收获。但简国炜想了想,突然说:"我倒有一个消息给你。"

"什么消息?"苏月眼睛一亮。

"苏尔曼高铁项目的第一轮招标中,可能会爆出大新闻。"

"什么大新闻?"苏月追问。

但这时可恶的简国炜却摊开双手,表示一无所知。苏月也不知道,自己是第几次被简国炜气到发笑。很明显,这是简国炜的狗鼻子嗅出什么不对的味道了,一时半会儿又找不到头绪,于是干脆就抛出诱饵,让自己为他去查探消息。

偏偏这个诱饵自己又不能不吞，苏月恨恨地白了简国炜一眼，招呼也不打一声，拿起提包就往外走。简国炜还在后面喊着："苏记者，欧洲那家工厂的事麻烦你上点儿心，竞标结束之后我真请你吃饭。"

苏月一个踉跄差点儿摔倒，打开门上了停在楼边的越野车，将脚上的高跟鞋脱下来狠狠甩在副驾驶座上，换上平底鞋。心中恨恨地骂：真以为老娘缺你这顿饭吗？老娘勾勾手指，也不知多少青年才俊抢着请老娘吃饭呢！

浮屠宫总统套房内，藤井伊织按住遥控器的暂停键，电视屏幕上的画面在简国炜脸上定格。

"来自中国建四集团的这位简先生，虽然没有参加过国际竞标，经验浅薄，不过嗅觉倒是十分敏锐。"

"的确。"托马斯赞同，"如果经过几次磨炼，他也许会成为一把好手。"

赞同和赞同是有区别的。托马斯的意思是，现在的简国炜还不值得他重视。丁飞眉头慢慢皱起，想了想之后说："托马斯先生，虽然我不喜欢您的一些做法，但既然会社下达了命令，我就会全力执行。我的意见是，简国炜对我们的威胁，比钟远成要大得多。他狡猾，善于随机应变，并且在需要的时候，他可以放下身段。而这些，都是钟远成所不具备的优点……"

托马斯连连摆手："丁先生，您太夸大国际投标中'人'的作用了。事实上顾客最终购买的是产品或者服务，而不是销售人员。所以在我看来，公司的实力才是第一位的。中国的建四集团和建六集团实力相差仿佛，但建六集团对钟远成的支持度显然更高，给予的授权也更多，所以钟远成才是我们最大的竞争对手。"

"虽然我们卖出的最终是产品，但打开市场大门的始终是人！"丁飞放缓了语气，"如果是我主持这次竞标，我会选择将他们作为头号大敌全力应付！但是我们现在的力量不够，最多只能把其中一个踢出局，所以我希望欧陆铁路公司可以再慎重考虑一下，是否可以把更多的关注点放在建四集团身上。"

托马斯心里一阵腻歪。原以为这群日本人，没能力参与此次项目竞标，但没想到，他们竟然与法国人建立了合作，使法国人也有机会闯入第二轮竞标。更糟糕的是，他们和欧陆铁路公司也有分包工程的君子协议。这样一来，只要不是中国人中标，他们都能从苏尔曼高铁项目中分得一杯羹。如果不是需要他们来牵制中国人，托马斯真不愿意让这些贪婪而狡猾的家伙分到蛋糕。

"我依然坚持，钟远成以及建六集团是欧陆铁路公司最大的对手。丁先生，或许这位来自建四集团的简先生，让你感到有威胁。但在我看来，他这次出局是毋庸置疑的。他的一举一动就在我们的监视之下，建四集团的竞标方案他才拿到手，内容我们立刻就会知道。"

"我说了，他很擅长随机应变……"

"但不管怎么随机应变，首先他要得到集团公司的授权。我了解所谓的中国国有企业，事实上世界上所有大型企业的绝大多数管理人员，他们的胆子都很小。不管是中国、日本还是英国、法国全都一模一样。丁先生，你也算是西城株式会社的高管，但是如果你来竞标，难道你可以脱离董事会自行决定铁路造价，或给予苏尔曼省的援助金额吗？不，你当然不敢！除非你是公司的大股东,否则的话,无论谁如果真的敢于在竞标的时候'随机应变',脱离了高层给他的授权,就算竞标成功他也注定要被冷藏——这就是人性!这就是在跨国公司里的生存法则!"

托马斯站起来,替丁飞整了整领带,又拍拍他的肩膀:"最后提醒你一次,丁先生,虽然西城株式会社一直在与我们进行亲密的合作,但你必须知道,在这场合作中你们只是处于从属的地位。你有权利提出自己的建议,但做出决定的,必须是我,也只能是我。"

"……我明白了。"

"那么从现在开始,我们集中所有资源,先把钟先生和他所属的中国建六集团踢出竞标,有问题吗?"

"没有问题。"

"非常好。"

托马斯开心地笑了,丁飞也只好跟着忍气赔笑。只是这笑容,在托马斯走出房间后,就从丁飞的脸上一点点地消失了。

"竖子不足与谋!"藤井伊织冷笑,"这些绅士还以为,现在还是日不落帝国的时代呢。"

丁飞慢慢解开被托马斯整理好的领带,长长呼出一口气,脸上露出痛苦和纠结的神态:"如果有得选,我真不想接受这项任务。"

"可你没得选。"

丁飞沉默了一会儿,苦笑:"是啊,我没得选。"

作为一名科研人员,他已经与工作一线脱节太久了。日本自1997年之后,再没有修建过高铁,这使得丁飞近年来的试验,越来越无法得到现场数据支撑。丁飞现在做梦都想主持修建一条高铁线路，只有这样他才能突破瓶颈，取得更多成果。

"有时候，你必须收起你那毫无用处的同情心，变得更凶狠一点儿！我可以帮助你对付简国炜，但我希望你下次不要再让我操心了。"藤井伊织严肃地对丁飞说。

"不，我说的对付，和你口里所谓的对付完全不是一回事。"丁飞叹息说。

藤井伊织一直认为，丁飞太过理想化，在商业竞争中就应该要不择手段。而丁飞却觉得，在商战中，阴谋和诡计虽然是必需品，但只能作为点缀或一击必中的绝杀手段偶尔使用，要战胜对手，还是要靠本身的实力与技术。而像托马斯和藤井伊织这样，将大部分精力放在实施阴谋上，岂不是变相承认了，自己不如中国建总？

"你们都错了！"丁飞烦躁地解开扣子。十年前，他抱着学习世界上最先进高铁技术的愿望远渡日本，虽然这十年来，中国高铁蒸蒸日上的情形，他也看在眼中，然而作为业内颇有名声的专家，丁飞却还是坚信，中国高铁在技术上仍然比不过日本数十年的积累。完全放弃正面战线上的交锋，却执着于开辟什么"第二战场"，在丁飞看来，简直愚不可及！

第十一章
种子

早晨九点，等到聘请来的安全人员，对从酒店租用的会议室进行安全检测，确认没有任何异常后，钟远成带着建六集团竞标组的成员鱼贯而入。与私企老板通常坐在长条型会议桌端部，以显示自己一言九鼎的权威不同，国企开会，职务最高的人，往往坐在会议桌的中部位置，以显示自己"来自群众"，也"不脱离群众"。钟远成倒是很喜欢这种，把一举一动一言一行都赋予了意义的做法，因为这可以提示自己，"规矩"是无所不在的。如果一个人，膨胀到觉得没有"规矩"可以容纳了，那么"规矩"自然会告诉他，逾越了"规矩"的后果是多么惨烈。

这种钟远成每天都坚持召开的碰头会，被他取了一个名字叫"诸葛亮"会，取的是"三个臭皮匠，能顶一个诸葛亮"的寓意。每一个人都要轮流发言，先总结昨天的成果，再说明今天可能遭遇到的困难，然后由钟远成作为主持人，发动大家一起群策群力帮助提出问题的人解决困难。因为竞标工作的进展比较顺利，所以今天的发言中，提出的困难很少，汇报的成绩却很多，建六集团竞标组的所有成员，脸上都挂着笑容。而最令人高兴的，则是苏尔曼省地质资料方面，有了不小收获。

"钟总，按照您的指示，我们在巴禄图书馆进行搜检。结果意外发现，在上世纪60年代，苏尔曼省曾经对部分地区进行过探矿作业，顺便也记录下了当地的地质资料。据我们对比后发现，这份资料，与苏尔曼高铁项目的线路走向，有60%的重叠。也就是说，我们已经对这条线路60%的地质条件了如指掌。"

"好！非常好！"钟远成也很高兴，但在发言总结中还是提醒大家，"所谓竞标，其实也是另一种形式的竞争。怎么样竞争才能取得胜利？用武侠小说里的说法，那就是要做到内外兼修。一是强化自己的长处，补齐自己的短板，这叫勤练内功；二就是打击竞争对手的短处，削弱他们的优势，这叫精修外功。从现在的情况来看，我们的内功练得不错，但外功还是差了点儿。在这方面，我们还是要多想想办法。无论如何，第一轮竞标我们必须要用尽全力，如果因为谁的粗心大意翻了船，导致我们没有取得参加第二轮竞标的资格，那就什么都别说了，自己打一份到一线锻炼的报告来，我马上就签字。"

这话说得很重，钟远成的表情也很严肃，会议室内的轻松氛围立即一扫而空，没有人敢再随便说话。隔了好一会儿，陈丰才叹了口气接上话题："如果建四的简国炜是我们这边的人就好了。这小子就是个天不怕地不怕的孙猴子，要有他当开路先锋，我们的工作就好开展很多。"

钟远成知道，陈丰话里的意思，是建议他与建四集团进行合作。其实他也同意陈丰的意见，但前提必须是他与简国炜的矛盾没有那么深。当年那件事，又不好摆到台面上来讲。于是钟远成只好装作没听懂，以开玩笑的口吻说："简国炜本事大，但闯祸的本领也不小。没有如来佛祖的法力，可镇不住那只猢狲。老陈，不是我小瞧你，如果他是你的手下，估计你没两天就要患上心脏病喽。"

一阵哄笑声中，会议到此结束。钟远成打开手机APP，看了下自己的行程安排，又跟大家交代几句，就往酒店一楼的咖啡厅走去。

藤井伊织早已经等在那里，老远见到他就站起来鞠躬。钟远成微微点头，含蓄地说："藤井小姐，听说你们西城株式会社，与法国铁路工业联合会要展开合作，共同竞标苏尔曼高铁项目。我还以为你现在应该忙得团团转，怎么今天还有心情约我喝咖啡？"

"不愧是钟先生，消息就是灵通。"藤井伊织先是竖起大拇指夸了一句，然后嘴角往旁轻轻一撇，满脸都是不屑，"那帮法国人的德性，你也不是不知道，浪漫有余，实力不足，偏偏还盲目自大。会社高层做出与法国人合作的决定，纯粹是损人不利己。法国人中标的概率，和买彩票期待中大奖没有多少区别。既然如此，我干吗还花太多时间在他们身上？"

钟远成在心中微微点头。根据他得到的情报，西城株式会社对法国人的支持的确很有限，想来也是觉得做个陪跑没什么前途，纯粹就是来恶心人的。但现在越是接近开标，就越要小心谨慎，谁知道会突然出现什么幺蛾子，趁你不注意糊你一脸难堪。于是他不置可否地笑了笑，转变话题："藤井小姐还真是直爽，不过这样在背地里议论会社高层，似乎还是不太好吧？"

"你是丁桑的师兄，也就是我的师兄，都是自己人，难道我还怕师兄会出卖我吗？"藤井伊织笑得畅快极了。

"当然不会。"钟远成也笑。

笑了一会儿，藤井伊织突然又不笑了，直愣愣盯着钟远成的眼睛："师兄，其实我这次来，是想请你帮我个忙的。"

"丁飞和我师兄弟一场，只要不违反原则，不牵涉公事，你们的事我都会尽量帮忙。"钟远成的回答有理有节。

"师兄，相信你的情报系统已经查到了，我是西城株式会社藤井副社长的女儿，这次竞标本来和我没多大关系。但我还是来了，为什么？因为一个人——简国炜。他是我未婚夫的仇人，那么也就是我的仇人。"

钟远成低头喝着咖啡，没接茬，只当是没听见藤井伊织的话。藤井伊织也不以为意，接着游说："这次苏尔曼高铁项目，有能力最后夺标而回的，也不过是欧陆铁路公司，还有中国的建六集团和建四集团两家。你和我合作，在第一轮竞标里就把建四踢出去，你也等于在第二轮里少了个大敌。"

笑一笑，钟远成看了藤井伊织一眼："如果建四出局了，由西城株式会社在后面支持的法国人，就可以跻身第二轮。这就是你打的好盘算吗？"

"没错，让简国炜栽个跟头，于公于私对我都有好处。往私里说，我为我的未婚夫报了仇；往公里说，我超额完成会社交办的任务，履历上能多一笔功劳。对于你，也是一样。法国人对建六没威胁。让他们进入第二轮，你等于少了个对手。"

"对不起，藤井小姐。我还有个会要开，先走了。"钟远成把剩余的咖啡喝完，也不和藤井伊织打招呼，径直转身离去。他本以为和藤井伊织见面，能够旁敲侧击打听出点儿什么情报。但如果只是撺掇他对付简国炜，那就没必要再聊下去了。

一来，建六和建四怎么说也都是建总下属的兄弟单位，和日本人合作下黑手搞自己人，就算竞标成功了，领导们也不会高兴。二来，也是最重要的一点，那就是他根本不畏惧与简国炜单对单地竞争。钟远成自信，以自己的手段，鹿死谁手还未可知呢！

藤井伊织沉着脸，远远看着钟远成走进电梯，才向吧台方向招了招手。侍应生走过来微微躬身，藤井伊织将几张钞票放进他的托盘里，又顺手取出菜单下盖着的U盘。

"他们没发现什么吧？"

"藤井小姐请放心，他们雇佣的安全团队里有我们的人，他们不可能知道，他们的一举一动都被我们监控了。不过……"

"不过什么？"

"从上周起，他们就开始准备各种各样的竞标方案。迄今为止，已经准备了17份。而且，他们似乎还准备制作更多的方案，我们根本不知道他们最终会使用哪一份方案竞标。"

"这怎么可能？"藤井伊织终于惊讶起来。

制作标书是一个非常复杂的过程，特别是国际铁路工程竞标，更是繁琐无比。这可不比普通竞标，只要在标书上填写一个金额，然后确保这个金额比所有竞争对手都要低就可以。竞标方案分为技术方案、价格方案以及援助方案。看似简单，但都相互影响。

从技术上说，哪些地段需要架设高架桥，哪些地段需要挖掘隧道涵洞，哪些地段又需要使用爆破作业的方案进行施工，这都要考虑；从援助上讲，准备垫资多少钱，又准备收取多少利息，要转让多少技术，这也要斟酌。这一桩桩一件件的考虑斟酌，都会体现到最终的报价上。有时候，0.1个百分点的变化，都会造成几千万甚至上亿美元的浮动。

"应该是动用了人海战术。中国建六集团，除了派出来的这12人外，我怀疑他们在国内至少还动员了上百人共同参与标书制作。"

"一个花样百出，一个滴水不漏，怪不得丁桑会那么忌惮他们。"藤井伊织冷笑。她对于这样的结局并不意外，甚至对于劝说钟远成的失败也是意料之中。但不要紧，她有的是耐心和毅力和他们玩下去。反正，今天她已经把种子种下，只要静静等待就可以等到生根发芽的那一天。

"想要挑拨离间？你还嫩了点儿。"同一时刻钟远成也在冷笑。对于刚才的应对，他觉得可以打90分，剩下10分留作进步的余地。刚才谈话的关键，倒不是在于简国炜这个痞子，主要是他通过藤井伊织的急躁，判定西城株式会社现在已经处于黔驴技穷的状态了。

正如他早上所言，要想竞标成功，一是要勤练内功，二是要精修外功。藤井伊织寄希望于中国企业内耗，进而得到进入第二轮竞标的机会，这说明他们"内力空虚"，不得不走上仅以外功取胜的"邪道"。对于这样的对手，他毫不放在眼里，甚至不需要有特意针对性的举动，直接辗过去就能把对方撞得粉身碎骨。

"老钟！老钟！"

才从电梯上下来，钟远成就见陈丰满脸喜色地对他手舞之足亦蹈之。2尺6寸的粗壮腰围，扭成了妖娆的S形，就好像专业的探戈舞手改行跳起秧歌，性感虽荡然全无，却完美地体现出劳动人民的淳朴奔放。

高兴之余，陈丰也不忘保密原则，一把将钟远成拉进房间里，又将所有窗帘拉上，才神秘兮兮地附在钟远成耳边说："家里已经搞到苏尔曼省的全部地质资料了！"

"太好了！"钟远成兴奋地在陈丰大腿上重重一拍，拍得他腿上肥肉乱颤。陈丰满脸的喜悦立时化为幽怨——怎么这年头，送来好消息还要挨顿打呢？

"家里这回干得太漂亮了！是谁出的手？林总还是周总？还是他们找了建总的关系？"

"都不是，是简国炜那小子从哈姆札手里弄来，又报经建四的陆总同意后，请陆总给家里发了一份副本。"

"简国炜？"像一盆冷水泼下，喜悦没了，只余惊疑。钟远成脸色沉凝，快速思索简国炜这举动里的含意。

看到他的模样，陈丰叹气摇头："老钟，不是我说你。你呀，就是总爱把人往坏处想。家里已经验过了，资料没问题。不管怎么说，咱们建六这次，算是欠了建四和简国炜一个大人情了，找机会我一定要请简国炜吃顿饭，好好敬他几杯。"

"没有，我就是在想，简国炜到底是怎么从嗜财如命的哈姆札手里，拿到这份资料的呢？对了，简国炜大方，我们也不能小气，你把从巴禄图书馆找到的地质资料，也给简国炜送一份去。两相对比，数据才能更准确嘛。"钟远成强笑着说。哈姆札开价100万美元出售地质资料的事情，他已经上报了集团公司。简国炜敢把资料送来，也就说明，这份资料他不是通过什么歪门邪道的方式拿到的。对于简国炜使了什么手段，钟远成也感到非常好奇。

"你们不是同学吗，打个电话问问不就知道了？"

钟远成犹豫了一下。如果有选择的话，他真不想打这个电话。但现在已经不是私人恩怨的问题了。作为建六集团竞标小组的组长，承了简国炜这样一个大人情，他要不做出些姿态，难免会被人打上"忘恩负义""公私不分"这样的标签。在国企中，被人质疑能力问题还能够通过完成一桩桩工作去挽回；而一旦涉及人品问题，就很难扭转别人对你的印象了，不但上级会把你划到"慎重使用"的另册里，有时候就连下属你也指挥不动。

迫不得已，钟远成拨通简国炜的电话。

"钟总您好，我是简国炜，请问您有什么指示？"

出乎意料的，电话那头简国炜的声音破天荒地有礼貌。钟远成眉毛一阵乱跳，他知道简国炜这时候越是客气，就越是憋着一肚子坏水。

但没有办法，现在捏着鼻子也要喝下这杯苦酒。钟远成心里憋屈，笑得反倒越发爽朗，让人如沐春风。

"简经理，我代表建六集团，要好好地谢谢你啊！建四的同志大局观念强，能跳出一己一地的局面算大账、算长远账，这一点，是我们建六需要向你们好好学习的……"

说来也怪，要放在平时，这种脱稿演讲钟远成滔滔不绝地说上半个小时，也不打个结巴。可面对着简国炜，他的舌头就变得不好使了，水平大减，干巴巴地说了几句之后，便再也接不下去。

但偏偏，简国炜听得津津有味："钟总，您别停啊，继续夸。

难得您夸我一回，我还没听够呢！"

"简国炜，差不多得了，我告诉你，别逼我发火！"钟远成对着话筒吼一声，但最后还是没有忍住好奇心，"哈姆札那边，你到底是使了什么歪招？他可不是那么好糊弄的人。"

"啧啧，这种事钟总你不懂，主要是你这个人不具备个人魅力，不像我，往人面前一站，那就叫一个光芒万丈……"

"说人话！"钟远成脑门上青筋一跳。

简国炜嘿嘿一笑："说来说去，还得感谢你当初给的资料呢！你不是说，哈姆札要钱，就因为他在欧洲的工厂被当地议员盯上了么？我托了位记者朋友查了查，这位议员在当地创立了一个很有名的环保组织。"

钟远成"咝"了一声，莫名心惊——环保问题和环保组织，那可是欧美上层操弄社会议题的撒手锏之一。它们在政治正确的大旗下，几乎战无不胜攻无不克。别说外国商人了，就是本地政客也不敢冒犯。因为对于欧美知名人士来说，一旦违反了政治正确，就等于前途尽毁。

"环保人士也要吃饭嘛。"简国炜还是嘻嘻哈哈，"那位议员和他的环保组织，最大的赞助方是当地的一家化工厂。然后我请人一查，巧了，哈姆札的工厂里大量需要那家化工厂的产品作为生产原料，但出于成本考虑，他选择的一直是其他工厂的产品。于是我就把这个消息告诉哈姆札，哈姆札重新选择供货商后，他的工厂马上顺利地通过了环保评测，他本人也赢得了议员的友谊。我的一个主意，节约了哈姆札先生几百万，他对我投桃报李也是理所当然。"

钟远成无语望苍天——原来曲里拐弯，根子还是落在钱上。

不得不说，欧美的政客还真是会玩。不过，这也让他感到焦虑起来。与哈姆札的关系，是他先开始打造起来的；哈姆札的相关信息，也是他查到之后交给简国炜的。可偏偏简国炜就能从哈姆札手中拿到地质资料，而他却只能铩羽而归，两相一对比，在旁人眼中，岂不是简国炜的水平要高过他许多？

再往深处想。此次苏尔曼高铁项目竞标，建四集团慷慨地与建六集团分享了资料，等于在领导面前拔了头筹，营造了一个很好的正面形象；就算建四最终竞标失败，他们也能以此作为借口，从建六的军功章上分去不小的一份。相反，若是建六失败建四中标，钟远成这个竞标小组的组长，岂不更要被打上"无能"的标签？

放下手机，钟远成目光有些飘浮。几秒钟后他侧过头，对陈丰笑了笑："老陈，这些天竞标的事你多费费心，我可能暂时顾不上了。"

"怎么，都这时候了，你还有比竞标更重要的事？"陈丰不解。

整了整外套，钟远成的笑容里似乎多了些意味："不管怎么说，我现在还挂着雅隆高铁副总指挥的名头嘛。雅隆高铁那边，一点儿都不关心也不合适。"

第十二章
检查（上）

"钟远成这浑蛋，简直是恩将仇报！"陈学灿恨恨地将一则通知甩在桌上。

这则通知是以雅隆高铁项目指挥部的名义发出来的，内容是雅隆高铁合资公司，将会同雅隆高铁项目指挥部对各项目标段的开工前准备情况进行检查。这本是无可厚非，但时间点就选得有点儿耐人寻味了。明天下午3点就是苏尔曼高铁项目的第一轮开标会，但检查时间却偏偏定为明天早上9点开始，12点结束。偏偏，通知中还着重提到一句：各标段项目部主要负责人必须在场迎检，不得以任何理由请假。

"钟远成这是仗势欺人！我们不能这样任他欺负，不行的话，我们就告他去！"陆晓琪也义愤填膺。

"告？去哪儿告？我现在的身份还是雅隆高铁第二标段项目部经理，接受指挥部检查天经地义。而且这份文件是雅隆铁路指挥部发出的,可不是以钟远成的名义发出的。"简国炜大大咧咧地把双脚放在办公桌上,身体后仰两手抱头。看似毫不在乎,其实也充满疑惑。

对于这位师兄,他早有评判:多谋寡断,遇事惜身。要说钟远成会在背后放放冷箭、使使绊子,他倒是相信的。但像现在这样,几乎是明晃晃地站出来,告诉大家我就是在针对简国炜,我就是不让建四集团参与竞标的做法,这完全不符合钟远成的性格。

"我不管!反正实在不行,我就告我爸去!让他去找建六和钟远成的麻烦!"

有意无意间目光从隐蔽的摄像头方位掠过,简国炜捂嘴假咳,声音细如蚊蚋:"收着点儿,戏过了啊。"

陆晓琪气哼哼地坐下,双手撑着脸,趁机把嘴遮住:"我觉得我演得挺好的呀,官二代不都得这么嚣张?"

陈学灿垂着头一脸失落,嘴唇微动:"具体情况要具体分析。现在是在国外,你爸帮不了你,在遇见无计可施情况的时候,你要表现得可怜、弱小又无助,这才符合一个除了拼爹之外啥也不会的官二代形象。"

"你才除了拼爹啥也不会!我的人设明明是自强自立的官二代好不好?"

简国炜打了个哆嗦,提高声音拍了拍桌子:"好了好了,我们先商量一下该怎么处理这件事。"

自从发现租住的民房中藏有隐蔽的摄像头后,简国炜就制订下"示敌以弱"的战略,有意将一些假情报当着摄像头的面泄漏出来。只是这俩不省心的手下,除去一开始短暂的不适应后,飞速变得热情高涨。再这么下去,这俩憨货说不准在竞标之后就会递上辞呈,投奔演艺圈去了!

简国炜先给袁建打了几个电话,都没有打通,这才想起国外的基础设施不像国内那样普及,第二标段项目部地处郊区,袁建的手机可能没有信号。

连这点也想到了吗——简国炜在心里"嗤"地一笑:不管背后是谁在捣鬼,既然你要"调虎离山",那我就如你所愿好了。真当我简国炜是泥捏的吗?中午12点到下午3点,有了这3个小时空余时间,其中大有文章可做呢!

"晓琪,你在家看守。我和学灿带着标书去项目部,检查结束后我们直接赶到竞标会场会合。如果……我是说如果,明天我们不能按时赶回,你就想方设法拖住时间,等我们赶来递交标书,明白吗?"简国炜说着,轻轻地敲了几下桌子。陆晓琪心领神会,重重点头。

计划已定,简国炜就带着陈学灿拦了辆出租车,直奔第二标段项目部而去。一路上,简国炜一直锲而不舍地给袁建打电话,又过了大约半小时,车才开出巴禄没有多久,袁建终于接起电话来了。

"检查组?人已经到了,今天一大早就赶来的。"

袁建传来的消息让简国炜又是一愣。他急忙追问:"你能不能和他们说说,现在就对项目部工作进行检查,我马上赶来向他们汇报项目部筹备情况。"

"我也跟他们这么说了,不过领头的不是咱们的人,是一名当地派驻到合资高铁公司的官员,叫什么乌达米的。我和他说什么,他都装傻充愣当听不懂,最后被我逼急了,他的翻译就和我说，乌达米先生旅途疲惫，要休息一晚才能开始工作，然后就赖在我这儿不走了。我要送他们去市里的酒店住下吧，他们也不肯，非要住项目部里，还点名说要见你。"

"如果……我赶不到呢？"

"那个乌达米口气很强硬，说如果见不到你，就证明咱们第二标段项目部对雅隆高铁工程极不重视，他会向雅隆高铁公司建议，重新对我方的承建资格进行审核。"

简国炜彻底明白过来。到底还是苏末尔议长那一手，使得他风头太盛，引得外国铁路公司对他出手了。他们的这一招，倒正好打在了简国炜的七寸上，令他分身乏术。不过，他有张良计，简国炜也有过墙梯，到时候过一过招，看看谁更技高一筹好了！

不说简国炜接到通知后的暗中算计，当钟远成看到雅隆高铁项目指挥部发来的检查通知时，脑子也是蒙的。再细一想，冷汗就下来了。赶紧拿起手机，在通讯录中翻找一阵，打出电话。

"老刘，怎么回事？我明明安排今天下午对第二标段进行检查，为什么突然改期了？"

电话那头，也是叫苦不迭："钟总，我的确按照您的吩咐，拟定了检查通知。但正要发出去时，雅隆高铁合资公司的当地高管看见了，非说要一起去检查。他们是项目方，是甲方，我们指挥部是承建方，是乙方，我能怎么办呢？"

钟远成哑然半响，放缓了语气："老刘，你也知道二标段的简经理，他还另有重任。这样吧，我代他向你请个假，明天他就不参加迎检了，好不好？"

"钟总，这个忙我是真的帮不了。"电话那头的人苦笑，"现在这已经不只是指挥部的事了，合资高铁公司参与进来之后，现在他们才说了算。我知道你和简经理都在竞标苏尔曼高铁项目，我也知道这事明显是有人冲着简国炜经理去的。可苏尔曼高铁项目重要，难道雅隆高铁项目就不重要了吗？雅隆高铁开工在即，要是项目方以这件事为借口推迟开工，这个责任我们谁也负不起呀！"

铁青着脸挂掉电话，面上肌肉狠狠抽搐几下，钟远成忽然举起手机一下子砸了出去。

"藤井伊织！一定是藤井伊织搞的鬼！"

完全失去了以往气度，钟远成双手叉腰大口喘着粗气。没错，这次的检查是钟远成一力安排促成，但他一开始只是想借此牵扯简国炜的时间精力，令他无法完全投入竞标工作而已。但合资铁路公司一插手，却使这次检查变了味道。如果真的导致简国炜无法回来参加竞标，陆嘉林那老狐狸肯定不会善罢甘休，到时候一状告到建总，"妒贤嫉能、不顾大局"这八字评语，肯定要牢牢地扣在钟远成脑袋上。

用脚指头想，钟远成也知道这肯定是藤井伊织从中做的手脚。但即使如此，他也拿藤井伊织没有半点儿办法——大家本来就是竞争对手，各施奇谋各展妙计那是理所应当。他可以利用藤井伊织，藤井伊织当然也可以利用他。

"老钟，你也消消气。我相信你，你做不出这种事来。"陈丰叹息着拍拍钟远成肩膀。

钟远成能怎么办呢？他只能苦笑。陈丰相信他又有什么用？简国炜不会信他，建四集团上上下下的干部职工不会信他，甚至建总的领导们也不会相信他。但事已至此，唯今之计也只能尽力补救了。

"老陈，你带一辆车立刻赶到第二标段项目部，只要检查一结束，就用最快的时间把简国炜接回巴禄。"

陈丰犹豫一下："那……万一还是来不及呢？"

钟远成脸上浮起破釜沉舟似的笑容："那我只能用尽一切办法，代替建四把苏尔曼高铁项目给夺回来！"

陈丰张了张嘴，欲言又止。这次事件影响太恶劣了，如果建四集团真被排除于竞标之外，钟远成就算赢得第一轮竞标，也没有了带队参加第二轮竞标的可能。

"那你要我怎么办？浪费竞标前最宝贵的准备时间，去找领导哭诉我的无辜？去找关系求求谁能拉我一把？"钟远成发泄之后，情绪渐渐稳定下来，"我承认，在对待简国炜的问题上，我是有私心的。我想赢他一次，我想代表建六集团把这个标给抢过来。但兄弟阋于墙，外御其侮。如果简国炜真的因为我的原因而无法参加竞标，那我就有义务把他的担子也挑起来！"

虽说第二标段项目部离巴禄只有130公里，但沿途没有高速公路，只有条件一般的水泥国道，以及条件更差起伏颠簸的黄土路，等简国炜赶到项目部时天已经擦黑。简国炜看看手表，心里咯噔一下，距离他出发，时间已经过去3个小时又20分钟了。

项目部距离最近的小村还有两三公里，远远看去，灯火通明。简国炜尽量不让自己的焦急显露出来，让计程车隔着老远便停下了。

"头儿，怎么了？"陈学灿诧异地问。

"先别急，摸清楚了情况再说。"

于是两人便下了车，在夜色的掩护下，深一脚浅一脚地向项目部走去。大老远地，就发现项目部大门外有几个人影，背着手踱过来踱过去，时不时还伸长了脖子向外张望。

"还真是够敬业的。"简国炜冷笑一声。然后他拿出手机，给袁建打了个电话，几分钟后，袁建悄没声地从项目部的后门摸出来，与简国炜接上头。两人躲在一个土坡后面，一边吸烟一边聊当前遭遇的情况。

"这回他们是来者不善呐。"袁建意味深长地说。

"早猜到了。这要是善者，他也不会现在来。现在的问题是，项目部的筹备工作，到底做得怎么样了，会不会被他们挑出毛病？"

袁建一拍胸脯："我袁建可是老援建了！里面的那几个家伙还在吃奶的时候，我就到非洲修过铁路。怎么，你还信不过我？"

一个铁路项目开工之前，项目部要先查看现场，根据现场实际情况配置各种资源，还要选择相关专业人员，把主要人员的履历做成报审表报监理、建设单位审批，同时，还要针对需要的开工工点打开工报告，将人员、机械、设备、材料等一一报备。各项工作，可以说千头万绪，繁琐无比。但有了袁建这个老资格的项目经理坐镇，各项工作依旧开展得井井有条。

简国炜还不放心："如果他们硬要鸡蛋里挑骨头呢？"

袁建不屑："鸡蛋里挑骨头的项目方我也不是没见过，良言善语他们要听不进，就换一种办法跟他们说话呗。"

要在工地里混成老油子，可不是一件容易的事。除了能干活会干活，应付来自方方面面的刁难也要有一手。爱听好话的就把他高高捧起，欺软怕硬的就需要展现实力，就算遇到那种软硬不吃的也没关系，老油子们有的是办法把你架得上不着天下不着地，还让你没办法说出他们半句不是来。

简国炜心里安定许多，但还是追问："如果他们故意拖延检查时间，有办法应付吗？"

袁建为难了："要硬碰硬的话，我有把握让他们吃个哑巴亏。但那些家伙要真能做到把一页台账看半小时，我也不好催他们呀。"

简国炜与袁建又商量了一会儿，袁建便偷偷摸摸地从后门蹿回项目部，简国炜和陈学灿又等了一会儿，便向项目部走去。

"简经理来了！"有人忽然大喊起来。霎时间，在大门口附近焦急等待的五六个人忽拉一下子围了上来，拉手的拉手，尾随的尾随。其态度之热情，其喜悦之真挚，使简国炜有点儿发蒙。

领头的瘦竹竿，更是激动得神采飞扬了，用英语和简国炜问好："你好，我是雅隆高铁合资公司安质部的乌达米。"

简国炜与他握了握手，要不是袁建说过这人最难缠，他差点儿以为这人对他一见如故好感爆棚。

随同乌达米来的翻译是项目指挥部派来的小年轻，看简国炜随随便便的样子有些不开心了，用中文提醒："简经理，注意你的态度。乌达米先生是合资公司高层，是我们指挥部的好朋友。"

陈学灿白眼一翻："你的意思，是要我们跪舔以示友好喽？"

"你这是什么态度？"翻译顿时大怒。刚参加工作便留在机关的年轻人就是这样，自以为来自上级机构，便一晃变身为八府巡按，腰挂尚方宝剑，处处都想拔个头筹显个面子。一方面觉得下面基层的人"不懂大局"，一方面又有点儿眼高手低搞不清状况。

乌达米却似没看到这剑拔弩张的状况，拉着简国炜的手不放，换成结结巴巴的中国话说："用中国话说，有朋自远方来，不亦乐乎。今天晚上，我们一定要一醉方休。"

"乌达米先生，既然还有时间，我想我们可以先开展检查。明天晚上我再陪你喝个够，你看好吗？"

"不不不，检查，是明天的事；今天，我想和朋友好好喝酒。"

简国炜明白了。这些人为了拖住他，无所不用其极。怕他明天偷跑，居然还想要灌醉他才放心。

袁建慢悠悠走来，听到刚才一直装聋作哑的乌达米，现在居然会说中国话了，当即气不打一处来，板着一张黑脸插话道："你们都是上级领导，我们是项目部，请你们吃顿便饭没什么，喝酒违反廉政纪律，我们可万万不敢。"

乌达米愣了一愣，摊开双手，眼睛直往翻译身上瞥："为什么会这样？我听别人说，中国人都是很热情的。"

小翻译果然受不得激，沉着脸走到袁建身边说："袁经理，你可想清楚了。这些既是外国友人，又是甲方高管。到了明天，还要对你们标段项目筹备情况进行检查。要是明天你们过不了关，我可不会帮你们说好话。"

这种程度的威胁，对于袁建来说，连"洒洒水"都算不上。他当即就乐了："你的意思，为了通过甲方检查，我们项目部就必须请客吃饭贿赂合资公司高层管理人员？来来来，麻烦你再说一遍，我录一下音。只要你敢说，我就敢按照你的要求接待外国友人。别说一顿酒了，山珍海味我也给你弄来！"

如果说简国炜是个痞子，那么在工地多年锻炼出来的袁建就是个流氓，就算当初简国炜也要顺着他的毛捋。流氓一旦火力全开，初出茅庐的青瓜蛋子哪里抵受得住？当下气焰全无煞白着脸步步后退，哪还有还口的余地。

简国炜搀住被逼得差点儿跌倒的翻译，语气温和："这样吧，晚饭我们就在项目部凑合着吃一顿便餐好了。如果各位合资公司的领导不满意，我个人出钱，去前面村里买些酒和下酒菜，让大家加个餐。不过今晚我还有事，就不陪大家了。"

一个软来一个硬，有了黑脸又有了红脸，翻译不敢再闹下去，恨恨甩掉简国炜的手："你们请客不是违反廉政纪律吗？我自己付钱买！"

简国炜嘿嘿一笑，憨厚极了，对"懂事"的小翻译那是万分满意。于是他一边热情地引检查组进入食堂，一边借着擦汗的机会悄没声对陈学灿使了个眼色。

陈学灿是谁呀？粘根毛比猴还精。当下心领神会，放慢脚步。等前面人走过拐弯了，他立刻回头，结果瞬间被眼前出现的黑脸吓了一跳。

"干什么去？"袁建凶神恶煞。

"我、我就出去走走。"陈学灿结巴了。

"走走？"袁建不屑冷笑，蒲扇大的巴掌按在陈学灿肩头重逾千斤，"你知道什么食材搭配什么食材可以导致腹泻？你知道一个人吃多少量会让他拉到浑身无力又不至于上医院？你知道怎么让人事后查不出来只以为自己吃坏了肚子？"

陈学灿全身一震，瞬间瞪大了眼睛，可怜弱小又无助地抱着肩膀瑟瑟发抖——铁路工程建设这个专业还有选修食物中毒课程吗？这是国内哪所交通大学的独创？还真是……好让人向往呢！

"小子,你要学的东西还多得很呢!"袁建狂妄地叉腰大笑。

"袁……袁经理,这事跟您没关系,没必要把您给牵扯进来。"

"怎么就和我没关系了?"袁建眼珠子一瞪,"出国之后,往大了说,我们都是中国人;往小了说,我们都是建四集团的人。我袁建,能眼睁睁地看着那些外国人,欺负我们建四集团的人么?你呀,就乖乖看我的吧!"

第十三章
检查（下）

早晨八点，乌达米以绝大的毅力，从床上爬起来。他的动作甚至不敢太大，生怕肚子觉察到身体在运动，产生出什么不该有的想法。项目部条件简陋，来的检查组人数又不少，所以他昨晚只好与翻译挤在一套双人间里。他这一动，原本还躺在另一张床上哼哼唧唧的翻译，也不得不忍着难受爬起床。

"乌达米先生，要不，今天就算了吧。先去医院弄点儿药，明天再检查也不迟。"

"不行，今天的工作今天必须完成。"乌达米大义凛然得就像要去赴死一般。

既然带队的乌达米说到这个份上，小翻译即使再不情不愿，也只得爬起床，嘟嘟囔囔："你说，怎么他们项目部的人一个也没事，我们检查组的一晚上全都拉肚子了？"

乌达米揉着肚子哼哼："你说会不会……"

"他们没那么大胆子吧？"翻译迟疑，"再说，他们吃的菜和我们都是从一口锅里舀出来的，没理由他们吃了没事，我们吃了就有事。"

他不说还好，一说起来乌达米也起了疑心——昨天唯一项目部没有与他们一起吃的，就是翻译从附近村里买的几样小菜。难不成，他是对方派来的双面间谍？

其实哪是这么回事！乌达米是本地人，翻译年纪轻，也没听说过中医里有"相克"这一说法。比如一起吃了就会引起腹泻；吃了田螺再吃蚕豆，也会引起肠绞痛。袁建早交代了项目部工人，几种菜品不要混吃，所以整个项目部全都生龙活虎，唯有检查组的人中了招。

浑不知乌达米对他起了疑心，打定主意回头就要把他换掉的翻译，艰难无比地爬起床，臀部传来的热辣令他眉头紧皱。洗漱完毕之后，本想到厨房打碗热粥或豆浆暖暖肠胃，但看见里面端出来的红彤彤的麻辣小面，惊得一跳三丈远。

"来来来，大家都来吃点儿垫垫肚子。"陈学灿热情洋溢打定主意要让他们宾至如归了。

翻译肚子里一阵翻腾，摆着手不断后退。

"不吃了，直接看台账吧。"乌达米沉着脸说。

所谓台账不是会计核算中的账本，而是铁路内部的工作台账。形式上与流水账相似，但记录的是各项工作的完成情况。

"可以让我看看你们施工计划和施工组织方案，还有设备目录吗？"乌达米口气很和缓，但态度却很坚决。施工计划和施工组织方案，是最容易被挑刺的部分。随便找一个借口——比方说山上有兔子，使用爆破施工会破坏兔子的栖息地啊；又比如河里有蛇，使用机械挖掘会把蛇赶到山上去吃兔子呀——直接就能让你整个计划报废。

"设备目录没问题，不过施工计划和施工组织方案就没有。"简国炜微笑着说。

乌达米立刻严厉起来："为什么没有？第二标段已经快要开工了，为什么还没有做好施工计划和施工组织方案？"

"因为按照规定，项目部的施工计划和施工组织方案，要先报指挥部审批，然后由指挥部统一交由项目方审查。你是项目方，没有权限直接检查某个标段的施工计划和施工组织方案。"简国炜同样和气而坚决。看见指挥部派来的翻译又蠢蠢欲动，索性扯明了。

"对不起，你也没有权限。你只是指挥部派来的接待和翻译人员，与这个项目无关。"

"不给我看这些，是因为我不是中国人？所以你们要对我保密？"乌达米板着脸目光闪烁。

"这与国籍无关。事实上，中方签订雅隆高铁合约时，就已经承诺会把80%的技术资料与贵方共享。但总不能贵方随便来一个人，我们就必须把所有资料都交出来，如果因此造成了泄密，我想贵方的损失比我们更大。"简国炜软硬不吃。

几乎等同于半撕破脸，看项目部的样子，乌达米觉得自己这个狐狸恐怕也借不到合资公司的虎威了。虽说他在雅隆高铁合资公司任职，但这次来检查只是他接的一个"私活"，如果抓得到项目部的把柄还可以趁机发挥一番，要是抓不住也只能吃下这哑巴亏了。

和乌达米一起来的，都是他的心腹。来之前都得了乌达米的暗示，要把标准抓严一点儿。再加上昨晚腹泻了一晚，大多数人都把这笔账算到了项目部的头上，心中又把本已严格的要求再往上提了一格。

但他们没想到，袁建人虽粗豪，却是个老铁建了，几本台账做得不敢说滴水不漏，但粗粗看去却看不出什么毛病。待要细查吧，肚子隔十几二十分钟就咕噜咕噜作响，没看两页就扔下台账直冲茅厕。

乌达米一看这样不行，立即换了个思路："我们到现场去看看。"

"哦？在项目部看台账还不行吗？"

简国炜把"忧虑"和"焦急"四个字快要刻在脸上了。

乌达米更加得意地坚持："到现场看更加直观！"

每公里造价数亿人民币的高铁项目要开工，可不是把路基压平然后铺上两根钢轨就好。首先要根据现场实际情况配置各种资源，进行大型临时项目基建准备。比如在何处要建拌和站，在何处要建钢筋场，又在何处要建制梁厂。这么多附属场站加在一起，建筑面积堪比一座小型城镇。但因为作业需要，这些临时场站分布在数十公里的线路两侧，光是走一圈看看选址至少就需要一天。

"我们的车辆都是工程车辆，坐不下那么多人。"袁建说。

"我有车。"乌达米笑了起来。他乘坐的是一辆商务旅行车，本来不适合跑山路。但现在，乌达米反倒是希望车能够开到某个前不着村后不着店的地方坏掉，只要能把简国炜拖住半天，绿油油的美金就能落入他的腰包。

"你的人坐你的车，项目部的同志坐我的车去！"陈丰推开门进来大声说,"我的车是越野车,刚刚经过保养,保证不会出故障,而且跑得也快。"

不待乌达米回答,陈丰找到简国炜,上前伸出双手:"是钟总派我来接你的。"

"谢谢你,也替我谢谢钟总。"简国炜伸手与陈丰紧紧相握。

回过头陈丰就严肃了,160厘米的身高爆发出190厘米的气势:"要去检查还不快点儿?就算是检查也不能耽误项目部的正常工作!"

乌达米吓了一跳,又有些不甘心,一不做二不休,索性挑了个位于20多公里外的箱梁厂选址要去检查,接着又找了几个腹泻不是那么严重的手下上了车。袁建坐上驾驶位,接着简国炜、陈丰和陈学灿也上了陈丰带来的车。两辆车一前一后,驶出项目部大门。

"现在是10点40分。"陈学灿提醒。

虽然与巴禄相距只有130公里,但因路况差劲,最少也需要3个小时才能赶到市政府开标会场。但乌达米既然有心做梗,又要按通知要求在12点前结束检查,那么他只有一个法子,那就是沿着规划中的线路,往巴禄市的相反方向沿路检查过去,使简国炜距离巴禄越来越远。

"我让陆晓琪先去抽签,希望她能抽一个靠后的好签吧。"简国炜哀声叹气。

陈丰笑得得意:"他们那部车的司机肚子疼得开不了车,我让我的司机小刘替他们开。刚才我已经跟他说好,到时候你们看他表演就行。"

简国炜会意:"那就不用着急了,要选一个好位置才行。"

"放心吧,他可是老司机了呢……咦,不对头,后面有车跟着我们。"陈丰忽然低声说道。

简国炜和陈学灿向车后窗张望,果然见到两辆老式的吉普车一直不远不近地吊在距离他们车后100多米的地方。袁建挑挑眉,试着加速、减速,吉普车也随之加减速,这样一来就可以确定了,这两辆车的确是跟上来的"尾巴"。

"只有使用B计划了。"简国炜吐出口长气。

"放心吧。"袁建沉着脸应了一声,一手开车一手拿起手机用微信不断联系。

又开了七八公里,路况越来越差,车里的乘客必须紧紧拉着扶手,才不会被颠得飞起来。前方快要过桥时,开在前面的旅行车突然车头一偏,晃了两晃之后突然急刹。

袁建毫不犹豫地踩下油门,车头擦过前车尾灯,滑过十多米后才是一个急刹。

乌达米等人大声惊叫,赶紧跳下车。正在惊魂未定的时候,却见前方的车也停了下来,袁建从车上跳下。但他一下车,又有一个人影蹿进驾驶座迅速将汽车启动。

"怎么回事?"乌达米吓了一跳。

"简经理在刚才的车祸中受了伤,人已经昏迷了,陈总送他先去医院。下面的检查,由我来陪同。"袁建镇定地回答。

虽然透过车窗,可以隐约看到简国炜头上满是鲜血,人也软软地瘫在座位上,但乌达米哪里放心让简国炜就这样离开他的视线。然而阻拦车祸伤者去医院,这话怎么也说不出口,乌达米跺脚:"检查先到此结束,我们一起陪同简经理去医院。"

然而,司机试了几次,发动机像哮喘的老人那样,吭哧吭哧几声，又熄了火，显然在刚才的撞击中损坏了。面对司机摊开的双手，乌达米也唯有看着前车远去时掀起的尘土，恨恨地一脚踢在车身上。

就在他无奈撒气的同时，跟在后方的两辆吉普车，也从震惊中回过神来，一个加速从他身边疾驶而过，向着越野车追去。

简国炜擦了擦头上的血浆，坐直身体，把装有竞标方案的手提箱塞给后座的陈学灿："待会儿到了地方，你一个人下车。"

不待陈学灿反对，他把手提箱硬塞入陈学灿怀里："他们的主要目标是我，如果看不到我，他们是不会放弃的。你就不一样了，你的目标小，容易混过去。"

陈学灿有心争辩，但也知道这不是推让的时候，只能接过手提箱重重点头。简国炜又回过头，对陈丰苦笑："陈总，连累你陪着我一道冒险了。"

"瞧你说的，都是铁建人，分什么彼此。你当初把地质资料交给我们时，没把我们建六集团当外人，现在你有难了，我们建六也该助你们一臂之力。"陈丰哈哈大笑。从简国炜与陈学灿的对话中，知道他们早有计划，他一颗悬着的心也放下许多。

"过了前面拐弯立刻停车。"简国炜突然交代。

"好嘞！"

越野车一拐弯，趁着后面跟踪而来的车辆视线被遮挡，陈丰立即急刹。陈学灿打开车门一跃而下，伏在草丛中。等陈丰的越野车以及跟踪而来的两辆吉普，都遥遥远去看不见尾灯后，他才一跃而起，在草丛中找到藏好的汽车，向另外一条小道驶去。

"陈总，接下来只要拖住他们就行了，不用太拼。实在不行，过一会儿等学灿走远了，让他们追上也无所谓。"简国炜提醒。

"我不用拼他们也追不上我,有没人告诉过你,我可是汽车兵出身!"

陈丰得意地眨眨眼,果然将一辆越野车开出解放牌卡车的气势。一旦跟在后方的吉普试图超车,他立即猛打方向盘将其逼开。越野车左摇右荡,在黄土路上飞驰,似一只好容易放出家门的哈士奇,以快速但又诡异的身法潇洒奔跑。

初时简国炜脸孔是红的,比较兴奋。但慢慢的,脸色就变白了,紧紧抓住副驾驶座上的扶手,肌肉紧绷,目光发直。

"陈总,你确定,你真是汽车兵出身?"简国炜拼命忍住呕吐的感觉。他如果用现在这个状态装受伤的话,就算是专业的医生也难以一眼看穿。

提起这个话题,陈丰就气得挥拳头:"本来我在汽车营待得好好的,后来他们说我开车太快,非把我调去修理厂。汽车兵汽车兵,车开得不快哪能行呢?打仗时车开得不快,岂不是要吃敌人的炮弹?后来好容易转业回来进了建六的汽车班,寻思着总算能开上车了吧,结果当时的老总坐过一次我的车后,就打死也不让我再开了,把我调去做会计。二十年了!快二十年了啊!我总算能过过手瘾了!"

简国炜看看他激动挥舞的双手,再看看自由自在的方向盘,再看看手,再看看方向盘,脸色简直就要变绿了:"陈总,小心!小心!"

"没事,汽车这东西呀,我跟你说它是有灵性的。只要相信它,它就能听你的话……"

话未说完,只听"砰"的一声,整辆汽车突然往左倾斜。陈丰急踩刹车又打方向盘,越野车打了一个横,带着两道刹车印子，滑出十来米外。

"这破车，怎么这个时候车胎爆了，这不是掉链子吗？"陈丰气哼哼地一拳打在方向盘上。

"没事，小陈应该已经安全返、返回了。"简国炜拖着疲软的双腿，迫不及待连滚带爬地下车，满脸劫后余生的庆幸。当他终于脚踏实地时抱着一棵大树差点儿喜极而泣，并下定了这辈子再也不让陈丰开车的决心。

追踪而来的两辆车，搞不清这里的状况，但看到简国炜下车，他们也就把车停下，远远地监视着。

干呕几声，直起腰正要和陈丰说话，简国炜口袋里的手机忽然响了起来。手机刚一接通，话筒里就传来陈学灿带着哭腔的声音：

"头儿，我对不起你！我们的竞标方案，让人给抢了！"

"什么？"简国炜一下子呆住了。

下午2点30分，钟远成等四名建六集团竞标小组成员，每人提着一个黑色手提箱，走进巴禄市政厅的小礼堂。能容纳百余人的礼堂内，此时已稀稀拉拉坐了三分之一。

苏尔曼铁路项目正式开始招标后，就像海面下的冰山浮出水面，引来数十家国际铁路建设公司的注意。几十亿美元造价的高铁项目，任谁都虎视眈眈想要从它身上撕下一块肉来。但这时候才围拢上来的"鬣狗"没有半分胜利的希望，虽然他们没有犯任何过错，但错过了前期最佳介入时间，最多也只能捡一点儿中标者漏下来的残羹冷炙。他们也清楚地知道这一点，所以只是在粗略地评估过后，在标书上草草写了一个自己能够承受的金额和建设时间，便交了上去，希望能像中彩票那样走个大运。

但是这样也好，不付出太多就不会损失太大。倒是从一开始就投入海量资源进行竞争的公司，他们就像非洲草原上的雄狮，彼此凶猛搏杀，胜利者将赢得整个王国，而失败者只能带着累累伤痕黯然离场。在这样一次次的搏杀中，每一次都有新的狮王崛起，同时也有老的狮王退位。

钟远成摸摸手里的皮箱，感慨万千。他们手里的每一份标书，都是建六集团上百人心血的结晶。国内铁路项目竞标本就繁琐，标书上除了价格，还必须对工程分为几个标段，每个标段又要分成几个阶段进行建设，各标段各阶段进度如何都要事无巨细地标注出来。参加国际铁路项目竞标，在此基础上还要对技术援助、经济援助详细标明，最后还要翻译成英文。因为一个字母错误导致最后丢掉合约的事情，在国际竞标中发生过不止一次。

建六集团此次一共准备了数十份标书，其中固然有不少是故意释放出来的烟雾弹，但也有部分是经过仔细评估后精心准备的"撒手锏"，钟远成根据授权可以依据现场情况决定拿出哪一份作为正式标书。为了这些方案，建六集团无论是前线的竞标小组，还是国内的支援组，都付出了巨大努力，近三个星期以来几乎都是吃住在办公室里，每天都保持着最紧张的工作状态，一天睡眠和吃饭的时间加在一起不到5个小时。如果持续时间再长一些，估计会病倒好几个人。现在这副担子交到钟远成肩上，让他感觉沉甸甸的。

这一次，苏尔曼省采取的是一种类似"明标"的方式进行第一轮竞标。各公司代表轮流抽取号牌后逐一递交标书交给项目方封存，然后按号牌顺序现场向招标组成员介绍自己的建设方案。这样，既免了暗箱操作的嫌疑，也能给竞标各方造成压力，以便于项目方在第二轮竞标开始前与竞标各方开展谈判，进一步压低价格。小礼堂内，参加竞标的中小型公司代表们三五成群地坐在一起，彼此间相互拉着交情，打探着情报，而大公司代表往往独踞一席，傲慢地等待其他公司过来恰谈或者交流。钟远成目光巡视一遍，找到孤独坐在角落里的陆晓琪。陆晓琪显得坐立不安，不时向门口的方向张望。

　　钟远成暗叹口气，走到陆晓琪身边坐下。其他几名竞标组成员刚要坐下，钟远成出声提醒："给简经理他们留两个位置。"

　　陆晓琪接收到他的善意，勉强笑了笑对他点点头，然后继续焦急地回头张望。但她注定还是失望了。摆在会场醒目位置的古董座钟，指针还是缓慢但坚定地指到下午3点整的标识上，大门缓缓关闭。

第十四章
开标

"请参加竞标的公司各派一名代表上来抽签。"主席台上有人叫道。

所谓抽签其实就是一个纸箱子里装着写有号码的乒乓球,抽到几号后,到签到处封存标书,就可以按照顺序轮流登上主席台介绍项目建设方案并接受质询。抽签现场乱糟糟的,看上去像个菜市场。钟远成皱了皱眉,示意陆晓琪与他一起上去抽签。钟远成的手伸入纸箱,先上下左右摸了摸,确认没有什么隐藏的"机关"后,随即掏出来一只乒乓球。看到球上写着大大的阿拉伯数字23,他不禁舒了口气。

参加竞标的国际公司一共24家,他抽到23号,算是一个极好的签了。陆晓琪的手气就不那么好了,她刚拿出乒乓球看了一眼,就发出一声惊呼。

"5号?"钟远成怔了一怔,默默把自己的号球递给她,"我们换一换。"

"但是……"

"没关系,能拖一时是一时,只要简经理能及时把标书送到,你们还有机会。"钟远成不由分说把23号球塞给陆晓琪,然后把5号球抢了过来。

"你们这样交换是违反竞标规则的,我抗议!"

提出抗议的是托马斯,看看他手中拿的4号球,就能明白他不爽的原因。

"只要他们双方都愿意,无论怎样交换顺序都不会影响竞标的公正性。"主持招标的哈姆札耸耸肩膀,说完还对陆晓琪眨了眨眼,做出个"还你人情"的动作。

钟远成心里正郁闷着,托马斯的干预令他心情更糟。当然在这样的场合里,他也不好说什么。于是他回想着简国炜的笑容,轻轻勾起一侧嘴角,冲着托马斯很有礼貌地点头、微笑。

果然托马斯像经常面对这种微笑的钟远成一样,脑子里代表理智的那根弦一下子崩断:"排序并不代表什么,要赢得竞标,靠的是技术还有实力!你明白吗?"

早有准备的工作人员,将冲着钟远成咆哮的托马斯拉开,并低声警告他。每一次国际竞标都像把所有竞标人放进高压锅里煎熬,压力之下失态成为常态,咆哮怒吼者有之,失声痛哭者有之,工作人员早已见怪不怪。托马斯很快清醒过来,向工作人员示意自己不会再闹事,他的助手跑上来轻拍他的背部,让他放轻松些。

所有人拿到号码球后,鱼贯走下主席台。等主席台清空后,一名工作人员用麦克风喊:"请1号竞标公司递交标书。"

于是一个公司代表走上去，将一只手提箱放在桌子上，工作人员当众打开，检查一下外观，再打开让对方检查一下有没有缺页或遗漏要补上。当递交人摇头表示没有后，他便将标书装进提前准备好的皮箱里，交叉贴上两张封条，并盖上印章。

说起来程序很多，但用时其实也不过一分多钟，接着2号竞标公司便走上前，重复着刚才的步骤。钟远成交完标书后，紧张地向门口张望着，期望奇迹能够出现。但随着时间的流逝，他的一颗心也越来越往下沉。

但这时，陆晓琪忽然动了起来。她从自己小小的坤包中，拿出一个塑料包。当她打个某个阀门后，空气注入，塑料包忽然膨胀起来。陆晓琪打开塑料包，取出里面的标书，一溜小跑着将标书交到工作人员手中。

来自建六集团的竞标组成员，目瞪口呆地看着陆晓琪像变魔术一样拿出标书，都吃惊得合不拢嘴。等到陆晓琪交完标书回来，才不好意思地对钟远成道歉："对不起，钟总，我们的办公场所一直处于被监控的状态中，所以我必须严格保密。"

钟远成摇头失笑："简国炜这小子，鬼点子真多。"

标书是有了，但并非有了标书就能奠定胜局，接下来还要向招标组成员介绍项目建设方案并接受质询。钟远成看了脸上还带着稚气的陆晓琪一眼，有些不太看好她的能力。

看到陆晓琪交上标书，托马斯心里咯噔一下，感觉有什么东西超出了自己的掌控。这一次，欧陆铁路公司竞标苏尔曼高铁项目，可以说押上了许多筹码进行合纵连横。两名英国内阁议员、三名美国民主党和共和党内的大佬，甚至还有一名退休的副总统，轮流向苏尔曼省政府施加压力。除此之外，欧陆铁路公司还联系了银行团，一旦项目承接到手，银行团就会共同对这个项目进行担保。由此可见，欧陆铁路公司内部对这个项目十分重视。

托马斯虽然是副总裁，但却不是排名第一的副总裁，能够主持这么大的项目竞标，是他极力争取来的结果。一旦成功，公司的股票将会应声上涨，而这也将成为托马斯竞争总裁宝座的有力武器。

在竞标之前，托马斯就有过考虑。论成本，他无论如何也比不过与苏尔曼近在咫尺，而且早已成为世界工厂的中国；但他同时也坚信，论技术、论底蕴，近十多年才迎头赶上的中国高铁，是比不过早已建造并运营了近半个世纪高铁项目的欧陆铁路公司的。

为此，他不惜拉拢日本的西城株式会社以降低成本，同时也借用看不见摸不着的"意识形态"，在小圈子中将中国人形容为偷走欧洲高铁技术的"骗子"和"小偷"，把自己和欧陆铁路公司形容为遏制中国影响力扩大的"铁幕"，很是忽悠了一批思维仍然停留在冷战时期的老家伙，这为他又赢得了更多政治上的支持。

然而不管理论上占据的优势有多大，没有开标之前一切都还是未知数。托马斯暗暗发誓，如果这次和中国公司一起进入第二轮，一定要提高对他们的警惕，争取第一时间将他们踢出局。

第一个陈述建设方案的，是一家来自西班牙的中型基建公司。在常人眼中，西班牙以火腿和斗牛闻名天下，可经济上却表现一般。但实际上，西班牙是欧洲一流的基建强国，拥有全球第二大高铁网。欧洲、非洲和南美洲的许多铁路、公路和桥梁建造业务，均被西班牙基建公司垄断。然而再健硕的牛犊，比起大象来依旧渺小。这家公司的代表提出的贷款金额是5亿美元，建设工期是60个月，造价为27亿美元，每公里平均造价为4500万美元。无论工期还是造价，这都毫无竞争力，招标组甚至没有给他更多解释技术方案的机会，草草问了他两个问题，就让他下去了。

接着第二个、第三个人上台又下台，很快轮到了托马斯。托马斯整整领带，自信地走上台。当他报出造价和建设工时后，全场一片惊呼，可以看见许多公司代表已经明显露出了绝望的神情。

"我方对苏尔曼高铁项目的报价是25.2亿美元，平均每公里造价为4200万美元。同时，我们还会提供给苏尔曼省12.5亿美元的低息贷款，而建设时间……"托马斯骄傲地环视着台下，伸出四根手指，"我们只需要42个月！"

欧陆铁路公司提供的是有砟铁路施工方案。所谓有砟铁路，简单地说就是把钢轨铺设在碎石组成的道床上，很多普速铁路和部分高速铁路使用的都是有砟道床。有砟道床的优点是铺设简便、透水性好，维修也比较方便。最重要的一点是，它比起无砟道床造价要低得多。当然，有砟道床的缺点也挺多，比如说经常需要维护，列车驶过时因为重力原因会使钢轨弯曲变形，等等，同时它的施工速度也不如无砟铁路快速。

有砟铁路虽然是一个比较老旧的方案，但欧陆铁路公司此次却创新运用了全新的施工方法和道床结构。他们将聚氨酯及多元醇等混合材料注入普通的道砟内，这些混合料经过发泡、膨胀和凝固，使泡沫状聚氨酯弹性材料挤满道砟间的空隙，并牢固黏结道砟颗粒，然后再将轨枕和钢轨直接放置在这样形成的弹性整体道床上。这样做从施工效率上来说，完全不逊于无砟线路，而成本又大大降低。

创新的施工方法引起了所有人的好奇，不但引得招标小组连连提问，就连其他参与竞标的建设公司代表，也饶有兴致地听托马斯讲述施工方法与过程。甚至有几个心理阴暗些的，已经打定主意要派遣商业间谍到欧陆铁路公司里，想办法窃取混合材料的配方。

不管怎么说，托马斯的此次介绍大获成功，在一片掌声中，他得意扬扬地走下主席台。

"中国建六集团，推荐使用无砟道床方案。"接着走上主席台介绍方案的钟远成，对着托马斯微微一笑说道，"我方提供的低息贷款总额为12亿美元，建设时间预计为36个月，报价23.7亿美元，折合每公里平均造价为3750万美元。"

"这不可能！"托马斯惊得跳了起来，大声质疑，"无砟道床建设费用至少是有砟道床的5倍以上，你们的造价怎么可能这么低廉？"

建六集团的这份标书，托马斯也弄到手了。但他以为这只是中国人放出来扰乱视线的烟雾弹，根本就没在意。他想不到，这份低到在他看起来完全不可思议的报价，竟是建六集团的最终方案。

"我们就是能做到。"钟远成微笑着说。

中国曾经被人称为"山寨大国"，就连现今引以为豪的中国高铁也曾被人嘲笑为集成了各国高铁产品的"山寨高铁"。当我们建起第一条高铁线路时，他们在嘲笑；当我们建起第二、第三条高铁线路时，嘲笑声依旧响亮；但当中国高铁里程超过三万公里，占据世界高铁里程的三分之二时，原先的嘲笑就变成响亮的耳光扇在那些曾经的嘲笑者脸上。

很简单的经济学道理——当建设规模越大，标准化生产带来的成本降低幅度就越明显。作为世界上为数不多拥有完整工业体系的国家，当中国下定决心进入某个行业时，规模化的优势就会带来类似于降维打击的冲击，将原先这个行业的垄断者们揍得鼻青脸肿。

"他们的施工方案并没有新意。"托马斯捏着拳头低声对助手说，"这样看来，或许我们还有机会在下一轮竞标中击败他们。"

助手对他的乐观持谨慎态度："没有创新，也就意味着技术成熟。但更主要的问题是成本……天知道他们怎么将成本压低到这个程度的！"

托马斯的身体一下子瘫软下来，他忽然生起想要逃跑的感觉。因为他隐隐感觉到，这样的对手他根本不可能战而胜之！

当钟远成介绍完他的标书时，礼堂内鸦雀无声，连礼貌性质的掌声也未曾响起。所有参加竞标的公司代表都目瞪口呆，中国公司建设苏尔曼项目的用时之短、造价之低，都让竞争者们感到匪夷所思。

就像老佛爷第一次看到从大海另一端游弋而来的坚船利炮，就像中堂大人第一次看到同时喷吐出水雾与火苗的蒸汽机，就像当时的封疆大吏们第一次看到能够连续发射子弹的马克沁重机枪，他们由惊愕而产生敬畏，由敬畏而产生恐惧，进而失去了抗争的勇气。

如果是来自欧美的其他公司表现出这样甩开别人一大截的竞争优势，现在它的公司代表身边早围拢着一圈人，试图从中分一杯羹。但所有人都知道，中国早在引进高铁之初，就定下来将所有设备全盘国产化的决心，并且一直坚定地实施着国产化的计划。他们的基建上竞争不过中国企业，他们生产出的零件同样无法与中国企业竞争。

用篮球术语来讲，开标会提前进入了垃圾时间，每一个上台介绍方案的公司代表，在报出自己的造价和修建时长之后，就急匆匆地走下台。现在，上台介绍方案已经成了一种羞辱和刑罚，但无论他们愿不愿意，他们都必须接受，至少在高铁基建这一块，他们已经落后中国很远很远这一现实。

"我该听那个日本人的话，就算想尽办法也要把中国人先踢出去的。"托马斯抱着脑袋懊悔不已。在他的能力范围内，他已经做到最好，准备了一份最漂亮的标书。但那又怎样？董事会可不会在乎这个。他们只知道，托马斯搞砸了！他弄丢了这个利润巨大的工程！

其实让外国人充分了解中国制造的实力非常简单，只要随便打开一个中国购物网站，再进入9块9包邮的购物专区，里面的商品包括了各类衣服鞋袜玩具食品以及各种各样的小家电。你只要花一块多美金，有时候甚至连一美金都不到就可以点击购买它们，接着在三到四天之后，它们就会跨越上千公里距离免费送到你的家中，甚至你感觉有质量问题时，还可以投诉并且退款。可即便如此，商家仍然还能赚到利润——这才是中国制造真正可怕的一点！

14亿人口是一个巨大的市场，也是一个巨大的包袱。为了养活14亿人口，必须规模化养殖水产、规模化种植蔬菜、规模化饲养牲畜，所以中国每年生产5630万吨的西红柿，出口量占世界的1/3；所以中国每年生产的蔬菜和水果总量大约7亿吨，占全世界消费总量的40%。为了让14亿人口享受到现代化生活的便利，必须规模化生产钢铁、规模化生产机床、规模化生产制造家电，所以中国制造占领了哪个行业，就会成行业的推土机，用不断创新的技术碾碎发达国家的技术壁垒。所以中国才能在国际产业链中，坚定而又绝不停歇地向上攀爬。

钟远成、陆晓琪等人端端正正地坐在位置上，挺直了腰杆，接受着周围或畏惧，或讨好，或厌恶，或仰慕的目光的洗礼。就像一名隐居深山刻苦练功的侠客，在没有踏入江湖之前根本不会想到，自己接受的传承是多么的伟大！自己出身的门派是多么的显赫！

"有办法的！一定还有办法的！"托马斯在脑子里疯狂转着念头，"幸好建四集团的竞标代表被日本人拖住了，而且据得到的情报来看，他们的标书也不具有竞争力。这样一来，进入第二轮竞标的很可能就是建六集团、欧陆铁路公司以及另外一家欧美企业。如果我们和另外一家企业达成共识，就可以尝试利用政治压力把中国人踢出局——没错，中国威胁论就是一个很好的借口。到时候一定要记得拉上日本人，那帮小矮子和中国人竞争了那么久，一定知道该如何对付他们……"

想到这儿，托马斯忽然想起丁飞。他伸长了脖子在小礼堂内四下张望着，试图找到丁飞的身影，与他一同探讨下一步应该如何行动。但礼堂内乌泱泱地坐了近百号人，一时之间哪里寻找得到？正在着急的时候，托马斯突然感到身后有人拍了拍他肩膀："托马斯先生，您在找我吗？"

托马斯回头一看，正是丁飞，不由大喜过望，弓着腰尽量不引人注目地站起来,走到丁飞旁边坐下。还没来得及说话,丁飞就先笑了起来:"现在您知道,为什么我反复叮嘱,让您注意建四和建六两家中国公司了吧?"

"好吧,我必须向你道歉,我一开始的确小瞧了中国人。但现在最重要的,是想个什么办法在第二轮竞标开始之前,令中国人失去竞标资格。只要你能帮助我们做到这一点,欧亚铁路公司愿意与西城株式会社展开更紧密的合作……"

"不要着急。快到建四集团的公司代表陈述他们的方案了,如果你们的计划能够成功,或许你还有机会。"丁飞悠闲地说道。整个竞标会场里,大概只有他是唯一一个没有被建六的报价震惊到的外国铁路公司代表了。作为日籍华人,他深知中国制造兼具工业能力强与人工成本低两大要素,这在世界上是绝无仅有的。所以无论钟远成报出怎样的低价,他都不会惊讶。对于中国基建的优点和缺点,作为中国高等交通院校铁路建筑专业毕业生的他都了然于心。

"你不明白的,丁先生!"托马斯急躁起来,"这只是第一轮竞标!考虑到在第二轮开始之前,苏尔曼省会和竞标方进行谈判并压价,我敢打保票他们这份报价一定还有下降空间!"

"我明白的,明白的。"丁飞拍拍托马斯的手示意他少安毋躁,仍然儒雅地笑着,"实际上,我判断他们的报价至少还能下降四分之一。仅从报价上看,欧陆铁路公司没有一点儿竞争力。"

"这不可能!一定是你判断失误了!报价下降四分之一,那岂不是说他们的每公里造价不到3000万美元?这怎么可能?"

"托马斯先生,您一直在怀疑我的判断,可是现在的情况您也看到了。错的是您,而不是我。"丁飞半带着无奈地摊开双手。

托马斯的脸皱了起来，有心想发火吧，又顾虑接下来要寻求西城株式会社的帮助，不想在这时候惹恼了丁飞。只能重重地把自己的身体靠在椅背上，心里怒骂：黄种人都是精神病！

于是一直被丁飞期待着的陆晓琪，站到主席台上，以流利的英语揭晓答案："中国建四集团可以提供低息贷款11.8亿美元，预计建设时间同样为36个月，报价22.2亿美元，平均每公里高铁造价为3700万美元。"

"这……这不可能！我看过他们的标书，明明不是这个时间和价格！"原本还不在意的托马斯现在已经慌乱到手足无措。

丁飞却重重一击掌，摇头苦笑："干得漂亮！这招明修栈道，暗度陈仓玩得实在是漂亮极了！看来我的那位小师弟，早知道处于我们的监视之中，但是他偏偏故作不知，反而借此用假标书把我们给蒙骗了！"

看着主席台上以流利英语侃侃而谈，以极佳的风度和极富有感染力的语言，征服了招标组几乎所有成员的陆晓琪，丁飞欣赏地不住点头："陆晓琪，中铁第四集团公司总经理陆嘉林的女儿。所有人都认为，她只不过是来混一份光鲜的履历，就连我也忘记了，她曾经在中国大学生英语演讲比赛获得第三名。这一次我们输得真不冤，我们的一举一动都在小师弟的预料之中。被困在第二标段项目部，标书被抢，都是他放出来的烟雾弹，只为了在最后时刻一刀封喉！真是了不起啊！"

会场中，钟远成也不知不觉握紧了拳头，心里像吃了柠檬，酸得快要溢出来。他没想到，建四集团竟拿出了一份比建六集团更加优秀的标书。这也就意味着，他又输给简国炜一次。

突然，钟远成感觉到身边一动，原来是简国炜赶到了，悄无声息地走进礼堂,坐在他的身边。

"别太得意!这只是第一轮竞标,第二轮我不会输给你的!"钟远成板着脸冷哼。实际上这次也是钟远成保守了,他带来的四份标书中,其中至少有两份的报价比建四集团更优惠。

"输给我也不是什么丢脸的事,何必和自己较劲呢?"简国炜以胜利者的大度劝慰。

两人互看一眼,同时"哼"了一声,转过头不再搭理对方。

注意到悄悄走进礼堂,坐在钟远成旁边的简国炜,丁飞还能保持镇定,托马斯简直慌了手脚。

"那、那我们该怎么办?老天,这也就意味着欧陆铁路公司,在第二轮竞标中需要同时与两家来自中国的企业竞争,这样一来,我们根本没有胜算!"

托马斯慌乱得像尾巴被猫踩住的老鼠,就差要满地打滚了。

"不用着急,还有24号竞标者没有介绍方案呢。等他们介绍完,说不定会有转机呢?"丁飞安慰。

"24号竞标者?"托马斯茫然回忆。在最后阶段才宣布参与竞标的,通常都是中小型的建设公司在临时抱佛脚,所以托马斯一直没太在意。不过他似乎记得,截至今天早上为止,参加竞标的一共只有23家企业,那么这第24号竞标者又是从哪冒出来的呢?

托马斯拼命回想,记起刚才代表24号竞标者抽号的,是一名黑人——这24号竞标者,总不至于是一家来自非洲的公司吧?

出乎他意料的是,代表24号竞标公司走上主席台的,是一个至少已经七十多岁,脸上布满了老年斑,行动显得有些迟缓的亚洲人。而搀扶他走上台的,竟是藤井伊织!

颤颤微微站在主席台上，老人没有开口，先是微笑着环视整个礼堂，然后分别朝着中国公司和欧陆铁路公司的方向点了点头以示招呼。

"他是……"托马斯觉得这个人非常眼熟，但却一时半会儿想不起这人的姓名。

又过了一会儿，那人终于开口说道："大家好，我是来自日本西城株式会社的上谷康成，我代表日本西城株式会社，对苏尔曼高铁项目的报价为24亿美元，折合每公里造价4000万美元，而我们的建设工期为42个月。虽然报价和工期都略高于来自中国的同行，但我们愿意为该项目提供80%的贷款，苏尔曼省可以分25年进行偿还，最重要的是，我们的利息低至只要一年1.5%……"

上谷康成的话未说完，整个礼堂轰的一声，全乱套了。所有人都在迫不及待地与旁边的同事交流，甚至还有人失态地站起身，连连摇头不敢相信自己耳朵听到的一切。

先不论造价高低，单是提供80%的贷款，分25年偿还，并且还把利息压到这么低，从这三点看，日本人是下定了完全不赚钱，甚至大大赔钱的决心。如果往后25年中，日元汇率忽然下跌，这条高铁线更是会让日本人赔得血本无归！

举个例子，1991年苏联解体让卢布价值暴跌几乎成为废纸，印度马上落井下石，抓紧时机以卢布偿还俄罗斯早先给予的所有贷款和援助。价值达上百亿美元的贷款，被印度以仅值区区300万美元的卢布还清，大大坑了继承苏联债务的俄罗斯一把。虽然这案例比较极端，但在长达四分之一个世纪的时间里，世界会发生什么样的变化谁也说不准。难道日本人的脑子突然有毛病了？

这样明显赔本的生意他们也做？

苏尔曼省招标组成员也面面相觑，不敢相信这样的好事会落在自己身上。主持人哈姆札用力地拍打桌子，想让现场安静下来，但徒劳无功。于是，他只好提高了声音，再次重复了一遍上谷康成刚才说的话，并要求他确认。对此，上谷康成仅以一句简单的"YES"回答了他的质疑。他的回答，又引发了现场另一阵混乱。

"你们……你们一直在利用我？"托马斯终于明白过来，怒视丁飞。

"托马斯先生，这就是商战！这就是竞标！"丁飞叹口气回答道。

如果不是估计自己打不过丁飞，托马斯恨不得立刻在这家伙的脸上饱以老拳。但没办法，正所谓拳怕少壮嘛，托马斯估摸着要是动起手来，吃亏的还是老胳膊老腿的自己。既然动不了手怎么办？那就动嘴呗！反正事已至此，扯破了脸皮说不定还有一线生机。

"抗议！我抗议！西城株式会社没有参与竞标资格！"托马斯站起身大声说。

"对，西城株式会社没有参与竞标资格！我们抗议！"能被公司派出来参与竞标的，个顶个都是人精。反正自己已经出局，倒不如将水搅浑了，反倒有一丝希望。于是，礼堂内一时群情激愤，大有揭竿而起之势——当然，动手是不至于的，大家都是文明人嘛，人在屋檐下的道理还是懂得的，但施加舆论压力正是这些先生的拿手好戏。

"西城株式会社于今天下午14时55分向我方购买标书，并提出参与竞标意向。他们提出申请的时间处于截止时间之前,我宣布西城株式会社拥有参加竞标资格。"哈姆札却似一点儿也不为所动,敲了敲桌子下了结论。

顿了顿之后,他突然又开口:"接下来,我还要再宣传一个消息。经苏尔曼省政府、省议会讨论通过,苏尔曼高铁项目将进一步延长,巴禄市将从高铁的起点变为中部联接点,新的苏尔曼高铁项目将北联首都,南接普丹港,全长155公里。具体资料,我们将免费提供给第一轮竞标的三名优胜者,请他们重新拟定标书。除非三家同时放弃竞标,否则苏尔曼省将不会再另行招标。"

"什么?"哈姆札话音刚落,整个现场变得更加混乱。仿佛一颗石子投进水塘,激得水里的鱼儿乱窜。

一个又一个令人震惊的消息释放出来,几乎震得人透不过气来。唯有来自西城株式会社的上谷康成,一直保持着自信的微笑,仿佛早就知道这件事情。

丁飞快步走向主席台,与藤井伊织一起一左一右扶着上谷康成的手肘缓步走下台阶。有意无意间,丁飞的目光向简国炜和钟远成看去,三人就这样遥遥对视,对撞的视线里似乎要迸出火星……

第十五章
各施手段

先将水煮开,淋在茶壶和茶杯上,再将茶叶分好粗细,细心地填满茶壶,一直到七成满时,才把水壶提高以"高山流水"的手法将水淋下,再用壶盖刮去茶沫,以洗茶水冲洗茶杯。接着再倒入水,泡茶一二分钟之后,将澄黄的茶水以"关公巡城""韩信点兵"等手法倒入茶杯。如是这样费了好大功夫,才得出四小盏香浓、汤热的茶液。钟远成捧起茶杯慢饮轻啜,饮尽之后还要把鼻子凑近杯口,细嗅茶香。

要换了平时,简国炜根本不可能坐下来与钟远成喝这程序繁琐的功夫茶,就算迫不得已来了,也免不了在这过程中冷嘲热讽、挑刺找碴。但今天他居然耐着性子,坐在钟远成对面,即使不喜饮茶,却还是给面子地啜了一口,然后拿着那酒盏大小的杯子在手中把玩起来。

无论简国炜还是钟远成都知道,最可怕的竞争对手已经出现,如果再不捐弃前嫌携手合作,失败将无可避免。

对于日本,许多国人观感复杂。但不得不承认的是,时至今日,作为同处亚洲的强国,日本的精细制造业,仍牢牢在国际竞争中占据上风。虽然人工成本远远高于中国,但日本的智能化机械设备普及率,也远远高于中国,所以以人均劳动生产率来计算,他们的人工成本也不比中国高出多少。

自上世纪90年代初,日本泡沫经济崩溃后,日本人一直哀叹"失去的十年""失去的二十年""失去的三十年"等等,然而实际上,他们只用了十到十五年就修复了泡沫经济带来的创伤,接着就毫不犹豫地走向创新转型道路。如果要说日本真的"失去"了什么,也无非是失去国内生产总值数字的增长,他们的经济实力还有技术实力依然坚挺如故。

为了避开与美国的贸易摩擦,避免再次被"割韭菜",日本政府积极鼓励企业进行海外投资。多达10万亿美元的海外资产,是日本全年GDP的两倍还多,可谓隐形的全球第二大经济强国。

"怎么样?查清楚了吗,为什么我们的情报会出现这么大的漏洞?"简国炜有些气恼地把杯子往桌上一磕。他们的竞标计划,一直都是在日本企业未参与的预设立场下制订的,虽然侥幸闯入了第二轮竞标,但在第一轮竞标中,中方与日方各自提出的竞标条件差距太大了!

苏尔曼高铁项目招标中,建设方案在分值中占比为25%,价格方案占比为25%,援助方案占比为50%,即使在建设方案和价格方案中西城株式会社稍稍落后,但仅是援助方案一条,就已把分值远远拉开。如果依然抱着第一轮的竞标方案去应对第二轮竞标,毫无疑问将会失败出局。但如果重新制定方案,等于前面的辛苦统统白费，又要从头开始。想到前期建总情报分析部门，信誓旦旦地保证西城株式会社绝无可能参与竞标，简国炜就一肚子气。

钟远成的声音里带着点儿苦涩："从现在的情况来看，应该是日本政府出手了。我们现在应对的不再是一家普通企业，而是一家本来就实力雄厚，现在还得到日本政府全力支持的企业。我猜，他们甚至还得到了日本政府的承诺，只要能夺下这条高铁的建设权，日本政府就会给予他们额外补贴。所以，西城株式会社才能以'割肉'的战法与我们竞标。"

日本政府做出这个决定并不是脑子糊涂了。根据世界各国的高铁投资规划，未来5年内全球至少新增高铁里程1万公里，投资超过8000亿美元，带动其他产业创造的市场价值高达7万亿美元。

日本政府的现任首相，从执政起就一直推动新干线技术的输出以提振国内经济，但无奈在与中国高铁的国际竞争中总是屡战屡败。所以这一次，他们下了大决心不惜花费大价钱，赔本也要拿下这条高铁线，打造一个名片型的高铁示范项目。

"可惜，我们不可能得到政府这么大力度的支持。"简国炜叹气。

"是啊，政企分开已经实施了这么多年，再加上中国高铁这张名片，也早过了需要赔本赚吆喝的年代，指望政府补贴是指望不到喽。我们可以少赚钱，但不能不赚钱，更不能赔钱。"钟远成的语气里带点儿苦恼又带点儿骄傲。

简国炜和钟远成对视一眼，不约而同又是一声长叹。如果说日本政府对西城株式会社的支持，令他们感到压力巨大，那么西城株式会社与苏尔曼省政府之间那说不清道不明，又蕴含了无数意味的"双簧"，则更令他们感到心焦。

最后一刻参与竞标，又在哈姆札放出延长线路的消息之后无动于衷，这证明西城株式会社与苏尔曼省政府早有默契。至少也可以说明，苏尔曼省内有一批官员，已经下定决心全力支持西城株式会社。简国炜终于明白，为什么在一开始西城株式会社无力参与竞标时，藤井伊织非要跳出来搞风搞雨。混淆视线释放烟雾是一方面，另一方面只怕是借此机会与苏尔曼省大小官员搭上关系，同时也为会社暗中争取日本政府支持拖延时间。

"也不知道丁飞是中了什么邪，就算我和他之前有点儿恩怨，也不至于这么狠吧？使用正常的商业手段也就算了，动用邪门歪道就太过分了！他的那个女朋友对我出招是招招致命，一点儿旧情也不念。"简国炜摸着下巴百思不得其解。

钟远成表情微变，差点儿握不稳手中茶杯，赶紧放下茶杯说道："不管怎么说，我们只是先锋官。要打赢这场仗，还是需要家里投入更多资源，给予我们更多授权。不过，即使这样，在竞标开始之前也需要我们通力合作才能争取到一线生机。"

面对钟远成伸出的右手，简国炜像看见脏东西那样嫌弃地皱起眉毛。好久才叹了口气，伸手握住晃了晃："说实话，我挺讨厌你的。不过为了苏尔曼高铁项目，也只能勉强和你合作一次。"

"彼此彼此！"钟远成没好气地说道。

毕业十年，也没怎么见面，两人之间的同学情所剩无几，倒是都对当年旧事依然耿耿于怀。如果不是前些天简国炜仗义地送出地质资料，后来钟远成又在第一轮竞标时几次三番出手相助，他们之间也不可能有信任基础。现在虽然还称不上可以把后背互相交给对方掩护的战友，但至少可以相信对方不会在自己奋战沙场时，朝自己的后背打黑枪。

简国炜的手机忽然响起，他看看屏幕上显示的名字，迅速接起电话："陆总您好，我是简国炜……是、是……没错……什么，您已经飞到巴禄了？您在哪儿？我马上到。"

见简国炜放下电话，钟远成忽地一笑："陆嘉林来了？他的鼻子倒是挺灵的。"

简国炜眨眨眼："钟总，您对我们陆总似乎有些看法啊。"

"想从我嘴里套话？你还嫩了点儿。不过，我也不妨提醒你一句，你们这位陆总啊，他可是个厉害人物呢！"

"哦，何以见得呢？"

钟远成笑笑："我也没和他有过多接触，不过你如果看过陆总的履历就能知道，他这些年一路顺风顺水，从来没站错过队也从来没跟错过人。对这种人呀，你还是对他留着一手比较好。"

虽然没有再多说什么，但钟远成的话还是在简国炜心中留下一片阴霾。

"哇，头儿！这、这也太漂亮了……"陈学灿在别墅里左摸摸右瞧瞧，一副刘姥姥进了大观园的样子。陆晓琪没有说话，只鄙视地看了陈学灿一眼，径直拿出手机四处拍摄。陈学灿得了提醒，赶紧也拿出手机一边拍一边自言自语："是该拍点照片，这要是不多发几张照片，也太对不起朋友圈了！"

"陆总，这栋别墅是我们竞标小组的了？"简国炜也对这里的环境非常满意。

"当然，集团公司已经把这里租下来了。在竞标期间，这里就是你们的住宿和办公地点。"陆嘉林说着使劲捏了捏简国炜的肩膀,"不用说谢,这是你们应得的。"

现在陆嘉林是越看简国炜越满意,如果不是年龄差距实在太大了点儿,他都有心把女儿嫁给简国炜了呢!

建四集团的竞标组出发之前,因为马副总搞出的那个大乌龙,陆嘉林不得不减少对竞标小组的资源投入。原以为建四竞标组,会因此沦为打酱油的边缘角色,没想到简国炜赤手空拳竟然也打出了一片天地。将地质资料与建六集团共享这一招,更是神来之笔。不仅使建四集团摆脱了前期马副总弄巧成拙的不良影响,更让建总领导不止一次在大会小会上表扬建四集团讲政治、识大体。

虽说在第一轮竞标里,建四集团并非以第一名的身份杀出重围,但在陆嘉林看来,那也是西城株式会社突然横插一脚的结果,非战之罪。特别是在苏尔曼省宣布延长苏尔曼高铁项目里程之后,陆嘉林对取得这条高铁项目承建权的热情就更高涨了。从经济角度上讲,这可是一张至少价值40亿美元的超级大单,足够建四集团过好几个肥年;从政治角度上说,延长后的苏尔曼高铁项目,里程将超过雅隆高铁项目,影响力较之从前也要扩大好几倍。

"小简,你还有什么需求,就尽管告诉我。我在这里给你表个态,只要对竞标有利,你简国炜要人给人、要物给物,我绝不推辞搪塞!"陆嘉林豪迈地一挥手。

"既然陆总这么说,那我也就不客气了。"简国炜眼睛一亮,搓了搓手准备提条件,"首先是身份问题需要立即解决。我现在的正式身份还是雅隆铁路第二标段项目部经理,参加竞标有点儿名不正言不顺，而且容易被人抓住把柄。第一轮竞标时遭遇雅隆高铁项目方的刁难，就是一个非常好的教训。"

"你的身份问题，在来之前我们已经召开党委会研究过了。最多三天你就能收到新的任命，卸任第二标段项目部经理职务，正式就任建四集团苏尔曼高铁项目竞标组组长。"

"那么第二点，就是我们建四集团投入的资源问题了。第一轮竞标中，日本西城株式会社的竞标方案，相信您也看过了。如果不能够给予更好的竞标条件，我们还是很难在竞争中胜出。"

这一下，陆嘉林可不敢大包大揽了。犹豫了一会儿他才说道："关于对苏尔曼省的贷款，我只能承诺，会全力与国开行、亚投行进行联络，尽力设计一个好的贷款方案，必要时我还可以申请让上级介入，请银行的同志们多给予一点儿支援。不过，我不能保证银行的同志能答应与西城株式会社一样的条件。对了，你这里就不需要增加些人手帮帮你吗？"

"竞标靠的不是阴谋诡计，说到底靠的还是一家企业的综合实力和底蕴。只要家里给予我们的支援足够，前方倒也不用派遣太多人手。"

"好，那我回去之后，再给竞标支援小组调派更多精兵强将，为你提供更有力的支援。"

可以想见，西城株式会社既然与苏尔曼省官员在暗地里达成了共识，那么他们肯定早就制订好了一系列竞标方案。中方想要竞标获胜，唯一的办法只有勤能补拙，调派更多的人手，制订更周密的方案，以期与日方一争高低。

陆嘉林不禁有些遗憾起来。他已经一次次地调高了对简国炜的期许，却一次次地发现简国炜还有更多潜力可以挖掘。如果一开始就能对简国炜抱有坚定信心，给予他更多授权与资源，那么他是不是就能提前发现西城株式会社的阴谋，在第一轮竞标中就取得优势呢？

可惜现实不容假设，时间也不会倒流。陆嘉林只能暗下决心，接下来会给予简国炜更多的信任及支持。

"好好做。"说话的时候陆嘉林犹豫了一下。他一向不喜欢给别人封官许愿，因为靠封官许愿引诱出来的战斗力是虚妄的，容易被更坚定的信念所击溃。就算侥幸成功，野心得到满足，也很容易让人陷入懈怠与享乐的状态中。但面对简国炜这样的中生代精英，他也着实不愿意其被所谓的办公室政治所困扰，以致影响进步。看看陈学灿与陆晓琪都识趣地为他们俩留出单独谈话的空间，陆嘉林决定还是提点一下这个年轻人。

"好好做，不论成败，我都会支持你。"陆嘉林眼皮低垂轻轻地啜着陆晓琪为他端来的咖啡。

简国炜昂首挺胸："陆总您放心，我一定尽全力把项目给抢回来！"

陆嘉林嘴里"咝"了一声。看出来了，这小子，就是一个小白。当下恨不得拿手指叩叩简国炜的脑壳，有点儿恨铁不成钢了。

"你听清了，我说的是不论成败！成败不是关键，关键是你不要犯任何错误，被人抓住任何把柄！这些天，有不少人在我耳朵边说你自由散漫不听招呼，不虚心听取其他同志的意见。我不希望，以后再听到这些传闻，明白了吗？"

"明……明白了。"简国炜还是有些搞不太清楚状况。

大学时期，丁飞很喜欢穿西装，最好还是纯黑色的。因为那时候他觉得黑西装是"精英"的外在表现形式之一，仿佛穿上了黑西装，自己也能随之变成"精英"。但随着年纪渐增，他对衣服的品味变得宽泛起来，什么样式的衣服他都愿意去尝试。衣服么，通俗点儿说不过是"行头"。见什么人，穿什么衣服，他就能变换什么样的气质，用什么样的态度和人打交道。衣服对于丁飞来说，已经变为"戏服"，他把真实的自己藏在衣服里面，永远只以预设好的假面迎人。

然而今天，丁飞又一次穿起了黑色西服，系上黑色领带，将皮鞋擦得锃亮，恢复了所谓精英的外表。严肃的脸上，依稀还能看见一点点忐忑。因为今天的会面，对他来说实在太过重要了。

一路走来，两边不住有西城株式会社的低级职员向他和藤井伊织鞠躬致意，早已习惯了这一切的丁飞与藤井伊织二人目不斜视，保持着威严的神态一直往里走。通道的尽头，是一间日本传统的和室，守在门口的保镖看见丁飞后，轻轻敲了敲门框，得到允许后将大门拉开躬身请丁飞入内。

"啊哈，伊织酱和丁桑来啦。不要客气，请随便坐吧。"

相比二人的严肃，和室的主人显得随意多了。他穿着黑色的和服，以对日本人来说很不礼貌的姿势箕坐着，笑眯眯地向藤井二人打了声招呼。

"上谷社长，冒昧打扰了。"

藤井伊织和丁飞都不敢怠慢，先是鞠了个躬，才依言在老人身边跪坐下来。

老人的眼睛已经有些昏花了，精力也很不济，行动起来更是迟缓,需要有人搀扶。然而,对于掌握着西城株式会社最高权力的上谷康成,没有人敢掉以轻心。因为几乎所有轻视他的人,最后都受到了永生难忘的深刻教训。以七十多岁的垂暮之年,依然能将偌大的跨国财团牢牢掌控手中,这本来就是一桩了不得的本事。

"你们觉得现在的形势,怎么样了?"上谷康成慢悠悠地问,目光却是看向藤井伊织。

丁飞手指微不可察地动了一下,心中满是无奈——即使他为西城株式会社作的贡献再大,即使明面上他的身份是藤井伊织的上级,但实际上他只是一个捧起来的吉祥物,主导一切的还是藤井伊织。丁飞自信,如果自己能够做主,那么他会做得比藤井伊织更好!毕竟藤井伊织的格局和视野还是太窄了些。

"社长,现在的形势对我们十分有利,我们在第一轮竞标中掌握优势,就算是第二轮竞标开始,苏尔曼省方面也会逼迫中方至少以我们的条件为基准线进行谈判。我相信,中方现在甚至会开始怀疑,我们在第一轮竞标中提出的方案是不是烟雾弹,如果不跟进的话,此次竞标我们将不战自胜,如果跟进了,他们又害怕我们趁机抽身,使他们陷入亏损局面。"

"哈,你还是太年轻了,你应该从更高的层面来看这个项目。"上谷康成亲切地大笑起来,一根一根扳起手指,"表面上看,我们只是在争夺一条高速铁路线路的建设权。但实际上,输出高铁技术,就等于输出了多余的产能,输出了工业标准,输出了技术服务,输出了金融服务,更主要的还是可以赢得市场。而这些,都可以源源不断地为输出方带来收益。所以我认为中国人,是不会放弃的。就算咬断了牙齿,他们也会跟我们继续竞争下去。"

藤井伊织正想认错，上谷康成忽然哈哈大笑起来："噢呦，人一老了，就是容易多嘴多舌。其实这些事情，就算我不说，你这孩子也应该一早就明白了吧。虽然你的这个马屁拍得非常隐晦，也让我非常开心，但类似的事情，以后还是请不要再做了。"

"非常抱歉。"藤井伊织以土下座的姿势，以头点地，舔了舔嘴唇，发觉冷汗已经从额前流下。

上谷康成这才将视线转到丁飞身上。丁飞想了想，说："相对于中国企业，我方现在占有三个优势。第一，是金融服务优势。我方提出的贷款金额和期限、利息，中方绝对不可能做到。必须承认，中国建总的确是一个可怕的庞然大物，然而现在参与竞标的只是建总下属的两个子集团公司，就算他们咬着牙跟进，庞大的利息压力也足以将他们的公司给拖垮。第二，是人脉优势。我方已经得到了苏末尔议长的全力支持，即使艾沙迪省长态度依然暧昧，但这也意味着我们在招标小组中至少掌握了三分之一的票数。在竞标得分相近的情况下，只要再努力拿下几票，中国企业就回天无力了。"

"有点儿意思。"上谷康成笑眯眯地出言夸奖。

"第三，也是我认为最为重要的，那就是我们的技术优势。中国高铁技术是吸收了日本、德国和法国等国技术诞生出来的混血儿，虽然他们一直自称吸收并自主创新了中国高铁技术，但很显然，他们做得还不够好。我方储备的技术，以及对高速铁路设施供应链的建设，至少甩开中方二十年的差距！然而……"

"然而什么？继续说！"上谷康成哼了一声。

"然而，必须注意到，中方相对于我方来说，具备极大的价格优势。如果不加以重视，我方很可能败走麦城。"

"中国制造，在国际上一向是粗制滥造的代名词。"上谷康成面无表情。

"……但是巨大的价格优势足以抹平些微的品质劣质。社长，请允许我展示一些小小的东西。"丁飞征询地看了上谷康成一眼，得到允许后拍拍手，有两名职员各抱着一辆平衡车走进来，放在上谷康成面前，然后退出去。上谷康成虽然年纪大了，但也听说过这种成人流行玩具，从手感、外观等方面，他很快分辨出哪一辆是中国制造。但他也不得不承认，尽管中国产的平衡车更轻巧一些，材料不如美国制造的扎实，但外观看起来也相当精致，如果价钱便宜的话，很容易让囊中羞涩的年轻人生起购买欲望。

"平衡车最早由荷兰人发明，每台售价7万美元；美国公司购买了专利后，降到5万美元一台。再后来，中国公司也购买了专利，他们生产的产品，在购物网站上只需要不到2000元人民币就可以买到，还增加了手机摇控等新的功能。"

"多少钱？"上谷康成吃了一惊。

"确切地说，是1999元人民币。"但丁飞还不罢休，继续说道，"现在，美国生产平衡车的公司，已经被中国公司收购了。"

上谷康成眼皮一阵乱跳。同样一件商品，在质量相差无几的情况下，如果价钱差距在1000美元以内，还可以用诸如质量、情怀等话术配合销售手段占据高端市场。然而价格差距大到这种份上，就算是销售天才磨破了嘴皮，也难以回天！

"嗯，能够做出这样有条理的分析，丁桑真是用心了。"上谷康成深深地看了丁飞一眼，"藤井小姐还年轻，以后还需要丁桑多多指点呢。"

丁飞微微点头表示明白,平静的外表下,内心却像火山一样喷涌着激烈情绪——从藤井伊织手里争抢到竞标的主导权,也许就是他成功的第一个台阶。

十年前那场试验的失败,让他深深感觉到,中国这片土地并不适合高速铁路这种具备极高技术含量的新型运输方式。当一个官僚机构中充斥着卖友求荣者(比如钟远成)和关系户(比如简国炜),又怎能奢求这个组织不断创新不断进步呢?为了不让他所学的本领被埋没,他不惜放弃硕士毕业证远渡日本,来到新干线的故乡寻找机会。

但老天仿佛给他开了个大大的玩笑!就在他离开中国不久,中国高铁就以令人目瞪口呆的速度野蛮生长遍地开花,短短几年时间,中国铁路就形成八纵八横的网状格局,高铁里程排名更是世界第一,并且超过第二至第十名国家的总和,由一个"笑话"摇身一变成为"神话"!

相比之下,日本的新干线就显得黯然失色,丁飞来到日本这么久,甚至没有参加过一条高铁项目的修建!而且似乎无论到了哪里,他总逃不开人事倾轧,总有关系网络比他更强的人,轻轻松松就能夺去他的机会。

"我错了吗?"无数个夜深人静的晚上,丁飞辗转反侧难以入眠,扪心自问。但到了白天,他就又坚强起来,他告诉自己没有错,并且发誓要向伤害过他的人施以报复!

这报复的着力点不在肉体而在心灵,他要在那两个小人最为得意的领域,用最无可辩驳的优势将他们打败,让他们也尝一尝他当年受过的屈辱!

上谷康成还是很平淡:"不过丁桑,我必须提醒你,你要负起责任的,是一个不允许失败的项目。"

"我……明白。"丁飞沉声说道。他没有其他选择,只能接受这巨大的责任。如果不这样做,他只能作为藤井伊织操纵的傀儡存在于西城株式会社。而只要赢得这场竞标,无论科研上还是行政上,他都会拥有更大的话语权。再加上藤井家婿养子这一重身份,他可以说是前途无量。

"既然丁桑已经有了这样的觉悟……那么就请好好地去做吧,我会一直站在你的身后。"上谷康成感慨地说。

"谢谢,非常感谢。接下来,我将进一步与苏尔曼省招标小组的成员加强联系,哪怕使用贿赂或者更激烈的手段,都务必要使他们倒向我们这一边……"

"咿咿咿,以后这种话,就不要在我面前说了。做好你该做的事情吧,我什么都不知道。只要竞标成功,会社就是你最坚强的后盾,但如果失败的话……"

"请放心,我是绝对不会允许失败这种事情发生的。"丁飞再次保证。

恭敬地从和室退出来,擦拭掉额前的汗水,丁飞直起腰杆,自信的微笑再次浮上他的脸庞。这一次,会社给予他的授权、支持的力度,都是空前绝后的宽泛且巨大。整个财团……不,甚至还包括日本政府的一小部分力量,他都可以随意使用。在这股庞大的力量之下,任何企图阻拦或者抵抗它的,都将被它绞得粉身碎骨!

"很抱歉。"丁飞一边走一边轻声说。

"不用多礼。每一个男人都有事业心,抓住一切机会向上爬几乎是所有男人的本能。"藤井伊织微笑，停住脚步转身定定地看着丁飞。

她因为丁飞性格绵软利于控制，才会选择他作为傀儡的备选。但现在看来，丁飞也并非是个完全没有野心的人。刚刚因为第一轮竞标中大获全胜而自信满满的藤井伊织，早忘了竞标方案是由丁飞设计。她认为很有必要让丁飞知道，在他们俩的特殊关系中，谁才是占据主导地位的那一位。

"丁桑，我必须提醒您。如果没有我，您一辈子也许只是一名首席工程师。虽然地位崇高，但没有一点儿权力。而我要是没有了您，随时可以换一个'合作伙伴'。您明白我的意思吗？"

丁飞心里一阵翻腾，只能强笑着回答："明白。"

"所以就算您以后进了我们藤井家，也请务必恪守本分，尽全力辅佐藤井家的正式继承人。毕竟，您是中国人，与普通的婿养子不同。"

"……是。"

"那么，接下来的竞标工作，还是由我来主导，您有意见吗？"

长长的沉默之后，丁飞终于再次低头："我没有意见。"

看着恢复"乖巧"的丁飞，藤井伊织满意地点点头——驯化一个人，其实和驯养一条猎犬没什么区别，既要有食物，也需要大棒。驯得太乖巧了不行，那样他就无法为你杀敌；保留太多的野性也不行，那样他就有可能反咬你一口。

藤井伊织问："接下来，你有什么预案吗？"

丁飞脸上终于有了点儿笑容："我为他们送上的第一份礼物，他们应该已经收到了。"

第十六章
礼物与拉票

礼物的确已经收到。不但收到，而且这份称得上沉重的礼物，让简国炜和钟远成屁股再也坐不住，不约而同地一下子蹦了起来。

"什么？提供相当于总造价80％的贷款，并且利息不超过1.5％，期限为40年？这样的条件实在太苛刻了，这世界上没有任何一家建设公司会答应这样离谱的条件！"钟远成大声抗议道。

"西城株式会社已经答应考虑了。"哈姆札摊开手，一副爱莫能助的模样，"这是艾沙迪省长提出参加第二轮竞标的先决条件，如果不能满足，你们可以退出第二轮竞标，我们会另选有能力答应这个条件的公司参加。"

"你……"

钟远成还想发火，被简国炜一把拉住："瞎激动什么？消消气消消气。"接着,他居然还瞪了哈姆札一眼,责怪他,"你也是的,摆出这一副公事公办的样子给谁看呢?"

哈姆札偏偏吃他这一套,三步并作两步走到办公室门口,向外张望了一下,将门关住。接着,钟远成就看到那吃拿卡要绝不手软、玩忽职守绝不尽责的哈姆札,居然与简国炜勾肩搭背地一块儿坐在沙发上,一副很熟络的模样。也不知道,他们是什么时候开始混得那么熟的。

"还真是人以类聚,物以群分。"钟远成目瞪口呆之余不禁小声嘀咕。

但是这样一来,刚才那剑拔弩张的氛围也就消融了,哈姆札掏心掏肺地与简国炜聊天:"你知道的,我有四分之一中国血统的嘛,我当然希望中国的企业能够中标喽。但是那个西城株式会社呢,他们把市场行情给扰乱啦。你们现在不答应这个条件,第二轮竞标还是争不过他们嘛。"

"唉,这日本人还真是财大气粗啊。怎么样,他们没少给你好处吧?"简国炜戏谑地用胳膊肘捅了捅哈姆札。

哈姆札像摆在神龛上的赵公明,堆起和气生财式的笑容:"不合法的好处叫做贿赂,合法的好处呢叫做政治献金。我这么清廉,不该拿好处的当然是不会拿喽,但是该拿的……嘿嘿,大家意会就好!意会就好嘛!"

简国炜搂着哈姆札的肩膀做亲热状:"不管怎么说,我们可是朋友。你还是会站在我这一边的对不对?"

哈姆札很有原则:"交情归交情,生意归生意。做人要讲道德的嘛,不能拿了人家钱不办事,这样以后谁还给你送钱嘛!"

"那你告诉我,现在政府里,到底谁在支持西城株式会社。"

哈姆札紧紧闭上嘴不说话了。这件事可大可小，他也不想一时嘴快给自己带来麻烦。

简国炜笑了笑："连你都不敢说，一定职位比你高得多吧？让我猜猜，是苏末尔议长对吗？"

"这可是你说的，我可什么也没说啊！"哈姆札说不定也看过香港电视剧，TVB里的经典台词张口就来。

简国炜与钟远成对视一眼，均感到当前的局势险恶。招标小组一共24人，其中三分之一是议长苏末尔的手下，三分之一与省长艾沙迪关系密切，剩下三分之一为纯粹的技术人员或地方实力派，暂时没有任何倾向。这也是艾沙迪与苏末尔博弈之后形成的妥协局面。

苏末尔既然支持西城株式会社，而艾沙迪省长保持中立，那么他们等于已经取得了8票，接下来他们只要再取得5票——不，只要4票，因为哈姆札这家伙明显已经被收买了——他们就能在招标小组的投票中取得压倒性优势。

所以，中方要想赢得竞标，就只有靠两条腿一起走路。第一，要赢得艾沙迪省长的支持；第二，则要尽力去争取那些中立的票。但这便又牵涉到一个票源分散的问题了，因为中方毕竟是两家公司参与竞标，如果剩下的票分散了，那么赢的还是西城株式会社。

目光稍一碰触之后，简国炜与钟远成迅速达成共识。先把中立票源和艾沙迪的那8票抢下再说，至于接下来该怎么分配票数，那就各凭本事各显神通吧。

"对了，如果中国企业赢得竞标，省政府方面打算用巴禄铜矿出产的矿石进行交易，这点没有问题吧？"

"当然没有问题。不过,哈姆札局长,您提出的新条件,超出了我们的授权范围。我会向国内详细汇报,请他们在谨慎评估之后再给您正式回复。"钟远成说着拉上简国炜一起与哈姆札握手道别。

走出省政府大楼,二人心情都有些沉重。

"其实我们现在面临的,也未必就是无解局面。"简国炜分析说。

苏末尔既然全力支持西城株式会社,那么艾沙迪无论是出于党派原因还是谨慎心理,都暂时不会倾向日本一方。只要在他面前展现出中方的金融、技术、建设方面的优势,还是很有可能拿下这8票。而中立7票,只要下大力气,也不是完全没有争取到的可能。

"但是,艾沙迪的条件太苛刻了。你觉得,家里有可能答应这样苛刻的贷款要求吗?"钟远成眉头紧锁。如果国内能够同意苏尔曼省提出的贷款方案,那么他们不但和西城株式会社站回同一起跑线,还会稍微领先一个身位。

"不可能!"简国炜苦笑摇头,"国际银行业通行的规则是,就算是援助型的项目,贷款年限一般不会超过30年,贷款利率也不会低于2%。当然,国家对国家级别的援助不在此例。所以无论国开行还是亚投行,都不可能答应这样离谱的条件。而且无论建四还是建六,作为建总下属的子集团公司,虽然有点儿家底,但也不可能向银行借贷大笔资金然后再转贷给项目方,因为这等于把未来至少十年的发展潜力全部透支,砸在这一个项目上。就算我是老总,也不会批准这样疯狂的计划。"

"那就只有尽人事,听天命了。我们做好自己该做的事,至于其他的，就让家里去头疼吧。"钟远成长叹一声，与简国炜握手告别，坐上汽车先走一步。

简国炜呆呆站在原地，皱起眉头。他很不喜欢现在这种"听天由命"的感觉，却又无可奈何。同时，他也隐隐感觉到，西城株式会社打出的这一套组合拳，似乎也并非无懈可击。只要找到其中的破绽，说不定就有反败为胜的希望。只是，他们的破绽到底在哪里呢？

手机突然震动一下，咖啡猫发来讯息：巴禄铜矿已经枯竭，最多还可开采五年。

简国炜一惊，赶紧追问：你从哪里得来的消息？

但咖啡猫的头像却迅速灰暗了下去，显然已经离线。

倒吸一口凉气，简国炜脸上阴晴不定。巴禄铜矿枯竭这件事如果是真的，苏尔曼省政府没可能不知道。但他们偏偏提出要以一个枯竭铜矿的出产以货易货，这是否说明对方诚意不足，有暗地里给中方企业挖坑的意图？但如果是假的，咖啡猫又多次为简国炜精准地提供了情报。那么现在的问题是，这个咖啡猫到底是什么人呢？他到底抱着的是善意还是恶意？

使劲揉了揉太阳穴，简国炜陷入了沉思……再抬起头来时，才发现自己亏大了，居然忘记蹭钟远成的汽车一起走。眼珠子转转，简国炜拨通手机。

"苏记者你好，现在在哪呢……没事，就想请你吃顿饭……这么巧？我也在省政府这里……好好，我等你。"

才放下电话不过五分钟，一辆越野车驶来，司机笑眯眯地探出头。

"哟，今天太阳打西边出来了？你简大经理，居然主动请我这个小记者吃饭，真是荣幸之至。"

简国炜脸皮多厚呢，一点点调侃只当拂面清风，带不来半点儿伤害。麻利地上了车，坐上副驾驶座系好安全带，一副自来熟的模样，扭过脸对着苏月笑："吃饭不吃饭的，咱们待会再说。先送我去个地方办点儿事，回头咱们再商量吃饭的事。"

苏月一愣，又是好气又是好笑："敢情你是把我当成了免费的司机了！简大经理，咱们的交情好像还没到这一步吧？"

"胡说！我一个小经理，能用得起你这样美丽的司机吗？你也太高看我了！"简国炜笑笑，随即又神神秘秘地压低声音："你跟我走，有好处给你。待会，我介绍个大人物给你认识。"

苏月眯起眼看着简国炜，却从他的表情中看不出半点儿端倪。有心赶他下车吧，但又担心真的错过什么机遇。咬咬下唇，索性仗着女性的身份，耍起小性子：

"按照常理，绅士不是应该主动要求驾车，让女士坐在车后吗？"

"哦，我没有国际驾照。"简国炜解释。

苏月多精明一个人，看看简国炜的脸色，忽然一挑眉，猜出真相了："你不会是不会开车吧？"

"谁说的，我大二时就考了驾照。"简国炜急急辩解，但声音慢慢就小了，"不过，第一次上路就出了车祸，后来十多年没碰过车了。"

这个理由强大到让人无法反驳，苏月苦笑：得，就当上辈子欠他钱了吧。

翻个娇俏的白眼，苏月询问："要去哪儿？"

"去同善医院。"

在日料屋享用过精美的午餐后,林良信走进同善医院。

"午安,林博士。"熟悉他习惯的护士小姐们纷纷向他打招呼。

林良信春风满面,一一点头回应,一点儿都没有院长助理的架子。

虽然医生和博士英文都是Doctor,但他还是更偏爱别人称呼他博士而不是医生。因为林良信觉得,"医生"这个称呼有些局限于职业背景,反而是"博士"更能突出他的专业性以及博学儒雅的风度。

作为知名私立医院的招牌名医,林良信的生活比公立医院里那些苦哈哈的同行要舒服得多,每天预约的病人不超过10名,当然也不会太过劳累,在大多数时候他总是在和或风姿绰约或出手大方的医药代表们打交道。不过,自从立下了从政的志向后,他就有意识地减少与医药代表们的接触,转而更加热情地与前来看病的权贵拉交情攀关系找后台。以他现在拥有的资源,林良信判断,只要他不犯下什么错误,五年内当选一任市长应该是稳稳的。

但他一推开办公室的门,笑容就凝住了,维持了一整个上午的大好心情荡然不见。因为他的办公室内,一个"错误"正坐在沙发上冲着他摆手微笑。

一闪身进入办公室,反手快速把门锁上,林良信皱起眉头低声斥责:"你来这里做什么?"

简国炜还挺委屈的:"我打电话你不接,我也是没办法才来医院找你。"

"快走快走，以后不要来了。开标之前，我们都不要再见面。如果有事，我会通知你的。"林良信迫不及待地逐客。

"你没事找我，但我有事找你啊。"简国炜看似嬉皮笑脸实则已经死皮赖脸了。

自从林良信电话不接、短信不回，简国炜就知道不对劲了。林良信是他和艾沙迪之间的联络人，林良信切断了联络，间接表明艾沙迪的态度也起了变化。他现在十分需要了解，产生这变化的原因是什么，艾沙迪心里究竟又在想些什么。

林良信无奈了。毕竟是读了大半辈子书的博士，一介书生完全没有应付痞子的经验。现在赶又赶不走，闹又闹不得，只能压着火气问："你找我到底有什么事？"

"第一，我想要招标组中立人员的名单。"

林良信从口袋里掏出张纸递给简国炜："你不问我也会把这张名单叫人送给你，现在你可以走了吧？"

"别急嘛。我还想知道苏尔曼高铁项目为什么会突然宣布延长里程？"

林良信沉默了。这个信息已经涉及机密了，一旦泄露就会对招标造成影响。

简国炜循循善诱："你是站在艾沙迪省长这一边的对吧？"

"对。"

"你也希望苏尔曼高铁项目能顺利开工吧？"

"当然。"

"那么你觉得，如果依照苏末尔议长的想法，由西城株式会社取得这个项目，对艾沙迪省长是有利还是不利？"

林良信舔舔嘴唇："艾沙迪省长希望竞标能够正常进行，而不要因为什么事情被破坏掉。"

"但现在竞标已经没办法正常进行下去了。艾沙迪省长开出的参与竞标条件，远远超出了我们的承受能力。如果没有合理的解释，中国的建四和建六集团，马上就会宣布退出竞标。"

"不要！"林良信大惊失色，"请你务必再坚持几天，马上就会有好消息的，我保证！"

简国炜严肃了："你要为艾沙迪省长负责，我也要为建四集团22000名干部职工负责。我不可能让22000名干部职工的血汗钱打水漂。"

林良信纠结了半天，终于颓然坐下："好吧，你赢了。"

苏尔曼高铁项目，艾沙迪最初的计划只是修建一条从巴禄连接首都的雅隆铁路支线，里程60公里出头。但苏末尔在眼见不能阻拦之后，就提议延长里程，而这样一来，建设费用也会成倍增长。艾沙迪当然不同意，因为这样一来只依靠苏尔曼省的财政收入显然无法承担，很容易使这个高铁项目成为烂尾工程。但苏末尔却说服了省政府和省议会的大多数官员以及地方实力派系，并声称如果省财政无法支持，他承诺将从国库申请到专项资金对省财政进行支援。

承诺的确很美丽，但谁都知道，政客的承诺有时候并不比狗屎更加有用，因为狗屎至少还能肥田，而政客的承诺却如一个屁一样，放过了也就放过了，事后谁也不会承认。

就算是苏末尔兑现承诺，对于艾沙迪也不是一件好事。只要执政党拿捏住钱袋，也就等于拿捏住苏尔曼高铁项目的命脉，艾沙迪所期待的政绩也会被现任总统捞到手中。

"所以，艾沙迪省长打的是空手套白狼的主意？"简国炜眨眨眼。

"请相信我，艾沙迪省长一直在积极推进这条高铁线路的修筑，所以他现在正在谋求一个能让项目方和承建方双赢的办法。过不了多久，你就会知道了。但在此之前，希望中国企业千万不要放弃。"

当然不会放弃了——简国炜心想。虽然他一直摆出一副一拍两散的强硬架势，但如果真的放弃了，主动权也就完全丢失了。像现在这样，一边积极参与竞标，一边观望事态发展，才是最好的选择。而且同时，他对艾沙迪所谓的"双赢"办法，也比较期待。就像普通人买房一样，付不出全款就必须申请房贷。而众所周知，提供房贷的银行，赚得比地产开发商更多，而且风险还更小。

但表面上，简国炜还是摆出一副犹豫的姿态："这个项目亏本的风险太大了。再说，西城株式会社在招标组里至少拿到了8票，我现在再努力也没有什么用啊！"

"不就是8票吗？我们又不是没办法追赶。"林良信亲热起来了，一口一个"我们"，仿佛和简国炜成了一家人。

"艾沙迪省长掌握的8票就不说了，中立派那8票，大多数都是比较纯粹的技术人员。只要你建设方案中的技术含量能打动他们，拿到他们的票不难。实在不行，我可以把你引荐给他们，我好歹是艾沙迪省长的私人医生。只要有我引荐，他们怎么也要给我几分面子，听你们详细介绍技术方案。"

"哎哟，这怎么好意思呢？不成不成，这太麻烦您了。"简国炜双手连摆。

"都是自己人，有什么麻烦不麻烦的。再说了，我只引荐不说话，也不违反竞标的公正性嘛。"

见简国炜还在犹豫，林良信索性就动手了，搂着简国炜的肩膀，半强制性地就推着他向外走。简国炜能怎么办呢？外国友人都这么热情了，他总不能打击别人帮忙的积极性嘛，这多影响中国人的形象？于是他只好委委屈屈、半推半就跟随林良信往医院的停车场走。

两人上了简国炜的车，女司机苏月利落地发动汽车，驶出医院。林良信原本还想在车上鼓励简国炜几句，让他不要这样轻易放弃。一看还有外人在，就谨慎地闭上了口。

"林博士，忘了给您介绍了，这位是我好朋友苏月，现在在联合社驻巴禄记者站工作。"

苏月白了简国炜一眼，倒也没有反驳他给自己冠上"好朋友"这个称呼。自从上一次，她成功"预测"了苏尔曼项目第一轮竞标，一定会有出人意料的情况出现之后，她在巴禄的记者圈子里，大大地出了一回风头。所以她倒也不介意做一回司机，期待着从简国炜身上能再挖出大新闻。

"林博士您好，您是巴禄市医疗界最有影响力的人物之一，我早就想对您做一次采访了。如果您有空的话，不妨约个时间我们聊聊。"

一听说苏月是记者，林良信谨慎了，干干地笑："有时间一定，一定。"

苏月叹息，语重心长地说："林博士，我知道很多人对记者有偏见，认为记者大多是哗众取宠之辈。但作为巴禄市的名流，不论您愿不愿意，您迟早都是要和记者打交道的。既然如此，您就一定需要一个站在您这边，能为您说话，帮助您向公众展示优点的媒体人。而我,正是这样一个人。您可以为我提供第一手消息,而我也能作为您向公众展示正面形象的媒介,我们俩的合作是互惠互利的,您又何乐而不为呢?"

简国炜抠抠耳朵,忽然觉得这番话怎么听起来好熟悉的样子。然后他猛然想起来,当初苏月劝他合作时,仿佛也是这么说的。心想怪不得张无忌他妈曾经说过,越是漂亮的女人就越不可信,诚不我欺呀。

但苏月的口才,当初连简国炜都能说服,更何况是相对"纯良"的林良信。当下林良信的戒心就消了一些,与苏月慢慢地搭起话来。

所谓高明的记者与普通记者的不同之处就在于,普通记者通过与采访对象的一问一答了解信息,而高明的记者只要略作引导,就能让一个人自觉主动地打开话匣子。苏月虽然距离高明的记者还有一段距离,但她外表秀美,气质落落大方,男人在这样的异性面前,总忍不住展示一下自己,就如同公孔雀喜欢在异性面前开屏一个道理。于是一来二去的,苏月从林良信嘴里掏出了不少此次苏尔曼项目竞标过程中的"秘辛",苏月与简国炜听得津津有味,各有所得。

而苏月也同样感到畅快淋漓。她与简国炜一起套林良信的话,两个人有点儿像相声里的捧哏和逗哏,无需过多交流就能配合默契,将气氛烘托得热热闹闹,让人感觉不到是在接受采访,反而像老友聊天那样轻松惬意。这一点,从林良信一开始只是礼貌性质地应答,到后来意犹未尽主动挑起话题就可以看出。苏月甚至都觉得有些遗憾,她觉得简国炜当年如果学的是新闻专业就好了,两人在一块儿肯定是最佳拍档,就算要拿普利策奖也跟闹着玩似的，没有半分难度。

"现在，我先带你们去拜访交通局的高级工程师瓦希德先生。他是我的好朋友，在铁路交通的专业技术上，他有很大的发言权。我记得他昨天晚上才从首都回来，今天应该正好在家休息。"

"要不我们迟点儿再去吧。"简国炜提出建议，"他是昨天晚上乘264次快速列车从首都赶回来的，凌晨3点才下的火车，现在可能还在休息。"

"你怎么知道？"苏月惊讶。

"招标小组的成员可都是掌握着我们竞标方命脉的大人物，我们怎么敢怠慢呢？当然要主动了解他们的行程喽！"简国炜开玩笑似的说道。实际上，瓦希德是陈学灿邀请到首都，参观雅隆高铁项目指挥部的，陈学灿还趁机向他介绍雅隆高铁的准备情况和展示中国企业的工程技术实力。但有些事做得说不得，简国炜可不愿意在外人面前，将自己的公关手段一五一十全说出来。

可惜林良信也不知是为了在女士面前展示一下自己的人脉，还是没听出简国炜话里的含义，大包大揽地说："没关系，瓦希德工程师和我的关系不错，就算是还在休息，我也可以把他叫起床。用中国话来说，我们的关系是通家之好。"

林良信将话说到这个份上，简国炜也只能听他安排了。反正公关就是这样，公关一次不嫌少，公关十次也不嫌多。就算确定竞标组某个成员对你已经有一定倾向了，也不能就此放在那边不管不问，保持一定的接触频率还是必要的。

指挥着苏月将车开到一处公寓大楼下，林良信按响了可视门铃。过了一小会儿，屏幕亮了，瓦希德睡意蒙眬的脸出现在屏幕上。

"嗨，瓦希德，是我。"林良信果然如同他宣称的那样，与瓦希德熟络地打了个招呼。

"嗨，林博士，你好，你怎么有空来了？"瓦希德也热情地说道。

"我带了两个中国朋友来看你，快开门吧，外面太热了。"

"中国朋友？"瓦希德愣了一下，犹豫着问，"是来自参加竞标的中国企业吗？"

"怎么了？"林良信有些疑惑。

"对不起，林博士，你知道的，我现在是苏尔曼高铁项目招标小组的成员。为了保证招标的公正性，我现在和任何一个参与竞标企业的管理人员会面都是不合适的。所以，很抱歉，不能招待你们了。"

瓦希德说完，也不等林良信回答，直接关闭了对讲机。林良信脸孔红一阵白一阵，只觉得在苏月面前丢了大面子，一门心思想要挽回。

"这个瓦希德，就是个死脑筋。我们不要管他了，我再带你们拜访其他人去。"林良信气呼呼地说道。

简国炜眼睛一眯，突然觉得牙根有些发疼了。因为就在今天早上，陈学灿还向他汇报说，昨天瓦希德参观完雅隆高铁项目指挥部后，对中国企业的技术和效率都赞不绝口。怎么才一个晚上，他就变得这么不近人情了呢？

"你还愣着做什么？我们还赶时间呢！"林良信催促。

"好的，马上就来。"简国炜再次深深地看了一眼对讲器，转身上了车。

第十七章
破绽

今天对于林良信来说,是无比丢人的一天。他在简国炜和苏月面前打了包票,然而一连拜访了4名竞标组中的中立成员,对方不是找借口搪塞,就是干脆一口回绝面谈的要求。唯一一个约见成功的,也一副坐立不安的样子,不到10分钟他手机闹钟就响了,于是装作接电话的样子急匆匆道了个歉离开。

一开始,林良信只觉颜面无光,想着要找回场子。但被拒绝的次数多了,林良信也就慢慢觉得有点儿不对了。接着,一个无比恐怖的猜测浮上心头——该不会,招标小组里的中立派,都倒向苏末尔议长了吧?

林良信本身是巴禄市的名医,人们通常都不愿意得罪医生,因为每个人都有生病的一天。而他担任艾沙迪省长私人医生这个身份,更使得以往林良信在苏尔曼省各级政府办事时能得到额外的尊重。然而今天,这些尊重突然都没有了,除非对方找到了坚实靠山,可以不用瞧艾沙迪的脸色,否则无法解释今天发生的一切。

越想越觉得自己的猜测很可能就是事实真相,林良信变得严肃起来,也不在乎面子丢不丢了,向简国炜和苏月说句抱歉,就赶紧将他的"大发现"向艾沙迪汇报去了。

简国炜摸着下巴开始思考。无论简国炜还是苏月,在求见项目方或采访对象时,吃过的闭门羹都不少。区区几次碰壁,没让他们变得烦躁,反而更激起斗志。

"看起来你似乎并不担心?"苏月饶有兴趣地问。

"有什么可担心的?招标小组成员的票,只有在竞标方案相差不大时有用,只要竞标方案的分数能大比分超过其他竞标对手,他们就算有倾向性也没办法给我们捣乱。"

苏月小吃一惊:"你那么有信心一定会赢?"

"现在就算没信心,装也要装出胸有成竹的模样。就像拳击比赛开始之前两个选手一定要互放狠话,如果连放狠话的胆子都没有,那不用上台就已经输了。"简国炜拍拍手干脆利落地说,"找个地方,我请你吃晚餐。"

请苏月吃饭,也是简国炜早有的计划了,可就是一直抽不出时间。今天把苏月叫出来,一是介绍她和林良信认识,让她以后多一个新闻来源,算是小小地还她个人情;二来也是想顺便请她吃餐饭,向她表示谢意。毕竟参加竞标以来,苏月帮了简国炜不少忙,不请她吃一顿也未免显得太抠了点儿。

苏月倒也没有趁机狠宰简国炜一刀的想法,她就近找了个商场,将车停好后,与简国炜一路说说笑笑上了电梯。但很可惜,苏月心仪的那家餐厅已经坐满,两人正想要换一家餐厅,简国炜的微信突然响了一下。

简国炜掏出手机看一看,下意识地抬起头,看见丁飞正坐在餐厅里,笑眯眯地朝着他摆手。坐在他对面的人,扭过头看了简国炜一眼,立刻拿帽子遮住脸,匆匆起身从餐厅的后门离开了。

"不好意思,看样子这餐饭是吃不好了。"简国炜对苏月抱歉地苦笑。

苏月眼睛发亮:"相比吃你一顿饭,我更期待接下来会发现什么新闻。竞争对手之间的直接过招,一定会擦出火花。"

简国炜惆怅地吐出口气:"是啊,他现在是我的对手了。"

搓了搓脸,闭上眼,再睁开,简国炜身上的惆怅消失不见,像长刀一样笔直地挺起腰杆。既然是对手,就要有对待对手的态度。国际竞标是残酷的斗兽场,根本容不得一点儿私情存在。全力以赴的最终对决前,肾上腺素疯狂上涌。

服务生得了丁飞的示意,出来请简国炜二人入内。丁飞笑呵呵地站起来与简国炜握手拍肩,又极为绅士地拉开椅子请苏月入座。

"小师弟,这次赢你一局,你不会怪我吧?"丁飞抿嘴笑。

"技不如人,又掉以轻心,只能认栽。再说,你也只是赢了第一轮竞标,最后谁输谁赢还尚未可知呢?"简国炜忽然话锋一转,看着丁飞一脸惊诧,"哎,师兄,你不会因为赢了一次就骄傲了吧?那可不行!这人呐,一骄傲他就容易犯错,一犯错就容易失败。共勉!共勉!"

"小师弟你还是这么信心满满,很好,跟以前一点儿没有变。"丁飞啜了口茶,虽然依然儒雅,但口气却渐渐变冷,"也是,你后面有人嘛。就算失败一次两次又怕什么?总有你东山再起的机会。"

简国炜不想在这个话题上再与丁飞纠缠下去,瞥了眼桌上未收拾的餐具:"今天师兄这是和谁吃饭呢?刚才看了一眼,好像挺眼熟的。"

丁飞看看苏月,矢口否认:"刚才那不过是一个拼桌的,我也不认识他是谁。不过,刚才我和他聊了几句,发现这人运气还真挺好。你想不想知道他遇到了什么好事?"

"师兄请说。"

"那个人呢,是本地的一个小工程师,他一直希望能将自己的两个孩子送出国留学。可是啊,他的薪水又支付不起两个孩子国外留学的花费。正犯愁呢,怎么就这么巧!美国的一家慈善教育基金来巴禄考察,给本地提供了两个美国从中学到大学全额奖学金的名额。他的俩孩子也争气,经过初试复试和面试,把这俩名额给拿下了!"

说到这里,丁飞兴奋地一拍大腿:"这说明什么?说明这人呐,就是不能放弃梦想。只要坚持不懈,不管你出身再低,梦想再遥远,总有实现的一天!"

"看来瓦希德工程师的运气真是不错。"简国炜摸着下巴沉吟。

丁飞不笑了,身子略略前倾,直视着简国炜的眼睛:"接下来,可能还会有更多好运气的人出现。有的人,随便买一张彩票就能中大奖;有的人,他们生病的亲属会得到海外顶级医疗机构的救助;甚至还有的人,会遇到升职加薪之类的好事。没有人不喜欢好运气,也没有人可以对抗好运气,我说得对吗?"

简国炜一点儿不退让地与丁飞对视,但他的目光却在摆来摆去不断更换着角度,仿佛丁飞脸上长了一朵花,他正在研究这朵花为什么会显得这样红。

"你在害怕?"简国炜突然身体前倾突兀地说。

丁飞皱皱眉,身体下意识后仰。

"你在害怕什么?"简国炜追问。丁飞刚想否认,他便语气急促地立刻接下去:"不用否认,否认也没有用。你一直都是这样,平时文文静静,但越是害怕的时候就表现得越是张狂,越是不肯后退。宁可错上加错,也不愿意回头。就像……十年前你死都不愿意更换论文课题一样。"

最痛的伤口被简国炜戳中,丁飞唰的一下站起来,凶狠地盯着简国炜。片刻后,丁飞知道自己有些失态,再度缓缓坐下时脸色已经变得阴沉。十年前在教室里辛苦做试验撰写论文的情景,取得阶段性成功后的喜悦,以及失败后的不甘……这些画面像电影一样快速从他脑海里闪过。最后定格的,是他愤怒地用铁锤砸断箱梁后,混凝土内显露出生锈的钢筋。

"我害怕什么?我害怕有一个同伴会在我身后捅刀子,我害怕有一个同伴踩着我血淋淋的尸体往上爬。"一开始丁飞的脸还是严肃的,但说到后来,他却渐渐笑了起来,"说这些干吗,其实这也怪我自己眼神不好,事情都过去那么久了。"

简国炜深吸口气,同样满心气恼:"当年我们三个人一起合作设计新型预制箱梁,没有谁是故意奔着失败去的。你满脑子的阴谋论,也不想想,我和钟远成图的什么?课题失败了对我们有什么好处?"

"或许你主观上没想要课题失败,但你一直在漫不经心地对待我的试验。为什么?还不是因为你有靠山有后路!而我呢,只能靠自己！"丁飞又开始激动起来。

简国炜失望地摇头："师兄，你变得不可理喻了。知道吗？我曾经很自责，责备自己当年没办法拉你一把。有那么一段时间，我觉得我像个逃兵，抬不起头来的逃兵。所以毕业后，我主动要求去了基层，我前妻受不了两地分居的生活，结婚没几年就和我离了。我欠你的，我承认，但你不应该钻进牛角尖里。"

"牛角尖？"丁飞打开手机，翻出相片，放大了放在简国炜面前，"看清了吗？这是当年你给我的，HPC-17型混凝土的PH值计算报告，我一直把这张照片带在身边，提醒我自己再不要轻信任何人。要不是你给我一个错误的数值，我又怎么会忽略混凝土内钢筋锈蚀的问题？新型预制箱梁的实验又怎么会失败？哪怕当初你再认真地验算一次，我的人生都会因此改变！"

苏月的眼睛亮了一亮，不动声色地记下照片内的算式和结果。简国炜神情为之一滞，这确实是他的过错。如果不是他计算错误，他们本来有机会及时改换课题的，丁飞也不至于延迟毕业。

"所以说我羡慕你啊，本来是一条绳上的蚂蚱，结果你随便搞一个什么新型安装工艺，论文就能过审。有个导师的女儿做女朋友就是不一样。"丁飞笑得有些酸。

简国炜反驳："有一件事你可能不知道，我毕业论文中设计的新型安装工艺，当年在铁道部获得科技进步二等奖。"

丁飞的脸色变得难看起来。如果说毕业论文的审核，还是学校里就能做做手脚允许通过，那么省部级的科技奖项，虽说倒也未必就那么洁白无瑕，但也必须有一定的真材实料。否则，奖项一公布，如果引得其他科研人员群起抗议，就很容易闹出丑闻。

不过越是这样，丁飞心里就越是愤怒。他不认为这是简国炜的天赋，只觉得他的运气好得令人发指！可为什么，自己的运气就这么差呢？

"好吧，十年前是你赢了，但是现在，你没有半点儿赢的机会。"丁飞重又找回了心理优势，跷起二郎腿悠悠说道。

西城株式会社背后有日本政府的财政支援，这使得他完全不用担心盈亏问题。就好比一方是拥有飞机大炮和无限量军火供应的军队，而另一方只有小米加步枪，说是战之必胜有些夸大，但正面攻击，对方绝对无法抵挡。

可丁飞越是咄咄逼人，简国炜却越是感觉到他隐藏着的虚弱。国人常常批评国企庞大臃肿行动迟缓，但与此同时，国外的大型企业也同样深受"大公司病"的困扰。教条主义横行，程序正确成为行事准则，办事推诿，决策缓慢，管理资源浪费，管理成本畸高，内部效率降低。

20世纪90年代，梅雪海是中国有名的冰柜、洗衣机生产企业，被外企收购后，改换了外企的统一包装。但外企显然对当时国内运输企业野蛮装卸的情况并不了解，更换新包装后的洗衣机经常在到达商家之前就已经损坏。梅雪海的职工主动提出在包装箱内多加两块成本不到一元的泡沫板作为缓冲就能解决问题，但外企管理人员却严词拒绝，声称要得到总部同意后才能施行。而当总部的科学家经过长达两年的试验、对比，终于得出加装泡沫板可以有效防止货物损坏的结论时，梅雪海因为发货损坏率过高，已经失去了国内市场，现在市场上几乎看不到梅雪海洗衣机的踪影。

这一次，丁飞得到权限极高的授权，所以行事雷厉风行，出招又狠又辣，招招打在简国炜和钟远成的软肋上。但是，这样的情况并非常态。那么问题就来了，是什么原因让一个习惯于层层汇报、层层审核的大公司，给予某人如此大的权限呢？

简国炜紧紧盯着丁飞的眼睛，一字一句地说："苏尔曼高铁项目竞标三要素，建设方案、价格方案以及援助方案，西城株式会社只有在援助方案中的贷款条款里胜过中国企业，凭什么就能觉得自己必胜了？"

丁飞的眼睛下意识地眨了一下，大笑："这还不够吗？客户花费最少的资金，就能得到最好的产品，有哪个客户能拒绝这样的诱惑？"

"日本的新干线，是不是最好的产品暂且不提。但是……"

简国炜有意拉长了声音，仔细观察丁飞的一举一动。丁飞果然有些坐立不安了，屁股挪了挪，笑容也不那么灿烂了。

"但是什么？"

"但是会不会有这样一种情况？客户虽然少花了钱，却必须承担更多的风险。"

"能有什么风险？"丁飞突然感觉有些口干。

"有什么风险我哪能知道？不过西城株式会社的竞标手法，倒很像香港房地产界的一种销售模式——卖！楼！花！"

"卖楼花"三个字一说出口，丁飞的瞳孔立即微不可察地缩了一缩。所谓卖楼花也叫炒楼花，是香港传奇商人霍英东发明的一种房地产销售手段。意思是在房子还没开始动工前，开发商就拿出设计图给购房者认购。当然，这时的房价非常便宜，但购买者承担的风险也最大。因为在房子施工的过程中，总会产生这样那样的问题。往小了说，比如绿化率、楼距等可能缩水；往大了说，如果房地产商资金链出现问题，建设一半导致烂尾，那么购房者只能哑巴吃黄连，有苦说不出。

"胡说！西城株式会社是日本最大的财团之一，资金链怎么可能出现问题？"丁飞霍然色变。

找到他们的破绽了——简国炜长长吐出一口气。西城株式会社的竞标方案中，仅有贷款条款颇具诱惑力，而建设时长与造价却与其他欧美同行相差不多，和中国企业相比更是远远不如。只是他们提出的贷款条款太过惊人，这才导致没人去深思背后的意味。

当初所有人都把西城株式会社排除在竞争队伍之外，是因为西城株式会社这两年一直陷入环海铁路项目的纠纷之中。现在他们虽然得到日本政府的资金支持，但早先投入的人力、设备，一时半会儿也撤不出来。

西城株式会社若是能拿下苏尔曼高铁项目的标，进可借着苏尔曼省政府的力量向环海铁路项目施压，以便及早开工；退亦能以建设苏尔曼高铁的名义撤出人力、设备，转而投入新中标的高铁建设中。只可怜苏尔曼省政府，要是吃下鱼饵，那就必须成为西城株式会社手中的枪，与其他地区的政府陷入无限扯皮之中。

短暂的慌乱之后，丁飞重又冷静下来，笑容讽刺："你当其他人都是傻子？当苏尔曼省政府里没人看出这一点？但是没有用，这世界上，能顶得住诱惑的人不多，香喷喷的鱼饵就在嘴边，就算明知有毒，又有谁能忍得住不吃呢？这就是人性！"

"那是因为他们没得选。如果有选择的话，他们未必会上你的钩。"简国炜意味深长地说。

谈话已经没有必要再继续下去了。两人几乎是同时站起来，连再见也没有说，向着两个方向各自转身离去。苏月愣了一下，也赶紧拿起包追上简国炜。简国炜和丁飞的脸色都是沉沉的,因为中场休息已经结束,马上他们又要站上擂台,用尽全身解数去夺取胜利。

简国炜手机恰好响了起来,他拿起来一看,是陆晓琪打来的电话。

"头儿,建总的大数据中心,发来一篇数据对比报告。他们发现了一些很有趣的东西……"

"哦,是吗?"简国炜回过头,意味深长地看了一眼丁飞的背影,微笑了起来。

第十八章
号角

　　钟远成和陈丰驾着车，按照导航的指引拐过一座山丘，在大门处经过严格的安检盘问后，换乘保安提供的高尔夫球车。再往前驶就看到一个大大的人工湖，十多栋小别墅高低错落地沿湖而立，还没进入别墅区的范围，满眼望去，目之所及尽是简洁而略带热带风情的景观元素。碧蓝湖面、椰树沙滩、茅草屋顶、白幔轻纱，乍一眼看去，让人不禁呼吸一室，好像清新的空气，一下子扑到了脸上，让人忘却了热带国家的酷热，深度怀疑到达某个度假岛上，正享受着完美假期。

　　陈丰啧啧赞叹："原以为我们住在安纳塔拉酒店已经够享受的了，没想到小简他们更会享受。"

　　钟远成语气中带着些许佩服："这是他们应得的。"

　　其实两人也知道，在这样的地方居住办公，对于竞标工作也有极大好处。至少不会如同他们一样，因为对聘请来的安保团队的不信任,需要做几十份标书以迷惑对手。但心里那酸溜溜的滋味,却一时半会儿抹之不去。

简国炜早就站在大门处候着,握手问好之后将二人让进屋里。陆晓琪拿着笔记本电脑站在一旁准备记录,气质越发飒爽,原有的青涩逝去大半,隐隐透着精干,显然是历练出来了;陈学灿热情招呼,亲昵而毫不见外,不知不觉中就让人心生好感,到达陌生地方的那种隔阂感很快荡然无存。

陈丰在心里暗跷大拇指:建六集团派出的竞标组虽然也全都是精兵强将,但像陈学灿和陆晓琪那样,能够独当一面的,还是不多。

"事情紧急,我就不多客套了,长话短说。"

简国炜的第一句话,就让所有人的注意力集中起来,紧张地听他说下面的话。简略地介绍完了解到的情况之后,简国炜说:"现在的情况很明显,日方已经向项目方展示了自己的优势,那就是拥有几乎无限量的资金保障;所以现在,我们必须展示中国企业的优点,让项目方看到。"

"你认为我们有什么优势?"钟远成问。

简国炜一根一根扳下手指:"造价、效率以及技术。"

得益于中国高铁的全面铺开,中国高铁的建设成本大幅度降低,这一点可谓是傲视全球。但西城株式会社既然选择了"割肉"战法,一旦中方降低报价,也很难说他们是否会选择赔本跟进。而至于中国高铁的技术含量,虽说中国铁路人在引进技术的基础上进行了消化吸收,并且还升级到第二代、第三代自主研发的新技术,但毕竟中国高铁发展时间不长,国际上对于中国高铁的技术含量和设备质量仍有疑虑。

"那么现在最能直观呈现在项目方眼前的，就是展现我们的建设效率了。你想打雅隆高铁的主意？"钟远成一针见血。

"好！"钟远成话音刚落，陈丰就"啪"地一拍大腿。自从上次钟远成为他示范之后，他也喜欢上了在兴奋的时候拍别人大腿这招数，既能表示激动的心情，最主要是自己大腿还不会疼。陈学灿一时不防中了招，瞬间眉眼都挤在一块儿五官扭曲。

"就用雅隆高铁做示范，让那些眼高于顶的人都看看，什么是中国速度！小简你放心，有什么用得上我们建六的地方就尽管说，建六一定不给你掉链子。老钟你说是不是？"

一转头，看见钟远成的呆滞目光，陈丰吓了一大跳。但简国炜多猴精，立刻站起身握住陈丰的手使劲上下摇："谢谢，非常感谢建六集团的无私支援，在这里我代表建四向建六鞠躬了。"

"停停停！"钟远成急忙拉住他，神色不善了。雅隆高铁提前开工倒不是不可以，有建六与建四集团联名申请，又与竞标苏尔曼高铁项目息息相关，想要项目指挥部批准并不困难。然而，钟远成好歹也挂名当过雅隆高铁项目指挥部的副指挥长，对于下属几个标段项目筹备情况也略有了解。现在整个雅隆高铁项目，除了第二标段有袁建这个老铁建，各项工作进度大大超前，可以达到提前开工的要求之外，其他标段暂时都做不到提前开工。换句话说，提前开工展示"中国速度"，很可能最后会变为展示"建四速度"。建六在此次竞标中，本就稍微落后建四一个身位，再让建四出这么一个大彩，那建六还竞个什么标？直接收拾行李回国算了！

"提前开工，你们建四把好处都拿走了，那我们建六呢？"

"展示了中国速度，建六集团在竞标里不也有机会了吗？"

简国炜装糊涂。

"少给我扯这些没用的!"钟远成毫不客气,他发现对简国炜这种人不能太过斯文,该说就说该骂就骂,把矛盾放在明面上,反而更能把事谈成。

当下他眼睛一横:"你们建四大口吃肉满嘴流油,总不能让我们建六吃糠咽菜吧?我把话撂在这儿,合作就要公平,你们建四要只想占便宜不想给好处,就别和我们建六合作了,各干各的好了。"

简国炜还真就吃这一套,搓搓手:"我的意思呢,要么不搞事,要搞就搞一件大事。建四的第二标段人手不足,建六的标段又暂时没办法开工,不如把人员和机械先借给我们……"

"还要借人员和机械……"钟远成哼哼。

"别小气嘛,我只需要你们的人,帮忙修建拌和站、钢筋场、制梁厂等基础设施,等建设好了,你们自己的标段也差不多可以开工了。"

钟远成终于舒服了。将建六的人手集中使用,这意味着建六集团可以在建设场地光明正大地打出建六集团的招牌,再加上施工机械上也印着建六标识,只要表现得好,建六也能大大露一回脸。

"好!"陈丰又是一声大喝。陈学灿急忙躲避,哪晓得陈丰那胖乎乎的手竟无比灵活,在半空中转了个圈,结结实实地拍在陈学灿的肩膀上,打得他一个趔趄。

"咱们铁建人一年365天,起码要在荒山野岭里待300天以上。为的是什么?难道就为了那几个工资?只要能把中国高铁、中国速度的招牌在国际上竖起来,我敢保证,我们建六没一个人会偷奸耍滑！"

"你要多少人？"钟远成问。

简国炜一咬牙："还是那句话，要么不搞事，要搞就搞大事！建六加上建四，我打算组织6000名中国工人，来个多点开花，全面建设！"

话音刚落，不但陈丰，钟远成、陈学灿和陆晓琪，眼睛一下子都亮了起来。

中国铁路史上，不乏动员数万甚至十数万人修建一条铁路的记录。但那一是由于当时机械设备不足，不得不使用人海战术；二来当时还有铁道兵这一军种存在，调度人员物资比现在容易得多。而到了今天，动员数千人在同一标段一起开工的会战就逐渐变少了，一想到能够置身其中，立刻让人热血沸腾。

陆晓琪提醒："可是，按照雅隆高铁项目指挥部与当地签订的协议，我们雇用当地工人不能低于总人数的20%。那样一来总施工人数可就超过7000人了……"

"20%不够！在基础设施建设上，当地工人可以承担更多作用。我计算过，在三通一平等基础工作中，我们可以组织中国工人6000，当地工人3000，总共9000人同时入场同时开工！这既是对我们组织能力、建设能力、后勤保障能力的一次全面检验，又是向项目方的一次完美汇报演出。"简国炜说着伸出手，期待地看着大家。

所有人同时倒吸凉气，但眼睛都在闪闪发光。在数十公里的线路上，近万人同时展开作业，其中3000人还是外籍工人，这对项目方的协调能力是一个巨大的挑战。有心提醒简国炜不要太过激进，但不知为何，心中也有一股英雄气在蓬勃涌动，想参与到这样一次令人震撼的会战中去。

"干了!"钟远成发狠似的将手覆在简国炜手心。

"干了!"接着陈丰也伸出了手。

"干了!"陈学灿与陆晓琪也不分先后地将手放了上去,每个人的眼中都闪烁着憧憬、野心和跃跃欲试的激动。

艾沙迪躺在泳池边的沙滩椅上,微微闭着眼睛,很闲适地放松身体。乍一眼看去,他和街上随处可见的当地老人家并没有什么两样,行动总是慢悠悠的,脸上也总是挂着和善的笑。

装模作样——藤井伊织在心中冷笑。艾沙迪虽然能在政治斗争激烈的苏尔曼省占据鳌头,并且雄心勃勃地企图以一省之力,建造连通首都的高速铁路,让人不得不感叹他的胆魄与行动能力,但在藤井伊织看来,这些东南亚小国的所谓政客也不过如此罢了。就像人类不会羡慕猴群里猴王享受的特殊待遇,来自东亚强国的藤井伊织也并不把艾沙迪太当回事。就算是在日本又怎样?政客们对着财阀献媚讨好的嘴脸,藤井伊织也不是没有见过。

"您好,艾沙迪省长。"心里虽然不以为然,藤井伊织还是深深鞠躬,做足了表面功夫。

"不,我最近不算很好。"艾沙迪半开玩笑似地说,"藤井小姐,你能猜到我为什么心情不好吗?"

"因为我们给您出了个难题,让您感到无法抉择。我说得对吗?"藤井伊织自信地反问。

艾沙迪叹气:"是的,你们提供给我们一颗包装精美的巧克力。很多人被它精美的包装吸引住了,希望我能收下它。但是我不能肯定,巧克力里面是否包裹了毒药。所以我今天答应你的约见,就是想看看你能不能说服我,让我接受你们提供的礼物。"

藤井伊织笑了笑。她不需要说谎,所以她选择说实话。确切地说,是只说部分实话,部分让人感受到利益的实话。大家都是成年人,对于利弊自然有自己的判断方式。

"虽然在口头上,我们经常吹捧自由、民主的好处,但很遗憾,事实是,大多数民选政府的政客都是目光短浅之辈。按照我们西城株式会社的方案,苏尔曼省政府前期只要付出一点点启动经费,政客们就能够瓜分建造高铁的政绩以及下一次参加竞选的民意资本。至于接下来偿还债务和建设高铁的问题,哈,那是下一任、下下一任,以及往后二三十年政府首脑头疼的问题,和他们又有什么相干?我想,最近艾沙迪省长受到的压力,大多数都来自这样鼠目寸光的官僚和议员们吧?"

艾沙迪哈的一声短笑:"用鼠目寸光来形容你的盟友们,倒是挺有意思的一种说法。"

藤井伊织扬着下巴摆摆手指:"不不不,艾沙迪省长。他们不是西城株式会社的盟友,只是被我们抛出的饵料,吸引过来的贪婪鲨鱼。我们更希望,我们的盟友能够是您这样伟大的政治家。"

艾沙迪只是微笑不语。藤井伊织深吸一口气继续说道:"我知道,您最担心的是,西城株式会社在赢得竞标之后,却无法立即开始施工建设。的确,由于环海铁路项目的麻烦需要解决,我们就算赢得竞标,开工时间至少也要在一年半至两年以后。但这少许的推迟,我想并不影响您下一步的政治计划。为了表示歉意,一旦西城株式会社竞标成功,立即会拿出5000万美元,对苏尔曼高铁项目进行勘探等前期投入,提供给苏尔曼省至少3000个工作机会,让您不至于违背对选民许下的承诺。同时……"

藤井伊织脸上的笑容显得更神秘了:"西城株式会社也与一些有意于投资政治的基金会关系密切,如果艾沙迪先生竞选时有需要的话,我愿意为您接洽联络。而且我保证,他们对于您竞选的资助金额不会低于2000万——美元。"

其实藤井伊织还有很多话可以说,比如在竞标完成至开工的空窗期内,苏尔曼省可以先开展拆迁工作、城市规划工作,这样一来其实没有耽误多少时间。但藤井伊织觉得这些没必要提,毕竟这些事情并不关系到艾沙迪的切身利益。

刚才藤井伊织说出的条件,已经是西城株式会社给出的最大诚意了。天下熙熙,皆为利来;天下攘攘,皆为利往。对于任何一位有志于总统宝座的政治家来说,选择西城株式会社对竞选优势的加幅,远比立即修建一条高速铁路要大得多。藤井伊织见过许多自诩清廉的政客,他们也许会拒绝金钱的贿赂,却总是无法拒绝能够给他们竞选带来帮助的"友谊"。

艾沙迪闭上眼,他的眉头突然紧紧地皱了起来,但从跳动的眼皮可以看出,他在做剧烈的思想斗争。藤井伊织心中冷笑,以她的经验,艾沙迪很快就会屈服了。过不了多久,他就会伸出自己的手,与藤井伊织紧紧握在一起。当然,在此期间他不会说任何话,因为政客们从不给人留下任何把柄。

但出乎意料地,艾沙迪突然睁开眼,目光炯炯地看着她,问:"如果一年半或两年后,你们仍无法动工呢?我希望你告诉我,究竟多久可以修完这条高铁?"

藤井伊织轻轻捂着嘴笑:"艾沙迪先生,或许两年后您已经是这个国家最有权力的人了。到时候我们可以拥有更多的手段，来解决这个问题。"

"不要回避我的问题，到底需要多久？"艾沙迪厉声喝问。

藤井伊织小小地吓了一跳，反应过来之后沉下脸，不情愿地吐出答案："也许8年，但最多不会超过10年。"

艾沙迪沉默了，许久后拿出一张请柬，推到藤井伊织面前："这是雅隆高铁第二标段开工仪式的请柬，我会在参观完他们的开工仪式之后再做出决定。"

中国人到了现在这个地步还贼心不死——藤井伊织在心中大骂简国炜，但偏偏表面上还得不动声色地接过。潇洒地用手指弹弹请柬，藤井伊织笑道："艾沙迪省长，您知道的，中国人一向擅长表面功夫。只去参观开工仪式，说不定就被他们给蒙骗了。"

艾沙迪想了想，突然一挑眉："这样吧，我会安排哈姆扎局长提前去参观考察。如果藤井小姐有兴趣的话，可以跟他一块儿去。"

藤井伊织终于放松身体，满意地笑了起来。哈姆扎虽然是中立派系，但早被藤井伊织用钱喂饱了。以艾沙迪的手段，不可能不知道这件事。但即使这样，艾沙迪依然安排哈姆扎去考察二标段的开工情况，还邀藤井伊织同行。这其中的意味，藤井伊织已经可以品出八九分了。

第十九章
人海战术

　　驱车行驶在东南亚的乡间，并不是一件轻松的事。初见热带雨林的新鲜感很快消逝不见，道路两侧的景色似乎一直在变，又似乎一成不变。放眼望去，尽是郁郁葱葱的树木和藤蔓。糟糕的路面状况，使得汽车不住颠簸起伏，甚至在某些路段上，汽车看起来就像兔子一样跳跃前进。经验丰富的本地司机，对此见怪不怪，依旧将车开得飞起，只苦了里面的外国乘客，个个面孔苍白，几欲呕吐。

　　"你不该这么做的。"丁飞叹气。

　　虽然已经打通了苏末尔的关系，但在没有得到艾沙迪全力支持之前，西城株式会社的优势，也不过是建筑在沙滩上的城堡。虽然表面上看巍峨、壮丽，却经不起河流的冲刷。在这种时候，不想办法打牢根基扎实基础，反而向对手发起进攻，在丁飞看来简直愚不可及！

"亲爱的,我希望你能明白,竞标组究竟由谁说了算!"藤井伊织挑起丁飞的下巴吹了声口哨。

对中方发起的这次挑衅,的确是藤井伊织自作主张。藤井伊织计算得很周详,这次来到中方工地,既可以一探虚实,又能够借此在艾沙迪面前打击中方企业。顺便,还能将竞标的主导权,从丁飞手中拿回来,可谓一举三得。

其实丁飞一开始拟定的方案确实不错,就算是藤井伊织也认为,使用一击致命的方式,让中方企业再无翻身余地的计划,非常具备操作性。但那又怎样?符合西城株式会社利益、符合丁飞利益的方案,并不一定就符合藤井伊织的利益。

"过于感情用事的人,成不了大事!"藤井伊织教训道。哪怕明知并非如此,但也不妨碍她小小地扭曲一下事实,并以此作为打击丁飞的武器。

纵然满心屈辱,丁飞也只能忍气低头:"我明白了。"

终于,三辆车在目的地前停下。藤井伊织深深吸口气,努力平复着翻腾的胃袋。好在缘自日本严苛的阶级分割为她赢得了一点儿时间,社畜们尽管被颠得浑身酥软,但下车之后还是自觉地整齐站在两边,地位最高的一位才有资格为藤井伊织和丁飞打开车门。相比之下,苏尔曼省交通局的陪同人员就懒散得多了,稀稀拉拉站在一边,跟看戏似的看着日本人摆出的排场。

不理会身边巴结讨好的哈姆札,藤井伊织走下车,以苛刻的目光审视着第二标段项目部的营地。项目部坐落于距离村庄两三公里外的空地上,地面粗粗经过平整,但也仅此而已了,并没有以水泥铺平。一块块天蓝色的薄铁皮组成围挡,将整个营地包裹。营地内粗略地分为机械设备区、材料区、后勤保障区和生活

237

区等区段，但各区之间并没有明确界线，显得含含糊糊。一百多个集装箱改造成的，外表看上去灰扑扑脏兮兮的简易房，顺着地势横不平竖不直地摆放成三四排，就这样随随便便摆放在那里，让习惯了整齐划一的日本人乍眼一看，就感觉浑身都不舒服。

"中国人就这样的水准，也敢和我们竞争？"丁飞听到手下有人这样小声嘀咕。不过丁飞并没有像往常那样制止甚至斥责，只以手帕捂住鼻子，嘲弄地笑笑。

十年前是这样，十年后还是这样，仿佛一点儿也没有进步。但十年前对乱糟糟的工地习以为常的丁飞，在见识过精细化管理，几乎见不到扬尘和沙土的日本式工地之后，再看到这样的营地，不禁心中生起疑惑——对于中国铁建的重视，是不是太多了一些呢？

简国炜与袁建站在大门口，等待着苏尔曼省交通局的参观人员，但看到哈姆札与藤井伊织、丁飞一起下车，甚至还略略落后他们俩一个身位，两人不禁一起皱眉。

"小师弟，我们又见面了。"丁飞笑着和简国炜打招呼。

简国炜没有理会他，看向哈姆札："哈姆札局长，我接到的通知是，苏尔曼省交通局将组织人员到第二标段项目部进行考察，但为什么西城株式会社的人会在这里？"

"这是苏尔曼省交通局的聘书，我和藤井小姐已经受邀成为交通局的外籍顾问。所以，我们有权加入考察组。"丁飞递出早准备好的证件。

"是是，丁先生说得不错。"哈姆札一边擦着汗，一边向简国炜做了个爱莫能助的动作。

既然已经摆明了车马，简国炜也不想与丁飞再作口舌之争，做了个邀请的手势,带他们进入项目部的办公室。

才一进门,西城株式会社的日本职员又全都浮起轻蔑的笑。藤井伊织更是夸张地用一只手拿手帕捂住嘴,另一只手不断挥散:"这是你们的吸烟室吗?不,不可能,就算是吸烟室也不会那么脏乱!我们走到废品回收间里来了?"

袁建老脸一红。他虽然是涉外项目的老手,但平时大大咧咧,不太注意小节。一忙起来,吃饭抽烟开会休息都在这一间集装箱房改装的办公室内,虽说在哈姆札来之前略略做过整理,但确实看起来又脏又乱。可被日本人嘲笑,他心中既不服气又无法反驳,只得小声嘀咕:"尽整些花里胡哨的表面功夫有什么用?关键时候拉出来要有战斗力才行。"

丁飞耳朵尖,严肃地摇头:"袁经理,这你可就错了。战斗力是怎么来的?是通过严苛的规章制度和精细化的管理打造出来的!中国古代有一句名言,说一屋不扫,何以扫天下!通常情况下,从管理人员日常的工作态度,就能看出他的管理水平,进而看出整个团队的技术水平和工作能力。在这一点上,我看你们中国企业,还是要跟日本企业好好学一学。"

袁建还想争辩,简国炜拦住他,频频点头:"的确,日本企业在品质管理和细节管理方面,是我们应该认真学习的榜样。"

难得简国炜这张不饶人的嘴也有认输的时候。藤井伊织愈加放肆,用手捂着嘴打个哈欠:"丁桑,你和他们去参观吧,我实在太累了。实话说,我也不觉得这样的工地,有什么需要参观的地方。"

"也好。"简国炜说着,吩咐陆晓琪带着藤井伊织去接待房休息,又让陈学灿带着考察组其他成员,以及丁飞率领的西城株式会社职员在项目部到处转转。

看考察组成员都走光了,袁建再忍耐不住,跳着脚骂:"一个二鬼子,搁这装什么大尾巴狼!小简,你也不是没看过我老袁做过的工程。如果是在市中心繁华地段,我们的作业场一样干净整洁,不输他们日本人。可在这荒郊野地里整那一套,不是自己给自己增加工作量吗?你这张嘴往日里那么能说会道,今天怎么就哑火了?"

"第一,技不如人我们就得认,人家提出了问题,只要切中要害了,我们就要虚心接受。至于第二嘛……"简国炜凑近袁建耳边低声说,"这些家伙就是来找事的,与其让他背地里下黑手,不如就让他先放松警惕。不然,你说我为什么刚才不让你整理办公室?"

项目部地处偏僻,虽然布置有专门接待来宾的房间,但条件也极为简陋。简易房内,就摆放着两张单人床、两张藤椅、一个小茶几而已,比普通乡镇招待所的条件还要差点儿。所幸的是,地处亚热带,空调是标配的,被单被套也还算干净。藤井伊织多少年都没吃过这种苦,本来只是装腔作势,但一路颠簸下来确实也累了,一躺下来就不知不觉地睡死过去。醒来时,看到茶几上已多了一叠纸,是丁飞和西城株式会社的工程师在初步检查中发现的问题。

围挡简陋不美观,废弃废料收纳箱放置位置太偏,未设置吸烟区及便利店,物品存放间备品堆放杂乱,无访客专用安全帽……

随手翻了翻,藤井伊织不禁连连摇头。看来中国的工地管理水平还处于十分初级的阶段。不过回头一想,倒也正常,中国不像日本施行专业化精英化策略，管理人员还好些，但施工人员大多数文化水平不高。想要对他们进行像日本那样的精细化管理，几乎是件不可能完成的任务。想到这里，藤井伊织对铁建的建设能力，预想再一次调低。她甚至有些自嘲，当初为什么要如临大敌。这样的杂牌军再来一百支，也不是日本精锐团队的对手。

这样想着，突然听到外面传来汽车轰鸣。藤井伊织走出门，看到一队汽车驶来，一个个穿着工装蓬头垢面的人从车上跳下，简国炜和袁建等人都在忙活着为他们安排住所，指挥从大型卡车上卸载挖掘机，根本顾不上旁边看热闹的人。刚才还显得有些冷清的项目部，一下子变得热闹起来。

"瞧呀，那是日立的 EX1200-5A 型挖掘机，想不到会在这里看见它。诸君，待会儿一定要帮我和它拍一张合影！这也太难得了！"一名日本工程师故意用英语大声喊。

另一名日本工程师会意地用英文捧哏："是呢！这种挖掘机，已经停产快10年了吧！瞧，它居然还能动，这太了不起了！"

没过一会儿，他们又发现了新大陆，激动得瑟瑟发抖："瞧我发现了什么？那是……那是苏联车里雅宾斯克拖拉机厂生产的 T170 型推土机！奇迹！我居然看到了一台还能正常工作的 T170 型推土机！如果可以的话，我真想买下它，当作收藏品放在我家后院。"

藤井伊织无奈摇头。这几个工程师想给中国人上眼药，却没想到哈姆札带来的交通局职员未必懂得英语。而且就算懂英语，以日本人那闻者伤心听者落泪的英文口语水平，人家说不准还认为他们说的是俄语呢。

"这些就是中国工人？"藤井伊织有些好奇地问。

丁飞不知何时站到了她的身旁："是建四集团雇佣的劳务工，在中国也被称为农民工！"

说着，丁飞也失望地叹了口气。这并不是歧视，因为他歧视的不是农民工本身，而是这个群体所缺乏的文化水平和纪律性。

现代基建行业是一个拥有严格标准与规范，同时也具备一定危险性的行业，特别是在使用工业化模式进行快速建设时，非常强调工人的文化程度与服从性。在上个世纪，当各种机械还不是那么普及，工业模块化建设理论还不是那么完善的时候，农民工因为低廉的人工，还能成为基建业的主力军。但在处处讲究专业化精细化的今天，他们已经成为注定要被淘汰的对象。即使建六和建四拥有最专业的现场管理人员，但由一只狮子率领的羊群，战斗力也只能欺负一下其他羊群，当他们遇上真正的狮群时，除了败亡覆灭没有其他选择。

简国炜顾不得西城株式会社工程师们的嘲笑，用最快的速度安排新到的这批农民工住宿、吃饭和休整。那些西装革履的人，永远也不理解农民工在新中国三十多年改革开放史中占有多么重要的地位！

就是这些被人看不起的农民工，他们以较低的用工成本造就了世界工厂和中国速度，为中国的经济发展积累了财力物力。也正是这群被人看不起的农民工，他们在现代城市中从事着保安、保洁、服务员等一系列基础工作，成为城市繁荣的坚实基石。还是这些被人看不起的农民工，他们架桥铺路修沟通隧，把一座座城市串连成城市群，构筑出一幅盛世中国！

源源不断从农村流出的年轻、有活力、有创意的年轻人，形成农民工大军，在尘土飞扬的工地中，在机器轰鸣的工厂里，在骄日似火的烈日下，他们通过辛勤工作带来国民经济的高速增长，推动城市的建设步伐。可以说，今天中国城市里林立的高楼大厦、乡村间四通八达的水陆交通，全有他们的一份功劳。

没有与他们并肩作战过的人，绝不会想到，他们看似又黑又瘦的身躯里，蕴藏着多么大的能量！

一队人刚刚歇下，紧接着第二支、第三支队伍又来了。简国炜、袁建忙前忙后，连陆晓琪这样的小姑娘也出来帮忙。

一开始时，藤井伊织还双手抱胸看着热闹。但渐渐地，她脸上的笑容就凝固了。没来由地，她突然感到一阵心虚。

"前前后后加一块儿，有……有五六百人了吧？"藤井伊织有些不确定地问身边的工程师。

"至少八百人。"丁飞也有些眼晕，但还是大致给出了个相对准确的数字，"看样子，中方企业要使用人海战术了。"

自从步入老龄化社会，日本企业大力推行以机械代替人工后，日本的工程师们就难得见过近千人同时进行基建作业的场景了，看到这样热火朝天的场面，都有些不安，但更多的是不解。要知道人数越多管理越难，他们想不通什么样的管理模式，才能将这近千人指挥得如臂使指参与同一项基建工作。日本基建技术虽然在世界范围内也数一流，但庞大的人数优势，有时候也会将技术优势完全抵消甚至覆盖。

"也就这么多人了。再多，营地就要住不下了。"一名工程师说。这让西城株式会社的所有人都松了口气。但就在下一刻，他们看见第一批到达的人员，在短暂休息后，有几个人发动推土机，将一片地推平，然后其他人开始在空地上热火朝天地搭建起帐篷。于是，藤井伊织刚吐出的那口气，一下子又憋住了，因为缺氧而导致脑子有些发晕。

"建四公司这一次,到底调集了多少人手开工?"藤井伊织忍不住问哈姆札。

"我怎么知道?"哈姆札耸肩。

"你怎么会不知道?"藤井伊织眯起眼睛,心里也产生了一丝怀疑。

一次性运输这么多人员设备,事先一定要与交通部门进行沟通报备,否则容易造成交通堵塞。作为苏尔曼省的交通局长,哈姆札没理由不清楚简国炜动用了多少人手、设备。

哈姆札纯洁而又无辜地看着藤井伊织,甩甩手理所当然地道:"我是来当官的,又不是来做事的。这种小事,需要我去过问吗?"

这回答简直就是对做事认真的日本人的最大打击!不理会哈姆札,藤井伊织深吸口气吩咐下属:"跟项目部沟通一下,今晚我们就在这儿住下。我倒要看看,他们到底动用了多少人手!"

整整一个晚上,住在项目部的藤井伊织都没有睡好。汽车的轰鸣声、喇叭声不断,一会儿一支车队开来,一会儿又一支车队开来。一开始时,藤井伊织还会在每支车队进入营地时都跑出门,估算人员数量,观察设备型号。但到了后来,人也就麻木了,再有车队进来时,也懒得再爬起了,但睡眠还是很轻,过一会儿就无缘无故地醒来,茫然半晌后又倒头睡去。

第二天一大清早,顶着两只熊猫眼的藤井伊织爬起床。向来对形象非常重视的她也顾不上洗漱,打开门就向外张望。见到那一片帐篷组成的"蘑菇群",并未如预想之中扩大太多,不由轻吁一口气。

"后面。"哈姆札也不知何时出现在身后幽幽地说。

"什么?"藤井伊织吓了一跳,差点儿挥拳自卫。

"我说请您往后面看。"哈姆札面无表情地提醒。

疑惑地看了哈姆札一眼,她慢慢转过身。下一刻,藤井伊织瞳孔紧缩,嘴角也不由自主地连连抽搐起来。

在项目部营地的一角,一栋栋用竹子搭建的吊脚楼连绵耸立,竹编的墙面还带着翠绿色彩,显得非常养眼,屋顶的茅草在风中轻扬,尽显亚热带地区的原始风情。

"这、这是什么时候搭起来的?"

"就在昨天晚上,你睡着之后。"

"可是……这是人能住的地方吗?"藤井伊织下意识地摇头。

"能,而且很凉爽。"哈姆札望着天际目光深邃,"它让我想起了逝去的童年,我就曾经住在吊脚楼里,妈妈的催眠曲隐约在竹楼里回荡……"

藤井伊织不理会哈姆札偶尔泛滥的文青情绪,在心中飞快计算,最后得出的数字让她紧张的心情微微放松。

"大约3000人,不会超过这个数字了。如果仅仅是这样的话……"

"不止!"哈姆札再度幽幽接话。

"什、什么意思?"

"后半夜来的人太多,实在住不下了,再来的人,就被安排到了其他营地。"

"这怎么可能?就算有那么多人,也不可能有那么多的施工设备供他们操作吧?那么多的施工机械、设备,如果都从中国运来，光是运费就是一笔不小的数字！"

哈姆札继续眺望天际，突然眨眨眼睛，面孔微红。藤井伊织怀疑地看着他："你还知道些什么？快说！"

"好像……"哈姆札期期艾艾地讪笑，"我只是说好像、可能……昨天一开始入营时你们看到的老式设备，是他们从交通局里租来的。"

藤井伊织气得差点儿晕倒："你为什么会同意他们这样做？你这是资敌知道吗？你这是叛变！"

哈姆札双手一摊，像极了一个厚道人，语重心长地说："我吃肉，兄弟们多少也得喝上汤嘛。大家出来讨生活，赚点儿外快不容易。"

跟跄倒退几步，藤井伊织放眼望去，身边全是猪队友。更糟糕的是，当你整理好行装，抱定誓死决心准备赶赴沙场时，你的上司你的同僚你的下属早跟对面勾勾搭搭。以至于你在决战之前非常惊讶地发现，对面士兵手上拿着的，正是原本准备拨付给你使用的装备。

"怎么可能？"藤井伊织痛苦地捂住脑门，"这么短的时间里，他们怎么可能一下子调集这么多人手？"

人海战术在电子游戏中也被称为"爆兵流"，是最容易复制也最不容易学习的战术之一。就如同各个兵种组成的军队一样，一个施工队要有管理人员、要有技术人员、要有电工砼工木工焊工钢筋工修理工管道工机械司机，还有相当数量的后勤保障人员，不是随便拉几个身强力壮的小伙子凑在一起，就可以号称施工队的。

中国用了十年时间，用从0到30000公里的高铁里程，锻炼出数十万合格的高铁施工人员，这在全世界都绝无仅有，也是除中国之外的任何一个国家、任何一个企业都无法复制的庞大手笔。

其实西城株式会社也可以发动人海战术，但那样的代价他们根本承受不起。没有自己一手培养出来的"子弟兵"，他们只能寻求"雇佣兵"的帮助。虽然理论上他们可以从法国从德国从西班牙雇佣专业的施工队伍，但那样一来，且不说将这些来自天南海北语言各不相同习惯各不相同的队伍捏合在一起施工是怎样的一场噩梦，光是雇佣费用就足以把一家企业肥的拖瘦、瘦的拖死。

"他们在作弊！他们一定是在作弊！"藤井伊织突然想通了，欢乐地大声叫道。

一支军队需要有充足的后勤保障才能作战，而一支施工队伍也同样需要充足的后勤保障才能开始施工。根据藤井伊织昨天的考察，她发现第二标段项目部营地内，仅具备人员最基本的食宿条件。但数千名年轻力壮的施工人员，仅仅供给他们吃和住就行了吗？当然不行！

没有便利店供他们消费，没有娱乐设施供他们休闲，没有理发店裁缝店等一系列看起来毫不起眼又不可或缺的保障型设施，这些精力无处发泄的汉子，顶多也就坚持两三周，根本不可能长期在施工点进行工作。

要知道国外尤其是欧美的施工队伍讲究自由和民主，工作结束后对施工人员的行动并不干涉，所以拿着大额驻外补贴的施工人员也喜欢与当地居民其乐融融打成一片，说不准还能促成几桩露水姻缘或桃色绯闻。

至于会不会引发与当地居民的矛盾,这一点参照驻外基地的美国大兵就好,大不了金钱开道把上上下下的口都封住,就算那些第三世界的小国寡民有怨有气也请自己喝口凉水含泪吞下,与资本方一点儿干系也没有。

而中国的施工管理模式与外国不同,一向施行的是封闭式管理模式。如无必要,工人很少会出营区,与本地居民打交道的任务也仅限于几名管理人员和后勤人员承担。如此一来虽说减少了矛盾发生的可能,但这也要求施工队必须加大投入,将营区变为"小社会",让施工人员可以在营区内解决绝大部分生活所需。

藤井伊织越想越兴奋,她觉得自己已经勘破了简国炜的诡计。他一定是在开工第一天,无限制调集人手,给艾沙迪等来参观的苏尔曼省高层一个深刻印象。只要艾沙迪等人一走,这些施工队伍就会各自散去。

一股崇高的使命感在藤井伊织心中油然而生,她一定要在艾沙迪等人面前揭穿简国炜的阴谋,不能让简国炜就这样糊弄了东南亚小国没见过世面的官员们。

"咳,藤井小姐,您……还没去营地外看过吧?"哈姆札捂着嘴轻咳提醒。

藤井伊织愣了一下,直觉告诉她情况不妙,于是三步并作两步,快速走出营地大门。只看了一眼,她就好像中了美杜莎的石化魔法,一动也不能动了。

只见昨天还荒僻无人的营区门口,此时已熙熙攘攘人流密集,两边用竹子和红砖临时搭起的简易房屋,被改造成一家家商店。虽说外表看上去有些简陋,但经营内容却包罗万象。有录像厅,有理发店,有台球馆、麻将馆甚至还有川菜馆。比之当地郊区的小村小镇，还要更热闹一些。许多当地居民也被吸引，携家带口地来到这里，购买来自中国的廉价商品。

其实这情形，对于中国施工队来说，已经算是基础操作了。也不知什么时候起，就有机灵鬼模仿那淘金不如卖牛仔裤的故事，在中国工地附近摆摊卖货。时至今日，许多施工队的农民工，派驻国外施工时往往都会带上自己的家属亲眷。一来解决了两地分居之苦，二来也能靠经营小店赚钱。

在非洲的尼日利亚，因为价格便宜生意太好吸引当地人太多，施工结束之后当初工地旁的自由市场依旧未散，许多农民工索性带着家人留下继续经营当起老板。现在那片市场被中国人戏称为尼日利亚华强北，卖的商品几乎全部来自中国，当初留下经商的老板也是赚得盆满钵满。

"这、这……"藤井伊织嘴唇颤抖半天，却连一句话都说不完整。眼前的一切对她人生观世界观以及价值观冲击太大，以至于脑袋熬成浆糊，一时无法顺利思考。

"真奇怪，中国人仿佛有一种天赋，不论在哪里都能生活下来，而且越过越好。"哈姆札啧啧感叹。

他的话，让藤井伊织猛地醒悟过来，笑容再次浮起："他们还是作弊了！他们违反了雅隆高铁指挥部与当地政府签署的合约！我记得他们曾经签订过协议，施工时必须雇佣不少于20%的当地人参与。这一点我们必须向当地政府反映，让他们狠狠地处罚第二标段项目部。"

"事实上，他们雇佣了。"哈姆札已经不忍心再打击藤井伊织脆弱的心灵了，但还是硬着头皮告诉她，"他们雇佣了33支当地施工队，还零零散散雇佣了近400人。我的手下告诉我，总人数可能超过3000。"

"这不可能!"藤井伊织几乎是咆哮一样反驳。

这个地处东南亚的国家,虽然确定了源自马来语系的语言作为官方用语,但是由于少数民族众多,整个国家内使用的语言达217种之多。

一支当地施工队内,队员同时说五六种方言是家常便饭,有时候即使施工队内部都要靠翻译来进行交流。第二标段项目部雇到几百名懂英文,可以顺畅交流的当地人并不奇怪,毕竟哪个国家都有受教育水平比较高的一群人。但雇佣那么多支当地施工队,那就很不正常了,按每支施工队最低配给5名翻译来算,33支当地施工队至少要配近200名翻译,还必须是小语种方言翻译。就算是一个国家的外交部门短期内要凑齐这么多小语种方言翻译,也是一件极为困难的事情。简国炜到底是从哪里变出那么多翻译来的呢?

"他们有 Confucius Institute。"哈姆札残忍揭开谜底,准备在藤井伊织受创严重的心肝上再割一刀。

"他们有什么?"一开始藤井伊织没注意,脑子里没转过这两个英文单词的含意,以奇妙身法和不可思议的角度闪过了哈姆札的必中一击。

但她的好运气也就到此为止了,哈姆札一不做二不休再补一记:"Confucius Institute ——孔子学院。"

K.O.!藤井伊织头顶上仿佛闪烁着两个金光灿灿的字母,瞬间她整个人都不好了,双目无神,身体摇摇欲坠。

在154个国家和地区建立的548所孔子学院和1193个中小学孔子课堂,现有注册学员210万人。就算在苏尔曼省当地,也有数千名学员。简国炜甚至不用发广告,只是在学院里稍微提一提,这些学员自然而然地就将此当作一个短期日常交流、提升口语能力的大好机会,踊跃报名担任翻译,最为困难的翻译问题就此解决。

"即使如此,简国炜也只是解决了有和没有的问题。这批学生翻译素质参差不齐,我就不信他们每个人都能和中国人流利交流。"藤井伊织阴着脸,死死撑着不让自己就此倒下。

说来也巧,就在不远处的集市上,一名翻译和店主争执了起来。那名翻译操着自我特色的汉语和店主说着什么,偏偏那店主说的普通话中闽南口音极重,与孔子学院教授的普通话差别极大,两人鸡同鸭讲,一时只能大眼瞪小眼。

"瞧见没有?瞧见没有!"藤井伊织激动了,抓住哈姆札的胳膊脸颊一下子红润起来,"其他时候也就算了,要是在施工紧张的时候,短时间内沟通不畅就可能造成事故。什么孔子学院?吹得再好,也不是什么灵丹妙药。"

但就在这时,店主拿出手机,点进一个APP里,对着手机说了几句话,手机里便显出汉语。然后他继续又点了一下,汉语下方又出现了英文翻译。本地翻译看了之后大笑起来,与店主握手达成成交意向。

哈姆札担心地看了眼再度凝固住的藤井伊织,很聪明地眼观鼻鼻观心,不对眼前这一幕发表任何评价——毕竟是金主,真要气死了,那以后岂不少了个进项?

第二十章
开工仪式（上）

大约3亩的土地做好平整，南侧是用拉网铝合金和地毯搭建的简易主席台。在主席台的背面，拉着一整块红色幕布，上面分别用中文、英文和马来文醒目地写着：雅隆高铁第二标段开工仪式。

舞台下，放着三排板凳，供参加仪式的来宾就座。近3000名现场施工人员排列着整齐的队伍，等待施工仪式举行。在他们的身后，则整整齐齐摆放着挖掘机、推土机、压路机、装载机等施工机械，在阳光的照耀下，这些钢铁巨兽就算静止不动地伫立在那儿，亦散发出令人心折的工业美感。

车队刚刚停稳，锣鼓和鞭炮声便一起喧嚣起来，两只舞狮跳跃往来，做出迎客的模样。艾沙迪明显没见识过这样的场面，当下兴致勃勃，从下车伊始脸上笑容便再没褪下过。

"中国人拍马屁的技术真是一流。"藤井伊织酸溜溜地吐槽。

但她在此时此地，也仅能吐吐槽了。作为交通局的外籍顾问，她不得不混杂在艾沙迪的众多随从之中，看着前方最醒目的位置，简国炜、钟远成、袁建等人轮番与艾沙迪握手谈笑。回首看看，好在哈姆札还忠心耿耿地跟在自己身后，藤井伊织不由有些欣慰。但转念一想，身边就剩个用钱喂饱的猪队友似乎也不是什么特别值得高兴的事情，脸色便又阴沉下来。

丁飞轻笑着，拍拍她的手示意她暂时忍耐。但藤井伊织今天实在是太生气了！完全失去了往日的从容镇定。如果丁飞突然变得粗俗，挥动老拳把简国炜痛揍一顿，她说不定还会开心些。而看着丁飞依旧儒雅地微笑着，随着大流鼓着掌，虽然知道这只是暂时的隐忍和蛰伏，却依然让她心情更差。

"亲爱的，我会为你报仇的，但不是现在。"丁飞轻声在藤井伊织耳边这样说，这让藤井伊织脸上稍微带起一点儿笑容。

无论中外，开工仪式都没有什么新奇之处，无非是官员轮流登台，回忆过去展望未来寄语现在，倒也玩不出什么新鲜花样。艾沙迪上台讲过话后，就很舒服地坐在台下第一排居中的位置，饶有兴趣地对旁边作陪的简国炜发表感慨："雅隆铁路的竞标，还是去年的事情。回想起来，就和发生在昨天一样。想不到，中铁建总的效率竟然这么高，在短短时间内完成现场勘探、钻孔探测和设计审查等工作，这么快就开工建设了。"

简国炜谦虚："也是当地政府配合得好，在极短时间内完成征地和拆迁工作，我们才能在这么短时间内开工。"

艾沙迪微笑点头，目光有意无意在藤井伊织身上一扫。藤井伊织表面微笑点头，心中却在大骂：就知道你在指桑骂槐！高铁建设之前本来就该有最严格（最慢）的建设论证和审批程序，要先建造出最干净清洁的宿舍、办公室和堆料场，然后再慢慢勘探、认真审查，日本国情如此，哪能像中国那样愣头青似的不管不顾，一声令下说开工就开工？

藤井伊织只觉脸上火辣辣的，像是被简国炜扇了两巴掌。但实际上，被中国铁建把脸扇肿的又何止是她一个人？在大洋彼岸那个全世界首先发明了铁路和蒸汽机车的国家，经过10年扯皮10年论证终于立项的HS2高铁项目，才开工第一天总负责人就火速辞职。因为区区555公里的高铁里程，计划中居然要用掉20年时间和花费1060亿英镑才能建成，而且直到现在为止施工进度还在不断延期，预估费用还在不断上涨。

中铁建总一向热心助人，听说后赶紧给HS2公司的首席执行官写了封信，声称只要用5年时间和低得多的成本就能建好最高时速超过英国设计的高速铁路，并言辞恳切地告诉他：选择建总，您会发现中国人的方式是选择解决方案，而不是在障碍和困难上停留。

100多年前，西洋人远渡重洋来替"老佛爷"修铁路，现在中国的铁建人也不远千山万水地走出去，期待在全球市场上分一杯羹。

好容易等到所有官员都发表过讲话，艾沙迪笑呵呵地站起来，四下看着准备拿起铲子象征性地铲起第一铲土，以示工程开始。然而简国炜却没递上铲子，而是将艾沙迪领到一辆大型挖掘机面前，示意他坐上驾驶室。

"我？"艾沙迪指着自己鼻子，又是意外又是有些惊喜。

"请不用担心，我会在一边指导您。"简国炜含笑说道。

这世界上大多数男孩的玩具柜中，除了玩具枪之外，通常也少不了一辆挖掘机。像操纵高达一样操纵着巨大的机械臂,也是许多男孩梦中的理想。

艾沙迪小心翼翼地爬上驾驶室,遵从简国炜的指导颤颤微微地操纵铲斗挖起第一铲土,然后抹抹脸上因为紧张而渗出的汗水,居然像孩子似的欢呼鼓掌。

"马屁精!"藤井伊织再度嫌弃地哼哼。

但这个时候,简国炜哪有闲情顾及一个日本竞争对手的小心思,他拿起对讲机大声下令:"各组汇报准备情况!"

"爆破组准备完毕!"

"挖掘组准备完毕!"

"清运组准备完毕!"

"土方组准备完毕!"

……

确认所有施工分组全部准备完毕之后,简国炜深吸一口气,大声道:"现在我宣布,雅隆铁路第二标段——正式开工!"

随着他话音落下,轰!轰!轰!连续的爆破声响起,开工现场对面的山丘晃了几晃,大量土石倾泻而下。3000名工人喊着号子,一队队脱离队列,在施工队长的带领下分别登车。数百辆工程机械车辆排成一字横列,分为几个批次向施工地点驶去,拖出车身后黄沙滚滚,显出金戈铁马决战沙场的豪气。

仔细观察之下,就会发现,开工仪式现场竟不是唯一的出发地点。在它的左右两侧,各有不逊于这里数量的工程机械向着施工地点开进,好似三支军队一样将其合围。

直到这时人们才看出,出发车辆的编组也极有研究。各车的作业地点,驾驶人员都通过定位系统进行明确,每一个编组到达地点之后便自动停下，按照既定计划展开作业。整个施工现场忙而不乱，秩序分明。

"你们……你们带来的是一支军队吗？"艾沙迪惊讶地问。

"不，他们只是一群擅长创造奇迹的普通劳动者。"简国炜回答。

沉默了很久，艾沙迪发出感叹："在中国人修建完长城之后，就没有什么工程是你们完不成的了。"

来自西城株式会社的工程师们更是看得头晕目眩，他们何曾看到过，六七千名施工人员，一千多台大型施工机械同时进场施工的壮观场面。即使对方是对手，也不禁为之感到震撼莫名。

"他们是怎么做到的？每一台机械都停放在它应该在的位置，每一个工人都知道自己每时每刻要从事的工作，每一个管理者都对工程进度了如指掌。老天，他们是外星人吗？"一名日本工程师感叹。

他们可能不知道，这样的超级会战，中国早已不止第一次进行。2017年6月30日，南昌龙王庙立交桥拆除工程，有关部门动用两百台挖掘机同时施工，从封锁到拆除完毕仅用了8个小时。2018年1月22日龙岩火车站，1500名铁路工人历经510分钟，完成3处拢口的拨接，6组道岔的安装，调整接触网1.8公里，割接主干电缆46条，将3条铁路线由老站场接入新站场，并与南三龙铁路交汇。更别提在2020年1月，7500名建设者和近千台机械，仅用10天时间就让一座1000张床位的专门医院拔地而起。

丁飞也愣住了，阴着脸笔直站在原地，对眼前发生的一切感到茫然和陌生。在他离开中国的那个年代，普通民众对于西方还是仰望的，中国也还没有被冠上"基建狂魔"的名号。然而现在他忽然发现，现在的中国基建，现在的中国工人变化都太大了，仅仅10年时间，变化大到让他感觉心惊肉跳。

刚才他仔细地观察着每一个工人的表情，那些工人脸上的热情、专注以及自信，他以往从未见过！

"我到底错过了什么？"丁飞轻声问自己。再抬起头来时，看着意气风发的简国炜，他的心脏开始绞痛起来。

"不要！"丁飞拦住冲动的藤井伊织。但这一次，藤井伊织甩开他的手。因为她不是冲动，而是在害怕。如果她再不做点儿什么，她害怕自己会被中国企业摆出的庞大阵仗给震慑住，再生不起抵抗的心思。

几步走到简国炜身边，藤井伊织有意大笑几声，引起旁边所有人的注意之后，才拍手大赞："果然是一场精彩的表演啊！"

"表演？"简国炜挑眉。

"难道不是吗？施工要做到三通一平，通水通电通路和平整土地。你只表演如何平整土地，但不通水不通电不通路，这样的施工根本不可能持续进行下去。"

"这次开工，一共有9131名工人同时投入施工。"简国炜淡淡地回答。

藤井伊织没听懂，继续逼迫："人海战术有什么用？我说了你只是在表演！"

艾沙迪心中一动，默默估算现场人数，忽然猛地吸一口凉气："你们还有施工队？"

"是的，一共还有12支施工队，共计2000余人，分别承担通路、通水、建设拌和站和建设变电房等工程任务。30分钟后，附近的河水会通过修建的供水站引至施工地点；2个小时后，第一条施工便道就会修建完毕,而再过30分钟第二条便道也会建好;3个小时后,临时变电房建设完成;3个半小时后,整个施工场地将整体实现通水通电通路。"

你在糊弄鬼呢——藤井伊织差点儿把这句话脱口而出。然而看着一脸镇定的简国炜,她也知道在这个问题上他不可能说假话。因为只要留下来,一会儿就能见分晓。而且藤井伊织也确实看到了,有一批工人正在紧张地铺设水管、电缆,为水电的接入做着准备。

难道他偷偷摸摸提早开工了?藤井伊织心里泛起阴谋论的想法。

"3个半小时实现通水通电通路吗?"艾沙迪沉吟了一会儿,转身吩咐秘书推掉今天的所有约会,因为今天的工程值得他留在这里仔细观察。

"他们的施工计划精确到了小时。"一名日本工程师站在藤井伊织身边轻声提醒。

"我们也能做到这一点。"藤井伊织不耐烦地反驳。但实际上,她知道西城株式会社是做不到的。施工运用的人员、机械越多,管理难度就越大。人数多一倍,管理难度就上升了十倍不止。在200人以下的施工中,西城株式会社甚至能将工程进度精确到每刻钟,然而当这个数字提升到500人时,状况就会此起彼伏接连不断,再将施工计划精确到小时就很难实现。

丁飞脸上现出佩服的神色,认真询问简国炜:"你们到底是怎么做到的?"

简国炜不答话,只向天空努了努嘴。丁飞眯着眼睛看了半天,才发现天空中盘旋着好几架无人机,正将实时影像传输给指挥台，七八名调度员根据现场情况，不时进行人员和机械的调配。

丁飞眼睛一亮，打定主意回到日本之后也组织人员攻关。简国炜心中暗笑，巴不得日本也赶紧开始研究，多浪费些西城株式会社的研究经费。

无人机现场调度，需要配合北斗卫星系统中独有的精密单点定位功能才能实现。北斗卫星具备动态分米级、静态厘米级的精密定位服务能力，而日本人使用的美国GPS系统，至今提供给民用信号的定位精度只有米级。他倒想看看日本在屡战屡败之后会不会抛弃GPS系统，转投北斗怀抱。

再退一万步说，日本把无人机现场调度这一套给学会了，也没什么用处。从资本家的角度来讲，巴不得工人数目越少越好，代替人工施工的机械越多越好，哪里舍得搞什么"大会战"？而且以日本工人的平均薪资水平，只怕会战还没搞，会社就已经先被高涨的人工成本给拖垮了。而平时的普通施工，使用这套调度系统对生产效率也没有什么促进。

丁飞还能够忍得住，但他手下的那些工程师听到简国炜的回答后，就开始有些骚动。既打定了主意偷师，不免就显得有些贼眉鼠眼，有些日本工程师想要走到指挥台细看，却被人拦住，便伸长了脖子左右瞄。还有些日本工程师仔细观察天空中无人机的飞行轨迹，试图从细节中找到一些灵感。

等到发现艾沙迪目光奇怪地看向自己时，藤井伊织才想起来，自己曾不止一次地在艾沙迪面前吹嘘，日本高铁建造技术远远超过中国，不禁面孔为之一红。

"上当了。"藤井伊织懊恼地想。估计刚才简国炜也是故意

"泄密"，引起日本工程师的好奇心。藤井伊织依然坚信中国高铁建造技术不如日本，但日本工程师刚才的举动却很容易让人产生误解，从而对中国技术刮目相看，认为领先日本一筹。

隐秘地往身后一看，一名日本工程师混在人群里微微点头。藤井伊织心中大定，走到简国炜身边："简先生，能不能让我们到施工现场近距离地看看？"

简国炜还没来得及回答，艾沙迪也开口说："我也希望到更近一点儿的地方，更仔细地观察施工作业情况。"

看看藤井伊织又看看艾沙迪，简国炜转身与袁建商量了一会儿后，点点头说："没问题，你们要看哪个作业点？"

藤井伊织刚想开口，他身后的日本工程师忽然大声用英语插话："变电房！我们要看变电房！"

"行，就看变电房。"简国炜痛快说道。

藤井伊织脸上肌肉猛地一抽，一时间，掐死那名工程师的心都有了。

岩井友和今年47岁，是西城株式会社老资历的高级工程师。因为资历够老，所以经验丰富；因为经验丰富，所以喜欢对上司指手画脚；因为喜欢指手画脚，所以被人当作皮球到处踢来踢去；因为被踢得多了，他就越发地怨气满怀桀骜不驯特立独行。

"不过是个女人，懂什么技术？"岩井友和示威性地看了一眼藤井伊织这样想道。

他不是不知道，藤井伊织有另外的安排，但那又怎么样？他才不会任由一个女人摆布操弄呢！

自从经济危机之后，日本的终身雇佣制已经摇摇欲坠，但那只是对从事脏活累活,又没有任何福利奖金的派遣社员而言的。而岩井友和这样老资历而且拥有丰富建设经验的正式社员,他依然可以享受着年功序列制与终身雇佣制的红利。

对于这样的"刺头",上司们唯一能做的,也就是把他踢得远远的,来一个眼不见为净,说不定遇上困难有时候还要觍着脸求他帮忙。可现在的问题是,他已经被踢到东南亚了还不够远吗?难道还要把他再踢到非洲?西城株式会社在那儿可没有任何业务!

所以岩井友和一点儿都不担心藤井伊织可能会施加的报复,任性地由着自己的喜好,选择自己感觉中国人最可能作弊的施工地点进行参观。

虽然以岩井友和的职级,他在一行人中走在靠后的位置。但不甘寂寞的他,还是挺胸凸肚大声地发表着评论:"中国的工人可真是年轻呢!"

没人理会他,岩井友和便捅了捅身边的同僚:"我说得对不对?"

同僚只好含含糊糊地回答:"是呢!"

"可年轻虽然意味着有活力,但也意味着缺乏经验,这可不是一件好事情啊。"岩井友和以老资历的身份大发感慨。

日本从事建造业的工人,通常至少具备高中学历。入职之后,先经过公司新毕业员工教育,然后在1年至3年内,还要参加公司在职业训练学校开设的课程培训。培训期间经历多次"学校—工地"轮换学习,最终完成课程通过考试后,才能正式进入工程一线。但就算这样,培训依然没有停止,他们到了工地现场还要接受管理、技术、安全等教育,一般培养出一名项目经理,需要15到20年的时间。

所以在岩井友和看来，中国工人都是非常缺乏经验的"杂牌军"。对于简国炜三小时内建成临时变电房的豪言，更是嗤之以鼻，认为这是年轻人不知天高地厚在口吐狂言。

要知道即使是临时的变电房，其中也必须安设电缆头、网棚、防静电地板、铝合金走架线等一系列零配件，普通人看一眼都会觉得眼花缭乱。即使是在日本，也只有经验最为丰富的工人，才能看懂安装图纸。即便如此，返工也是常态。要搭建好一座临时变电房并投入使用，就算是最老练的日本工人至少也需要10个小时以上才能完工。

等简国炜带着他们一行来到临时变电房的施工点，变电房的外部框架已经搭好，里面正在进行内部设备安装。几个负责安装的中国工人忙忙碌碌，见有人过来并没有理会，依旧忙于手中事务。

丁飞不敢让已经接近暴走边缘的藤井伊织再出什么岔子，主动承担起顾问职责，在艾沙迪身边用英语为他指点江山："这些是标识系统，他们做得还比较完善；哦，可视化表格也有，这是抄袭日本上世纪60年代就有的品控措施；咦，他们居然没有在醒目的地方张贴可视化图纸？这是非常严重的错漏，说明现场管理人员非常不负责任！要知道变电房的管线系统非常复杂，一不留神就会接错管线，如果没有可视化图纸做参考对比，就算是经验再丰富的老工人也可能出错。"

"可视化图纸？这么落后的东西现在谁还用呢！"正在连接管线的年轻工人头也不回地应道。

"你说可视化图纸落后？你……"丁飞终于反应过来，上下打量那名年轻工人,"哎,你会英语?"

虽然工人的口音并不算太标准,但说出来至少能让人听懂他的意思。丁飞有些怀疑,这是建四集团的工程师,故意装成施工队农民工的模样给简国炜撑场面。

"多新鲜呐!会英语又不是什么了不起的本事。我们队里,90%以上的人都能用英语和外国人交流。"工人不屑地说道。

就在丁飞离开祖国的10年间,80后、90后的农民工进入城市,成为新的中流砥柱。虽说他们的吃苦耐劳精神比不上他们的父辈,但作为在电视、手机伴随下成长起来的一代人,他们的文化程度,和他们对新鲜事物的接受能力,却远远超过了父辈。他们上学时就学习过基本的英语单词和语法,知道要出国施工后又加紧重新复习,日常的英语对话对于他们来说根本没有丝毫难度。

想起昨天对"农民工"的鄙视,丁飞忽然之间觉得犯了先入为主的错误,不禁脸孔一红,更加小心谨慎起来。

"喂,小子,你说什么大话呢?"岩井友和又忍不住跳出来抢丁飞的风头,"一个变电所的构件数量动辄数以万计,金属构件组立、接地制作、电缆敷设……不需要可视化图纸,难道你能把这些构件的所有安装方法和安装步骤都分毫不差地记在脑子里吗?爱说大话不要紧,但是要因此耽误了工期,对企业的损失就大了!"

"他不需要背诵这些。"简国炜说着拿起旁边的还没来得及安装的构件,分别递给艾沙迪、丁飞和岩井友和,让他们仔细观看。

岩井友和瞪大了眼睛,并没发现这些构件与他们平常所用的有什么不同。翻过来仔细瞧瞧，总算看到构件上都贴着一张纸片，中间是一块打着黑色马塞克的方框。

"这是……"岩井友和看着有些眼熟，但一时半会儿没认出来。丁飞却吓了一跳，犹豫地看了简国炜一眼，拿出手机对着构件点击扫一扫，手机上立即现出一幅 GIF 图，以动画演示形象展示这枚构件的安装手法。

钟远成带着骄傲表情解说："传统的可视化图纸是二维图纸，工人不经过长时间的训练很难看懂，还经常容易看错。所以我们使用 BIM 建模技术，把安装技术细节都形成动图，转化为二维码，工人只要拿起手机扫一扫，就能通过动图直观地知道该怎么安装设备，怎么连接电缆，确保他们每一个零件都不会弄错。"

"这就是技术进步的力量。"简国炜潇洒地晃了晃手机，"三十年前，人们使用胶片照相机，摄影师要注意曝光时间，要考虑对焦等等，所以摄影是一个技术活，必须经过专业的训练才能胜任。但是现在，所有的功能都被集成在手机的 APP 里，你只要拿出手机，对准要拍摄的物体，按下照相键就一切 OK，拍完之后还可以使用各种美图软件进行后期修饰。技术，让人人都可以成为摄影师。另外顺便说一句，这个项目就是由各位面前的，中铁建六集团副总经理钟远成先生领衔开发出来的。"

掌声响起，艾沙迪笑容满面，丁飞也不得不板着脸，意思意思地拍了两下巴掌。唯一没有动作的，只有被惊呆了的岩井友和。

"这……"岩井友和嘴唇不断颤抖，信念几乎崩溃。他之所以在西城株式会社四处惹祸也不担心处罚，就是因为他对电力、电气化、通信和信号等四电房屋的建设非常有经验。上司就算再讨厌他，工程中一旦涉及四电房屋，还是得乖乖捏着鼻子找上门来。可现在，随便一个普普通通的中国工人，都能独立建设好变电房，那么他的存在感也就一下子由"不可或缺"下降到了"无足轻重"的地步。

也不知道现在再去拍藤井小姐的马屁还来不来得及——岩井友和这样想着，身形立即矮了三分，对藤井伊织挤出个谄媚的笑容。但看见藤井伊织毫无表情的脸孔，心中更是叫苦不迭。

第二十一章
开工仪式（下）

"那么现在，大家还想去参观什么地方呢？"袁建问。

藤井伊织正想将地点脱口而出，突然见人群里那个她赋予了秘密使命的工程师冲着她焦急摇头。她心里猛地一沉，知道又发生了预料之外的事情。

正在这时候，陆晓琪从人群中挤出，正想要对简国炜耳语。简国炜看看她脸色，知道不会是什么坏消息，就摆摆手："有什么事情就大声说吧，这里都是来参观的国际友人，不用对他们隐瞒。"

"是！刚才在第三单元施工点，差点儿发生一起机械故障，不过现在故障已经排除，第三单元恢复正常施工，预计施工进度将在半小时后追赶上计划要求。"

"怎么回事？"袁建眉毛一皱。

有意无意间目光往藤井伊织脸上一扫，陆晓琪说："一辆压路机的燃油箱也不知道被谁掺入了杂质油品,发动机差点儿拉缸。还好林教授在现场,听出发动机声音不对,要求司机立即停车,并对发动机进行了维修保养,现在已经重新投入使用。"

藤井伊织安之若素,反正这种事情没有当场抓到就是死无对证。就算当场抓住了,也是日本工程师的个人行为,与她一点儿关系也没有。

"什么教授那么厉害?听到发动机声音就能判断故障,你们在演戏吗?"藤井伊织怪声怪气倒打一耙。

简国炜不急不徐:"天津大学内燃机研究所林恒健教授的专业水准,我还是非常信任的。"

"林恒健教授……"丁飞在脑子里搜索了一会儿这个名字,片刻后蓦地瞪大眼睛,"这……不可能!你们居然奢侈到让一名工程院院士为你们做设备保养?开什么玩笑?"

"不是1名,是7名。"

"什么?"

"有7名院士率领11个课题组,总计42名高级研究人员在雅隆铁路项目指挥部各标段开展研究工作。所以一线发生的任何问题都可以向他们沟通反馈,寻求解决办法,而他们也能从一线发现的问题中汲取灵感,进行研究改进。"

"这……"丁飞已经说不出话来了,心脏又开始绞痛。如果他还留在国内,那么他现在应该也在专家组的行列之中。然而有些事,错过了就是错过了,再也没有挽回的余地。

看着丁飞,简国炜的目光中透出怜悯。丁飞错过了中国高铁发展最快、最为辉煌的阶段,他对从前国内僵化、落后的一面记忆深刻,却从没发觉,中国在多个国际榜单上已经悄然跃升第一,并且把第二名远远抛开让它望尘莫及。

"我们用了10年时间,修建了30000公里的高铁。"简国炜耐心解释,"中国目前是世界上拥有高铁线路最长、车组最多的国家。再加上中国地大物博,地理环境复杂,南北温差大,东西海拔差距大,每一次修筑高铁,我们都会遇上许多前人从未遭遇到的困难。然而从遭遇问题到探索问题到解决问题,我们一直在进步,而且我们也一直没有停下继续探索前进的脚步。这就是那么多院士聚集在此的缘故,同时这也是我对中国高铁信心十足的原因所在。"

丁飞嘴角在微微颤抖。昔日的优越感和今天的不甘心一起爆发,就像看见小学时代经常抄自己作业的同桌,上了中学后竟然每一次考试分数都比他高一样,心里充满了嫉妒和仇恨。然而这一些,却又不能宣之于口,只能默默忍受。

同样遭遇了严重打击,藤井伊织索性撕破表面的和平:"你们的高铁技术,全是抄袭和山寨的,日本新干线才是原版正牌。山寨货永远比不上正版,新干线才是中国高铁的老师!"

"没错,高铁不是中国原创,而是在加拿大、日本、法国、德国四个国家技术的基础上取得的成就。引进、吸收、消化、再创造,这是我们发展的历程,也是一个借鉴学习的过程。所有技术暂时落后的国家都经历了这么一个过程,就算日本也是一样。如果仅仅像你所说只是抄袭和山寨,而不是在购买专利后先吃透,再升级,再创造,那么在中国高铁第一次走出国门的时候,当初出售给中国技术的外国公司——包括西城株式会社,早把中国高铁告上了国际法庭。"

简国炜骄傲的脸上,几乎要泛出光来:"我们还是用数据说话比较直观。早在2016年,中国动车组就在运营线上完成420公里时速的交会试验,而到现在全世界还没有哪一个国家能完成相同试验内容,这证明中国早已把引进的技术吸收并加以创新。你把日本高铁形容为中国高铁的老师,这个说法倒也没错。但是现在我必须告诉你,昔日的学生——已经超过老师了。"

"你……说了一个很有趣的笑话。"藤井伊织笑了起来,但底气已经不如从前那么足了。

钟远成淡淡地替简国炜回答:"我们从来不说笑话,因为我们从来只做实事。"

丁飞跨前一步挡在藤井伊织的身前,不想让过于冲动的她再坏事。同时他的表情也淡了下来,似乎下了什么决心,缓缓地问:"刚才我看到你们有一个施工单元,正在进行路基改良土施工,能不能带我们再去看看?"

艾沙迪看看丁飞,又看看与他对峙的简国炜和钟远成,忽然拍拍手饶有兴致地说道:"跟着几位专业人士,我今天还真是大开眼界。如果不介意的话,我也很想去看看什么是改良土施工呢。"

明明是有所偏袒,但说出话来却照顾到了各方情绪,还避免了冲突爆发,艾沙迪不愧是老政客了,说话总是四平八稳滴水不漏。

袁建只好做了个"请"的手势,带他们往进行改良土施工的工地走去。

所谓路基改良土,就是在原本因为土质问题,不适合作为地基的地方,用各种手段改变泥土的物质成分和结构特点,使其可以承担作为地基的任务。

改良土施工说简单极为简单，说复杂也极为复杂。最简单的办法就是使用压路机进行碾压，使土壤变得密实，降低可压缩性以提高抗破坏力。可问题是，每一处地方的泥土成分和结构特点，可能都不一样。有些地方需要增加密度，有些地方需要排出水分，有些地方甚至需要暂时冻结，改良土施工要因时因地因施工情况而异，绝不能墨守成规。

"只能先拿出来了！"丁飞有些无奈地想。他早看出那处改良土施工有问题，本想再缓缓，确定之后再找个有利时机捅出来。但现在，因为藤井伊织的任性而被中方逼到墙角的他，不得不仓促地放出大招了。

到了施工点，只见几辆土方车正在已经被压路机和夯土机夯实的路基上，不断卸下泥土，每一车土都被卸在已划定好的网格内，然后由推土机摊铺平整，严格控制每层的摊铺厚度。接着，又有技术人员测定这些泥土的含水率和干容重，如果含水量比较低，就用洒水车对场地进行喷洒。一直到含水量达到要求后，便进行布灰作业，将石灰、水泥等材料均匀地铺洒在标线范围内。接下来，还有拌和、整平、碾压、养生等工序，但因为布灰作业还未完成，所以后续工序也未曾开展。

"中规中矩。"丁飞不得不做出如此评价。无论工人还是技术人员，都以流水作业的方式，完成自己的一份工作后，便将作业面交给负责下一道工序的人，行云流水绝不停顿。

"看上去很专业。"艾沙迪也点点头说。虽然他不懂得施工工序是否正确，甚至不知道路基改良土施工有什么意义起什么作用，但他懂得看人。技术员对运来的土方做着快速检测，施工人员按照技术员的指示不断调整含水量和灰料的配比，每个人都对自己的工作烂熟于心，而且相互之间配合默契。

"的确非常专业。"哈姆札也一脸凝重地连连点头。既然金主和顶头上司都做出了判断，那么完全没有必要和他们唱反调，他们说什么就是什么好了。

袁建双手一背，与有荣焉："我们每一项施工，都严格按照施工手册的工序进行，在保证安全的同时，也最大限度地提高了施工效率和施工质量。"

"但一开始的路走错了，施工队员再专业，施工程序再完美，你们也只是在做无用功。之后要么返工，要么就会给高铁线路留下隐患。"丁飞厉声打断。

日本境内多山，75%属山地丘陵地带，地质灾害频发，平原狭小，主要分布在河流的下游近海一带。新干线为什么在国际上颇受赞誉，而日本政府也将其视之为一张名片？就是因为它大多数区段建筑在结构极不稳定的灾害地质路段上。对于种种特殊地形的铁路铺设，西城株式会社可以说是经验丰富。

丁飞从地面上抓起一把泥土，轻轻揉搓，展示在所有人面前。他甚至不用使用专业仪器，就可以对脚下的地质特征了如指掌。

"我不知道你们在开工之前，有没有做过静力触探标准贯入试验等原位测试，但很明显，这片地区的地层应该是第四系松散堆积层——通俗点儿说也就是江河、湖泊沉积形成的，地面以粉质黏土、粉土和淤泥质粉黏土为主构成。"丁飞突然转身看向简国炜和钟远成，把手翻过来，任泥土在他们面前撒落，"简师弟，钟师兄，在学校里学过的知识，你们还没有忘得一干二净吧？这种地基的土质会呈现什么样的状态你们还记得吗？"

"土质不均匀,上硬下软。"简国炜简短回答。

"好!看来你们是明知故犯,偷工减料!"丁飞转身向艾沙迪激动控诉,"建总只对上层土壤进行改良,但下层松软的土质依然如故。表面上看起来没有问题,或许在高铁刚刚开通时问题也不大。但时间长了,这片路基就会慢慢沉降,变得凹凸不平,给高铁的运行安全带来极大隐患。他们明知如此,还选择最省工、省料的方式进行施工,用中国话来讲,可以称得上一句'其心可诛'!"

艾沙迪"嗯"了一声,不动声色地看向中方管理人员,却见钟远成、袁建等人都神色如常,简国炜甚至还嬉皮笑脸地拉着丁飞问:"如果是你们西城株式会社,会选择什么样的施工方法?"

"虽然耗时耗力,但没有办法,这里的地质条件太差了——如果是西城株式会社负责建设这条高铁项目,我们会对这里进行深挖,将泥土用掺合法进行全面改良,并且每隔100米至少检查3个断面的地质情况。这样才能保证高铁运行的万无一失。"

"没错,我们也是这么做的。不过,我们用的是渗透法对土壤进行改良。"简国炜不动声色地指了指施工现场。

只见几辆施工车辆快速驶来,先是在地面上钻出孔,然后搅拌车便将管子插入孔中,向孔洞内灌注浆液。水泥、沥青、水玻璃等浆液经过一定配比,灌注进泥土里,起到充填孔隙和胶结颗粒的作用。深层地基的透水性能大幅降低,土壤的力学性能可以大幅提高。

丁飞再次怔住,不可置信地望着忙碌的作业现场。虽说他不知道这样做之后会达成什么效果,但在铁路建设行业淫浸了半辈子的丁飞，大致也能猜出这样做的原理。这感觉，就像上战场前，各方面情报都显示对方只有小米加步枪，但当你信心满满地拿起冲锋枪和手榴弹准备给对方一个好看时，却发现对面阵地冉冉升起一台高达……

"你们这种施工方法是没有经过验证的，对土壤的改良作用，我依然抱有怀疑态度！"丁飞只能硬撑着。

钟远成冷冷地看着丁飞，似笑非笑："你又错了，这种施工方法经过多次验证，效果非常之好。"

"在什么地方？我为什么没听说过？"丁飞追问。

简国炜同情地拍拍丁飞肩膀："师兄，这种渗透改良法，就是西城株式会社发明的。西城株式会社用这种方法，多次对填海造陆的地基进行改良，取得很大成功。经过我们多次实验后发现，它对于改良高铁路基土质，同样效果显著。"

丁飞脑子一晕，几乎站立不稳——不错，新干线的确是由西城株式会社建造的，但自1997年长野新干线通车之后，日本就再也没有建造过新的高速铁路线路。西城株式会社固然技术储备雄厚，但他们缺乏建造高铁线路的契机，所以迟迟无法将自己研发出来的新技术与现场进行结合，反而是中国在这方面先行了一步。

西城株式会社一直以能在复杂地质条件下建造高铁线路而自豪，但那又怎样？随着30000公里高铁线路在中国的铺开，在这一方面中国铁建人早已将他们甩出老远！

贵广高铁、兰新高铁、哈大高铁、海南环岛高铁，这些高铁线路无一不是在极端特殊的地形地貌条件下建设起来的。即使是日本专家，见了之后也要大呼不可思议。

在中国960万平方公里的土地上，集合了全球几乎所有的地貌和气候特征。毫不夸张地说，经过重重考验的中国高铁，走向世界没有半分技术上的阻碍！

丁飞一瞬间有那么点儿恍惚，中国高铁越是进步，他就越是感觉自己像个小丑，一口气堵在胸口，既呕不出来也咽不下去。当初他自以为占据了绝对优势的高铁建造技术，却原来早已经被中国反超。那么，他这些年在日本，付出了那么多，究竟又为了什么？

藤井伊织也有些焦急起来。从艾沙迪的表情可以看出，他对中铁建的建设能力已经越来越是欣赏，万一他脑子犯病，连送上门的钱都不要，非要搞什么公平公正公开的竞标，那么西城株式会社还真是没有必胜的把握——不，从今天的情况来看，如果中铁建在金融服务方面能够与西城株式会社打个平手，那么西城株式会社几乎确定会被第一个踢出局。这样的结局，西城株式会社绝不想要！

但这世上的事就是这样，怕什么就偏偏来什么。艾沙迪再次仔细观察了一会儿现场的施工情况，忽然转头说："第二轮竞标下周就要启动，刚好三家竞标方都在这儿，我也有些事情想和你们谈一谈。"

"非常荣幸。"简国炜与钟远成对视一眼，心脏都怦怦跳得厉害。能够做的努力他们全都做了，转机能否出现，就看现在这一刻了！

找了个工人临时休息的帐篷，婉拒掉水果茶水等招待，艾沙迪随便找了张椅子坐下，又把无关人等都赶出去，帐篷内只留下他自己与简国炜、丁飞、钟远成、藤井伊织五人。

"我记得在第一轮竞标中，报价最低的是来自中国的建四集团，金额为22.2亿美元。也就是说，在线路延长一倍多的情况下，整条高铁线路的建设资金可能会超过50亿美元，而这笔钱，苏尔曼是拿不出来的。"艾沙迪开诚布公，看着简国炜和钟远成的眼睛说，"提供40年期限的，相当于总造价80%的贷款，并且利息不得超过1.5%，这一参加竞标的前置条件，是绝对无法改变的。"

藤井伊织心中一喜，立刻接口："西城株式会社虽然不会完全赞同这一前置条件，但我们还有谈判的余地。"

简国炜与钟远成脸上掩不住失望之色，过了一会儿，钟远成才勉强站起身："对不起，建六集团无法接受这一要求。"

接着简国炜也苦笑站起："对不起，建四集团也无法接受这一要求。"

"是无法接受还是不愿意接受？你们愿意给雅隆铁路提供80%的贷款，为什么就不愿意给几乎同样里程的苏尔曼高铁项目提供同样贷款？看来，你们对苏尔曼高铁项目并没有抱有太大信心呢！"藤井伊织嗤笑。

简国炜和钟远成扯扯嘴角，懒得理会。雅隆高铁项目和苏尔曼高铁项目怎么能相提并论？为了建好雅隆高铁项目，两国均组建了企业联合体进行对接，并且是以合资公司模式进行建设和运营，中方还可以通过车辆、调度、通讯等器材设备出售弥补损失。更重要的是，雅隆高铁后面站的是一个国家，而支持苏尔曼高铁项目的仅仅是一个省。

艾沙迪顿了顿继续说："参加竞标的第二个前置条件，竞标成功的企业，必须在与我方签署正式合约的同时，将第一笔不少于3亿美元的贷款打到苏尔曼省政府的专用账户，并且做出承诺，如果在竞标成功之日起的一年之内无法动工建设,这笔贷款将无偿罚没。"

"西城株式会社无法答应这一前置条件。"丁飞拦住几乎失态的藤井伊织缓缓摇头。

看着满脸严肃的艾沙迪,藤井伊织满腹不解。他提出的这两个条件,等于将中日双方一起踢出局,难道有其他外国企业横插一手?可除了中日两方,这世界上又有哪家企业同时具备建设苏尔曼高铁项目的金融实力和技术实力呢?

"其实有时候我很羡慕中国政府。"艾沙迪对着简国炜和钟远成发出感慨,"你们的高层精英不会因为选票而流于短视,不会为一时利益得失而斤斤计较。你们的经济命脉掌握在国有企业而不是资本家手里,所以不用考虑一条高铁的盈利能力,只要知道建设这条高铁对国家有利,对人民有利,哪怕赔本也会将高铁建好。"

又笑眯眯地看了丁飞一眼,艾沙迪继续说:"有些人说我好高骛远不切实际,也有些人把我提出的高铁计划视为一项政绩工程,归根到底,还是因为苏尔曼省太穷了。导致国内的民众和国外的承包商,都对这个项目没有抱太大信心。想一想吧,如果这条线路是由美国或是法国的某个州、某个省提出的,可能你们哪怕全额垫资也愿意竞争。因为你们不会担心他们的还款能力。而现在,我就要消除你们的担心。"

艾沙迪说着,从怀里取出苏尔曼省地图慢条斯理地打开,手指从苏尔曼项目的起点开始,经过巴禄市,最后定格在末端的普丹港,重重地点了几下。三人先是一愣,接着不约而同地,呼吸都急促起来。抬起头,不可思议地望着艾沙迪。

"你们猜得没错，我愿意以普丹港40年的部分经营权作为抵押，作为各位提供贷款的担保。注意，只是经营权而不是所有权，而且股份不会超过49%。"艾沙迪笑眯眯地看着在场所有人，"那么现在，各位应该能够感受到，苏尔曼省对于高铁项目成功建设的殷切期盼和真诚心意了吧？接下来，该轮到你们展现出你们的诚意了。"

艾沙迪说着，让秘书拿来三份谈判纪要，分别放在三人面前。纪要上，记载着前期苏尔曼省单独与三方接触时，口头答应的条件。

纪要不同于备忘录，一旦签署即具有法律效应。丁飞看了看没什么问题，就签上了自己的大名。

钟远成捧起纪要，扫了几眼，看到以巴禄铜矿矿石偿还贷款的条款，不禁一怔，额角开始冒出汗来。

艾沙迪突然要求签署纪要，很有些突然袭击的味道。再联想起巴禄铜矿即将开采殆尽的情报，他不禁有些犹豫起来。难道……

丁飞眼角一瞟，果然发现钟远成有些犹疑地捧着备忘录，迟迟不敢落笔。他正想说话，突然见简国炜爽快地在备忘录上签好名字，把笔一扔笑道："签吧，钟总。通过手游提醒我们巴禄铜矿枯竭的，就是坐在我们对面的那位丁先生。"

丁飞身子一震，差点儿没把"你是怎么知道的"这句话问出口。但他的模样，已经出卖了他。钟远成眼睛一亮，抬笔也签好名字。

简国炜笑吟吟地看着丁飞，心中说不出的得意。对于"咖啡猫"这个人的身份，他曾经有过很多猜测。比如苏尔曼省政府内某些亲华的官员，又或者国安系统暗中协助的情报人员，但当他从巴禄图书馆拿到地质资料，再与哈姆札提供的地质资料一对比后，他就知道他原先的猜测错了，那人一定包藏祸心！

丁飞并非不擅长阴谋诡计，他只是不想无谓地将时间浪费在不能令中方伤筋动骨的小打小闹上。所以他一开始，就故意隐瞒身份与简国炜和钟远成进行联络，提供些无关痛痒的情报取信于他们。

地质资料对于中方企业来说非常重要，但对于西城株式会社则就不那么重要了。中国的成本优势太明显，就算中方没有拿到这份资料，报价略微高些，日方还是竞争不过。所以丁飞决定以这份资料作为鱼饵，让他们对手游上帮助他们的"好心人"更加信任。

然而无论简国炜还是钟远成，一旦采信了他提供的巴禄铜矿将要枯竭的信息，必然会举棋不定不敢签署备忘录甚至不敢放手竞标，这样一来中方和苏尔曼省就有了隔阂，丁飞也有了上下其手挑拨离间的余地。

可惜，丁飞还是太想要取信两人，在20世纪60年代的堪测资料里夹杂的真货太多，反而被建总的大数据中心分析出不对劲的地方——丁飞放在巴禄图书馆里的地质资料太过详细，有些数据根本不是20世纪60年代的勘测技术能达到的。而钟远成后来送上几乎一模一样的地质资料，更坚定了简国炜的判断。

"你很聪明。不过，我们的战斗还没有结束呢！"丁飞微笑着夸奖了简国炜一句，保持着风度走出帐篷。但细心的藤井伊织却发现，丁飞的手在微微颤抖。

第二十二章
反目

"干杯！"五只酒杯碰在一起，然后各自一饮而尽。

坐在别墅户外的烧烤台上，牛排和羊肉串在炭火的烘烤下滋滋泛着油星，扇贝与虾等海鲜在一旁深情陪伴不离不弃，还有各色亚热带水果满当当摆了好几盘，权作消腻之用。

远眺山脚下的人工湖湖面平静，泛着碧蓝的颜色，像宝石一样镶嵌在盆谷中，清爽的微风拂面而过，陈学灿深吸一口气，整个人都放松下来。

不止是他，所有人喝完第一杯啤酒后，俱心情舒畅。即使是最注重个人形象的钟远成，也放松身体整个人以葛优瘫的姿势斜斜倚在户外沙发上，欣赏着眼前的美景。

压在所有人心头最重的石块已经落下，虽然还不到可以庆功的时候，但一直紧绷着的神经，却也不妨适当放松放松。

"现在贷款问题终于解决了。小简，我今天一定敬你一杯。

这次要不是你在艾沙迪面前展现了什么叫中国速度，他恐怕也不会做出这么大的让步。"陈丰举起杯，陆晓琪知机地为二人添上酒。

简国炜赞许地看了陆晓琪一眼。这小姑娘有心机，给客人倒酒时小心翼翼倒了满杯，给自己人倒酒时却把瓶子一竖让啤酒在杯子里泛起泡沫，乍一眼却让人觉得两杯分量相当。不错，是个可以带得出去的好助手。

碰碰杯子简国炜谦虚道："这也不是我一个人的功劳。要不是我们建四和建六通力合作，也搞不出那么大一个场面，把老外统统给震住了！以前呢，是我们求着银行要贷款，现在呀，我看马上就是银行求着要给我们放贷款了！"

有没有优质的抵押品，对于银行来说，是是否放贷的重要影响因素。可以想见，当把普丹港49%的经营权作为抵押的消息传回集团公司，国内外的商业银行必定纷至沓来争相提供贷款担保等金融服务。以建四和建六两位老总的风格，八成还会挑挑拣拣，逼得银行多签下几款"不平等条约"，才会施舍似的签下贷款合约。不必印证那句"借钱时是孙子，还钱是大爷"的至理名言，从借款时就开始享受成为"大爷"的福利。

"是啊，那可是一座港口啊！谁又会不动心呢？"钟远成也发出慨叹。他比简国炜和陈丰想得更深一些。这些年来，逐渐强大的中国，正逐步向外辐射影响力。无论是"丝绸之路经济带"，还是"21世纪海上丝绸之路"，都是试图通过经济合作，完善全球发展模式和全球治理，推进经济全球健康化的重要途径。

在这种形势下，拿下东南亚一座港口哪怕仅是49%的经营权，无论经济还是政治意义都非常巨大。从安全角度来讲，中国属于能源进口大国,在东南亚地区拥有一座港口,就等于拥有了保障海上运输线的基地;从经济角度来说,东南亚地区本来就是全球经济发展较为迅速的地区之一,有了港口也等于从海上开辟了一条通向东南亚地区的蓝色经济通道。

这可是一场泼天的大功!一想到这里,钟远成心热了起来。他现在甚至已经不在乎最终是建四还是建六拿下这个工程,只要最终是中国的企业拿下苏尔曼高铁项目,他都可以凭借这个功劳进入高层的视野,对他以后的仕途大有好处!

"不能掉以轻心呐!"钟远成忍不住提醒大家,"在接下来的时间里,西城株式会社肯定会调集更多的资源,会发动更强大的反击。一座位于东南亚的港口对于我们十分重要,对于日本也一样十分重要。"

"没错,但我们现在主要目标就是要先拿下苏尔曼高铁项目。至于之后的事情,我想集团公司和建总都有相应的应对预案。"简国炜说道。

不是简国炜傲慢轻敌,是因为他相信中国人有耐心也有信心说服当地民众,让他们感受到中国投资带来的好处。包括曾经被新总统推翻的汉班托塔港和科伦波港口项目,都在这样耐心的沟通说服下如期回到中国人手中。

"现在最大的问题还是舆论问题。"钟远成强调。

"这倒是。"简国炜烦恼地挠了挠头。

西方媒体一向标榜客观、中立,但在对待中国的报道中,往往要么戴着有色眼镜,要么片面有缺陷。以至于有人统计,西方媒体中超过90%有关中国的报道,基本全是"黑料"。可以说在这种氛围下,读者很容易被"洗脑"。但偏偏西方媒体又一直占据着世界媒体的核心地位,信息辐射大半个地球。民众在知识、地位、视野上的天然局限,使他们很容易被舆论操纵。若不是近年来中国的人多了,而且依托网络的社交媒体兴起,只怕在大多数西方人的心目中,中国人还是戴着斗笠留着辫子的模样。可即使这样,西城株式会社一旦全力发动舆论机器,中国还是难免吃亏。

"你不是认识一个本地的记者朋友吗?能不能……"

简国炜想了想之后摇摇头:"难!稿件发不发不是记者说了算,是主编说了算。她就算写了报道,也未必能发得出来。"

"总要试一试嘛。"

"如果仅仅是一条高铁线路的竞标也还好,但涉及一个港口的经营权,哪怕只是一部分,一些人的神经可能已经被踩痛了。写了也不保证一定能发表出来。"简国炜隐晦地说。

"可是,西方不是一直说言论自由和新闻自由吗?"陈学灿不相信地问。

"言论自由和新闻自由当然存在!"简国炜摊开手做个无奈的表情,"你可以说,但没人听。你也可以写,但没有人看。中立的新闻媒体有没有?当然有!可是它永远只是影响力薄弱的小众媒体,因为没有人会在它的载体里投放广告,其他同行永远不会引用他的新闻,也不会提供新闻让它刊登,就像它完全不存在一样。"

"这还真是……"陈学灿想骂脏话了,考虑到有女士在场,又硬生生地吞了回去。

两人正在商议的时候,屋里的固定电话突然响了起来。陈学灿走进房间接起电话说了几句,把电话放下后笑着道:"还真是说曹操曹操就到，苏记者来了。"

其他人都觉得高兴，简国炜却是暗叫一声不好，心下有些发虚。他欠了苏月一顿饭，到现在都没有偿还，苏月几次电话询问，他总是因为竞标太忙而只能嘻嘻哈哈地打太极。今天好容易空下来大家一起吃顿烧烤，又忘了叫上苏月，待会儿见面就算简国炜口才再好，也百口莫辩了。

正紧急思考该如何狡辩才能躲过这一劫，苏月已经乘着保安驾驶的高尔夫球车到了。下车后看到他们五人在一起聚餐，果然表情一变。简国炜磨磨蹭蹭地站起来正想要说话，却看见丁飞从另一边走下车来。

简国炜和钟远成一起站起身，既奇怪又尴尬。在竞标时，将丁飞当作竞争对手也还好，但在私下的场合见面，滋味就有些复杂了。重要的是，他来这里做什么？

"不好意思，刚才在外面闲逛，恰好看见苏记者要进来，我就和她一起来当个不速之客，不会打扰你们吧？"丁飞笑着摊开手说道。

他今天来，倒真是没有什么挑衅或探听消息的意思。丁飞本来就是一个极聪明也极有决断力的人，自从发现艾沙迪对中方企业的建设效率极感兴趣，而日方的技术优势又不是那么明显时，他就已经萌生了退意。或许十年前，他会选择孤注一掷，但现在，更加成熟也变得更加"吝啬"的丁飞，已不舍得押上他的全部职业生涯。

人呢，就是这样，一旦预先把对方设定为对手，敌意就会慢慢滋生；一旦决定放弃后，念旧的情绪又缓缓溢出来了。鬼使神差般，他就把车开到这里，在见到苏月后，更随着她一起进来见简国炜和钟远成。

无论陈丰、陈学灿还是陆晓琪,都是极有眼色的人。见他们老同学见面,就找了个借口走开了,唯有苏月出于记者的好奇心,死皮赖脸地坐下就不愿走。

三人互相看了看,脸上都泛起笑容。用武侠一点儿的话来说,这是独属于"高手"之间才会有的惺惺相惜。无关立场,只是尊重。

"都愣着干吗,坐吧。"丁飞很有反客为主的架势,自己拿了个干净的杯子倒上啤酒,一口干掉后惬意地呵出长气。恍惚之间,好像又回到了十年之前。那个时候,他们也经常这样聚会。只不过,那时他们撸的肉串,是来自街边小摊,更舍不得点海鲜之类昂贵的菜品。

"我去给你拿支叉子。"

"不用了。"

丁飞说着,从口袋里取出一支钢笔,旋开笔帽,利索地用笔尖将牛排割开,又叉了一小块往嘴里送。他手中的钢笔看似不起眼,却极为锋利,切割牛排如切豆腐一样轻松。

"这是美国西尔斯公司出品的战术防卫笔,可以书写,可以应急防卫,还可以当口哨、手电使用。最棒的是,刀刃部分使用的是氧化锆烧制的陶瓷刀片,锋利度是普通钢刀的十倍,还可以携带它通过安检。"

"你随身携带这玩意干吗?"

丁飞笑而不语。初到日本时,晚上加班晚了,总是会遇到黑帮小混混在路上讹诈,有时候因为反抗他被打得遍体鳞伤。在那个小巷里,没人在乎一个中国人的求助,都冷漠地走开,从那以后他就习惯了在身上带一支以高硬度陶瓷为笔尖的战术笔,以备不时之需,没人比他更知道当一个人在绝望中求生时的狠辣!

品尝了一小块牛排之后,丁飞疑惑:"奇怪,明明品质更好,为什么总感觉味道和当年一比少了点儿什么?"

简国炜也放松下来,感叹:"可能是少了当年那种年少轻狂的心态吧。"

"年少轻狂吗?"丁飞咀嚼着这个词,想叹气又叹不出,只觉得有些怅然。

在某些方面,钟远成比简国炜更加敏锐,看着丁飞的神态,他已经可以猜出一二。如果是他,也会在面临失败之前,及时抽身以免被连累。钟远成心里又是惭愧又是放松,因为丁飞如果一走,西城株式会社就不足为虑了。既知己又知彼的敌人,才最是危险而且致命。

"今天老同学终于重聚,其他的事就不要再说了,大家一起干一杯!"钟远成举杯提议。简国炜连忙拿起杯子,丁飞却是犹豫了一下,然后摇头轻笑,举杯在二人的杯子上各碰一下,把杯中酒饮尽。

虽然没有说话,但也表明了一种态度,简国炜简直是受宠若惊了,赶紧把酒倒进肚子里,却又因为喝得太快被呛住,捂着嘴大声咳嗽起来,惹得丁飞和钟远成一起笑出声,刚才生疏、尴尬的局面也缓和许多。

"毛毛躁躁,和以前一点儿都没变。"丁飞点评。

简国炜张了张嘴想反驳,但话到嘴边却又咽下。

丁飞哑然失笑,知道他在顾忌什么。说实话,如果他竞标失败,倒也未必还能抱着心平气和的心态坐在这里与简国炜、钟远成喝酒聊天。但这一次,在丁飞看来并非是他输了。

虽然中国高铁在制造成本、效率上颇有优势,但在精细化施工、品质控制方面,距西城株式会社还有不小距离。奈何这次的客户方资金有限,当然是愿意在尽量压缩建设资金的同时缩短建设时间。如果换一个财大气粗注重品质的客户,谁胜谁败还未可知。

就算是再竞争下去,其实西城株式会社也未必就是必败局面,但那就要涉及更多的政治交易以及私下的小手段了,这是搞科研的丁飞所不擅长的,及时退位让贤也是对西城株式会社的负责任之举。

"好了,今天兴致尽了,我先走一步,也省得破坏了气氛。希望下一次,还能有机会继续在一起喝酒。"

丁飞说着,再次碰过杯喝下一杯啤酒,冲着简国炜和钟远成笑了笑就转身要离去。只是他才刚刚站起,电话就响了起来。

简国炜和钟远成的表情立即微妙了,因为眼尖的两人,已经看到屏幕上藤井伊织的名字。丁飞看到他们忌惮的模样,微笑摇头,索性打开免提,用中文与藤井伊织对话。

"亲爱的,我正在和老同学们聊天,现在开了免提。"

"是吗?那可太巧了!恰好,我有一份礼物要送给你和你的老同学们呢!"电话那头藤井伊织也笑着用中文说道。

丁飞皱皱眉,耐着性子问:"哦,是什么礼物呢?"

藤井伊织却卖起了关子:"还记得站在中国人那边的女记者吗?这几天,她一直在查找几篇论文。但有趣的是,她查到之后,却没有交给任何人。于是,我也好奇地查了查,果然查到了一些很有意思的东西。我这就发送给你,请接收一下。"

她的话没有说完，苏月的脸唰的一下就白了。丁飞看了看苏月，更加疑惑和慎重起来。电话刚挂，一封邮件就迫不及待地塞进了他的邮箱中。点击打开之后，下一刻，丁飞目光一凝，看着短短几页数字文档，整个人呆立原地。

这是一份英文论文，十年前由俄罗斯圣彼得堡铁路交通大学所发表，内容是他们使用HPC-17型混凝土制造出一种新型预制箱梁的全过程。只是因为建筑材料一直更新进步，它的指标在十年前看来很先进，但现在已经落后很远了，所以这篇论文没有引发什么波澜，连一直关注着高铁前沿热点的丁飞也没看过。

苏月查找到这份资料后，原本想竞标结束后再交给简国炜，但又怕他在这过程中吃亏，一直左思右想拿不定主意。但没想到，竟被藤井伊织抢先交到丁飞手中。

"看什么呢？"简国炜不见外地一探头，看到论文标题之后也愣住了，几乎是像抢一样从丁飞手里夺过手机，当着他的面快速翻阅一遍后，他呆呆地站了一会儿，又将论文翻到混凝土PH值计算那一页，仔细地看了一遍。

"为什么他们能成功，我们却失败了？你的实验设计没有问题，我的数据计算也没有问题。除非……"简国炜的目光从论文中抬起，目光有些发直，"除非，实验材料有问题。"

哗啦！钟远成一个趔趄，将椅子碰倒，面对简国炜和丁飞审视的目光，身子止不住开始颤抖起来。

"我记得你父亲有一座钢铁厂，当年实验用的钢筋就是从他那儿买的。"丁飞说话声音很平静，甚至平静到出乎了他自己的意料。

钟远成扶起椅子慢慢坐下，整个人像老了10岁似的，脸上就流露出似悲似喜的表情，身体却慢慢放松下来，像卸下了什么重担："早没有了。8年前，因为生产的劣质钢筋引发重大安全生产事故，被判了有期徒刑20年，钢铁厂也破产了。"

"你当时为什么不告诉我们？"

"告诉你们什么？告诉你们我父亲是个生产假冒伪劣产品的浑蛋，你们应该叫警察去抓他？"钟远成笑出了眼泪，"我跟你们吵过、闹过，要你们放弃。可你们不肯呐，我有什么办法！"

简国炜的脸已经因为愤怒而扭曲："那在试验失败后，你发表的那篇，给我们盖棺定论的论文呢？又怎么说？"

钟远成仍在笑，也不知是在笑简国炜、丁飞还是在笑自己："我需要留在北京，琳琳的家人才会允许她和我结婚。当时我就想，反正、反正你们的试验也失败了，我无论怎么做都改不了这个结局。还不如……废物利用一下。"

丁飞也咧嘴，但不确定是不是笑，因为他一点儿声音都没有发出："原来在你眼里，我们就是两个废物。"

"单纯、幼稚，不懂得防备人，只以为靠着一腔热血就能把天底下所有的事情都做好。这样的人，迟早在南墙上把自己撞死，不是废物是什么？"

钟远成脸上的笑容充满嘲讽。他希望丁飞能举起拳头，把自己当场打一顿，打得越重越好。

丁飞闭上眼，不住地喘着粗气。的确，听起来钟远成是有不得已的苦衷。但他呢？他受到的伤害谁来弥补？他的青春他的生活他的理想他的前途，全被钟远成的"苦衷"搅得乱七八糟。这些年他经历过的那些苦难，不会因此烟消云散；这些年他错过的那些机会，也不可能再重新回来！

简国炜大喝一声就想冲着钟远成脸上来一下,但丁飞一把抓住了他的胳膊。丁飞很用力,手指像铁钳一样,但指尖却是冰冷的。看着他苍白的脸,简国炜不愿再挣扎,莫名地有些心酸。

"对不起,小师弟,这些年冤枉你了。有机会,我一定向你摆酒认罪。"即使是在这样的时候,丁飞依然是温文尔雅的。只是他不断起伏的胸膛,却暴露了他内心的激烈情绪。

两个人在街上撞了一下,其中一个可能会卷起袖子大声叫骂,表现出一副气势汹汹的模样,有极大可能性会逼迫对方道歉让步。但丁飞不爱吵架也不会打架,他受到的损失更不是一声道歉就能挽回的。那么就——且看将来吧。

"我先走了。"丁飞笑了笑对钟远成说。笑容里流露出的,却是不加掩饰的恶意。

走出几步,丁飞突然回头,用手指对钟远成点了点。因为始终咬着牙,甚至能看到他的嘴角边流出一丝血线。然后他猛地转身,哈哈大笑起来。只是那笑声,却显得无比悲凉。

简国炜淡淡地看了钟远成一眼,仿佛他只是一块石头、一根树杈一样的死物。

"你们建六以后有什么事情需要和建四合作,请陈副总来转达就行了。我们俩……以后不要再见面了。"

钟远成满脸漠然,看着简国炜的背影慢慢走上二楼,消失在拐角处。然后,他的身体忽然剧烈颤抖起来,整个人慢慢缩小,将脸深深地埋进手心里。

第二十三章
疯狂

从接到上谷康成秘书打来的电话之后，丁飞的心情就变得糟糕起来。从明确开始要参加苏尔曼高铁项目的竞标以来，上谷康成表面上对竞标过程不闻不问，一副完全放权的姿态，但丁飞知道，有关竞标的大小事情，上谷康成都尽收眼底。

其实对于上谷康成的某些安排，丁飞是颇有微词的。丁飞虽然被任命为竞标组长，但上谷康成明显对于藤井伊织更加信任，也赋予了更多权限。而正是藤井伊织的多次"独走"，才造成今天这样不利的局面。如果按照丁飞的计划，尽力缩拢爪牙，伪装成人畜无害的模样，只在最关键的时候，才给中方狠狠地来一下，那么现在就算稍有落后，也不会被中方拉开如此大的差距。

但是现在说什么都晚了。最后的决战还未开始，失败的阴影就笼罩在西城株式会社头顶上。这样大的过错，肯定有人要站出来承担责任。藤井伊织作为藤井副社长的女儿，拥有天然的豁免权利，那么丁飞这个名义上的组长，就得结结实实背起这口黑锅。

要是在昨天之前，丁飞或许还会暗自高兴可以趁机卸下重担。但他现在，却心心念念地想趁着担任竞标组长的机会，借用西城株式会社甚至是日本政府的力量，向钟远成进行报复。如果他被撤了职，又该如何报复钟远成呢？

丁飞一路不断地打着腹稿，想着该怎么说服上谷康成。但想来想去，他也没想出什么好办法。作为西城株式会社的掌舵人，上谷康成看似和善，有时候还会与下属说几句小笑话，可只要是他打定主意的事情，就绝不会轻易改变主意。

和室内隐隐传来乐声，门口穿着和服的侍女先对丁飞做了个噤声的手势，才无声无息地拉开门。丁飞这才看见，有一个戴着面具的人正在轻歌曼舞，而上谷康成坐在一旁津津有味地观看着，嘴唇还微微蠕动，似乎与演员在一起念白。

这是日本的能剧，又被称为"猿乐之能"，源自唐朝的百戏，在日本的地位有些像中国的京剧，但处境比京剧更加尴尬。京剧中好歹还有些"武戏"能让人眼睛一亮，更别提近年来许多中国风歌曲兴起，纷纷将戏腔融入流行歌曲之内，让年轻人颇为推崇。可能剧却从一开始就追求高度抽象化的洗炼简净，连欢乐悲伤等截然相反的情绪，都通过同一个面具来表现，而且"代代一传，一成不变"。所以便成了日本一种虽说地位很高，却小众得不能再小众的表演艺术。

丁飞虽说欣赏不来，但也不敢打扰，只得跪坐在上谷康成身后，耐心地等待着。好容易等演出完了，上谷康成又与主演客套许久，待演员退出门后，上谷康成才转身微笑询问："丁桑，刚才很闷吧？"

"很抱歉，这种艺术离我太远了，的确不知该怎么欣赏。"丁飞实话实说。

上谷康成开心地大笑起来："是啊，能剧其实是一种落后的戏剧，以至于需要政府和民间组织进行保护才能生存。实话告诉你哟，其实我也不太喜欢能剧。年轻的时候美国人喜欢猎奇，达官贵人们也喜欢通过观赏能剧显示自己的品位。所以没办法呀，我只能陪着他们一起观看。再后来看得多了，地位也高了，所有人都吹捧我是个精通能剧的'行家'，于是，我也只能继续保持这个'爱好'了。"

丁飞不知该如何接话，只能沉默不语。好在上谷康成转换了一个话题，却使丁飞更加难堪。

"听说，你们在雅隆铁路开工仪式上出丑了？"

"非常抱歉。我……"

"跟你有什么关系？归根结底还是我们落后了。"上谷康成悠悠闲闲地笑，仿佛一点儿也不挂怀似的，"对于日本人来说，承认自己落后是一件很难堪的事，所以大多数人宁可死也不愿承认。1945年美国人用两颗原子弹，让我们不得不承认自己落后，然后才踏踏实实地付出努力去追赶世界一流，但我们付出的代价也太大了。希望这样的事情，不会在今天重演。"

听到上谷康成这样说，丁飞心里更是五味杂陈翻涌不止。他抱着学习先进技术的想法远渡日本，期望凭借技术优势完成复仇显示自己当初的正确。但现在，上谷康成居然亲口承认日本已经落后了，这让丁飞情何以堪？才不过十年时间，原本的先进怎么就变成落后了呢？

"请再给我一次机会。我……不愿意就这样认输！"丁飞恳切请求。

"不愿认输？"上谷康成饶有兴趣地问，"那么你打算怎样赢呢？"

丁飞脸上一阵扭曲，终于从牙缝里蹦出四个字："不择手段！"

将最难堪的话宣之于口告之于人，那么接下来丁飞的思路就活泛起来："亚洲很大，容得下两个大国携手并肩；但亚洲也很小，我们的盟友不希望日本与中国和和睦睦。有的时候，我们其实也未必想要竞争，但我们的盟友希望我们与中国竞争，于是我们也只好拼了命去和中国争。所以现在，该是请盟友借给我们一点儿力量的时候了。"

"这还不够！"上谷康成眼睑低垂，"就在今天早上，首相和我通了电话，他拜托我务必要拿下普丹港——不惜一切代价。这是首相的意思，也是一些西方友人的意思。"

丁飞身子一颤，不可置信地望着上谷康成。但上谷康成仍是垂着眼皮面无表情，看也不看他一眼。

"身为藤井家未来的女婿，那么你就必须为藤井家分忧。伊织那孩子，我会让她闭门思过。从今天开始，竞标组没有人能违逆你的命令。"上谷康成的语气变得温和起来了，"好好做，只要竞标成功，你就能成为这个项目的负责人，我也会全力支持你继承藤井家在西城株式会社的地位。"

上谷康成画出的饼不可谓不大，然而丁飞却悄悄捏紧了拳头。他此刻才知道，即使他与藤井伊织成为"恋人"，他在西城株式会社的地位，也没有因此而提高多少。所以在面临困难的时候,西城株式会社不但不会为他提供保护,反而将他用力向前一推,让他成为没有退路的过河卒子,承担起"黑手套"的职能。

但丁飞又能怎么样呢?这是他选择的道路,咬着牙也得走下去。他心里充满了怒气怨气和杀气,有对西城株式会社的,有对上谷康成的,更多的则是对钟远成的——不是你,我怎么会变成今天这样?

"我明白您的意思了。无论高铁项目还是普丹港,都绝不会落到中国人的手里。我保证!"

上谷康成终于满意点头:"我已经帮助你把苏末尔议长请来了,去做你该做的事情吧。"

"是!"

"另外告诉你一个好消息。有可能,你不用再担心面对两家中国企业的夹击了。"

"为什么?"

"谁知道呢?中国人,最擅长的就是内斗了。"上谷康成意味深长地说道。

退出和室,两边的门缓缓关闭,截断了上谷康成和丁飞的视线。丁飞鞠躬后转身,在西城株式会社众多职员惊诧的目光中,慢慢解开自己的领带扔进垃圾箱里,接着解开衬衫领口的扣子,让自己更放松一些。

在工作的地点这样做,是非常失礼的行为。如果是一名新进员工做出这种举动,不但会遭到上司的喝斥,从今往后同事也将视他为"异类",将他排斥在团体之外。但丁飞不用顾忌这些,他的职位能将他的行为在低级职员脑海里自动美化成"不拘小节",而且他现在也不想再有任何东西束缚住自己。

——只要赢!

——只要赢就可以了!

——只要赢就可以保住现在拥有的东西,说不定还能更进一步!

谦逊与儒雅从脸上慢慢褪去,偏执和疯狂一点一点地从心底最阴暗的地方渗出来,布满他的全身,令他看起来愈显癫狂。

他先打了个电话交代了些事情,然后才推开会客室大门,看见已经显得有些焦躁的苏末尔。丁飞只是微微鞠躬,做了个请坐的手势,就自己先坐了下来。

苏末尔深吸口气。作为苏尔曼省的议长,他的时间非常宝贵,然而今天他在这里已经等待了足足半个小时,要不是有上谷康成的面子,他早就转身走了。此刻见丁飞进来,既不道歉也不客套,脸便沉了下来。他的面相本来就显得有些凶,现在沉下了脸,更是让人心里打颤。

"丁先生,你们昨天的蹩脚表演,令中国人大出风头。如果中国人得到了苏尔曼高铁项目,我们的计划就会完全失败。对此,你有什么要说的吗?"

"阻挠和拖延苏尔曼高铁项目,那是你的计划。而西城株式会社的计划是得到这条铁路的建设权,和你的计划完全是两码事。只不过因为我很善良,所以愿意配合你将高铁项目稍微拖延一点时间,如此而已。"丁飞毫不客气地说道。

"你……"苏末尔正要发火又强行忍下,冷笑着问,"在昨天的表演过后,你觉得你们还有机会赢得竞标吗?中国人的技术、效率都强过你们十倍,再加上金融援助的短板也被补齐,你们怎么赢?"

"我自然有我的办法。现在的问题是，你打算怎么做？"

"普丹港属于苏尔曼全体人民，而不是属于某个人的。"

苏末尔的暗示很明显，他要发动议会全力抵制艾沙迪抵押普丹港经营权的提案。这本是很有效果的一招，可以令中方的贷款出现困难。但既然在猛兽面前端出肥肉，它又岂能让你再把肉端走呢？

"你不能这么做。"丁飞淡淡地道。

"我能！"苏末尔提高了声音。

"你不能。"丁飞依然镇定。

苏末尔冷笑着站起身："看来我们没什么可谈的了。"

他整整衣服，就要离开这里。但随即，苏末尔的脚步定住了。因为一张张照片和一叠叠资料被丁飞一份一份地扔在茶几上。

"这是你和你的情妇在一起的照片，这是你私生子的照片。至于这张，是你在银行秘密账户的流水账。哦，还有这个，是你与几名企业家勾结私分国家财产的证据……关于你的资料我还有许多，需要我一一拿出来吗？"丁飞每说一句，就将一张照片或一份文件丢到苏末尔面前。他说话的口吻彬彬有礼，却透着无边的恶意。

"你……你知道你在做什么吗？"苏末尔浑身都在发抖，也不知有几分是气，几分是怕。

"我当然知道我在做什么，但我害怕你不知道你自己要做什么。"丁飞目光中透着悲哀，"既然上了船，就不要再想下来了。"

苏末尔嘴角不住抽动，目光越来越凶狠，拳头也越捏越紧。但对峙了一阵后，他还是在丁飞的疯狂中败下阵来，无奈地回答："我知道了。"

"很好，看来我们接下来的沟通就会顺畅很多。"丁飞微笑着，为苏末尔斟满一杯茶。

"你到底要我怎么做？"

"第一，我要你在议会全力促成抵押普丹港经营权的提案。第二，我要让整个苏尔曼省无论报纸、电台还是电视台，一天24小时全部充斥着中国人的负面新闻。至于素材你不用担心，有人会送给你的。最好在竞标开始之前的一两天进行这项计划，只有让他们猝不及防，才能最大程度地达成攻击效果。即使他们找到领事馆施压，竞标也结束了。"

苏末尔沮丧："这不可能！如果我可以同时控制全省的媒体，艾沙迪早被我赶下台了。"

"你可以的，他们不会拒绝你。"丁飞在苏末尔耳边轻轻说了几个名字，苏末尔吃惊地瞪大了眼。这几个人中，有世界性的传媒大亨，有在遥远国度里掌握重权的政府官员，甚至还有半公开活动的异国情报官员。如果这些人一起发力，别说形成媒体舆论风暴对付中方企业了，就算要推翻这个国家的政府也不是不可能。

"看来你有很多盟友。"苏末尔挑挑眉毛。

"是的，我有很多盟友，包括你在内。"丁飞很有技巧地说道。

喘息逐渐加重，苏末尔的眼睛亮了起来。政客通常不考虑对错，不在乎面子，只思索利弊。丁飞刚才对他的威胁，苏末尔已忘得一干二净。他现在满脑子所思所想的，就是如何抱紧丁飞的大腿，然后加入他的"朋友圈"，以获取更大的政治利益。

"没有问题，我会做好一切。"苏末尔自信地说道。

"非常好！但接下去，每隔一段时间就必须爆出一桩有关中国人的丑闻，即使竞标结果出来后也不能停止。我要让苏尔曼省的老百姓，一提起中国人和中国高铁，脑子里首先就会升起负面印象。"

"请等待我的好消息吧。"

等到苏末尔的身影从门口消失，丁飞一直保持笔直的腰杆终于塌了下来。他捂着额头，一脸痛苦。等觉察到有人悄无声息地走进房间时，他再想保持形象已经来不及了，他的软弱被人尽收眼底。

藤井伊织向丁飞深深鞠躬："对不起，给您添麻烦了。"

因为画蛇添足地参加了雅隆铁路开工仪式，反而凸显出中方企业的优势，藤井伊织受到了严厉斥责，但终究也只是斥责而已，除了损伤一点儿面子之外，对她的职场生涯造不成半点儿损伤。而她造成的损失，却必须由丁飞来承担。

"不必客气。"丁飞有些尴尬地说。

"请务必加油！"藤井伊织面色复杂地说，"只有胜利者才有加入藤井家的资格。而失败者，将失去一切。"

说这话的时候，藤井伊织微微感觉有些可惜。像丁飞这样外貌风度学识俱佳，而性格又好的男人委实是不多了，所以其实她也曾经想为丁飞争取一下。但上谷康成却认为，由中国人用不那么光彩的手段去对付中国人，才是西城株式会社撇清自己的最好办法。

上谷康成安排藤井伊织来给丁飞道歉，只是给他挂上一只永远也吃不着的胡萝卜而已。事实上，一个人由白变黑容易，但由黑变白可就难了。藤井家又怎能让一个有污点的人，成为他们家的婿养子呢？

然而丁飞却被她感动了。一个掉进水里的人，就算是稻草也会紧紧握住，即使是一线希望，也能让他们拼命追逐。

"谢谢，谢谢……我一定会努力的！"丁飞的声音竟有些哽咽起来。

就算养一只猫啊狗啊，久了也会有些许感情，何况是交往了那么长时间的男友。虽说都心知肚明是利益的结合，但若是没有一点点的喜欢，藤井伊织又怎会选中丁飞？

看见一向儒雅的丁飞，竟然如此失态，藤井伊织也不由心一软，握住他的手："有什么我可以帮你的吗？"

丁飞想了想，忽然一咬牙，面目变得狰狞起来，喘着粗气断断续续地说："我记得，你……你和这个国家极右翼组织，还有一些地下帮派有联系。能不能、能不能……"

"丁桑，你这是想做什么？"藤井伊织严肃起来了，"你知道这样做的后果吗？快放弃这个危险的想法吧！"

"我、我……只是想以防万一。"丁飞嚅嗫道。

藤井伊织定定地看了丁飞许久，终于叹口气："好吧，我现在就把他们的名单和联系方式给你送来。但是请你务必答应我，不到万不得已，不要打出这张牌。"

"我明白了。"

抚摸着丁飞的脸，再叹口气，藤井伊织走出门。只是，才一出门，她的脚步就变得轻快起来，脸上也泛起了微笑。

原本以为还要费一番口舌，想不到他主动讨要，真是个利欲熏心的笨蛋——藤井伊织得意地想。

就在藤井伊织转身的同时，刚才还一脸感动的丁飞，也把感动一点一点从脸上抹去。过了一会儿，确认不会有人再进来打扰他后，丁飞忽然开始干呕，大口大口地呕着，却什么也呕不出来，反而牵扯得胃部一阵痉挛。他不得不跪在地上，用头死死顶着地，嘴里却不肯发出半点儿声音。黄豆大的汗珠，从额头上渗出来，很快在地毯上洇湿了一圈。在这场荒诞的默剧中，丁飞的脸愈加扭曲。良久后，他缓缓站了起来，突然笑了笑，显出白森森的牙。

"既然你们都想我闹，不如就闹得大一点儿吧。"丁飞自言自语地说道。

第二十四章
风起

早晨八点，钟远成被手机铃声惊醒。睁开眼，看到时钟显示的数字，钟远成也有些惊诧自己居然在工作日一觉睡到这个时候。

拿起电话一看，还是妻子谭琳琳的来电。一接通，就传来熟悉的声音。

"昨晚又喝醉了？"

"嗯。"

钟远成昨天晚上一个人坐在房间里自斟自饮，也不知什么时候就突然倒下，然后完全失去了记忆。他烦恼地挠了挠头："怎么，我又酒后失态了？"

"没有，你只是一声不吭，一直在喘粗气。"

"那你有什么好担心的？可能就是睡觉时无意间摁到通话键了。挂了，今天还有很多事呢。"

"认识你这么多年，还不了解你吗？"谭琳琳急促地呼吸几下，不经意间语气流露出一丝心疼，"你那是连哭的力气都没有了。就像……爸爸被抓走的那次一样。"

沉默了一会儿后，钟远成声音里带着点儿哀求了："别说这些了好吗？我现在很忙很忙，没有时间懊悔也没有时间自责。等竞标结束之后，我会调整过来的。"

"需要我帮你……"

谭琳琳的话还没说完，钟远成的手机又震动起来。他看了一下，打电话来的是陈丰，立刻说："就这样吧，我有公事要处理。挂了。"然后又接起陈丰的电话。

"钟总，你快到会议室来，出事了。"陈丰急切的声音从电话里传来。

"好，我马上就到。"

钟远成也顾不得洗漱，急急穿上衣服，飞奔下楼。等到了会议室的时候，建六竞标组的成员已经几乎全部到齐了。所有人都坐在会议桌旁，面色凝重地看着一侧挂着的电视。建六竞标组所有成员都拥有大学以上的学历，虽然听不懂，却能看懂下方的英文字幕。

电视中，记者正在对行人进行随机采访。也不知找来的是不是托，几乎所有的采访对象都对中国高铁的质量表示不信任，并且都声称日本新干线技术更先进，安全更可靠。到了快结束时，丁飞更是亲自站出来，以西城株式会社高层的身份接受了采访，话里话外将中国高铁一顿贬损，又将日本新干线技术抬得高高的，仿佛前两天吃瘪的不是他一样。

"放屁！"陈丰气得拍桌子，"日本卖给英国的高铁车厢，第一天运行车厢里就漏成水帘洞；他们自己运行的新干线，转向架也发生过严重裂缝和漏油，结果出来道个歉鞠个躬就完事了。就这样，还好意思说自己安全可靠？拿30000公里里程的中国高铁，和不到3000公里里程的日本高铁比事故数量，亏他们也有脸说得出口？"

"所以他们只讲事故数量，绝口不提里程数。"钟远成冷笑。国外的媒体就是这样，看似公正客观，但永远只给你看一部分真实数据，让受众像盲人摸象那样，只能接受媒体想让你知道的那一部分信息。

"钟总、陈总，今天的报纸买回来了！"几名组员各抱着一大摞报纸、杂志冲进会议室，放在桌子上。钟远成随手拿起面上的一份报纸，头版头条的标题是《中国龙正在接近》。标题看似中性，却配了一幅漫画，一条凶神恶煞的巨龙正将爪子伸向苏尔曼省的地图。

"立刻分类统计！我要知道有多少家报纸杂志报道了中国高铁的负面新闻。"钟远成沉着脸吩咐。

一阵紧张的忙碌之后，数字出来了。在他们能买到的83份报纸、杂志中，有69份报道了有关中国高铁的新闻或评论文章，其中还算中立的只有2份，其他全是负面消息。更糟糕的是，还有21份报纸是在头版头条，对于中国承建苏尔曼高铁项目进行恶意诋毁，有些甚至是空口白牙地造谣。

西城株式会社会使用舆论武器对中国企业进行打击，这本是预料中的事情。然而行动如此之快，规模如此之大，还是让所有人都有种猝不及防的感觉。

钟远成竖起两根手指："第一，由林工负责联系领事馆，请他们向苏尔曼省政府表示关注。至少要让幕后黑手，不能这样肆无忌惮地造谣。第二，由何工牵头，带两个人，尽量多联系各类可靠的媒体，不管是报纸还是杂志还是电视台，接受他们的采访，宣传我们的技术实力和政策。至于其他的人，该做什么还是照样做什么，继续进行竞标前准备工作，不要被他们乱了阵脚。"

见还有人慌了手脚，无法把精神集中在工作中，钟远成轻松地笑笑："都把心放到肚子里吧。对手对我们的辱骂和抹黑，正是因为我们的工作危害到了他们的根本利益。对手骂得越疯狂，就证明我们的工作做得越好。所有的抗议、诅咒、谩骂，都是中国高铁崛起的代价！所以同志们啊，不要被他们的骂声吓倒，你们应该把这当成对手的夸奖才对！"

一番小玩笑，振作起了所有人的精神。齐齐应声"是"，然后立刻按照钟远成的布置忙碌起来。

陈丰默默点头又摇头。钟远成的应对方式非常稳妥，虽然不能在短时间内把这些负面新闻打压下去，却胜在堂堂正正。但是，有句老话叫作先入为主，哪怕把谣言都澄清了，但只怕也在很多人心中扎下了根。即使赢了竞标，对于中方日后开展苏尔曼高铁项目，也十分不利。

"要不……咱们和建四的小简商量商量？这小子脑瓜子灵，说不定他有什么歪招。"陈丰提议。

钟远成的眼皮重重地跳了两下，勉强笑了笑："好啊，就由你去和他们联系吧。我在这里看家，免得有什么突发状况。"

陈丰点点头，心里却有些担心。他知道钟远成和简国炜之间一向有着心结，可经过前一段时间的合作，后来两人的关系也好了许多。但自从烧烤聚会那次，简国炜、钟远成和丁飞在一起也不知谈了些什么，似乎又有些不对劲起来，就连在彼此耳边提起对方的名字，表情也会立刻变得不正常。

现在可是竞标的关键时期，又共同面临着西城株式会社来势汹汹的舆论攻击。陈丰可不希望因为两人的不团结，而导致竞标失败。

"咦，你怎么还没走？"钟远成皱眉问。

陈丰犹豫了一下，才说："刚才，我听说了一个小道消息……"

"好了好了，既然是小道消息就不用和我说了。"钟远成不耐烦地挥挥手，却见陈丰还是站着不动，满脸为难。钟远成心中一动，问："和简国炜有关？"

"是有点儿关系。"陈丰看看左右无人，就附在钟远成耳边，把他听说的那个消息叙述一遍。钟远成的眼睛越睁越大，接着眉头紧锁，被这个意外的消息震得不轻。

陈丰顿了顿，看看钟远成的脸色，有些为难地问："所以我也拿不准，要不要先跟小简透个底，让他有个心理准备。"

钟远成想了想，冷笑："准备？准备什么？在一些方面他就是个单细胞生物，他什么也准备不了！这事你还是先对他保密吧，省得乱了他的心。"

陈丰想想也对，应了一声便把这事放下了，反正这事和简国炜也未必扯得上关系。只是他没注意到，钟远成刚开始拧紧的眉毛，一直都没松下来过。

原本，应对日方舆论攻势的事情，在电话里和简国炜说一声也就是了。但考虑到简国炜和钟远成之间的矛盾激化，陈丰决定还是亲自去和简国炜面谈比较好。如果有机会的话，还能帮二人做个和事佬。免得矛盾扩大化了，既影响竞标，也影响了私人交情。

这样考虑着，陈丰便打了一辆出租车，直奔简国炜他们租住的别墅。抹着满头大汗一进门，就看到陈学灿和陆晓琪，各自坐在沙发上玩着手机，而简国炜却不见了踪影。

"你们简经理呢？"陈丰一边问一边在心里摇头。建四竞标组成员到底还是太年轻，人数也太少，对于突发事件关注度不够。现在都火烧眉毛了，两个小年轻还有心情在这里玩手机。

"简经理，他还能去哪儿？去和女记者约会了呗！"陆晓琪酸溜溜地说道。

得！年轻人不靠谱，简国炜这领头的也靠谱不到哪儿去。再一想，简国炜今年也就35岁，勉强也能划归年轻人的范畴里。于是陈丰也只能摇头苦笑了。

"那他什么时候回来？"

陈学灿和陆晓琪对视一眼，同时摇头。陈学灿居然还笑嘻嘻地，开起顶头上司的玩笑："陈总，我们简头和苏记者，一个是孤男一个是寡女。这两人碰在一起呀，犹如干柴遇见烈火，郎才遇见女貌，指不定今晚都不回来了。"

"他敢！"陈丰还没说什么呢，陆晓琪就先不答应了，叉着腰放出狠话，"他要敢夜不归宿，我、我就立刻向纪委举报他，说他有生活作风问题！"

"嘿，简头男未婚，苏记者女未嫁，他们俩凑一块儿你急个什么劲？"

"你说什么呢！我就是觉得那个什么苏月不靠谱。她一个外国记者，为了找新闻要到处跑。咱们简头呢，高铁建到哪里，哪里就是他的家。这两人在一块儿，迟早要分开。"

"分开也轮不到你！晓琪，你就死了那份心吧。咱们简头可是正派人，不喜欢玩什么大叔萝莉那一套。"陈学灿诚恳谏言。

陆晓琪却不肯虚心纳谏，生动演绎了什么叫伴君如伴虎，女人是老虎；什么叫怒从心头起，恶自胆边生。当下手机也不玩了，随手操起靠枕就向陈学灿追杀过去。陈学灿当然不敢还手，只得抱头鼠窜，两人绕着陈丰捉起迷藏，陈丰哭笑不得，只能暗叹现在的年轻人就是会玩，他老人家算赶不上趟了。

"咳咳！"门外突然传来两声轻咳，陈学灿和陆晓琪的身体一下顿住。回头一看，一起发出惊呼。

"爸？"

"陆、陆总？"

陆嘉林的目光在陈学灿和陆晓琪的身上一扫而过，看见陈丰时才露出几分笑意："原来陈总也在，好久不见了。"

想起那个传闻，陈丰心里咯噔了一下，不敢怠慢，忙伸出双手与陆嘉林相握："我刚好找简经理有点儿事要商量，于是就过来找他。陆总，您怎么也来了？"

"没什么大事，就是来看望一下竞标组的功臣们。顺便，给他们带点儿东西。"陆嘉林带着秘书走进来，转头问，"对了，你们简经理呢？怎么没看见他？"

"爸！你刚一进门就满口不离简经理、简经理的，那么大一个女儿站在你面前，你当看不见啊？小心回头呀，我到妈面前告你一状！"陆晓琪嘟起嘴双手摇晃陆嘉林的胳膊。

"看见了看见了。我找你们简经理有公事，又不是不疼你了。你瞧,我还给你带了好多你爱吃的零食呢!好好好,不生气了好不好?"陆嘉林板着的脸绷不住了,只能赶紧先哄宝贝女儿开心。

陈丰心里暗竖大拇指。这简国炜还真是有人格魅力,当女儿的主动在父亲面前撒娇卖萌,为上司打掩护。怪不得人都说女生外向,原来就是打这儿来的。

好不容易安抚好女儿,陆嘉林请陈丰坐下,一开口就问:"我一下飞机就听说,苏尔曼这边出事了?"

陈丰只好回答:"是的,西城株式会社那边,发动了舆论攻势。现在形势对我们很不利,苏尔曼省几乎所有的媒体,都在往中国和中国高铁身上泼脏水。"

陆嘉林的眉毛拧起来,转头问陈学灿:"发生这么大的事情,你们简经理呢?他为什么没有第一时间处理?"

陈学灿期期艾艾地回答:"简经理和他相熟的记者朋友出去了,可能……可能就是为了搞好与媒体的关系。"

陆嘉林没那么好蒙骗,接着追问:"是和那个叫苏月的女记者?"

"哎呀,爸……"

这一回撒娇也不好使了,陆嘉林嗯了一声,陆晓琪嘴就被堵住了,乖乖地坐在一边不敢吭声。陆嘉林的目光又移回到陈学灿身上,陈学灿立刻感到压力山大,只能回应:"……是。"

"叛徒!"陆晓琪小声嘀咕。

陈学灿脸孔一红,心想你对你爸撒点儿小谎卖个小萌无伤大雅,我敢对陆总说谎吗?内外有别这么简单的道理你还能不懂?

"既然简经理是去办正事……"陆嘉林特意在"正事"两

个字上加了重音，笑了笑说，"那我们就在这里一起等他的好消息吧。"

作为在场职位最高的人，陆嘉林发了话，当然没人敢违抗。就算是陆晓琪，在陆嘉林一脸公事公办的表情下，也不敢再使用撒娇的办法蒙混过关。期间好几次，陈学灿和陆晓琪想要给简国炜通风报信打电话，都被陆嘉林用严厉的目光制止。好在陈丰够意思，借口上洗手间，给简国炜打了个电话。可不知是不是简国炜关了静音，怎么也打不通。只能给简国炜的微信和短信上各发了一条消息，让他赶紧回来。

"小简，做哥哥的我也只能帮你到这儿了。"陈丰心里哀叹一声，无奈摇头。然后继续回到客厅，与陆嘉林一起枯坐等待。

这一等，就从上午等到了中午，又从中午等到了下午。这期间陈学灿提议出去吃饭，也被陆嘉林给拒绝了。五人各自草草吃了碗泡面，便又继续坐在沙发上苦等起来。一直到下午三点钟左右，简国炜才带着满面的春风，出现在大门口。

"陆总，您怎么来了？"简国炜一脸惊讶。

"简国炜，你可是让我好等啊！"陆嘉林大有深意地说道。

陆嘉林的突然出现，是简国炜始料未及的。在这竞标的关键时刻，难道陆嘉林不应该坐镇公司，和各大银行联系贷款事项，争取为建四集团谋取到更多好处吗？

一拍脑门，简国炜反应过来。明天就要开标了，陆嘉林肯定是亲自把标书送过来。虽然劳动一把手亲自干信差的活有那点儿大材小用，但正因如此，也显出了建四集团对于这次竞标的看重。

想到这里，简国炜更加谨慎起来："对不起，陆总，早上我去处理了一些私人事情，劳您久等了。"

"没事，劳逸结合嘛，只要不耽误工作就好。"陆嘉林的语气愈发淡了。

所有人心里都是一紧。陆嘉林的工作风格比较独特，要是你犯了错，他当场劈头盖脸骂你一顿，那多半就没事了，就算上级要追究，他也会帮你担着；但如果他笑眯眯地不置一词，则就代表他已经放弃了你这个人。而现在陆嘉林的语气态度就处于上述二者之间——他愿意听你的解释，然而你的解释要是不能让他满意，他就会毫不犹豫地将你打入另册。

陈丰赶紧提醒："小简，今天早上全巴禄的媒体，包括报纸、电台和电视台，都在抹黑中国高铁。"

"我知道啊！"简国炜的回答却有些出人意料，仿佛完全不曾将这事放在心里。

陆嘉林的嘴边扯了扯，笑容冷了："知道？你知道被抹黑的严重性吗？"

"我当然知道。实际上，我希望媒体爆出的黑料越多越好。他们越是抹黑，对我们的好处就越大。"

"哦？"陆嘉林来了兴趣，"怎么回事？你给我仔细说说。"

简国炜做了个请的手势，让他们随他到一楼改造的会议室。拿出手机，看看上面的未接来电和微信、短信，吓了一跳，瞄了一眼赶紧先删除了——为了不让煞风景的电话铃声打扰二人午餐，刚才他特地设置了静音。本以为能感受到震动，也不耽误什么事，哪晓得和苏月聊得太开心太投入，竟连电话震动也没在意，直到现在拿出手机时才记起来，白费了陈丰他们通风报信的苦心。

提醒自己要牢记这个教训,简国炜将手机连上手提电脑,又用投影仪打在幕布上,接着在手机上操作起来。

"大家请看,这是Path(路)、Facebook和Instagram(照片墙)。这三款软件,是本地人最常用的三款社交软件。从我到达巴禄的第一天,我就从原主人那里购买了几个账号,同时运营它们,小陆和小陈也帮了不少忙。当然,其间我也雇佣了一些'水军',提升这些账号的热度……"

简国炜打开Instagram,点击他发布的一个视频。这是一个标题为《中国十大超级工程》的视频。在激昂的音乐声中,杭州湾跨海大桥、终南山公路隧道、矮寨特大悬索桥等工程,一一在幕布上展现出来。虽说对这些工程并不陌生,但使用航拍等手段拍摄出的这些特大型建筑,在屏幕中竟显得如此壮观瑰丽。哪怕不是第一次看到这条视频的人,此刻呼吸也不禁急促起来,衷心地为祖国感到骄傲自豪。

陆嘉林忍住招呼简国炜再放一遍的心情,看着简国炜慢慢下拉,发现他发布的其他视频,要么是中国各地的优美风景,要么就是展现中国传统文化和美食的视频。其中约有三分之一,和刚才的《中国十大超级工程》一样,展现的是中国强大的基建能力。

简国炜再度点击屏幕,选出网友对视频的评价。

"不可思议的工程,中国又奉献了一座世界工程史上的奇迹。"

"是时候承认中国现在的技术领先了。"

"我的上帝,中国的基建太不可思议了。"

……

看着这一条条评论,所有人脸上都不由自主地流露出笑容。

当然，评论也未必全数友好，但零星的不友好言论，全被点赞的网友自发驳斥。

"现在我的这几个账号，最多的一个拥有120万粉丝。而且我发布的视频，也经常被人搬运到其他网站和社交媒体中。不夸张地说，在本地我也算是个小网红了。"

简国炜正想要继续说下去，突然手机振动一下，投影屏幕上方显示出一条微信。

"今天和你聊得很开心，期待下次见面。"

虽然这条微信略带点儿暧昧色彩，可也只是淡淡的一点儿。但千不该，万不该，后面还跟着个噘嘴亲吻的表情。简国炜的脸腾的一下红了，偷瞧一眼陆嘉林，也许是先入为主吧，竟觉得他的脸又黑了几分。赶紧又打开Facebook。输入用户名，输入密码。他发布的状态中，最火热的一个，正有无数网民在留言。

"兄弟，你是巫师吗？"

"我想知道下期乐透号码！"

……

等等诸如此类的留言，看得陆嘉林眉头大皱。简国炜这才微笑揭开谜底，展示出他在一个月前请人发布的内容。

"10月15日，报纸电视和电台中，将出现大规模中国和中国高铁的负面新闻。"

简简单单的一句话，让陆嘉林不由一愣，但他很快反应过来，今天不就是10月15日吗？

再看留言区，已经变成了欢乐的海洋，越来越多的网民闻讯赶来，用一个个网络上的梗，掀起只属于网民自己的狂欢。

现代的社交媒体威力就是这么强大！原本独属于新闻媒体

的权力,现在也能被普通人所把控。在这个互动、分离、传播、社交的网络世界里,单向的新闻传播方式被打破,实现了多元、多方向传播,人人都可以自由地发表言论。只要形成热搜,就会在短时间内形成社会热点。也许这个热点保持得并不长久,但在进行裂变性传播时会迅速泛滥开来,会影响到相当基数的网民。甚至有可能,这个热点会从网络上延伸进现实中,造成更大的轰动。

"今天早上,我们一遭遇到舆论抹黑,小陆和小陈就将情况发布到了国内网站,引起中国网民关注。现在在网络上,一大批国内来的'自来水',正在帮助我们引导舆论。"

"漂亮!"陈丰再次一拍陈学灿的大腿大声笑了起来。虽然年龄大了,不太懂网络上的梗,但陈丰知道,没人会相信这个世界上真有什么预言家,网民只是借此故意掀起热潮。正如2009年7月,一句"贾君鹏,你妈喊你回家吃饭",在网络上仅仅几个小时就爆红一样,调侃的意味非常浓重。

发出预言的人被调侃,那么如预测一样,准时报道中国和中国高铁负面新闻的当地新闻媒体呢?毫无疑问,他们的权威性将受到极大打击,因为网民们散发思维的能力非常厉害,轻易就能猜测出这样大规模的舆论攻击是有人操纵的结果。

"你一个月前就猜到今天会遭遇舆论攻击?"陆嘉林不可思议地问。

简国炜笑得很腼腆:"陆总,您知道世界杯'神预测'赌球结果的骗局吗?"

所谓神预测骗局,不过是在球赛开始前,同时给许多人发出"A队赢""B队赢"以及"平局"三种内容的短信。球赛结束后,总有三分之一的人发现自己收到的短信与实际赛况一致。接着在接下来的比赛中,给这三分之一的人再同时发出三种内容的短信,然后再选出三分之一的幸运者,继续发送短信。这样连续几轮下来,总有人因为连续收到完全正确的预测结果,对所谓的"神预测"深信不疑,继而受骗上当掏钱购买所谓的"内幕消息"。

简国炜所做的,也与之类似,无非是多养几个账号,每个账户都发布一则时间不同内容一致的预测而已。而一旦舆论攻击真正到来,他就可以雇佣水军将预测中的帖子炒热,而没预测中的,则悄然删帖。

"也多亏西城株式会社出手给力,一下子掀起这么大一波舆论攻击,所以影响才会这么大。"简国炜谦虚地说道。

陆嘉林看着简国炜,表情越来越是复杂了。其实一开始,他就没有多生气,只是想以此为借口,"压一压"简国炜。但简国炜的表现,还是出乎了他的意料,竟然提早就针对可能到来的舆论攻击,给日方挖了个大坑。更重要的是,还借此机会给中国高铁和中国基建打出了一个好口碑。

可以想见,当没有上网的当地民众,听信了新闻媒体发布的谎言之后,简国炜所发布的视频,就是极好的化解谣言的工具。

"人才难得啊!"陆嘉林在心里感叹。

"人才难得啊!"陈丰也在心里感慨,同时偷窥陆嘉林的脸色。但陆嘉林的表情始终如一,看不出他心里什么想法。

人才固然难得,但也有些人更加喜欢听话的奴才。陈丰不晓得陆嘉林对于简国炜这个既有才华又有些不驯的年轻人,抱以什么样的态度。他只希望,事情不要朝着他最不想看见的那个方向发展。

"小简，我们谈谈？"陆嘉林开口说。

陈丰、陈学灿和陆晓琪对视一眼，都识趣地离开会议室。

陆嘉林先丢了根烟给简国炜，待他点燃后才慢悠悠地说："我记得，你今年才刚满35吧？"

"是的，陆总。"

"35岁的副经理，集团公司里很多，一点儿都不稀奇。但36岁的副总经理，就可以被称得上一句前途无量了。我36岁的时候，也还只是一名经理呢！"陆嘉林感慨。

简国炜正吸烟呢，听到这话突然就岔了气，大声地咳嗽起来。好半天才止住咳，涨红了脸，赶紧把烟熄灭。

"陆总，您的意思是……"简国炜不敢相信地问。

陆嘉林不说话，默默地从怀里掏出一张他还没有签字的调令。其中"兹任命简国炜担任总经理助理"这一行字，让简国炜整个人都呆住了。虽然官瘾不是很大，但破格提拔，也是企业对一个人能力最大程度的肯定。

偶尔，他也会想，等他拿下了苏尔曼高铁项目，集团公司应该不会忘记他的功劳。但他怎么也不会想到，竞标还未结束，来自集团公司的奖励就先落到了他的头上。

总经理助理这个职务，在集团公司并不是常设的。要么就是冷藏，让一些犯过错误，不适合在原岗位继续待下去的高层干部担任这个职务，等于另类的"靠边站"。要么就是台阶，让一些可以破格提拔，但因为政策缘故暂时不能一步到位的中层干部过渡一下，到达一定年限后再升职就不会显得那么突兀。

而让后者担任这个职务，难度要更大。因为集团公司的高层领导干部，是属于建总直管的。如果没有一把手向建总申请来政策，这个非常设职务也不可能设立。

"有可能，马副总明年就会病退了。"陆嘉林的意思愈发露骨了。

"陆总，我……"那种类似于人身依附似的效忠言语，简国炜讲不出口，但他现在确实对陆嘉林充满感激。所谓千里马难寻，伯乐更难寻。并不是每一个有才华的年轻人，都会遇上有魄力将他破格提拔的伯乐。

"激动完了？激动完了就收拾收拾，明天和我一起回去上任吧。"陆嘉林轻松地说。

"明天就走？那、那竞标的事呢？"简国炜傻眼了。

"竞标的事……"陆嘉林以缓慢但却坚决的语气说道，"以后你就不要再管了。"

第二十五章
暗流

有人来摘桃子——这是简国炜脑子里首先跳出的想法。但很快他摇摇头，知道自己想错了。

苏尔曼项目竞标尘埃未定，建四集团也并非处于"稳赢"的局面，就算西城株式会社的威胁解除了，还有个建六集团虎视眈眈呢！这个时候有人伸手来摘桃子，难道不怕摘到一个"炸弹"？再说，破格提拔这种事可一不可再，最大的"果实"已经被简国炜拿下，就算有人来摘桃子，也绝不可能取得比简国炜更大的收获。

"那……竞标的事谁负责？"简国炜小心翼翼地探询。

"经过组织研究，建四集团不具备承建苏尔曼高铁的能力，我们立刻退出竞标。"

"什么？"这个消息如同晴天霹雳一样劈在简国炜的脑门上。简国炜在建四集团干了这么多年，当然知道所谓不具备承建能力云云,不过是托词而已。真要是把标拿下来,可以找建总要支援,又或者从兄弟单位调集人员、机械,都不是什么难度太大的事情。就算是有人从中作梗,一句"这是中国高铁走出去的工程"砸下来,也只能乖乖将设备双手奉上。

什么叫国企?就是在承担经济任务的同时,还需要承担政治任务、民生任务。你要是在这方面小家子气,那就是政治意识不强,大局观不够,要被人抓住这根小辫子闹腾起来,够你喝一壶了。

"陆总,我想知道放弃竞标的真正原因是什么。就算要死,我也要死个明白。"简国炜严肃起来。

"你已经比大多数人更幸运了。很多人,连自己怎么'死'的都不知道,你还想要求'死个明白'?"陆嘉林意义不明地呵呵几声,语气更重了,"你是建四集团管理下的国企干部,对于组织集体研究后做出的决定,理解你要执行,不理解你也要执行。难道你认为,整个建四集团所有的高层领导,都不如你聪明睿智?眼光都没有你长远?"

简国炜再度涨红了脸。刚才脸红是激动,现在则是因为愤怒。集团公司内前方后方上上下下几十号人,无数个日日夜夜的努力,就被轻飘飘的一句"组织决定"给打发了?难道,就不用给出一个交代吗?

"陆总,我想知道,这到底是组织的决定,还是您的决定?"简国炜豁出去了。

"简国炜!"陆嘉林声色俱厉,"你有没有想过,如果我不来,随便找个人下一份通知给你,难道你还能抗拒组织的决定吗?实话告诉你,在我来之前,建四集团已经正式向苏尔曼省发函,申明退出竞标。我亲自来说服你，既是对你的尊重，也是希望你能坚决执行集团公司的决策。"

已经正式发函放弃竞标了？这个消息让简国炜全身一颤，在失望和失落之后，无尽的愤怒从心头涌起。简国炜一双眼睛变得通红，他几乎是用尽全身力气才能维持住自己的理智不会丧失。

"我们建四的精神是求真务实、开拓创新、诚信守法、团结奉献。如果仅凭某个人的一句话、一纸通知，就能朝令夕改而不用给出任何解释，那么，长久以往，建四的精神还能存在吗？"

陆嘉林一双眼睛死死地瞪着简国炜，但最终他还是把火气忍下来，放缓了语气："小简，我知道这个时候让你们撤出，对你们来说非常不公平。所以我才会带着这份调令来到这里。这证明组织上对你前一段时间的工作是非常满意的，这次调你来集团公司做总经理助理，就是组织上对你的嘉奖。"

"您觉得给予我的是嘉奖，可我却觉得这是羞辱。除非，您能告诉我，退出竞标的原因到底是什么。只要理由正当，我坚决服从集团公司的指示。"

简国炜不依不饶的模样，让陆嘉林觉得厌烦起来。作为一把手，已经很久没有干部在他面前以针锋相对的口吻质问他了，偏偏具体原因他还不能说出口，这让他有一种被冒犯到的感觉。

"好啊，既然你觉得这是羞辱……"陆嘉林拿起调令，面无表情地当着简国炜的面一撕两半，"集团公司的命令不会更改。从即日起，苏尔曼项目竞标小组解散，建四集团撤出竞标。"

陆嘉林说着，甩手走开。一拉开门，外面偷听的三个人都愣住了。

"爸，你这也太……"陆晓琪义愤填膺地拉住他。

陆嘉林眼睛一瞪:"叫我陆总经理!"

"什么陆总经理,老子不干了行不行?"陈学灿的愤怒也随之爆发。

"可以!但请回到国内后再向我递交辞呈。要是现在撂挑子就是擅离职守,你不用辞职,我直接开除你!"陆嘉林寸步不让。

"陆董,您……"陈丰还想帮着说两句好话,可在陆嘉林的逼视下,他只能讪讪地退开。

简国炜听到陈丰对陆嘉林的称呼,眼皮一跳。但看到陈学灿还想犯浑,也来不及细想,立即将他推开:"学灿,闭嘴!"

辞职和开除是两码事,现在事态的发展完全出乎他的意料,陆嘉林的强硬也远远超出他的预期。在没有弄明白到底发生了什么事情之前,至少不能让陈学灿吃了这眼前亏。

冷冷地扫了众人一眼,陆嘉林带着秘书拂袖而去。远远地留下一句话:"我已经让人为你们预定了机票。明天中午12点,我在机场等你们!"

"我们在前方冲锋陷阵,你在背后打我们黑枪。你就是个秦桧!"陈学灿不依不饶地冲着陆嘉林背影大喊。陆嘉林脚步一顿,但也只是那么一瞬,接下来他居然连头也没回,就和秘书一起上了车。落在陈学灿眼里,更是陆嘉林心虚的表现。

车一开走,简国炜他们三人,就把陈丰给围住了。陈丰心虚地擦擦脸上的汗:"你们……你们找我干吗?这是你们建四内部的事情,跟我没一点儿关系。"

"可是你一定知道点儿什么,快说!"简国炜逼问。

"其实也没什么事,就是一个传言……"陈丰嗫嚅地开口,

"其实从今年上半年开始,我们建六集团的龚董事长身体就一直不好,昨天晚上,他因为突发脑梗进了医院,至少在短期内没法再履行职责。有消息说,建四集团的陆总经理,将调任建六集团担任董事长兼党委书记。"

陈丰简单的一句话,像闪电一样,划开了简国炜脑子里的迷雾。一瞬间,他便明白了前因后果。

建六集团龚董事长突发脑梗,整个集团公司的工作在短时期内会不可避免地陷入混乱。陆嘉林上任后,第一件要做的事情,就是稳定人心。而稳定人心最好的办法,莫过于给建六集团带去一个大项目。

陆嘉林把苏尔曼高铁项目当作大礼包带到建六,既是为私也是为公。为私,把这个项目带到建六后,他可以立刻树起威信,便于他开展工作;为公,当此建六集团陷入困境之际,建四集团作为建六的兄弟单位,放弃一个大项目支持建六,也是理所应当,理由正当得连简国炜也说不出半句话来。难怪退出竞标这个决定能得到建四集团党政领导一致同意,也难怪陆嘉林刚才不肯解释放弃竞标的真正原因——龚董脑梗住院,就算出于人道主义精神也不至于立刻发文让他卸任,而陆嘉林的调令也没下,他更不可能四处宣扬。

简国炜整个人瘫在椅子上,除了苦笑他做不出第二个表情。事已至此,绝无挽回余地,就算他再是神通广大也无力回天。如果陆嘉林做出这个决定纯粹出于私心,大不了简国炜闹到建总说不定还有一线生机。可是在这种情况下的"让标",也许让人私下会说几句闲话,但摆在桌面上却谁也不会反对。

"建四已经发函放弃竞标了?好的……谢谢,宁可师弟,回去我一定请你喝酒。"

放下电话,钟远成把自己一个人锁在办公室里,缓缓在办公椅上坐下,却发现自己无论如何也难以放松。

他就像一个精明且吝啬的商人,从不会将鸡蛋放在一个篮子里。在每一次竞标开始之前,他都做好了失败的准备,就算失败,他的损失也不会很大,甚至可以有所"收益"。也正是因为有这样"平和"的心态,和积小胜为大胜的谨慎做事方法,他的"投资增长率"一向不错,令他的仕途走得比旁人更加顺畅。

但钟远成也知道,并不是每个人都像他一样。有些人,天生激情澎湃,对于每一次竞争都投入巨大热情,竭尽全力地想要战胜对手。如果是因为自身的原因而失败,他也不会气馁,而是总结教训,做好下次再战的准备。但若是因为遭遇自己人的掣肘而导致失败,他很有可能会在很长的时间内都缓不过气,甚至从此一蹶不振。

拿起办公桌上早已经拟好的申请,钟远成有些犹豫。现在这种形势下,就算用这种办法帮简国炜,最好也是先打个电话和熟识的老领导通个气,又或者使用电子邮件也稍好些,至少扩散范围不会太大。但那样一来,这份申请也可能被人很轻松地压下来,连一点儿水花都不会溅起。

思前想后,钟远成一咬牙,在文件上签上名字,然后打开门,随便叫了一个竞标小组成员进来。

"你立刻把这份文件传真给集团。"钟远成以不容质疑的口吻说道。

"是!"接过来之后下意识地看了文件名一眼,这名小组成员的脸色就变了，不可置信地抬起头想要向钟远成再次确认。钟远成不怒自威地看了他一眼，就让他知道这个命令没有任何人置喙的余地。一刻钟后，这份名为"关于邀请建四集团共同竞标苏尔曼高铁项目的建议"的报告，放在了建六集团老总的办公桌上。

"钟远成这是要干什么？这种时候他居然打上来这样的报告？这个竞标小组组长他还想不想干了！"怒吼声从总经理办公室传出。

与此同时，钟远成浑身松快地瘫倒在椅子上，喃喃自语："欠下的债，总算还清一半了。"

饶有兴致地看着以土下座姿势跪地谢罪的下属，丁飞脸上带着笑，啜了一口鲜红的葡萄酒。但犯下错误的下属们，却绝不会因此判断上司心情大好——或许是怒极反笑呢？

"我可真倒霉呀！"岩井友和这样想着，欲哭无泪。自从对自己在西城株式会社的定位有了明确认知之后，他便成天围绕着丁飞鞍前马后，极尽拍马溜须之能事。这次对中国企业发动的舆论攻击，他也是其中最卖力的一个，亲自组织了一支网络战小组，在论坛和自媒体上对中国高铁进行污蔑、抹黑。本想着能立功赎罪，却不想网络成了对方第一个突破口，接着西城株式会社整个舆论攻势就全沦为了笑话。

"告诉我，到底发生了什么事？"

一群笨蛋保持土下座的姿势歪着脖子斜眼看笨蛋中间最倒霉的那一个，岩井友和只好颤颤微微地回答："对不起，都是我的过错。有人在他的Facebook中发布了一条动态，一个月前就预测了我们会在今天对中国人发动舆论攻击，等我们注意到的时候，已经传播很广了。我试着组织网络小组灭火，但对方也有一群人，他们的手段比我们更高明，更懂得挑起话题吸引网民的兴趣。所以……"

岩井友和其实败得不冤，论起"水军"的专业程度，西城株式会社区区十多人的网络小组，又怎能和来自中国的"自来水"相提并论呢？

上市公司炒作股价时有水军，娱乐明星发通稿洗白时有水军，电影上映前推广和营销时还有水军……在这一场场"水军之战"中开拓了眼界的中国网友，早把水军那一套摸得滚瓜烂熟。什么瞒天过海，什么借刀杀人，什么笑里藏刀……几乎要被中国网友们玩出花来！

日方的网络小组刚刚以为自己成功地带起了一波节奏，网民中看似最支持自己、最仇恨中国的 ID 突然就反水了，还爆出一大批像模像样的所谓"收买他说中国坏话的证据"，以至于策划中的反击还没有形成声势，就一败涂地一溃千里。

"那么，接下来会把我踢到哪儿去呢？西伯利亚？唉，就算是西伯利亚，也比被解雇要好。"岩井友和自怨自艾地想。

丁飞哪有空理他，接着问："现在媒体那边情况怎样？"

笨蛋中的首领硬着头皮回答："因为害怕被质疑公正性，所有的媒体，无论报纸还是电视台，都不肯再发送关于中国高铁黑点的新闻和评论文章了。"

门被叩响，一名被分派了秘密任务的职员推门而入，丁飞笑了笑，挥挥手让其他人退下。所有人如获大释，赶紧鞠一躬抱头鼠窜。

"部长，他们已经到了。"职员轻声说。

丁飞整理领带，一边问："都可靠吗？"

"都是些毫无良知的恶棍，只要给钱他们什么都肯干。还有两名地位岌岌可危的议员，为了下一次的选举，他们急需有人支持。"

"很好！"丁飞轻松地笑了笑，"我向上谷社长申请的东西呢？"

"社长已经批准了。"助手双手奉上一叠纸条。每一张纸条上，都记载着一个账户、一份密码和一个姓名。

这些全是储藏比特币等虚拟货币的账户。这些账户中，少则十几万美元，多则几十万美元，加在一块儿总数有1000万美元之多，是用来贿赂或洗钱的极佳工具。如果不是丁飞得到上谷康成的默许，他也没法下令把这样一大笔钱转进这些账户里。

然而丁飞将纸条拿到手后却是一愣，因为上面的数目与他要求的相差太多。他狐疑地又看了助手一眼，助手结结巴巴地解释："还有3000万美元的尾款，也已经准备完毕。不过上谷社长的意思是，余下的钱还是由藤井小姐保管比较合适。只要您需要，随时可以向藤井小姐申领。"

"我明白了。"丁飞不咸不淡地说道。

接过纸条顺手放进怀里，丁飞情不自禁地笑了起来——虽然上谷康成还是企图用藤井伊织防着他一手，但他真正的撒手锏仍旧可以使出来了。丁飞才不会把所有希望都寄于不痛不痒的舆论攻势上呢！在竞标开始之前，他就必须将胜利牢牢握在手中。简国炜和钟远成以为他黔驴技穷了，殊不知这只是他放出的烟雾弹，用来掩护更加致命的杀招。

想起刚刚收到的建四集团退出竞标的消息,丁飞心中冷笑——这么大一块馅饼砸在头上,钟远成现在应该开心得快要跳起来了吧?只可惜,这块饼你吃得到吃不到还是两说。这样也好,既然简国炜这个被他误会了那么多年的小师弟被排除在外,那么他动起手来就可以更无顾忌了!

在助手的引领下,丁飞来到另一间会客室。里面已经坐了十几个人,其中有凶神恶煞的黑帮大哥,有利益攸关方的私人代表,还有衣冠楚楚的议会议员。他们中的大多数人,名声不显地位不高,但从某方面来说,这些人组合在一起的破坏能力,却是异常强大。

"非常欢迎诸位光临。"丁飞彬彬有礼地鞠躬。

都是不见兔子不撒鹰的主,在座的人对于丁飞虚伪的礼节只是微微冷笑,并不答话。

丁飞也不在意,自顾自地坐下,逐个打量大家一眼,含笑说:"今天请诸位来,是想让大家帮我一个忙。"

沉默了一会儿后,才有人生硬地反问:"好处?"

"金钱!名誉!权势!只要你们想要的,应有尽有!"丁飞说着从口袋里掏出一叠纸条,走到每一个人面前,一张张放在他们的桌子上。

"这里有价值1000万美元的虚拟货币账号,当作是我们的见面礼。事成之后,还有3000万美元的尾款。"

有人看得两眼发光,但也有人只是淡淡地扫了一眼之后,就把目光放到了别处。

丁飞观察着众人的一举一动,目光往左侧一扫,微笑着对两名西装革履的中年人说:"哈比比先生,尼斯特先生,如果二位站在我这边,我会发动媒体资源将你们打造成为苏尔曼省抵挡中国影响力入侵的旗手。同时,我也会促成二位与西方国家的右翼重量级人士会面,让二位拥有坚实的靠山。"

二人脸上立即显露出笑容,冲着丁飞微微点头。

丁飞接着身体又倾向右侧:"哈诺先生、考斯夫先生还有罗斯曼先生,只要西城株式会社能够承接苏尔曼高铁项目,线路走向将参考三位先生的意见,并且筑路工人的后勤供应,也将交到三位手中。"

三人互相对视一眼,也点头同意。

"你需要我们怎么做?"

"我得到消息,建四集团已经退出竞标,那么现在我们的敌人就只剩下中国的建六集团了。明天下午三点,是苏尔曼高铁项目开标的时间。我想请哈比比议员于明天上午十点,率领一队人到安纳塔拉酒店门口进行和平集会,反对中国承建苏尔曼高铁项目。最紧要的是把守住向北的主道路,让中国的竞标组不得不提前出发,绕道南城区前往竞标会场。而与此同时尼斯特先生也会在南城区进行游行示威,等中国竞标组一进入设定区域,和平游行就立刻演变成为小规模的骚乱。隐藏在游行队伍中的你们的人,要立刻喊出反华口号,摆出要把骚乱发展成排华暴乱的架势。趁着全世界目光都被吸引在南城区时,我希望能有一队精锐,将中国竞标组牢牢围困住,不让他们前往会场。"

在场的人你看看我,我看看你,都对丁飞的胆大包天感到震惊。难堪的沉默之后,终于有人举手提问:"把事情闹那么大,事后政府一定会调查的。到时候,我们怎么脱身?"

目光有意无意间往关闭的门上一扫,丁飞笑道:"这一点大家可以放心,政府高层有我们的人,他和我们是绑在一根绳上的蚂蚱。只要你们小心一点儿,别把事情闹得太大,那就算事后政府调查,你们交出几个替罪羊就可以了,不会查到各位身上。"

又是一阵短暂的沉默,客人们都在用目光互相交流着,打着不为人知的暗号。终于有人站起来,一言不发地拿起面前的纸条,昂首走出会客室。接着是第二个、第三个……

等到所有客人都走得一个不剩时,丁飞按捺不住心中喜悦,仰起头哈哈大笑起来。

"你疯了吗!我们的协议里,可没说你要煽动游行和骚乱!"紧闭的门打开,苏末尔怒气冲冲地冲出来。

"这是我刚想到的主意,很棒吧?"丁飞轻松地摊开手。

苏末尔努力保持冷静,但他的眼角都因为愤怒而抽搐不止:"你现在改主意还来得及。就算你赢了又怎么样?虽然西城株式会社是一个国际大财团,但如果你惹恼了我,没有人能保得住你。"

"无所谓。大不了,赢了竞标我马上就走,了不起我这辈子再不出现在苏尔曼就是。"

"很好!"苏末尔已经怒极反笑,"我很期待西城株式会社赢得竞标!等开始动工,我一定会好好招待你们的,我发誓!"

丁飞一边笑一边说:"别生气!我只是一个小喽啰,就像一个过了河的卒子,退一步都不可能。有很多很多人不希望中国人修建这条高铁,我背后站着的不仅仅是一个财团,更不仅仅是某个政府,而是很多国家里很多权力人物意志的集合体!你……明白我的意思吧?"

苏末尔身子一颤,仿佛意识到了什么,说话都结巴起来:"如果……如果他们真想、想把中国人踢出局,大可以向我们的中央政府施加压力。就算是中央政府,也不敢拒绝他们的。"

"但这样一来,就会演变为几个大国之间面对面的碰撞。所以,他们把所有的压力都放在我身上,所以,我才能在他们的默许下不择手段,而一旦出了事,我就是第一个被丢出去背黑锅的可怜虫。你不该恨我,因为我别无选择……"

丁飞用双手扳住苏末尔的肩膀,迫使他面对着自己,笑着说:"只能用尽一切办法去赢!"

苏末尔气到手脚冰凉,但想来想去,竟对丁飞毫无办法。因为他身后还若隐若现地,站着那个西方大国的身影。他不知道丁飞得到了谁的授权,但以他想来,如果不是有天大的靠山,丁飞绝不敢这样挑衅一个主权政府。如果他现在跳出来,破坏掉丁飞的计划,那么他又会遭到什么样的报复呢?

"只是发生在平民区的一场小规模骚乱而已,是可控的,你很容易摆平,不是吗?来,开心点儿。下面还有很多记者,我们必须装作开心一点儿的模样来面对他们。不然,那些记者又会在报纸上造谣。唉,没办法,会社里笨蛋实在是太多了,要不是他们把事情搞砸了,我们也不用演戏给记者看……"丁飞将苏末尔褶皱的衣领拉平,一边絮絮叨叨地说着,一边拉着苏末尔往电梯处走。苏末尔无奈,也只能跟上他的脚步。

电梯下到一楼,门刚一打开,闪光灯立即耀花了二人的眼。一大群记者或扛着摄像机,或拎着话筒冲上前,转眼间将丁飞和苏末尔团团包围。好在丁飞早有准备,安排了保安将记者隔开,这才没有被挤成肉饼。

"丁先生,有传言说今天早上各媒体纷纷刊登对中国高铁技术不信任的新闻,是西城株式会社公关的结果,请问是这样的吗?"第一个发问的赫然正是苏月。

"这完全是无稽之谈!西城株式会社,不需要靠抹黑对手来取得胜利,因为日本高铁技术,本来就比中国高铁强一大截。对于这一点,苏末尔议长也表示认同。我说得对吗,苏末尔议长?"

苏末尔还能怎么做呢?他只能微笑点头,权当是为西城株式会社背书。

满脸笑容地回答了几名记者的提问,丁飞极有礼貌地向大家鞠躬告辞。记者们虽不愿意,但保安却将他们死死挡住。推搡了一阵见实在挤不过去,也只能摇着头各自散了。

苏月和摄像师回到汽车上,咕嘟咕嘟喝一口水,下意识地又拿出手机。

"哟,那个姓简的还没给你回信息?苏姐你是不是遇上传说中的'钢铁直男'了?"摄像师调侃。

"你知不知道有句话叫祸从口出?"苏月做了个要把手机往摄像师身上砸的威胁动作,吓得摄像师赶紧低头装作检查刚才拍到的素材,苏月这才恨恨地又把手机收起来。

今天和简国炜一起共进午餐她非常愉快,两人意外地发觉,彼此竟有许多共同话题,对于一些事情的看法也非常相似。所以分开后,她也不知怎么地,一激动就给简国炜发了个暧昧的短信,想要再逗一逗他。但没想到,一个下午过去了,简国炜竟连回信都没有,这让苏月倒有些患得患失起来。

苏月叹口气:"算了,你想问什么就问吧。"

"不问了,我怕祸从口出。"摄像师继续埋头检查素材。

但到了这个时候,他不想听也不行,苏月就需要个听她倾吐的"垃圾桶"。苏月有些怅然地靠在椅背上:"他不回我消息,可能是因为他在害怕。别看他平时有些痞,其实还蛮有责任心的。明天竞标结束,说不准后天他就回国了,以后我们也未必会再见面。所以……唉,就这样结束也不错。真要开始了,反而有了牵挂。"

"咦,不会吧?"摄像师忽然说道。

"什么不会?简国炜这个人我虽然认识不久,但我对他的了解非常深刻……"

"不是,苏姐你看,这是刚才我拍大厦全景画面时拍到的。"摄像师说着将素材快速倒放,指点给苏月看。

因为拍的是大全景,所以人物极小,即使放大之后,也仅能勉勉强强辨认。但这难不倒对巴禄"英雄谱"倒背如流的苏月,她看了一会儿,就至少辨认出了好几个人的身份。

"哈比比议员、考斯夫先生……还有阿布亚这个臭名昭著的黑帮老大怎么也会在这里出现?"

"他们几乎是前后脚从这栋属于西城株式会社资产的大厦里离开的。"摄像师幽幽地说道。

目光一对,"大新闻"三个字同时从脑子里跳了出来。情情爱爱这等小事,立刻被抛诸脑后,苏月兴奋地发动汽车:"他们往哪个方向走的?我们跟上!"

第二十六章
暴乱

提起行李走出大门,才走出几步,简国炜忍不住停下脚步,回头张望这栋他曾经工作过、生活过,在这里努力过、欢笑过的屋子。陈学灿与陆晓琪也停下脚步,怅然回望,胸腔里闷闷的、胀胀的,一时间千般滋味堵在心头,不知道该如何排遣。

钟远成垂头丧气地站在一边,感觉非常尴尬。实际上在发出报告前,他就知道自己没好果子吃。但他想来,最多也不过是被劈头臭骂一顿,然后连带着在同僚和领导心目中形象受损。毕竟第二天就开标了,集团公司总不可能临阵换将吧?而只要把标给拿下,到时候功过相抵,集团公司老总就算心里还有气也不好向他撒。

哪里知道,集团公司的反应竟如此激烈,他发出报告后不到一个小时,就接到集团公司撤销他竞标组长职务,勒令立即回国向集团公司领导班子成员做出检讨的电话。

十年仕途一朝成空，钟远成估计自己这回最轻也要"靠边站"了，还不知道什么时候才能再争取个表现机会刷新形象重头再来。偏偏上级又不知道他与简国炜之间的矛盾，居然命令他与简国炜一同回国。从他到达这里开始，就像个隐形人一般，被简国炜理所应当地无视了。

"哎，钟总，您昨天还春风得意，今天怎么就被撤职了？是不是得罪了哪路神仙？"

陈学灿偷偷凑上来打探消息，但见钟远成冷着一张脸，什么话也不说，暗地里撇了撇嘴。陈学灿知道简国炜和钟远成有私怨，此刻见钟远成倒霉，就有些幸灾乐祸了。有心想要再刺激他几句，为简头出口气吧，但看到简国炜心情也低落得很，便熄了这念头，心想路途中还有大把时间，倒也不用急于一时。

简国炜掏出手机，显示时间已经是10点30分，心里琢磨着是不是要给苏月打个电话。从昨天晚上起，他就想打这个电话了，但这次他是个还没有走上战场，就不得不撤退的战士，而且退场的原因也太过丢脸，这让他不知该如何开口向苏月解释。但不打电话吧，心中又有点儿牵挂，仿佛有什么很重要的东西要丢失了，空落落的。就在他举棋不定的时候，仿佛心有灵犀一般，他的手机亮了起来，苏月两个字赫然显示在屏幕上。

"不要走南城……是陷阱！日本人……黑帮……"电话才接通，里面就传来苏月焦急的声音。因为电话那头十分吵闹，一阵又一阵的口号声震耳欲聋，简国炜只听到断断续续的几句话后，电话突然就断了。简国炜再将电话回拨过去时，却又提示对方已经关机。

"给陈丰打电话！快！"简国炜顾不得私人恩怨，冲着钟远成大喊，然后自己连续不断地拨打苏月电话。

看到简国炜神色焦急，钟远成不敢怠慢了，赶紧拨打陈丰手机，试了几次打不通后，他又拨打刘诚、林自健等竞标组内重要成员的电话，也是拨打不通。

"是无线信号干扰器！"钟远成忽然明白了。沉着脸，又拨通安纳塔拉酒店里建六集团办公室的固定电话。这一次倒是打通了，但隔了将近一分钟才有人接起电话。

"我是钟远成，叫陈丰听电话！立刻！"

"钟总，是这样的。早晨有一群人在酒店门口集会，抗议中企竞标苏尔曼高铁项目。为了防止意外，陈总带人绕路南城区提前出发前往竞标会场。"

"上当了！"简国炜懊恼地停止继续拨打电话的无用功，脸色铁青，"我早该想到，丁飞不会这么放弃的！在第一轮竞标里他就用了盘外招，这次他一定会更进一步！"

简国炜和钟远成对视一眼，立刻就有了决定。什么恩恩怨怨，什么中午12点的飞机，早被抛之脑后。现在最重要的，是先联手把陷阱里的建六竞标组和苏月给救出来。

叫来的出租车司机，一听说他们要去南城区，死活不愿意去，说那里有游行。还好别墅物业有提供租车服务，他们当即租了辆车，做好分工。陈学灿开车，陆晓琪打开直播新闻随时关注南城区的游行动态，钟远成和简国炜则不断拨打手机联系各方，但反馈回来的却没有一例好消息。

警察局声称游行可控，已经派出大批警力维持秩序，让他们不要杞人忧天；苏尔曼招标组则声明，竞标时间已经确定，不会因为任何事情更改。至于林良信、哈姆札等人，要么就是联系不上，要么就是出言推脱，总之没有一个能帮上忙。

深吸口气，简国炜拨通了陆嘉林的电话："陆总，有个紧急情况我要向您汇报……"

用了一分钟时间听取简国炜的汇报之后，陆嘉林开口了："我会把这个情况向领事馆通报，请求他们支援。现在我命令你们，按照原计划到机场和我会合，剩下的事情你们就不要管了。"

怎么可能不管呢？冒险打来电话报信的苏月生死未卜，建六竞标组也进入了对手陷阱危险重重。简国炜装模作样："喂？陆总，你说什么？这里信号不好！喂……"

正在这时候，手机嘀的一下，真的彻底没了信号。钟远成和陆晓琪的手机，也同时没了响动，原来他们已经进入了南城区的范围。简国炜不惊反喜，因为干扰器最有可能被安装在竞标组的汽车上，这样才能保证他们无论走到哪里都与外界信息隔绝。也就是说，他们与竞标组距离不远了。

"不对劲！很不对劲！"钟远成喃喃说道。

这个时候，两边的商铺已经纷纷关闭，居民们也把自己锁在家中不再出来，只透过门缝紧张观察着街道上的动静。但街道上并不是空无一人，时不时有三五成群，提着铁棍、腰插短匕的年轻人走过，阴沉着脸，目光桀骜。看见街道上孤零零一辆汽车经过，相互间交头接耳，还有人指点叫骂。在更远处，隐隐传来口号声，和政客用高音喇叭挑起民众情绪的演讲。

"往游行的地方开！"简国炜突然说道。

陈学灿先是吃了一惊，接着就明白过来。幕后人物拦截建六竞标组的最佳埋伏位置，就是在与游行地点相隔一两条街的地方。就算政府事后调查，也可以甩锅说是民众的自发行动，将一双黑手洗得干干净净。

"希望还能来得及！"陈学灿心中乞求老天保佑。现在，相距不远的游行还在有序进行，这说明建六竞标组还没有进入埋伏圈。一旦他们进入埋伏，游行队伍中肯定会发生一场小小的骚乱，以掩人耳目。

"小型的无线信号干扰器，笼罩范围最多不会超过五平方公里，距离他们这么近了，我们还有机会！"钟远成一双手里都是冷汗，但他仍在为大家打气。

这个时候，简国炜他们当初住在南城区的好处就显露出来了。对于附近的大街小巷，虽然不能说了如指掌，但基本都是知道的。对于建六竞标组可能行驶的路线，也大致有个猜测。

再往前行驶了几百米，拐入另一条街，就可以看到马路上越发空旷。越是这样，就表明他们离竞标组越近。陈学灿振作精神，驾驶汽车快速前进。突然之间钟远成神色一变，大叫："往后退！往后退！"

"来不及了，后面也有游行队伍，快下车！"简国炜沉着脸说。

口号声和高音喇叭的啸叫越来越近，隐约已经可以看到彩旗挥舞，显然游行队伍已经绕过来了。这个时候如果陷入游行队伍中，绝不是个好的选择。

立即靠边刹车，四人一起下车，向路边的理发店跑去。理发店店面虽然大门紧闭，但在大约两米五高度的地方，还有个小小的老虎窗敞开着。这时候事急从权，也顾不得什么礼节，陈学灿首先跳起，双手在窗台上一挂一撑，就已经轻巧地翻上去，然后整个人半挂在窗台上，伸出手拉住钟远成，把他也拽了上来。

陆晓琪犹豫了一下,她穿着高跟鞋,不方便跳跃。简国炜急了,抱住她双腿往上一举,让陈学灿将她拉进理发店内。但简国炜再想跳时,已经来不及了,前后两支游行队伍已经转过街角,向这里走来。简国炜急打手势,让陈学灿缩回去,自己一骨碌滚到停着的汽车底部,趴着不动。

伴随着震天口号声,浩浩荡荡的人群已经将刚才还空荡荡的街道挤满。趴在车底的简国炜只看到无数双脚从他眼前经过,他大气也不敢喘一下。与此同时,警笛也在街道的另一头响起。七八辆防暴车同时停下,手持盾牌和警棍的特警,组成三排人墙堵住街道的另一端。为首的警官高声宣布此次游行已超出预定范围,要求人群立即退后。

走在最前方的示威者止住脚步,看着全副武装的特警有些不知所措。但就在这时,突然有十几名精悍的暴徒从人群中越众而出,向特警投掷出石块和自制的燃烧弹。

轰的一下火光四起,特警队伍有些散乱地后退。接着,有警察向示威人群发射了催泪弹,白烟笼罩处,人们一边咳嗽一边慌乱地逃窜。

如果是普通的游行示威,人群现在多半已经被驱散。但这场有组织有策划的游行中,混入了太多别有用心的人。用早就准备好的湿毛巾掩住头脸的暴徒,劈头盖脸地向警察投出燃烧瓶和土制炸弹,迫得他们步步后退。不时响起的爆炸声更激起了暴徒的凶性,有人趁机拿出藏好的刀棍,疯狂打砸两边的店面。

和平游行忽然演变成暴乱,声势十分惊人。可笑的是,暴徒们喊着反华的口号,打砸、抢劫的却多是本国国民的商店。因为当地华裔大多数都凭着勤劳的双手和良好的商业头脑,搬出南城区居住在更加繁华的北城区。

有些本地居民试图保护自己的财产,但暴徒们挥着刀就冲上去乱砍乱砸,有些人还四处点火。原本安排的小规模暴乱,开始渐渐脱离了幕后黑手的控制,在抢劫中尝到甜头的暴徒野心滋生,开始不满足于只在这条街上施暴,纠集了人群向其他更繁华的街道转去。到处都有商店被点燃和店主被殴打,一幕幕暴行不断发生。

好在钟远成他们躲避的店面上方,挂着理发店的招牌。暴徒们砸了几下门见砸不开,而且也不觉得理发店内有什么油水,也就放弃打砸,倒是简国炜藏身的汽车处险象环生。一开始有人砸破了汽车玻璃,想搜寻车内是否有财物,后来又有人打开油箱抽取汽油,现场制作燃烧瓶。车身被无数人碰撞打砸,摇摇晃晃,简国炜提着一口气,始终不敢放下。

"丁飞!"简国炜咬着牙低骂。如果这是丁飞为了赢得竞标而煽动起来的暴乱,那么他就太过分了!仅仅为了一条高铁线路的承建权,竟然引发一场暴乱,这简直已经戳穿了正当竞争的底线!简国炜不知道有多少人会在这场暴乱之中受伤甚至死去,但他现在真的很想揪住丁飞的衣领问问他,这样做真的值得吗?

听着老弱妇孺的哭号,看着四处泛起的火光,原本对丁飞的同情,早化作了无尽愤怒!

"叫你们投掷石头,为什么会有人投燃烧弹?"尼斯特议员恼火地问道。

事实上,掀起暴乱的尼斯特等人,也不知道该如何面对这种场景。他们原本想发起的骚乱是小规模的、可控的,只是在他们的人动手之后,一些不明身份的人,开始动手烧杀抢掠,并主动与警察对抗。而他们的行为，激起了更多人的贪欲和骨子里的暴力因子，让更多的人加入了他们的行列。如果说一开始，尼斯特等人的手下点燃了火柴，而那些人则是直接在柴堆里浇上汽油，让火势迅速扩大，达到谁也控制不了的地步。

忽然，简国炜看到有人像他一样，想钻进街对面停放的汽车底部暂时躲避。但很快，几个人就七手八脚地将她拉出来带走。

"苏月！"简国炜惊呼。虽然只是惊鸿一瞥，但苏月的模样他又怎么会不认得？

咬咬牙，用车底的灰先把脸抹黑，又将外套撕破，将脸蒙了起来。简国炜瞅个机会，一下子钻出车底，混进了人群中。

绑架苏月的一共有三个人，一个在前面开路，另外两个一左一右挟住苏月，不让她逃脱。虽然苏月努力挣扎呼救，但在这样混乱的场面下，根本引不起旁人的注意。简国炜从地上捡了根不知谁掉落的棒球棍，低着头在距离他们七八米远的地方遥遥跟着。

一行人走到接应的汽车边，领头那个打开前门坐进驾驶位。后面两人则拉开后门，扯着苏月的头发将她硬往里塞。正在这时，附近也不知道谁扔了一颗土制炸弹，轰的一下炸响。巨大的声浪，让那两人的动作为之一滞。

好机会！简国炜眼睛一亮，三步并作两步冲上前，抡起棒球棍砸在一名暴徒的脸上，血花四溅，那人吭也不吭一声地捂脸倒下。另一人刚转过身，简国炜倒转球棍，用棍尾狠狠戳中他的小腹，在那人捂着肚子跪下之际，以相当标准的全垒打姿势，一下子击中他的下巴。只听一阵令人牙酸的骨裂声音传来，那人立刻躺在地上不动弹了。

驾驶座上那领头模样的反应过来急忙跳下车,手在腰间一摸,竟拿出了一支手枪指向简国炜。简国炜不及细想,把手里的棒球棍甩出去,啪的一下将他的手枪打飞,然后整个人就飞扑了上去。在将他扑倒的同时,双手也掐住了他的喉咙。

这名暴徒身手极好,反应也快。在这样不利的形势下,先以一只手捏住简国炜的手腕,让他用不上力,另外一只手则狠狠地在简国炜肋下就是一拳,趁着简国炜疼痛时,双脚用力将他从身上踢开。

他翻身站起,正想乘胜追击,忽然痛呼一声,整个身体往旁边一斜。原来是苏月捡起棒球棍,一棍打在了他的膝盖上。紧接着苏月飞起一脚,正中他的下体。他捂着下身,喉咙里发出几个意义不明的音节,慢慢倒下。

"女侠好身手!"简国炜肃然起敬。

苏月嫣然一笑:"你的身手也不错。"

"到底怎么回事?"虽然不是说话之地,但有些事情还是要问个清楚。

"我们跟踪哈比比议员,拍到他们商量发动游行和骚乱,困住建六竞标组的阴谋。但后来不小心被他发现,于是他就派出人来追杀我们,我和摄像师只能分头逃跑。途中我抽空给你打了个电话,可惜打到一半电话就没电了。"

"你知道他们把竞标组困在什么位置吗?"

"知道。"

"太好了!"

两人坐上车,苏月把自己没电的手机扔给简国炜:"找找车上有没有充电器,我的手机上有偷拍到的重要资料。只要这段录像曝光,他们就有大麻烦了!"

"你运气不错,车上还真有充电线。"快手快脚地将手机连上充电线,再插入 USB 接口,简国炜说,"我们先把钟远成他们接出来,再去给建六的竞标组解围。"

第二十七章
争分夺秒

轮胎带着剧烈的刹车声在理发店门口停下，简国炜把头探出窗外使劲一招手，在门缝里观察外面情形的钟远成立刻看到了。大门打开，三人急速冲出坐上汽车，还没坐稳呢，汽车就再度发动，转了个圈逼开那些冲来的暴徒，向街区的另一头疾驰而去，前后不过十秒左右。暴徒们追之不及，只好通过向远去的汽车投掷石块来发泄愤怒。

劫后重逢，大家都很惊喜。连对苏月一向有心结的陆晓琪，看到苏月安然无恙，脸上也泛起开心笑容。

但现在不是寒暄的时候。苏月一边开车，一边简单地介绍情况。很凑巧的是，幕后黑手定下围困建六竞标组的地方，居然就在简国炜以前租住的那栋小楼不远处。大约有百余名黑帮分子和地方实力派的打手，化装成游行民众将他们包围在一栋独立的四层酒楼中。由于建六竞标组身份的特殊性，无论是议员还是黑帮首脑，都反复交代不能伤害到他们的人身安全。但坏处是，这些包围酒楼的人更有组织，也更加凶悍，组成的防线不会像刚才那些乌合之众一样一冲就垮。

简国炜思考着，向钟远成借了纸笔写写画画，很快画出一张简略的地图。

"那一带地势空旷，如果我们就这么冲过去，立刻就会被发现。所以我的计划是，在街的拐角处弃车步行，走过一条巷子，再穿过菜市场，沿消防楼梯爬上菜市场顶部，再转到酒楼侧面的教堂顶层，最后借助绳索或其他工具进入酒楼，把里面的人接应出来。"

计划很粗糙，但在场的既没有特种兵，也没有蜘蛛侠，也只能按照这个粗糙的计划实施。好在一行5人里至少有3人对地形非常熟悉，而且因为暴动的缘故街道上也没有什么行人。几人东一拐西一转，顺利地摸进菜市场。当他们顺着消防楼梯爬到菜市场顶层往下张望时，不禁倒吸了一口凉气。

围在酒楼正面的，大约有40人，他们很敬业地拉着写着抗议字样的条幅，过一阵子就喊几声口号。不过看他们腰部都鼓囊囊的，就知道这些人身上都带着家伙。其余的人，5至7人组成一队，在周围踱步巡逻，将酒楼外围得密不透风。附近的制高点，也有他们的人守卫放风。

酒楼门口的空地上，还横七竖八地摆放着用垃圾桶和路灯杆组成的路障，以防里面的人冲出来，或者外面有人去解救他们。如果按照刚才的计划实施，只怕还没有接近酒楼，就会被人发觉。

看看手表，已经是下午1点50分，距离开标时间仅有一个小时多一点。简国炜心里越来越急,紧张地四下张望,希望能找到防守上的漏洞。忽然,他眼睛一亮,捅了捅钟远成的腰,努嘴示意他向左侧50米左右的地方看。

那是一辆敞着门瘪了胎的汽车,如果没看错的话,是建六竞标组的坐驾。估计建六竞标组的车在那里被逼停后,成员只能下车躲进酒楼暂避。

"我去!"陈学灿主动请命。

"好!"简国炜重重点头。

陈学灿转身下楼,过了不一会儿出现在拐角处,瞅了个空当,像箭一般蹿出,直奔汽车而去。一行人紧张地看着他钻进汽车里,大约过了3分钟,他在车内举起一件东西,做了个OK的手势。

再看手机,果然已经有了信号,简国炜立即拨通陈丰的号码。

"谢天谢地,总算联络上了!"话筒里传来陈丰兴奋的声音。

"里面情况怎么样?"

"我们有4个人,1个受了轻伤,但没什么大碍。外面呢?"

"外面发生了暴动,警察一时半会儿抽不出人手,只有靠我们自己了。我们现在在酒楼正对面的菜市场这里,但正门口他们堵得太严密,我们进不去。"

"你们有几个人?有车吗?"

"我们这边5个人,不过能动手的暂时就只剩下我和钟远成。汽车停在大约500米外,穿过菜市场再走一条巷子就是。"

陈丰深吸一口气,仿佛下了什么决心:"好!有汽车的话,把握就更大了!竞标耽误不得,你们准备好接应我,我马上就出来!"

"喂……你!"简国炜正要再细问,陈丰已经挂了电话。

"没别的办法了,拼吧!"钟远成叹气说。

看看苏月又看看陆晓琪,简国炜语气轻松:"你们俩留着,哪儿也不许去。待会儿用手机把经过都拍下来。这可是大新闻!苏记者升职加薪可就靠它了。"

陆晓琪刚想抗议,苏月就冷静地拉住她:"我们留在这儿更能帮他!信号通了之后,我已经把早上他们开会商议阴谋的录像发给同事,接下来拍摄下的画面,我也会让我的同事安排第一时间播出。这样,可以迫使警察早点儿到来。"

简国炜欣赏地看了苏月一眼。有事业心、不黏乎,还知道轻重缓急。这样的女孩,实在让人放心。正待下楼,苏月忽然伸手抓住他的胳膊,直视他的眼睛。

"你帮我找到了大新闻,现在是我欠你一顿饭了。你要敢不来……"

威胁的话说不出口了,眼眶一片潮湿。简国炜拍拍她的手狠心回头,和钟远成爬下屋顶,躲在菜档后面紧张地观望着酒楼。

大约5分钟后,酒楼里传来油门轰响。接着大门打开,一辆女式踏板摩托,如箭一般窜了出来。上面的驾驶者腰粗腿圆,与娇小的女式摩托形成强烈对比。然而那汹汹气势,却让门外的暴徒气焰一滞,待反应过来时,摩托车已经灵巧地拐了个弯,绕过他们向菜市场驶去。

暴徒们制作的路障,防的是汽车不是摩托车,中间大有空隙可以让摩托车通过。这时摩托车一冲出,路障反而成为追兵的阻碍。暴徒们一时追之不及,纷纷抽出腰间的棍子、刀片,向摩托车掷去。虽然准头不够，但数量多了，还是有几只棍子正中陈丰的背部。陈丰闷哼一声，手抖了抖，车身一斜，连车带人一起倒地，划出五六米远，双手还死死护住挂在胸前的皮包。简国炜和钟远成同时从菜档里冲出，一左一右将陈丰拉起，亡命奔跑。

堵在正门的暴徒分出三分之二，二十多人大呼小叫地向他们追来。一时间菜市场里人仰马翻，到处充斥着暴徒们的威胁怪叫。

因为暴乱发生得突然，菜档上还堆着满满的蔬菜水产肉类。简国炜停下脚步，将几筐蔬菜往地下一推，然后转身再继续跑。就这样一边跑一边推，简国炜渐渐与钟远成和陈丰拉开距离，成为殿后的一个。这时候，已经有一个身手特别敏捷的暴徒追上来了，跃上菜档从空中跳下拿刀砍向简国炜面门。简国炜不退反进，抱着他的腿往后狠狠一拉，那名暴徒在空中就失去平衡，脸朝地面砰地栽倒。简国炜使劲推开紧随其后想要伸手抓住他的暴徒，回头拔腿就跑。

又跑出十多米，眼看就要跑出菜市场，忽然一个什么东西砸中简国炜大腿，简国炜瞬间腿一软往前扑倒。他顺势前滚，翻个身想要站起时，一名暴徒举着铁棍当头就向躺在地面的他砸来。一时之间他也不及细想，下意识地举起双臂护住头脸。铁棍正砸在他的左手腕上，一股钻心的疼痛之后，整只左手都失去了知觉。那名暴徒不依不饶，又是一棍当头打来，简国炜及时避过。

钟远成回头看见，犹豫了一下，恰好看见肉档上挂肉的铁钩，咬咬牙取下铁钩冲上前闭着眼胡乱挥舞。暴徒被逼得往后一仰，钟远成没什么打架经验，竟然不乘胜追击，而是伸手去拉简国炜。

"小心!"简国炜大叫一声,钟远成下意识地回头张望。

暴徒举着棍子,当头就向钟远成砸过来。简国炜看得清楚,钟远成明明可以避开,但在身子明显地动了一下之后,居然硬生生地止住身体的自然反应,用身体挡在简国炜面前。

"笨蛋!"简国炜气得骂了一声,飞起一脚蹬在那人小腹上,将他踢倒在地。翻身站起,拉着钟远成转身逃跑。

"你又不会打架,过来凑什么热闹?"简国炜生气地边跑边骂。

钟远成平时在办公室坐得久了,体质不如简国炜,跑没几步就气喘吁吁,哪里还顾得着回话。暴徒的喊杀声更加接近,简国炜恼火地看了一眼几乎跑不动的钟远成,抢过钟远成手里的铁钩,连续砸向鱼摊上的玻璃养殖箱。连续砸了几下之后,由约70个玻璃水箱拼成的养殖箱体轰然倒塌,数吨重的海水以及箱体里的鱼虾蟹蚌倾泄而下,让暴徒脚步不由一顿。

趁着这个工夫,简国炜、钟远成和陈丰用百米冲刺的速度冲过巷子,三人全都呼吸急促,肺部像有火在灼烧。只能凭着意志力,勉力迈开双腿。

好容易冲到汽车旁,看看已经快要吐出白沫的钟远成,简国炜一咬牙,将车钥匙抛给陈丰:"老陈,你开车!"

"我?好咧!"陈丰开心得像个孩子,快乐地发动汽车,"还有40分钟才开始竞标,我们还来得及!"

站在这座城市最高的摩天大厦顶层,一边小口啜着威士忌,一边向下眺望。整座城市像一幅立体画一样匍匐在脚下,很容易让人生出一切尽在掌握之中的自满情绪。丁飞眯着眼睛将酒一口干掉，惬意地吐出一口长气。从南城区升起的淡淡黑烟，更是让他自信满满。

吧台上放着威士忌、苏打水还有冰桶。丁飞拿起一个新酒杯开始调酒。

"要加冰吗，艾沙迪省长？"丁飞问。

75英寸的高清电视上，正直播着南城区的骚乱。艾沙迪沉着脸看着骚乱现场打砸抢烧的画面，不理会丁飞递过来的酒杯。

丁飞笑了笑，不以为意地将酒杯放下，指着电视微笑："看见了吗？这就是人民的意见！你的人民，不希望中国人插手苏尔曼高铁项目。作为他们选举出来的领袖，你应该倾听来自人民的呼声！"

这就是过分民主的悲哀。政客们自以为掌握了权力，但实际上他们的权力却是建立在民意的基础之上，所以他们往往在明知民众被蒙蔽的时候，也只能说出民众想听，而不是自己想说的话。

"人民是伟大的，但有时候他们也是愚昧的。大众没有辨别能力，因而无法判断事情的真伪，所以经不起推敲的观点，也能轻而易举地得到普遍赞同！作为政治家，有时候我们恰恰必须反对人民的意见，转而引导他们。况且……"艾沙迪冷笑着指了指电视上暴动的人群，"你确定他们表达的是自己的意见，而不是某个野心家的意见吗？"

"没错，他们表达的不是自己的意见。"丁飞居然老实地承认了，"实际上，他们表达的是我，是某些不得志的议员、黑帮老大以及地方实力派的意见。但那又怎样？事情发展到这个地步，谁的意见已经不重要了。重要的是,你必须听取这个意见!"

"你过界了。"艾沙迪警告,"这样挑衅一个主权政府,你知道后果会怎样吗?"

"您说得太严重了。作为一名政治家,您应该知道政治这玩意儿,充满了妥协和交易。只要我能给您带来足够的利益,我相信您一定能很快地忘记掉这点不快。"

"哦?你能给我带来什么利益?"

"我能帮您在最短时间内平息这场暴乱。"

艾沙迪不屑地轻笑:"不用你帮助,这一点我也能做到。"

作为苏尔曼省的省会城市,巴禄有近万名警察组成的纪律部队,艾沙迪相信,这个时候训练有素的特警,已经赶赴现场着手处理暴动人员。而且,艾沙迪在巴禄也有崇高威望。只要他一发声,暴乱就会平息。

"不,您做不到。"

丁飞笑了笑,目光转移到电视直播画面上。一桩暴行正在他眼前发生,几名暴徒围住了一名试图保护自己财产的男子,将他打倒后还不依不饶地用刀围砍。

"我不想让这个人死掉。"丁飞悠悠地说道。

"如您所愿。"音箱里突然有人这样回应。

一块硕大的招牌可能年久失修,应声砸落在暴徒身边,溅起一地灰尘。暴徒们吓了一跳,不敢再停留,放过可怜的男子转而搜寻下一个目标。

艾沙迪一下意识到了什么,霍地站起身,不可思议地瞪着丁飞。

丁飞脸上满是嘲讽的笑容:"所以说人呐,最容易被自以为是的傲慢蒙住双眼。那些议员、黑道帮派首脑和地方实力派，甚至包括西城株式会社的高层，他们都认为游行示威，加上一场小规模暴乱就可以展现他们的力量，迫使您不得不让步。但我知道，没那么容易的！所以暴乱真的发动后，规模的大小就由不得他们来控制了，而是掌握在我的手里。有至少20名枪手埋伏在这座城市里，只要我一声令下，他们就会随时向警察开枪，向暴徒开枪，向任意一名老幼妇孺开枪！您猜，到时候事态会如何发展呢？会不会由一场小暴乱，演变成一场遍布全城的大暴动？到了那个时候，您又该怎样收拾残局？"

"我不想局面演变到那个地步。那样一来，很多人会死，甚至包括我在内。"丁飞诚恳地向艾沙迪伸出手，"不需要搞到鱼死网破，其实我们可以做到双赢。和我合作，暴乱马上就会平息，而西城株式会社以前答应您的条件依然有效！"

艾沙迪脸上的皱纹蓦然变得深刻了。丁飞是个工于算计的人，他虽不擅长说服人，但擅长把利益和损失都摆在桌面上，让别人自己计算利弊。然而当他把底牌全数掀出来时，大多数人实际上已经没有选择的余地。

犹豫了很久之后，艾沙迪终于面无表情地伸出手与丁飞相握。

"你知道这件事之后，你和西城株式会社会面临怎么样的报复吗？"艾沙迪沉着脸问。

"那是西城株式会社该担心的事情，而不是我。"丁飞微笑耸肩，"不管怎么样，您至少在正确的时间，做出了一个明智的抉择！现在我们该去竞标会场了，我很期待您亲口宣布西城株式会社中标的那一刻。"

志得意满地看看电视上，仍是一片混乱的南城区，丁飞笑得有些畅快，在心里默默地说：钟远成，你们来不及了！这一局，赢的人终究是我！

第二十八章
错失

　　前部队修理厂上士班长陈丰，从他双手握上方向盘起，眼睛就如同汽车前灯一样闪闪发亮。发动机的轰鸣在他听来，犹如老友的絮语一般亲切，轻踩油门的触感，犹如阔别绿茵数十年的球王再度踏上球场。

　　嗖——汽车在短暂的蓄势后跳跃蹿出，似一只快乐的犀牛飞奔在东非的大草原上。如果不是车身两次刮擦到停放在路边的汽车，又撞倒了一顶旁边民居延伸搭建的遮阳棚，这次启动堪称完美。

　　简国炜的屁股猛地从座位上跳起又落下，好在他早有准备，及时抓住车门上方的把手，才没有被颠落在地。钟远成就比较倒霉了，一脑门撞在前座后靠上，还没回过神来呢，车身猛地又是一颠，也不知压到了什么，唬得钟远成赶紧抱住前座，怎么也不肯松手。

简国炜冷笑:"真是个累赘。"

陈丰却不答应了,一边开车一边喝斥:"小简,你怎么说话的?知道钟总为什么会被撤职吗?是因为他知道你被迫退出竞标,于是就向集团公司打报告,建议建六和建四一起合作竞标苏尔曼高铁项目。"

"什么?"简国炜这才知道其中的内幕,小小吃了一惊。转头看见钟远成狼狈的模样,再想到他刚才闭着眼睛挥舞武器来救自己的样子,本想再嘲讽他几句,但也不知怎么的,话一出口就变软了。

"钟远成……我们扯平了。"

"你说什么?是不是他们追上来了?"钟远成惊魂未定。

下意识地转头看看,简国炜气定神闲:"你个乌鸦嘴!"

大概有十几辆山地摩托,猛地从巷子里驶出,咬着汽车紧追不舍。在城市的街道上,山地摩托行驶起来比汽车优势更大,速度轻易就能提到最高,更能在各种复杂地形下穿梭行进。所以没过一会儿,距离就不断拉近。

"哦吼!"陈丰几乎要亢奋到放声高歌了!少年时在炮火中与敌军追逐拼杀的梦想终于实现,在无人的街道中,他可以放松地以 S 形、Z 形甚至 G 形走位,驾驶着汽车与后方的摩托车进行周旋,完全不会有任何的顾忌。以一种乱拳打死老师傅的狂放气魄,迫得逼近过来的摩托车又不得不放缓了车速。

不过正所谓杀敌一千,自损八百。在摩托车手们愤怒号叫的同时,汽车上的乘客也脸色蜡黄,瞳孔放大。反正现在简国炜就万分后悔坐上副驾驶位,拉住上把手保持身体平衡的举动。与后方死死抱住前座不放的钟远成不同,他可以看到车外的街道景致，而这也意味着他能够享受到生理上和视觉上的双重"快乐"。

"老陈！"简国炜忍不住爆粗口，"你他娘的当初应该去当坦克兵！"

"是啊！当初我怎么没想到呢！"陈丰醒悟过来悔恨地闭上眼睛，在简国炜即将惊恐地把眼眶瞪破的时候，陈丰睁开眼急急打了个转向，避免了车头与街墙亲密接吻的好事。但后方紧追不舍的摩托车就没那样的好运道了，两辆摩托减速不及，一头撞碎街边的玻璃展示窗，栽进店铺中。

人员的损失，让后方的摩托车手们终于失去耐性。犹如鞭炮声的砰砰轻响，落在简国炜和钟远成耳中却让他们大吃一惊。尽管幕后黑手曾再三交代不要伤及中国人，但那些暴徒并不是纪律严格的军队，性子急躁起来依旧掏出手枪向汽车滥射。

哗啦一下车后窗突然粉碎，被也不知从哪里飞来的子弹打中。手枪是一种极难操纵的武器，短小的枪管和相对巨大的后座力，让没经过训练的普通人举枪站在平地上，也未必能打中10米外静立的人形目标。暴徒们开枪其实更像是威慑，但谁知道不长眼的子弹会打中哪里？两伊战争中就发生过伊拉克军队在欢庆胜利时朝天开枪，结果子弹落下来造成地面3名伊军死亡，数十人受伤的惨剧。

简国炜灵机一动，打开副驾驶座上的手套箱，将里面的易拉罐、手电筒等零碎往车窗外抛。这些东西抛出去当然打不中人，但也迫得摩托车手稍微放慢了速度，更加谨慎地驾驶。毕竟摩托车的平衡性不如汽车，谁也不想在高速行驶时因为车轮压上什么东西而导致翻车事故。

可惜，手套箱里"弹药"不多，连厚厚的汽车说明书都丢出去后，里面就空空如也了。所以摩托车手们降速也就一阵，紧接着又追了上来。

叭的一声过后，汽车左侧的后视镜粉碎，迸裂的玻璃四溅，将陈丰的眉骨划伤。

"追追追！我叫你们再追！"见了血的陈丰越发激起性子。索性调了个头，向着追兵正面冲过去。

暴徒的基本特征之一就是欺弱怕硬，就算他们是从黑帮组织里精挑细选出来的"精锐"，仍摆脱不了这种特性。追击的时候固然是气势如虹，但对方一旦摆出要拼命的架势，哪怕自己一方的人数要多出几倍，哪怕有些人手中还拿着枪，但当汽车向他们碾压过来时，下意识地还是转身就跑。

见陈丰发狠，简国炜和钟远成心中也是发虚。汽车可不是装甲车，现实也不是动作电影。除了某些品牌的越野车和经过特殊改装的车辆，现代家用轿车的前保险杠，大多是采用聚丙烯材料制成——通俗点说也就是韧性大一些的塑料。真要一头撞上了什么，会不会把人撞飞不知道，但有极大概率是汽车本身也趴窝不动。

"老陈，消消气，竞标要紧！"两人赶紧劝说。

"算这帮兔崽子走运！"陈丰哼了一声恢复理智。

汽车在街道上划出诡异的 D 字形轨迹，打横停下喘息几声，再度向前发力狂奔。前方现出两个路口，一左一右，陈丰下意识地转头看了简国炜一眼，简国炜立刻会意地提示："看路！你看路！往右走！"

"收到！"陈丰豪迈地狠踩油门，同时狠打方向盘，汽车在原地270度转了个圈,神奇地驶入左侧路口。而摩托车手也反应过来,再度驾车紧紧追赶。

"糟糕!"简国炜这次真的心都凉了。

左侧路口通往刚才游行集会的主要区域,那里人头涌动,至少聚集了数千人。以陈丰的车技,要是就这样驶过去,非得血流成河不可。

简国炜已经做好了准备,随时强制陈丰刹车,弃车步行,先混入人群里甩开追兵,然后再看看是不是能找到一辆汽车赶往竞标会场。

然而出乎意料的是,从路口驶出后,大街上竟然空空荡荡,仿佛刚才熙熙攘攘摩肩接踵的人群,绝大多数都遁入地下不见了,人数去了十分之九。刚才闹腾最凶的暴徒,现在反而成为最可怜的人,被一群人拖到路边围着殴打,连连发出惨叫。

"老天保佑!"简国炜呼出一口长气。

他不知道,就在10分钟前,一段录像在各大电视台轮番播放。议员与黑帮老大的密谋,覆盖了所有电视台和社交媒体。参与游行的人们先是目瞪口呆,接着便愤怒起来。一部分人无趣地散去,一部分人转而向议员家中进发抗议,还有一部分人,则把仇恨的目光落在那些放火抢劫行凶的暴徒身上。

人民掌握着绝对的权力,拥有挑动民意的能力,就等于部分地拥有了这个权力。有人试图通过挑动民意来捞取政治好处,但谎言一旦被戳破,民意也会化为熊熊烈火,将他们烧成灰烬。

"警察!这里有警察!"简国炜高兴地大叫起来。果然摩托车手们看见前方警灯闪烁,赶紧刹车掉头就跑。

"还有35分钟,我们一定来得及!"陈丰高兴地说着,再次踩下油门,在简国炜和钟远成绝望的目光中,驾驶汽车以大象跳舞的优美姿态冲过长街。

大约半小时后,汽车在苏尔曼省政府门口停下。简国炜和钟远成迫不及待地打开车门,脚踩坚实地面的那一刻,立即天旋地转,双腿一软坐在通往大门的台阶上。

陈丰龙行虎步摇头叹气:"年轻人就是没经历过大事,听到枪声腿就软了。你们呐,还是要多历练!"

没空和他辩论这些有的没的,简国炜抬手看看时间,现在已经是2点51分。赶紧扶着钟远成爬起来,跌跌撞撞地往省政府内跑。

在省政府门外,等待竞标结果的记者们纷纷围拢过来,用长枪短炮对准了他们,拍下他们最为狼狈不堪的模样。但无论简国炜还是钟远成、陈丰都已经顾及不了这些了,互相搀扶着往前跑,心中只有一个信念,就是用最快速度赶到竞标会场,去夺取他们应有的荣誉!

"真是讨厌!"丁飞沉着脸听完藤井伊织的耳语后皱起眉头。

看了看矗立在会场中央醒目的古董座钟,丁飞不得不承认,如果没有意外的话,钟远成可以顺利赶到会场。然而……丁飞本身,不就是个最大的意外吗?

"要不要……"藤井伊织试探地问。

"你是笨蛋吗?这里是苏尔曼省政府!外面还有无数的记者!在这里做这种事,不怕授人以柄吗?"

藤井伊织脸色一变,但很快又按捺下来——现在一切都由丁飞做主,她的手上可不能沾上半点儿脏东西。至于丁飞现在对她的冒犯，在竞标结束之后她自然会双倍奉还。

丁飞整整衣服，拿着标书向坐在主席台上的艾沙迪走去——暴力并非万能，有时候以和平手段也能达到目的。

"不要浪费时间了，直接宣布西城株式会社中标吧。"

艾沙迪皱起眉："开标时间还没有到。你们这样做，吃相太难看了吧？"

"怕什么？会场里不是你的人，就是我的人。就算提前签约，谁又能说？谁又敢说？"

丁飞走到古董座钟前，打开盖子，粗暴地把指针拨到3点整的位置上。然后他转身又走到艾沙迪面前，双手撑在桌面上，居高临下地用充满血丝的眼睛瞪着他："你瞧，现在时间已经到了！快——宣——布！"

丁飞利用西城株式会社的金钱还有关系网，不惜掀起暴乱，让苏尔曼省上下误以为他是某个西方大国意志的代言人。一旦苏尔曼高铁项目从他手中溜走，那么他狐假虎威的行为就会立刻被戳破。到了那时，他是否能够活着走出巴禄都成问题。现在唯一能支撑着他走下去的，就是他对钟远成的怨念，和他留下的那些后手。

"好吧。"艾沙迪终于屈服了，站起身，"我宣布，苏尔曼高铁项目的中标者为——西城株式会社。"

丁飞与藤井伊织脸上都流露出掩饰不住的喜色，西城株式会社的职员们更是站起来用力鼓掌。而苏尔曼省政府的工作人员，却面面相觑，直到艾沙迪沉着脸缓缓拍手后，才有气无力地鼓了几下掌。

——不论这些工作人员，之前是否受到西城株式会社的收买,但眼睁睁地看着丁飞如此逼迫艾沙迪,心中都不免生起对西城株式会社的敌视与愤懑。

转过身,艾沙迪沉着脸向丁飞伸出手:"请贵方的律师团队和会计师团队尽快审核我方根据贵方竞标方案形成的正式合同,如果没有问题,我们将在三个小时后,也就是今天下午六点,进行签约仪式。"

"三个小时太久,我认为一个小时就足够了。不如四点签署正式合同如何?"

艾沙迪脸上显出明显的怒意:"丁先生,您如果不怕我方提供的合同中,隐藏着什么合同陷阱,现在签约也可以。"

丁飞不由得有些讪讪,知道自己因为急躁而显得不太专业了。但他仍是坚持:"西城株式会社拥有世界上最好的律师团队和会计师团队,最多两个小时就可以审核完合同。我认为,签约仪式放在下午五点是个非常恰当的时间。"

"随你们的便吧。"艾沙迪冷冷地说道。

轰的一下,大门被从两边推开,简国炜和钟远成、陈丰一起冲了进来。

"你们来晚了。"丁飞用口形无声地对他们说出这句话。

六道目光在半空中交错,丁飞眼也不眨地,一边欣赏着简国炜和钟远成的脸色一点儿一点儿变得苍白,一边伸出手与艾沙迪相握。

尘埃落定!

这一局,他赢了!

第二十九章
不认输

"丁先生,中方企业在最后一刻赶到现场,却意外丧失竞标权,请问你有什么看法?"

"丁先生,南城区发生的骚乱让中方企业迟到,请问这是否与西城株式会社有关?"

"丁先生……"

丁飞依然保持着冷静的微笑,只是用商务客套的话术进行回应。记者们越是关注他,他在行业里的曝光度和影响度就越高,这才是职业经理人身价的重点。所以即使是再尖锐的提问,也不会让他心情变差。胜利者,总是要接受质疑和诋毁的!跟未来的前途相比,一点点抹黑又算得了什么?就算有媒体的质疑,西城株式会社也会操纵舆论把事件平息下来。最重要的是,他拿到了苏尔曼高铁修建合同!完成这么多年堆积在心里的复仇夙愿!

"关于西城株式会社的问题,我想还是由藤井伊织部长来回答更为合适。"说罢他不引人注目地向后退了一步，将话筒让给那个爱出风头的女人，站在她的身后。藤井伊织兴奋地对着话筒侃侃而谈，却没想到身后的丁飞，心里有另一番打算。

这些年丁飞在西城株式会社从最底层的技术岗位做起，受了太多的歧视和轻慢，虽然凭借着精湛的科研能力，以及藤井家的势力爬上了管理层的位置，但他知道西城的老人们对他的态度依然是鄙视和傲慢的。

终身制日企的文化，已沉淀在他们的骨血里，这是他无论再努力也无法改变的事实。书生的骨气、生活的压力和想要赢的欲望在这10年里总是来回折磨着他，想丢不能想恨不敢，他太需要一个契机来摆脱这种让人厌烦的环境了！

凭着从中国高铁建设企业手中硬生生把苏尔曼高铁项目抢下来的履历，以及丁飞手中掌握的西城株式会社各类高新技术，在欧美铁路公司里找到一份高薪的工作，应该易如反掌。

至于西城株式会社在抢到苏尔曼项目之后，会被当地政府怎样针对、怎样拖后腿，那又关他什么事？反正他接受的任务是取得竞标胜利，如此而已，他做到了！

上谷康成一边装腔作势，一边指指点点；一边对他说项目重要，一边又派藤井伊织监军扯后腿；到了藤井伊织力有不逮时，更是毫不犹豫地将他顶上背黑锅的位置。嘿，西城株式会社既然不仁，那也就不要怪他不义了！

这样想着，丁飞回过头，看看不远处冷眼旁观这里热闹的简国炜、钟远成等人，笑眯眯地用两手食指交叉成十字，做出个挑衅的手势——10年之恨，我还给你了！

与日方那边的热闹相比，简国炜、钟远成和陈丰这边却是陷入死寂一般的沉默。国际竞标的残酷性就是这样，无论你做了多少工作，流淌了多少汗水，付出却并不总是能够得到回报。己方的一个小小疏忽，对手的一个小小阴谋，甚至国际形势的小小变幻，又或者哪怕是招标方内部的小小变动，都会令你前期付出的一切努力付诸流水。

胜利者阳光下享受荣耀，失败者黑暗中自舔伤口。只是连钟远成这样算是步入领导层的干部，都不知道自己这次失败之后，还有没有机会再次参与国际竞标，一雪今日耻辱。

"走吧。"钟远成叹息着拍拍简国炜的肩膀。

陈丰倒也罢了，简国炜和钟远成在这次竞标之中，都因为"抗命不遵"，触怒了陆嘉林。如果最后赢得竞标，勉强也能说成功过相抵，至少陆嘉林不能在明面上打击他们。就算记恨再深，也得捏着鼻子给他们升上一级，然后挂个闲职冷藏——即使这样，恐怕也会在干部职工的舆论当中获得"鸟尽弓藏"的评价。

现在他们输了，所有的错误和污水，都有了渲泄之处。陆嘉林大可以把竞标失败，和他们的"抗令"联系起来，将他们打入深渊！而他自己，大不了在领导班子会议时沉痛地检讨几句"识人不明"的鬼话，便可以轻松渡过这次风波。

钟远成可不是一个甘心束手待毙的人！既然竞标已经失败，那么他便立即将思考重心转移到集团公司内部斗争中来。如何拉拢更多的盟友，孤立对手，以期在即将召开的检讨会上，将竞标失败的责任甩出去，在他看来是当务之急。

"国炜，我们该走了！"见简国炜依然一动不动，钟远成再次拍拍他的肩膀，心下叹息——他的这个师弟，工作起来热情十足，可就是有时候有点儿死心眼。拿得起，但放不下。竞标失败了，人也就像失了魂，浑没想到现在最重要的，是要将责任推卸掉，而不是站在这里发呆！

"我们……不能走！"

"你说什么？"

"我说，我们不能走！因为我们还没有输，我们还有机会赢！"

简国炜转过身，眼睛闪闪发亮，一点儿也没有失败后的沮丧。他看看钟远成又看看陈丰，呼吸急促："西城株式会社只是中了标，还没有和苏尔曼省政府签署正式合约。在合约没有正式签署之前，一切皆有可能！"

钟远成简直要被简国炜的幼稚给气笑了："国炜，你能不能别再胡闹了！既然中了标，接下来签署合约只不过是走个过场。刚才艾沙迪的态度你还看不出来吗？西城株式会社把苏尔曼省上上下下都打通了！我们还能有什么机会？"

"丁飞打通了苏尔曼省上上下下的关系又怎么样？别忘了，苏尔曼只是一个省，在它上面还有这个国家的中央政府！你更别忘了，现在的执政党可是非常反对艾沙迪修建这条高铁线路的。我们只要……"

附在二人耳边快速低声地说了几句，简国炜一拳砸在自己掌心："如果事情一切顺利，我们至少有三成机会，逼得苏尔曼省政府将这次招标作废，重新竞标。而堂堂正正地竞标，西城株式会社根本没机会赢过我们！"

钟远成与陈丰对视一眼，既惊讶简国炜的胆大包天，又不禁有些心动。然而，如果按照简国炜的计划去做，一旦失败后果也相当严重。

按照钟远成原本的想法，现在收拾包袱回家，在检讨会上，至少有一半机会可以将失败的责任丢出去，因为强令建四集团退出竞标这口锅，陆嘉林无论如何也甩不出去。而如果按简国炜的计划去做……

钟远成在心里快速盘算一下——跨国高铁建造合同措词严谨，对于各阶段的投入与工期，都会有极为细致严密的要求，并要将其一一体现在合同上。律师团队和会计师团队审核合同时，必然斟字酌句，恨不得连一个字母、一个小数点都不放过。通常来说，这样的审核至少需要持续七到八个小时。也就是说，签约仪式很可能放在明天早上进行。有了一个夜晚作为缓冲，简国炜的计划的确有那么一些希望取得成功。只是这样一来，"抗命不遵"这项帽子，他们俩也就戴得越发严实了。万一再次失败……

"简师弟，你可想好了？"钟远成若有所指地问。

"这还用想吗？得赶紧行动啊！如果丁飞足够聪明，说不定会要求他的团队两三个小时就审核完合同，然后马上签约。留给我们的时间不多了！怎么样，给个痛快话，你到底跟不跟我干这一票？"简国炜急不可耐地伸出右手。

钟远成一滞，随即反应过来，简国炜这傻小子，竟然半点儿没考虑过自身前途，一门心思仍是想着如何赢得竞标！

张了张嘴，想要给简国炜仔细分析一下失败的后果，但最终钟远成只是摇头失笑——若不是想得太多心思太活，太过注重自身利益，他又怎会在10年前做下那件错事，以至于背负了10年的良心债？或许，让简国炜保持着这种纯粹，也是一件好事吧！

"这一回，我可真不再欠你什么了！"钟远成从牙缝里迸出一句,狠狠将手盖在简国炜手上。

"也加上我一个!"陈丰笑呵呵地也将手盖上去,挤挤眼睛,"反正呀,就算出了什么娄子,你们俩也是领导责任,我最多算是个小小的从犯。"

三只手使劲一摇,三个人相对一笑,攻守联盟瞬间成立。简国炜正要说话,突然一个人从拐角处转出来,负着双手似笑非笑地看着他们。

"你们仨嘀嘀咕咕开什么小会呢?如果不是讨论什么不可见人的事,能不能也说给我听听?"

三人神色一变,同时退后一步,脱口惊呼。

"陆总?"

再次回头,丁飞向简国炜等人的方向看去,毫不惊讶地发现他们已经不见了踪影。

他在私下里动了那么多手脚,也不指望简国炜、钟远成等人会在他中标之后,送上礼貌性质的恭贺。

悄然离开,应付公司内部在竞标失败后的究责才是正理。就算换了丁飞,如果他今天输了,也是一样的反应。

可是不知为什么,丁飞心里突然不大舒服起来,他下意识地搓动手指,再望向简国炜等人刚才站立的地方。忽然,他脑中灵光一闪,立刻脸色大变,挤进人群中,将被记者们包围住的藤井伊织强拉了出来。

"对不起,今天的采访就到这里。后续情况,西城株式会社将召开新闻发布会进行说明。"

丁飞一边微笑一边对记者们说道。西城株式会社的职员们会意地充当保镖角色,替他将记者们挡在外面。

还没享受够万众瞩目的滋味,就被丁飞拉到僻静角落,藤井伊织一脸不满,不待丁飞开口就劈头盖脸一通指责:"丁桑,作为西城株式会社的高级管理人员,请务必随时保持'不动如山'的气魄。万一那些记者有所误会,天知道他们会胡乱报道些什么!"

"伊织,该保持冷静的是你!我们还没有赢!"

藤井伊织看着丁飞郑重其事的模样,一点儿不像开玩笑的样子,倒吸口凉气,强笑一声:"别开玩笑了,我们已经中标了……"

丁飞气急败坏地打断:"只要没有签署正式合约,一切皆有可能!别忘了,这个国家的执政党,可是一点儿都不想艾沙迪建造高铁。如果简国炜他们手上有足够的筹码,说不定真可以说服执政党以中央政府的名义将这次开标作废!"

"他们……他们怎么可能有这么大的能量?"

丁飞简直要被这个蠢女人给气坏了。东南亚国家政坛中,有亲美势力,有亲日势力,也肯定有亲中势力,只是平时未必显露立场罢了。只要简国炜他们有足够的筹码说服这些人出手,执政党自然乐得落井下石。就算不能阻止,给艾沙迪添添堵,拖延一下高铁项目的建造时间也是好的。

藤井伊织也慌了:"他们……他们怎么可能做到这一点?中国人手上到底还掌握着什么筹码?"

丁飞痛苦地捏捏眉心:"我不知道!可能是当地想要搭上中国'一带一路'快车的政治派系,也可能是某个与建总私下关系密切的地方实力派,又或者,他们可能掌握了西城株式会社参与暴乱的证据……"

原本丁飞只是有着一丝预感,但现在越是细想,越是觉得中方压箱底的筹码还有很多。如果全部使出来,不是没有翻盘的可能。

"丁桑,煽动暴乱只是你的个人行为,与西城株式会社无关!"藤井伊织忽然打断丁飞。

丁飞心中冷笑,越发坚定了签署合约之后离开的决心——都到了这个时候,还不忘撇干净自己。西城株式会社,真是拿他当作夜壶来用!需要时就拿出来干点儿脏活,不需要就一把丢到床下不闻不问。

心中这样想着,丁飞表面上却更是冷静:"所以现在,当务之急是要弄清楚,他们手里掌握着的筹码到底是什么。然后尽量拖延时间,拖到合约签署,他们就再翻不起什么浪花了。"

"中国人有那么蠢?会让你轻易地把时间拖延下去?"

"会的!正如我们不知道他们手里握着什么筹码一样,他们也不知道我们和艾沙迪约定的签约时间,所以会寄希望于拖延我们的脚步。我断定,只要我们愿意和他们谈,他们就一定会乖乖吃下我投下的诱饵!"

藤井伊织总算聪明了一回,断然转身下令:"让我们的律师团队和会计师团队加快审核速度,一些可以让步的细节,就不用再和苏尔曼省方面纠缠了,一定要与苏尔曼省尽快达成合同共识。"

丁飞赞许地看了她一眼,拿出手机拨通电话:"小师弟,我是丁飞……哎,语气不要那么冲嘛,竞标场上我们是对手,可私下里我们还是老同学。我想请你和钟师兄喝杯咖啡,叙叙旧情。"

藤井伊织急不可耐地将耳朵凑过去,正好听见话筒里传来简国炜的声音。

"我还好,不过钟师兄现在有点儿事,不如就我们俩先聊。等他事情办完了,再赶过来和我们会面。"

丁飞沉吟了会儿,突然笑起来:"哎呀,那可真是太遗憾了。我和伊织的婚期已经定下来了,本来我们俩想亲手给你们送上请柬,如果钟师兄没空,不如改日再约。"

"藤井伊织也来……丁师兄,这可是你的大喜事,钟师兄不出面都不行了!你说个地点吧,我和钟师兄马上赶去。"

"省政府大楼的左边,最高那栋大厦你看到了吗?它的顶楼天台有一家露天咖啡馆,我会让人把它包下来。10分钟后,就我们四个人,好好地谈一谈。"

"没问题!"

"你疯了!"等到电话挂掉,藤井伊织不满地抱怨,"过不了多久,签约协议就要开始了。我们俩都去了,谁还有资格代替我们签署合约?"

丁飞面容冷峻:"只有我们俩都去,才能令他们错误判断签约仪式举办的时间,拖缓他们行动的速度。至于谁来签约……我自有安排。"

深吸一口气,丁飞开始紧张地布置起来。这场王见王的战斗,等于是双方的主将都以自身为诱饵拖住对方前进的脚步。现场的胜负并不重要,口舌之争就算让对手胜了又如何?重要的是,如何运筹帷幄,指挥手下决胜于千里之外。不过至少现在,丁飞仍然略占上风。因为归根到底,留给简国炜翻盘的时间只有不到两个小时了……

随着"叮"的一声轻响,电梯门缓缓打开。简国炜和钟远成踏出电梯,走上天台。

丁飞轻描淡写地将这里称为露天咖啡馆,但其实这里的布置堪比最为奢华的会所。地面上种植着常绿的阔叶草,鹅卵石铺设的小径穿插其间,最中间的无边际玻璃泳池突出天台,让人可以在游泳时透过池水和玻璃池底俯视整个城市。精心修剪的绿植将空间做了隔断,近千平米的天台上,仅零零散散地布置着七八处会客区域,使在这里密谈的人不会受到任何打扰。只第一眼看去,富贵气息就扑面而来,令人呼吸为之一顿。

整个咖啡馆已被丁飞包下,天台上除了他们四人之外,连个服务人员也没有。藤井伊织也一反常态,居然乖乖地亲手烹煮起咖啡。见简国炜和钟远成联袂而来,两人一起站起来笑脸相迎。

简国炜嘴巴轻轻"啧"了一下,有点儿失望。刚才他逼着丁飞带上藤井伊织,一是为了防止藤井伊织偷偷签约,二也是希望这个天之骄女在控制不住脾气时暴露破绽。但现在看来,藤井伊织应该是已经受了叮嘱,一切以丁飞为主。这样一来,可就难办了。

殊不知丁飞现在心里也在暗叫糟糕。以他对简国炜的了解,一旦他投入做一件事情的时候,就会全力以赴。可现在,无论简国炜还是钟远成,两人的姿态都太过放松了。难道,他们对自己的底牌这么自信?

端上咖啡,分为主宾坐好,丁飞笑了笑首先开口:"虽然知道很可能没有用处,但是有些话,还是要说。"

说着,丁飞从口袋里掏出一块玉佩轻轻放在桌上:"这是一块清宫里流落出来的玉佩，属于本地一位收藏家所有。它原本有一对，但现在只剩一只，大概价值300万美元。"

简国炜和钟远成眉毛一挑，却没有开口。丁飞观察着他们的表情，一边慢慢说道："放心，我不会用这么老套的手段向你们行贿。不过，如果你们现在下楼，我会给你们一个古董店的地址，你们也许有机会，在那家古董店里，用白菜价淘到另外一只玉佩。而那位本地收藏家知道这个消息之后，当然大喜过望，会以3000万人民币的代价，向你们购买——你瞧，整个交易完全合理合法，任谁也挑不出一点儿毛病。"

两人对望一眼，都有点儿似笑非笑。钟远成戏谑地反问："丁师弟，如果我们现在听你的话，转身就走，你能放心吗？"

"没错，我仍然不会放心。"丁飞摇头苦笑，随即显得有些焦躁起来，"我真是搞不懂你们。你们反正已经输了，乖乖认输走人不是很好吗，为什么还要负隅顽抗？建总拿到这条高铁项目，对你们能有什么好处？"

"那么你呢？你又为什么非要不择手段，拿下苏尔曼高铁项目？"

丁飞毫不犹豫："因为我要证明自己，证明自己是最强的那一个！"

他们三个人中，钟远成本就出身于富裕阶层，而简国炜的家庭至少也是中产之家。唯有丁飞不同，他来自被十万大山包围的贫困地区。从小，他就知道，要逃离这地无三尺平，天无三日晴的地方，逃离一辈子汗滴禾下土的处境，就必须随时表现得比其他人都更强！只有这样，他才有机会得到资助，得到更好的教育机会，跳出原有的阶层！

所以，他刻苦读书，考上大学；所以，他沉迷实验，努力钻研。他这半辈子，时时刻刻都在向上攀爬。一旦停下，他就莫名地感到焦虑，站立不安。只有在超越一个又一个同龄人时，安全的感觉才会油然而生。

十年前那场事件，与其说他是恨钟远成隐瞒消息导致实验失败，倒不如说恨钟远成让他丧失了年少成名一鸣惊人的机会。在他看来，庸庸碌碌泯然众人，才是生命之中最大的恐惧。而这一次竞标，是他再次打破困境名扬四海的机会，他绝不容许机遇再次从他手中白白溜走。

"我们不认输的原因和你不一样。"简国炜看着丁飞的眼睛缓缓地说，"还记得当年上大学时，老师教我们的第一课吗？他说，这世上本没有路，走的人多了，也就有了路。但仅仅只能供人行走的道路，是不够的。我们的国家，是如此辽阔！我们的物产，是如此丰饶！所以我们必须建设无数条钢铁大动脉，将整个国家连通起来。让人员、物资可以快速流动，就像将营养输送到东方巨人的全身。丁飞你听着，我们建设高铁，从来就没有想证明什么。因为直面困难，义无反顾，为国家为人民建设安全、快速、高效的钢铁大动脉，本来就是我们这一代铁建人必须承担的历史使命！"

"不愧是中国国企的干部，大道理讲起来真是一套一套的。"丁飞冷笑。

简国炜也冷笑："听不惯大道理，是因为你没有大胸襟。你眼睛里只有你自己的前途、地位，根本没有为团体、为理想，牺牲自己利益的念头。"

"你什么意思？"丁飞变得凶狠起来。

简国炜看着丁飞的眼睛,一字一句地说:"就是这个意思。"

丁飞瞪起眼睛,竭力想要以愤怒和轻蔑来否认简国炜的指责,却下意识地向藤井伊织方向先瞥了一眼。倒也不是心虚,就像一个人习惯了戴上伪装面具,一旦被人揭下,就如同赤身裸体站在大庭广众之下般不适应。

几秒钟后,丁飞放松下来,呵呵一笑:"说这么多,你不过只是想拖延时间而已。"

简国炜针锋相对:"彼此彼此。"

几乎同时,简国炜和丁飞的手机都响了起来。一条条信息显示在屏幕上,一个读完之后嘴角笑意更浓,另一个却眉头紧皱。

陈丰因为违章驾驶,被警察传唤调查。陆晓琪与陈学灿走路时与人撞了一下,现在被一群当地人围住脱身不得。苏月这几天拍摄的影像,突然被上司封存,连她自己也无法调用……

丁飞身体后仰,跷起二郎腿:"急了吗?急也没用。我只要安安静静地坐在这里,就可以看着你们输光筹码。"

简国炜的目光在丁飞不断抖动的脚尖一扫,笑了:"其实,着急的那个人是你吧?你不清楚我到底藏着什么底牌,你甚至不清楚我会用什么方式掀开这张底牌,所以你哪怕占尽上风,也不敢掉以轻心。"

丁飞冷哼:"你们的人都被我的手下缠住,就算你还有什么底牌,总需要人手去掀开吧?只要看住你的人,让你的人腾不出手,不管你有多大的底牌,我都可以让它作废!"

"你现在看起来很焦虑,为什么那么焦虑呢?一定是签约的时间快要到了。你带着藤井伊织一起来,不过是想误导我而已。让我猜猜,你们准备几点签约?今天下午七点?六点?五点?"

丁飞眨眨眼："你看起来一点儿都不着急，为什么不着急呢？一定是因为你还有其他帮手！让我猜猜他是谁。是陆嘉林对不对？竞标失败，对他也是一次重大打击，所以你们捐弃前嫌携手合作，让你们来拖住我，再由他对西城株式会社发起致命一击！"

简国炜寸步不让："我再猜猜，西城株式会社一方的签约代表是谁？是上谷康成！一定是上谷康成！他一直躲在幕后，隐忍不出，让人几乎遗忘掉他的存在。可是现在，是该他出手的时候了。"

两人越说越是激动，不约而同地一起站了起来，眼睛瞪着眼睛，额头顶着额头，就像两只斗鸡一样互不相让。藤井伊织看看简国炜和丁飞，又看看安坐一旁不动声色的钟远成，一时拿不准主意是否也要学丁飞一样，对钟远成步步相逼。

仿佛猜到她的想法，钟远成端起咖啡悠悠然喝了一口然后对藤井伊织笑笑："我们不需要学他俩。第一，我不擅长和人吵架；第二，对于丁师弟，我心中有愧，所以也不愿意和他本人或他的未婚妻作口舌之争；至于第三，则是因为我认为现在浪费口水没有任何用处。他们俩看起来吵得很凶，其实只是在给对方施加心理压力而已，除此之外，他们什么也做不了。因为无论贵方还是我方，在来这里之前都已经把骰子掷下，除非骰子自己停下来，否则谁也没法再去影响它的点数。"

钟远成仿佛诚实的孩子，毫不留情地戳破了简国炜和丁飞伪装出来的气势汹汹。两人都是一愣，只好尴尬地各自坐下，心里同时闪过一个念头——

也不知陆总（陆嘉林）那里究竟怎么样了？

第三十章
翻盘

在简国炜和丁飞对陆嘉林牵肠挂肚的时候,陆嘉林此时正坐在省政府大楼的一间小会议室里,悠闲地喝着茶。而作陪的苏末尔议长,脸上挂着微笑,心中却急不可耐。

按照丁飞和苏末尔的约定,苏末尔要以苏尔曼省议长的名义,邀请陆嘉林"会谈",然后东拉西扯缠住他至少两个小时,使陆嘉林脱不开身做任何事。计划的前半部分,执行得相当顺利。可越是顺利,苏末尔的心里就越是打起小鼓。

或许在丁飞看来,苏末尔已经被他逼着上了西城株式会社这条大船。然而苏末尔自己,却未必这么想。纵使丁飞身后,除了西城株式会社外,还隐约地显现出西方大国的身影,然而东方那个日渐崛起的巨人,又有谁敢轻易得罪呢?作为合格的政客,不把所有鸡蛋放进一个篮子里,是必须具备的基本素质。这一点苏末尔当然也不例外。

之所以答应丁飞的要求，苏末尔心里也有他自己的算计。在竞标的过程中，苏末尔几乎是明目张胆地站在了西城株式会社一边，将中国人得罪得太狠。而这次与陆嘉林打交道，或许就是一次修复双方关系的大好机会。

只要陆嘉林着急了，苏末尔手上也就掌握了可以交易的筹码。在这关系苏尔曼高铁项目归属的重要关头，苏末尔手稍微松松让陆嘉林打出几个电话，那中国人还不感激涕零？抱着这样的想法，苏末尔稳坐钓鱼台，只等着陆嘉林愿者上钩。

可现在，陆嘉林这"鱼"实在太稳了，竟真的坐在沙发上品起茶来。而陆嘉林这一"稳"，就轮到苏末尔坐不住了。

"陆董事长，如果您手头有紧急工作需要处理的话，我这里有保密的电话线路可以使用。"苏末尔暗示。

"苏末尔议长，竞标已经结束了，我的任务也结束了。"陆嘉林委婉谢绝滴水不漏。

苏末尔更是郁闷起来。陆嘉林这样有底气，连他的示好都拒绝了，岂不更证明他有十足的把握可以翻盘？如果现在和他搭不上线，说不准自己也会被列为中国人的打击对象。

一急之下，苏末尔只能透露点儿小秘密："是啊，竞标已经结束了。下午五点，苏尔曼省政府就要和西城株式会社正式签约！"

陆嘉林果然一怔，马上又好似若无其事地感叹一声："西城株式会社看起来急不可耐，或许推迟一两个小时签约，对苏尔曼省会更有利。"

如果能在不得罪丁飞的基础上，暗中运作一番，苏末尔倒也很高兴送上顺水人情。可现在，他也只能耸耸肩："签约事项，由艾沙迪省长全权负责，议会方面很难插手。"

两人正在交谈，忽然有人叩响会议室的大门。苏末尔皱了皱眉，因为他之前吩咐过，任何人都不允许进来打扰他们。看看陆嘉林，见他还是一副淡定模样，苏末尔只能闷闷地说："进来。"

"苏末尔议长，陆董事长，您好。"来人点头哈腰，一副自来熟的样子。

"有事吗？"苏末尔的语气越发淡了。

来人是交通局长哈姆札，一个八面玲珑的地方实力派，早被西城株式会社的人用钱喂饱。苏末尔见他一进来，便猜到了他的来意。一定是丁飞猜到他墙头草的本性，不放心他单独接触陆嘉林，所以派了哈姆札来监视。

果然，哈姆札笑嘻嘻地说："议长你也知道的嘛，我有四分之一中国血统，所以一看见中国人就感到非常亲切。听说陆董事长在这里，刚好我又马上要修一座大桥，就想来和陆董事长谈谈，看有没有合作的机会。"

苏末尔冷冷一笑。这种鬼话可骗不了他，哈姆札这小滑头是出了名的只对绿油油的美金有亲切感，哪可能对中国人亲切？不过这样也好，反正该透露的消息也已经透露，该表达的善意也已经表达，留下也没什么意思，就任由哈姆札去折腾吧。

"既然这样，那么你就和陆董事长好好谈谈吧。我还有事，就不陪你们了。"苏末尔说罢，拂袖而去。

苏末尔出门时，并没有顺手把会议室的大门锁上，陆嘉林和哈姆札似乎也都没注意到这点，只是聊起闲话。过了一小会儿，一个人推开虚掩的大门闪了进来。

"陆董事长，根据最新的消息，签约仪式在五分钟后即将开始。"

"什么？你们又提前了！"陆嘉林霍地站了起来。

——上谷社长已抵省政府，五分钟后即将签约。

丁飞瞟一眼手机上的信息，暗中握紧了拳头。但在面上，却没表露出半点儿异样。

五分钟！只要再拖延五分钟，他就可以大获全胜！光明的前途在向他招手，他绝对不能允许，这五分钟内出任何娄子！

"叮"，简国炜的手机微信响了一下，丁飞的心脏也随着这一声响，重重跳动一拍。

这个时候简国炜接到微信，十有八九是传递签约提前的消息。如果简国炜看到这消息，很可能会提前掀开底牌使用手段，将签约仪式搅黄。

"简师弟！"丁飞忽然大喊一声，吸引住简国炜的注意力。

"钟师兄、简师弟，还记得吗？十年之前，我们也曾经在学校的天台上聚会。我们畅谈理想，意气风发，仿佛世界都握在我们的手中。那时候的我们，是多么幼稚，又是多么可爱呀！"丁飞努力让自己的语气显得诚恳。

简国炜果然有些被打动的模样，暂时忘记手机的事。但他很快又冷静下来。站在他面前的丁飞，早已不是十年前那个才华横溢又性格冲动的师兄了，为了竞标胜利，他可以不择手段，视人命为无物。他们之间，再也找不回当初那种亲密无间的单纯友谊。

"过去的事，又何必再提呢。丁师兄你到底想说什么？"简国炜淡淡说道，也有些不明的感受夹杂其中，而钟远成依然是冷静地看着丁飞，目光中多了审视的疑惑。

"我想和你们做一个约定。十年前的事,不管谁对谁错,都在今天画上一个句号。无论是谁与苏尔曼省签订合约,以后我们还是好朋友!好兄弟!"

"只看看那些在暴乱中流血受伤,甚至丢掉性命的人,你这个好兄弟,我就高攀不起。"简国炜看到他这轻描淡写的态度,不仅有些火气上涌。

"简师弟,你能不能站在我的立场上,想想我的苦衷?"丁飞捂着胸口痛心疾首,"当年我放弃毕业证书东渡日本,就是为了亲手修筑一条高铁,哪怕一公里,都可以证明我的实力,让当年所有看不起我的人都看看我丁飞的本事。可是……谁知道作为高铁大国的日本,却再没有修建过一条高铁;而当初看起来最不可能建造高铁的中国,却一条接一条地把高铁铺满全国!你们责怪我不择手段,可你们想过没有,苏尔曼高铁项目可能是我职业生涯中,第一次也是最后一次修建高铁!我和你们不一样,我没有机会了!我当然要不择手段去争取!"丁飞的情绪越来越激动,镜片后布满红血丝的眼睛里似乎有泪花闪动。

自在苏尔曼交锋以来,这还是第一次看到丁飞如此失态,简国炜和钟远成也不知怎么回应,只能沉默不语。人生就是这样,在关键节点上,做出了一个错误的选择,余下的日子里便要为这选择不断地付出代价。

"有些事情,其实是……你自找的!"思索了一会儿,简国炜开口说道。

人生之中,每一个人都会在不同时期,遭遇到不同困境。困境是一个十分私人化的问题,因为在你看来用尽全身解数也无法解决的问题,到了别人那儿却能迎刃而解。而每个人,面对困境的时候，态度也大不相同。有人冷静理智，有人怨天尤人，有人像简国炜那样另辟蹊径，也有人像丁飞那样竖起全身的尖刺，用满满的恶意来对抗全世界。

无论10年前还是今天，丁飞其实可以选择更好的办法面对困境，可他呢？却用怨恨、贪欲和阴谋把自己一层层地缠成了茧，最终裹在里面无法挣脱。

丁飞无力地坐下，苦笑："是啊，归根到底，也许是我的性格原因，才让我一步步走到今天。可是，你有没有想过……"

丁飞的手机震动一下，接收到了新的信息，丁飞的头慢慢抬起，脸上现出兴奋、激动和诡异的笑容："你有没有想过，有一天你会因为太容易心软的性格弱点，导致你彻底输掉这场竞标！"

将手机放在桌面上，"We are the victors（我们是胜利者）"这一行英文，大大咧咧地展现在简国炜和钟远成面前。丁飞狂笑起来，与藤井伊织热烈拥抱。然后他甚至像孩子一样，在沙发上翻了个跟头，才得意地站起身，以胜利者的傲慢姿态，准备欣赏手下败将们失魂落魄的模样。

然而，他的笑容很快凝住了。因为无论简国炜还是钟远成，他们都显得太平静了。平静到仿佛这场失败，完全在他们的意料之中。甚至于，他们看着丁飞的目光，还带着丝丝的嘲弄和怜悯。

简国炜的手机再度震动，这次他立刻就打开看了。"上谷康成已签约"这七个大字，同时映入三人眼帘。钟远成和简国炜突然一起挥手，在半空中重重一击，接着也畅快地大笑起来。丁飞与藤井伊织惊讶地对视一眼，同时感觉一股寒气从尾椎骨上升，冷得他们手脚冰凉。

"笑什么？你们在笑什么？你们都失败了还有什么可笑的？"藤井伊织用发怒来掩饰自己的恐惧。

"1941年12月7日，日军偷袭珍珠港也胜利了。可也正是这次胜利，成为日军一系列失败的开始。"钟远成微笑回答。

"你这话是什么意思？"话一出口，丁飞自己都吓了一跳。他想不到，自己的声音竟变得如此沙哑。

深深地注视着他，简国炜叹口气："你知道吗？艾沙迪快死了。他得了胃癌，最多还能活两年……"

艾沙迪倡议修建苏尔曼高铁项目，只是单纯想在临死之前为苏尔曼省做一件好事。之所以释放出竞选总统的烟雾，也不过是为了在机会到来时，与执政党做个交易而已。

一开始，艾沙迪只是想修建一条60公里左右的雅隆铁路延长线，为此他取得了很多地方实力派的支持。但苏末尔见无法阻拦后，索性提议将线路延长到155公里，让很多觉得自己可以从中捞到更多好处的地方实力派系，转而支持他那一方。

为了解决资金问题，艾沙迪提出抵押普丹港经营权的建议。虽然苏末尔在丁飞的威胁下，不得不同意艾沙迪的提案，但远在首都的执政党，又怎么会如此轻松地让艾沙迪达成意愿？那个自称为世界警察的国家，又怎么会容忍这样一个关键港口落在中国或日本这类东亚强国的手中？

"就在刚才，西城株式会社与苏尔曼省政府正式签订建造合约之前的五分钟，这个国家的中央政府宣布无偿征用普丹港为军事基地。艾沙迪肯定早就知道了中央政府的这个计划，但他那个时候已经骑虎难下了，只能故意装作不知，继续举行竞标，能骗得一个是一个，指望有个傻子来接盘……嘿嘿，接近40亿美元的巨额贷款，其中3亿美元在双方签署正式合约的那一刻，就打入了苏尔曼省的专用账户。西城株式会社有政府支持，亏得起20亿美元，但40亿美元就未必亏得起了。这场官司，西城株式会社和苏尔曼省有得打喽！"简国炜幸灾乐祸地笑了起来。

"你们是在骗我的对吧？就为了让西城株式会社主动放弃苏尔曼高铁项目。"丁飞脸上仍有笑容，但那笑容却如木雕泥塑一样死板。

"大局已定，你就当我们在骗你好了。反正，你很快就会收到消息了。"简国炜冷淡地说道。

可偏偏越是这样，丁飞就越是惶恐。他内心拒绝相信简国炜的说法，然而理智却告诉他，简国炜没有在这个时候继续欺骗他的必要。

"你的意思是说，我一直像个小丑一样，被你玩弄在股掌之中？就凭你？我不信！"

简国炜摊开双手："的确，就凭我，也许瞒不过你。实际上我和你一样，也是在刚刚才知道，建总在第一轮竞标结束之后不久，就判断出苏尔曼高铁项目建造的可能性几乎为零。然而建总非但没有下令让我们撤出竞标，反而借原建六董事长脑梗，陆嘉林临危接任的机会，制造出建四集团被迫退出竞标，而建六集团也因为被暴徒围困而无法按时到达的假象，引诱你迫不及待地与苏尔曼省政府签订正式合同。"

"建总为什么要这样针对西城株式会社？"

"很简单。第一，因为西城株式会社在竞标过程中使出的手段太肮脏，让人忍无可忍！而第二……"

丁飞面如死灰道："第二，因为东北亚的那条萨罗铁路，也快要开始立项招标了对吗？所以，建总才故意设下陷阱，让西城株式会社陷入苏尔曼高铁项目这个泥潭里。"

"答对了，可惜没有奖。你们西城株式会社在环海铁路项目中已经陷入纠纷，这次又平白损失了3亿美元，接下来还要与那些被你得罪到死的苏尔曼省官员各种扯皮，就算有日本政府的大力支持，也不可能有余力再和建总竞争。"

简国炜微不可察地叹了口气。在这次竞标中，如果不讨论那些肮脏手段，丁飞的表现其实可圈可点，然而却终究还是棋差一筹。因为他所能倚仗的，只是一家实力雄厚的跨国财团，然而站在简国炜和钟远成身后的，却是一个处于不断崛起过程之中的强大国家！所以建总能够得到的情报，丁飞和西城株式会社根本没法得到。丁飞失败的命运，其实早在他抛弃祖国的那一刻就已经注定。

简国炜自己都感觉到有些后怕。若不是陆嘉林及时出现说明了真相，说不准他还真能够搞砸签约仪式，以至于破坏了建总的计划。其实，早有端倪显示建总在下一盘大棋，只是简国炜却有意无意间忽略了流露出来的细节。

毕竟是一条长达155公里的国外高铁线路，在一直倡导中国高铁"走出去"的大环境下，建总不可能视而不见，只任由外派的子集团竞标组独立折腾。特别是在第一次竞标之后，无论简国炜还是钟远成，都可以明显感觉到，来自国内的支援和指示越来越少。或许在以前，他还可以将此归为集团公司对于他的信任，可当真相大白，他才意识到，原来是家里不愿为一条永远不可能建成的高铁再投入资源。

"你们骗我！你们在骗我！我不信！"藤井伊织失控地大喊。

"他们没有骗你！"一个声音淡淡地说道。然后在丁飞和藤井伊织不可思议的目光中，陆嘉林与林良信、哈姆札一起走了过来。

在丁飞的印象中，林良信是一个相对有些缺心眼，却一心想要从政，满脑子功利的医生；而哈姆札是个行事张扬，贪婪却又讲点儿小义气的官二代，这二人无论如何也凑不到一块儿。但现在走上来时，他们身上却没有一点儿原来的浮躁气息，显得沉稳而又从容。

"很抱歉。"林良信真诚地道歉。

简国炜笑了笑，首先伸出手："我能理解你们的无奈，希望我们还有机会进行合作。"

林良信双手紧紧握住简国炜伸出的手："如果真的还有机会，相信我，中国企业一定是我们的首选。"

丁飞看到这一幕，已是全身冰冷，一动也不能动弹。到了这个时候，丁飞哪里还不明白，原来他们俩才是艾沙迪最忠诚的部下。丁飞以为将他们操控在手，其实一直是在被他们戏耍。

林良信走到丁飞面前，微笑着替他整理领带："丁先生，鉴于您前一段时间对苏尔曼省的关照，接下来的日子里，请您一定要谨言慎行。说不定向地上吐一口唾沫，都会有人告您污染环境，然后把您送进警局。"

哈姆札也咬着牙恶狠狠地笑："要是进了警局就不好办了。因为您还可能因为在拘留所与人产生什么纠纷而被控伤人、盗窃……反正除了煽动暴乱和杀人这两项罪名，您什么罪名都可能被指控。当然，您也可能很快就会被无罪释放，谁知道呢？这个，大概就叫自作自受吧。"

说罢，两人又走到陆嘉林的身边，向电梯方向做了个邀请的手势。简国炜、钟远成走过丁飞身边，叹了口气，也分别拍拍他肩膀，然后随着陆嘉林一起，走入电梯内。

看着电梯门缓缓关闭，丁飞与藤井伊织如雕像般呆滞之余，又心如刀割。建总在这次竞标中既表现出诚意又表现出实力，艾沙迪无论出于安抚又或是其他心态，势必也不能让建总空手而归。虽说高铁项目没有了，但既然得到一省之长的照顾，建总承揽几座大桥，修建几栋大厦，却是理所应当的事。

"我们不能这样坐以待毙，一定要保住上谷社长！"藤井伊织忽然这样大叫起来。

与许多身处高位的既得利益者一样，当灾难发生时，藤井伊织第一反应并不是为自己所属的团体减少损失，而是如何保全住自己的权位。

此次西城株式会社在苏尔曼高铁项目中落入陷阱，事后无论公司股东，还是日本政府，都势必对上谷康成严厉究责。藤井家一向隶属于上谷康成派系，上谷康成若是倒台了，藤井家的副社长宝座必然也要摇晃。

"所以现在，丁桑，是到了你勇敢承担起责任的时候了。"

"我？我承担什么责任？"

"你立刻写一份认罪书，就说……嗯，就说你受到中国人收买，引诱上谷社长步入陷阱，然后到警察局自首……"

"你疯了吗？艾沙迪不会因为你弃车保帅，就放过西城株式会社这块肥肉！"丁飞失态地站了起来，一下子扯下了领带，对着藤井伊织恶狠狠地说道。

"哪怕只有万分之一的可能，现在也必须去尝试。丁桑，雇佣枪手勾结黑帮，威胁艾沙迪和苏末尔，导致苏尔曼省政要对西城株式会社充满反感，还私下联系欧美同行准备跳槽。这些事情你不会以为我们不知道吧？"

丁飞头皮一阵发麻，到这时也只能硬着头皮否认："你说什么？我听不懂。"

藤井伊织双手撑在桌上，居高临下地看着丁飞："你可以装作听不懂，但你必须听从我的安排。你被西城株式会社辞退后，会因为贪污公款而被关进监狱，但你放心，会社是不会弃你于不顾的。过个三五年，等平息了艾沙迪、苏末尔的怒火，你就能出来。出狱后，会社将在关联的公司里为你提供一份养老的闲职，以及一笔至少50万美元的特别津贴，以保障你以后的生活。"

"一旦入狱，我的职业前途就会毁得一干二净。而且被关在苏尔曼监狱里，我又会受到什么样的侮辱，这些你们都想过了吗？"丁飞低头看着桌面，慢慢握紧了拳头，"君之视臣如手足，则臣视君如腹心；君之视臣如犬马，则臣视君如国人；君之视臣如土芥，则臣视君如寇仇……藤井小姐，你们非要把我逼到这个地步吗？"

"国士？你算哪门子国士？"藤井伊织笑得更加轻蔑了，"你懂技术，但并不是举世无双；你有手腕，可也不是独一无二。最重要的是，你只是一个利己主义者，根本不会对会社献上忠诚！既然如此，你凭什么要求会社以国士的待遇来对待你？丁桑，在你背叛了会社之后，会社依然对你的前途做出合理安排，已经算是仁至义尽了。请你务必体会到我的苦心，不要再让我为难了！"

丁飞的脸皮重重地抽动一下，反而冷静下来注视着藤井伊织的脸。他的身体渐渐挺直，目光也愈来愈冷。藤井伊织愈发愤怒起来："到这种时候你还不明白吗？丁桑，你已经无路可走了。只有听我的话，才能……"

竖起一根手指在藤井伊织的唇边，丁飞温柔地笑了起来："伊织，你实在太不了解我了。我的原则一向是，人敬我一尺，我敬人一丈。可能是在日本待太久了，我不得不收敛锋芒忍气吞声。但这个原则，从小到大我都一直没变过。这一点，你就不如上谷社长看得明白。"

藤井伊织还想要说些什么，但突然之间腹部传来的剧痛，却使她面目一下子扭曲起来。丁飞的左手紧紧地捂住她的嘴，将她发出的惨呼闷在喉咙之中。

战术笔拔出，藤井伊织捂着伤口慢慢坐倒，靠着沙发不住喘息。疼痛和恐惧，让她的身子紧紧缩成一团。她的思绪仿佛一团乱麻，完全搞不清，一向任她拿捏的丁飞，为何会突然变得如此可怕？

丁飞完全没有过去的卑微，眼里只有恨意："亲爱的，请不要害怕，按紧伤口，不要大声呼喊，也不要跑动导致流血过多，你就不会死。"

"你、你为什么要这样做……"藤井伊织惊愕地问。

"为什么？其实我的想法和你一样，都是要帮助上谷社长渡过难关。"丁飞冷笑着说。

打开藤井伊织随身携带的坤包，粗暴地将里面的东西都倒出来，丁飞满意地点点头，看到了他想要的东西——一张记载着价值3000万美元虚拟货币账号的纸条。

给你们西城株式会社做了十年狗，总不能一无所得吧？丁飞这样想着,将纸条收进自己口袋里。只要他能离开苏尔曼,就能暂时获得安全。至于接下来去哪里,他还没有想出方案。但总之,首先离开这里就对了。只要有了钱,他至少能隐姓埋名做个富家翁!

藤井伊织以为,给他一点儿小钱,再安排养老的闲职,让他余生吃喝不愁,保证中产阶级水准的生活质量,就算是对他这个"叛徒"仁至义尽了。但生而为人,难道仅仅满足生存需求就足够了吗?丁飞要的远不止这些!他用尽心机费尽手段,不惜掀起暴乱逼迫艾沙迪,就是为了更远大的前途。可现在呢?前途没了,他只能选择金钱——还有报复!

在藤井伊织不可思议的目光中,丁飞拨通了上谷康成的电话,并打开免提键。

"上谷社长,关于艾沙迪在苏尔曼高铁项目中给我们挖陷阱的事情您应该已经知道了吧。再告诉您一个不幸的消息,就在刚才,我刺伤了藤井小姐,并且抢走了存有3000万美元虚拟货币的账户,现在正准备携款潜逃。您还有什么需要指示的吗?"

沉默了很久,话筒那头才传来一声叹息:"丁桑,我以前真是小瞧你了!如果时间能够重来,我一定会将你留在身边好好培养……不过现在说这些也没有用了,请把电话给伊织吧,让我交代她几句。"

"上谷叔叔,我……"

不待藤井伊织求救,电话里就传来上谷康成严厉的声音:"不要叫喊!不要随便走动!更不要报警!就待在那里,我会马上派人来接你。"

"……我明白了。"

嘴上这样说着,藤井伊织仍是满头雾水。她不晓得,为什么上谷康成在得知丁飞刺伤她,并准备卷走3000万美元巨款后并不生气,反而摆出一副"绝不追究"的态度。

挂断电话,丁飞不屑地撇撇嘴。

西城株式会社这次损失巨大,仅仅抛出一个丁飞做替罪羊,又怎能服众?要背黑锅,至少也该是副社长这个级别的大人物才行!

丁飞刺伤藤井伊织,固然是有泄愤的因素,但同时也给予了上谷康成一个就坡下驴的台阶。上谷康成大可声称是因为藤井副社长识人不明,才导致上谷康成受到蒙蔽。谁让藤井家有一个既冲动又傲慢的大小姐,和一个狼心狗肺的婿养子呢?

至于被丁飞拿走的3000万美金,虽然在普通人看来是一笔巨款,但对于上谷康成来说,以此换来稳固权位倒也不亏——反正这钱是西城株式会社的公款,也不是他一个人的。

"那么,再见……哦,不对,是再也不见了。"丁飞潇洒地对藤井伊织挥了挥手,头也不回地走进电梯。只是当电梯门缓缓合上后,丁飞的身子忽然佝偻下来,需要倚靠着电梯才能勉强站稳,他额上也出现了几条深刻的皱纹,仿佛一下子老了10岁一样……

"哎哟,这可真是一场精彩的好戏啊!"

一楼大堂,林良信毫不避讳地当着陆嘉林、简国炜等人的面,监听着丁飞的通话。

"情况有变,看来我们的计划也需要变一变了。这个丁飞,暂时不能抓!"哈姆札说道。

林良信挠挠脑袋，冲着陆嘉林抱歉地说："对不起，刚才发生的事情太出人意料了，我们必须马上向艾沙迪省长进行汇报。本想邀请几位共进晚餐，现在也只好暂时取消。明天一早，请务必留出时间，艾沙迪省长会亲自登门道歉，并且与中国建总商谈进一步合作事宜。"

"既然几位有要事在身，那么就请先去忙吧。"陆嘉林含笑回答。

简国炜与钟远成头一次近距离深刻感受到国际竞标轻描淡写表面下的刀光剑影，都是暗自心惊。

藤井伊织要求丁飞顶罪，是为了从麻烦中脱身；丁飞刺伤藤井伊织，也是为了从麻烦里脱身；上谷康成有意放走丁飞，同样是为了从麻烦里脱身。

明明三人合作，可以有更好的办法共渡难关，可为了自身利益，他们三人都不惜以损害他人，甚至损害公司利益的办法，来换取自身平安。要知道这次上谷康成被林良信等人抓住把柄，为了让自己毫发无伤，势必要让西城株式会社让渡出更多利益，才能满足艾沙迪的胃口。经过这样一场混乱之后，西城株式会社算是被打残了，别说再与建总竞争其他高铁项目了，能保住现在的规模都要四处拜神求佛。

"真是一步踏错，满盘皆输啊！"钟远成感叹。

陆嘉林没好气地哼了声，语气里带上调侃了："你们不是都自诩为青年才俊意气风发，觉得所有的上级领导，都不如你们聪明睿智，眼光都没有你们长远吗？怎么这会儿开始后怕了？"

简国炜只好赔笑认错："陆总，我们这不是年轻没经验嘛？我们还以为……"

"你们以为什么？你们以为偌大的建总，就由着你们几只小蚂蚱蹦来跳去，就一点儿都不关注这个高铁项目了？你们以为在我陆嘉林看来，高铁技术输出这些国策，还比不上区区的一项官帽子重要？关键时刻解除你们的职务，是为了保护你们！结果呢，你们还不领情，哭天喊地一副受了多大冤枉的样子，真是气死我了！"解释清楚来龙去脉之后，陆嘉林越说越气，唾沫星子喷了简国炜和钟远成一头一脸。这一肚子的气，他已经憋了好久，此刻发泄出来，当真是神清气爽心旷神怡。

"陆总，我们错了。"简国炜和钟远成同时低头道歉。就算是简国炜，这时也不得不承认，比起老辣沉稳的陆嘉林，他差得不是一星半点儿。

听出了他们语气中前所未有的尊重，陆嘉林脸还绷着，心里却乐开了花。让简国炜这样的刺头在他面前认软服输，比什么都更让他开心。国企中从不缺乏聪明而有闯劲的年轻干部，但锋芒太盛的后果，是容易伤到自己，也容易伤到曾经想要保护他们的人。

他不希望简国炜把他单纯地看作上级领导，尊敬却并不信任；他宁愿做简国炜的老前辈，这样才能将自己的经验更好地传授给这个年轻人，把铁建人的传统一代一代地延续下去。

"走吧！你们接下来要走的路，比我要长得多呢！"陆嘉林意味深长地说道，带头走出大楼。简国炜与钟远成对望一眼，赶紧跟上。三个人一前二后的身影在夕阳下拉得很长。

这世上没有白走的路，就算是挫折也可以化作养分；这世上没有白读的书，每一次思考都能让你的积累更加深厚。直面挫折并且战胜挫折，是中国铁建人早已习惯的日常任务；不服输不认命的传承,早已深深地镌刻进了铁建人的血脉之中。

伴随着中国铁建人越行越快的步伐,国境线已然阻挡不了"基建狂魔"的脚步。铁建人的脚步不会停止,奉献亦不会停止,他们将帮助更多地区的人民改变生活,向世界证明他们的智慧与实力……